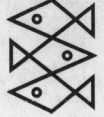

Pam Keesey, 1964 geboren, studierte Lateinamerikanistik und schrieb ihre Abschlußarbeit über den weiblichen Vampir in der Literatur. Sie arbeitet als Bibliothekarin an einem Institut für Lateinamerikanistik und veröffentlichte Aufsätze in diversen Zeitschriften. Die Storysammlung ›Draculas Töchter‹ ist ihr erstes Buch. Die Herausgeberin lebt in Minneapolis, USA.

Draculas Töchter Vampirgeschichten von Bram Stoker bis Anne Rice haben seit jeher ein großes Publikum fasziniert. Nicht erst seit dem Erfolg des Films INTERVIEW MIT EINEM VAMPIR von Neil Jordan hat der unheimliche Blutsauger Konjunktur. Die Amerikaner wußten es schon seit langem: Die Lady ist ein Vamp. Der wahre Vampir ist weiblich. So liegt der Witz dieser Storysammlung denn auch in ihrer emanzipatorischen Tendenz: ›Draculas Töchter‹ vermögen zwar Gänsehaut zu erregen, doch sie verbreiten weit weniger Schrecken als ihr männliches Pendant. Sie verführen ihre Opfer mit List und sanfter Gewalt und bestärken sie – mit den besten oder weniger guten Absichten – in ihrem Widerstand gegen männliche Bevormundung: Vampirinnen als Speerspitzen der lesbischen Liebe – eine amüsante und ironische Variante des Genres – von der Herausgeberin kenntnisreich kommentiert.

Draculas Töchter

Herausgegeben von Pam Keesey

Aus dem Amerikanischen von
Bettina Thienhaus und Helga Augustin

FISCHER TASCHENBUCH VERLAG

Die Einleitung von Pam Keesey, die Erzählungen ›Miss Dracula‹ von zana,
›Ich bin ein Vampir‹ von Jody Scott, ›Carmilla‹ von J. Sheridan LeFanu,
›Ein Kind der Finsternis‹ von Elaine Bergstrom, ›Louisiana: 1850‹ von Jewelle
Gomez, ›Lilith‹ von Robbi Sommers, ›Virago‹ von Karen Marie Christa Minns
sowie die Texte im Anhang wurden von Bettina Thienhaus übersetzt.
Die Erzählungen ›O Captain, mein Captain‹ von Katherine V. Forrest und
›Minimax‹ von Anna Livia wurden übersetzt von Helga Augustin.

Deutsche Erstausgabe
Veröffentlicht im Fischer Taschenbuch Verlag GmbH,
Frankfurt am Main, April 1997
Die amerikanische Originalausgabe erschien unter dem Titel
›Daughters of Darkness‹ im Verlag Cleis Press, San Francisco
Copyright © Pam Keesey 1994
(Autoren- und Quellenverzeichnis: siehe Seite 303)
Copyright der deutschen Übersetzung:
© Fischer Taschenbuch Verlag GmbH, Frankfurt am Main 1997
Gesamtherstellung: Clausen & Bosse, Leck
Printed in Germany
ISBN 3-596-13269-X

Gedruckt auf chlor- und säurefreiem Papier

INHALT

EINFÜHRUNG

Mit der Welt lesbischer Vampire kam ich erstmals 1983 in Berührung: Ich sah den Film THE HUNGER, von dem ich kaum mehr wußte, als daß es um Vampire ging und David Bowie mitspielte. Man stelle sich meine Überraschung vor, als dann die coole und verführerische Catherine Deneuve direkt vor meinen Augen Susan Sarandon verführte. Auf der riesigen Kinoleinwand legten die beiden die lebendigste und erotischste lesbische Liebesszene hin, die ich je gesehen hatte.

Natürlich war THE HUNGER nicht mein erster Vampirfilm. Als Kind war ich Fan der ›Creature Feature‹-Serie, die sonntagnachmittags im Fernsehen lief. Als Teenager blieb ich bis in die Puppen auf, um die Mitternachts-Vampirfilme zu sehen. Und als Studentin schleppte ich meine Freunde in die entlegensten Kinos, sobald Vampirklassiker oder ausländische Vampirfilme gezeigt wurden. Bei THE HUNGER wurde mir klar, wie sehr mich das Thema »Vampire« interessierte, aber ich ahnte damals noch nicht, welche Bedeutung dieser Vampirfilm aus Hollywood für meine Zukunft haben sollte.

Erst Jahre später, in einem Seminar über den Schauerroman, begann ich, lesbische Vampirfolklore zu recherchieren. Ich war auf der Suche nach einem unterhaltsamen Thema für meine Seminararbeit, als mir Jewelle Gomez' lesbischer Vampirroman ›The Gilda Stories‹ in die Hände geriet. Wie alle tüchtigen Vampirologen (so lautet Peter Cushings Berufsbezeichnung in den Hammer-Filmen) begann ich ernsthaft zu forschen und entdeckte lesbische

Vampirliteratur ungeahnten Ausmaßes. Das Resultat meiner Forschungen ist dieses Buch.

Die Gestalt der Vampirin hat eine lange, außerordentlich bunte Geschichte, in der sie durchgängig als »böse« Frau eingestuft wird. Sie ist nicht nur eine übernatürliche Kreatur, die auf der Suche nach Blut durch die Nacht geistert, sondern darüber hinaus auch jenes Weib, »das die von ihm verführten Männer skrupellos ausbeutet, in den Ruin oder gar in den Tod treibt«. Das Weib ist der »Vamp«. So informiert uns die Enzyklopädie des Verlages Random House.

Die frühe Vampirin war die Verkörperung der dunklen, destruktiven Seite einer Göttin. Ihr Bild verband sich im günstigsten Falle mit dem Zyklus von Leben, Tod und Wiedergeburt. Weitaus häufiger indes stand sie für Blut, Tod und bedrohliche Sexualität, auch dies Merkmale der Göttin. Heute bestimmen ausschließlich diese Charakteristika unsere Vorstellung vom Vampir.

Die Darstellung der Göttin als Vampirin hat ihren Ursprung unter anderem in der jüdisch-christlichen Ideologie und deren dichotomischem Weltbild. Göttinnen repräsentierten das Böse; sie waren heidnisch, triebhaft und weiblich und begriffen den Tod als Teil des Lebenszyklus. Diese Frauen waren keine Heiligen. Sie waren Monster.

Lilith, nach jüdischer Überlieferung Adams erste Frau, und ihre Nachfolgerin Eva werden als Vormütter der Vampirin von heute betrachtet. Triebhaft und weiblich wie die frühen Göttinnen widersetzten sie sich der patriarchalischen Ordnung und rebellierten gegen Repression. Mit ihnen verband sich die Vorstellung von Blut, »exzessiver« Sexualität und – in Liliths Fall – von Kindermord. Dem Talmud zufolge geriet Lilith laut mit Adam in Streit über seine Autorität und verließ ihn. Zur Strafe für ihre »Sünden« wurden ihre Kinder ermordet. In den biblischen Geschichten kehrt Lilith später wieder – rachsüchtig, unsterblich, untot, um Evas Kinder zu töten.

Auf das Blut kleiner Kinder hat es auch die Vampirin in der assyrischen und babylonischen Überlieferung abgesehen. Die griechische Mythologie läßt Hera aus Eifersucht die Kinder morden, die Lamia dem Zeus geboren hat. Lamia zieht fortan durch die Welt und tötet aus Rache alle Kinder, derer sie habhaft wird. Indische Vampirinnen lungern gern an Straßenkreuzungen herum, einem traditionellen Aufenthaltsort von Vampiren, und sie saugen Elefanten das Blut aus. Die japanische Vampirkatze von Nabeshima wiederum bevorzugt Menschenblut, das sie ihrem Opfer am Hals aussaugt. Sie ist eine bemerkenswerte Spielart des Vampirs, treten doch Katzen häufig im Umfeld von Vampirinnen wie auch von Hexen auf.

Von besonderem Interesse scheint mir, daß Kinder und / oder Tiere zur Ernährung herhalten müssen, wenn die Vampirin zu unerfahren oder zu dumm ist, ihre sexuelle Attraktivität beim Anlocken des Opfers einzusetzen.

Exzessive Sexualität wird mit Vampiren männlichen wie weiblichen Geschlechts in Verbindung gebracht. Die Vampirin ist triebhaft, verführerisch und unersättlich. Sie wirkt auf Männer wie auf Frauen faszinierend und steht für jene sexuellen und sozialen Grenzüberschreitungen, die Frauen zugeschrieben werden. Es nimmt also nicht wunder, daß im repressiven Europa des neunzehnten Jahrhunderts die Vampirin mit der Lesbierin gleichgesetzt wurde. Die Frau, die den Raum vorgeschriebenen, akzeptablen »femininen« Verhaltens verläßt, ist eine Vampirin.

In der englischen romantischen Literatur des neunzehnten Jahrhunderts ist das Auftauchen der Vampirin eindeutig als Verdammung lesbischer Liebe zu sehen. Das 1817 veröffentlichte Poem ›Christabel‹ von Samuel Taylor Coleridge bedient sich dabei kräftig der Vampir-Metaphorik. In einer Vollmondnacht treffen Christabel und Geraldine in einem einsamen Wald aufeinander. Christabel lädt Geraldine in das Schloß ihrer Familie ein, worauf sich Seltsames begibt: Geraldine braucht Christabels Hilfe, um die Türschwelle zu überschreiten; mit Angst reagiert der Hund auf den Gast; im Kamin lodert jäh die glimmende Asche auf, als Geraldine vorbeigeht; der Anblick eines christlichen Symbols – ein geschnitzter Cherub in Christabels Schlafgemach – erzeugt bei Geraldine einen Schwächeanfall.

Interessant sind die nachfolgenden Ereignisse in Christabels Schlafgemach. Die junge Frau öffnet eine Flasche mit Fliederbeerwein, ein Geschenk ihrer verstorbenen Mutter, das Christabel eigentlich für ihre Hochzeitsnacht aufheben wollte. Geraldine entkleidet erst Christabel, dann sich selbst und entblößt dabei ihre Brüste, von denen man, mit Christabels Worten, »träumen, aber nicht sprechen darf«. Geraldine nähert sich Christabel, in der eine »seltsame Mixtur aus Verlangen und Widerwillen« aufflammt. Es ist gefährlich und streng verboten, Geraldines »Busen« zu berühren, dennoch kann Christabel der Versuchung nicht widerstehen.

Am nächsten Morgen schämt sie sich für das, was in der Nacht geschah. Dabei weiß sie nicht, ob sie den Liebesakt geträumt hat (der im Poem nicht beschrieben wird) und sich für den Traum schämt oder ob er tatsächlich vollzogen wurde. An keiner Stelle des Poems ist von Blutsaugen die Rede. Doch gibt Christabel eindeutig Lebenskraft an Geraldine ab, denn sie wird zusehends schwächer und lethargischer, während Geraldine förmlich aufblüht. Am Ende verläßt Geraldine Christabel.

Aus der Feder des irischen Schriftstellers Joseph Sheridan LeFanu, der Mitte des neunzehnten Jahrhunderts in Dublin lebte, stammt die berühmteste und einflußreichste lesbische Vampirgeschichte, ›Carmilla‹ (1871). Der Redakteur, Verleger und prominente Autor unheimlicher Geschichten setzte in ›Carmilla‹ Coleridges Poem in Prosa um. Die Novelle erschien 1871 in LeFanus bekanntester Geschichtensammlung ›In a Glass Darkly‹.

›Carmilla‹ erzählt die Geschichte Millarca Karnsteins, einer jungen Aristokratin mit bleicher, durchscheinender Haut, dunklen Haaren und katzengleicher Geschmeidigkeit. Unter dem Namen Carmilla freundet sie sich mit der jungen Heldin Laura an, der sie ihre Liebe erklärt. Schon bald erkrankt Laura und wird durch Carmillas verzehrende »Liebe« um ihre Energie und Vitalität gebracht.

Hinter dem »vamping« (womit in der Regel die Suche des Vampirs nach einem Opfer umschrieben wird), das Carmilla Laura angedeihen läßt, verbirgt sich tatsächlich die Geschichte einer Verführung. Laura beschreibt ihre Träume: »Bisweilen war es mir, als streife eine Hand zart über meine Wange und meinen Nacken; dann, als küßten mich warme Lippen, und immer heftiger und liebkosender, als sie meinen Hals erreichten.« Im Verlauf des Traums wird dessen sexuelle Motivierung sogar noch deutlicher. Lauras Herzschlag beschleunigt sich, ihr Atem geht keuchend. Sie beginnt zu schluchzen, hat das Gefühl, »erwürgt zu werden«, und fällt schließlich in Ohnmacht. Carmilla betritt Lauras Zimmer in Gestalt einer Katze. Sie beißt Laura und trinkt ihr Blut, aber nicht aus der Halsschlagader, wie in späteren Vampirgeschichten, sondern aus einer Ader in der Brust. Ein derart erotisches Bild – das Saugen an der Brust – einzuführen, war unglaublich kühn, besonders im Hinblick auf das viktorianische Publikum. Erst die Softpornofilme der sechziger und siebziger Jahre setzen die sexuellen Momente des Vampirstoffes ähnlich freizügig um.

Die moderne Vorstellung vom Vampir ist weitgehend von Bram Stokers »Vampir« und seiner Gestaltung durch Schauspieler wie Bela Lugosi und Christopher Lee geprägt, und es überrascht nicht, daß Figuren wie Geraldine und Carmilla dem breiten Publikum kaum bekannt sind. Den historischen Ursprung der Dracula-Figur sieht die populäre Mythologie in dem ungarischen Prinzen Vlad Dracula, dem Helden der ungarisch-türkischen Kriege.

Vlad Dracula wurde 1430 oder 1431 geboren. Sein Vater, ebenfalls Vlad mit Namen, war vom ungarischen König für seine Verdienste in der Türkenschlacht mit dem Drachenorden ausgezeichnet worden. Der lateinische Ausdruck für Drachen lautet *draco*. Vlad Senior bekam rasch den Beinamen »Vlad, der Drache« oder Vlad Dracul. Vlads Sohn nannte man Dracula, »den kleinen Drachen«. Man nannte ihn aber auch *Tepes*, den Pfähler, denn er liebte es, Menschen zwecks Folterung und Hinrichtung auf lange Pfähle aufzuspießen. Mit seiner Armee verdrängte er die türkischen Truppen vom Balkan und hinderte so die Ausdehnung des osmanischen Reiches auf Europa. Nach dem Rückzug der Türken setzte Dracula, erklärtermaßen um Recht und Ordnung zu gewährleisten, seine Praxis des Pfählens im großen Maßstab fort. Schließlich zwang ihn der König von Ungarn zum Rücktritt. Prinz Dracula starb um 1476 unter ungeklärten Umständen.

Zwar trägt Bram Stokers Vampir den Namen Dracula, doch darf man vermuten, daß den Ereignissen, die der Roman beschreibt, das Leben der Elisabeth Bathory zugrunde liegt. Bathory, eine ungarische Gräfin aus dem sechzehnten Jahrhundert, wurde wegen Folterung und Ermordung von hundertfünfzig bis sechshundertfünfzig jungen Frauen und Mädchen vor Gericht gestellt. Die Gräfin war in Verdacht geraten, am spurlosen Verschwinden von Mädchen niederen Adels beteiligt zu sein, und im Dezember 1610 wurde das Bathory-Schloß durchsucht. Vor dem Schloßportal entdeckte man die Leiche eines jungen Mädchens und im Innern des Gebäudes zwei weitere Tote.

Raymond McNally, Professor für Russistik und Osteuropakunde am Boston College gilt als Spezialist der Dracula-Legende. In seinem Buch ›Dracula Was a Woman: In Search of the Blood Countess of Transylvania‹ erklärt McNally, warum der literarische Graf Dracula auf der historischen Figur der Gräfin Bathory basiert:

»Nachdem ich vier Bücher geschrieben hatte, die sich mit dem historischen Dracula, der Dracula-Novelle und mit Vampirismus befassen, glaubte ich ziemlich sicher, fast alle Fakten zum Thema Graf Dracula zu kennen. Dennoch blieben einige Fragen ungeklärt: Weder in den amtlichen Dokumenten noch in der rumänischen Überlieferung gibt es Hinweise auf eine Verbindung zwischen dem historischen Vlad Dracula, bekannt als »Der Pfähler« (1431–1476), und dem Brauch des Bluttrinkens. Warum also macht Bram Stoker, der Autor der Novelle ›Dracula‹, seinen Helden zum Bluttrinker? Der historische Dracula, über den Stoker eine Menge wußte, hatte den Rang eines Prinzen. Warum ist er bei Stoker nur ein Graf? Vlad Dracula war kein Ungar, sondern Rumäne – warum präsentiert ihn Stoker als Angehörigen eines uralten ungarischen Adelsgeschlechts, das in direkter Linie auf Attila zurückgeht? Stokers Idee, der Konsum von Menschenblut sei der Verjüngung dienlich, ist nicht Bestandteil der Legende; wie ist Stoker also darauf gekommen? Außerdem weist die Novelle zahllose erotische Elemente auf, die sich beim historischen Dracula nicht nachweisen lassen – auch hier erhebt sich die Frage nach deren Ursprung.«

Die Antwort auf diese und andere Fragen gibt McNally in seinen Studien zur Gräfin Bathory.

Elisabeth Bathory stammte aus einer Adelsfamilie, die mit den Königen und Prinzen Ungarns eng verwandt war. Sie war die Witwe von Graf Ferenc Nadasdy, dem mächtigen und einflußreichen Helden der Türkenkriege. Um diese Kriege zu finanzieren, hatte die Krone sich von Graf Nadasdy eine gewaltige Summe geliehen. Nach Nadasdys Tod ging die Gläubigerschaft auf seine Witwe Elisabeth über.

Die Gräfin Bathory ist eine gleichermaßen interessante wie abstoßende historische Figur. Im Verein mit ihren Komplizen folterte und tötete sie zahllose junge Frauen, was ihr den Prozeßunterlagen zufolge erotisches Vergnügen bereitet haben soll. Die meisten Opfer ließ sie ausbluten, viele wurden zudem entkleidet. Angeblich badete Elisabeth in diesem Blut. Die Komplizen der Gräfin wurden hingerichtet und sie selbst lebenslänglich im Bathory-Schloß eingekerkert. Bis zu ihrem Tod im Jahr 1615 zeigte sie keinerlei Anzeichen von Reue oder Schuld.

Gerüchte über die mörderischen Aktivitäten der Gräfin gab es zuhauf, aber erst als Bathory begann, unter den Angehörigen des örtlichen Kleinadels ihre Dienstboten zu rekrutieren, ordnete die Krone eine Untersuchung an. Für den Landesherrscher war es von doppeltem Interesse, der Gräfin kriminelle Taten nachzuweisen. Er konnte bei der Bevölkerung an Ansehen gewinnen, wenn er dem seit langem schwelenden Verdacht nachging, darüber hinaus wäre die Krone bei einem Schuldspruch der Gräfin von der Rückzahlung der Kriegsschuld befreit. McNally zufolge waren es diese politischen Erwägungen und nicht moralische oder ethische Beweggründe, die zur Verhaftung und Anklage gegen die Gräfin Bathory führten.

Dem hohen Rang der Angeklagten und der Bedeutung des Falles für die Krone sind die umfangreichen, großenteils erhaltenen Prozeßunterlagen zu danken. McNally findet vor allem hier Belege für seine These, daß Bram Stokers »Dracula« auf das Leben der Gräfin Bathory zurückgreift.

Am populärsten ist die Mär, daß die Gräfin im Blut junger Frauen badete, um ihre Jugend zu bewahren. Eines Tages, so heißt es, riß ihr eine Dienerin beim Kämmen versehentlich ein Büschel Haare aus. Die Gräfin drehte sich blitzschnell um und schlug der jungen Frau ins Gesicht, was bei dieser heftiges Nasenbluten hervorrief, worauf Blut auf Bathorys Hand spritzte. Sie wischte es ab und meinte zu bemerken, daß ihre Haut an dieser Stelle jünger und frischer aussähe. Um sich ihre Jugend und Schönheit zu erhalten, pflegte sie von da an im Blut junger Frauen zu baden. Trotz der Zählebigkeit dieser Legende findet McNally in den Prozeßunterlagen keinen Hinweis auf derartige »Blutbäder«. Allerdings wurde bewiesen, daß die Gräfin Bedienstete zu beißen pflegte. McNally beschreibt einen Vorfall, der sich zutrug, als die Gräfin krank zu Bette lag:

»In wüsten Verrenkungen zuckte Elisabeth auf ihrem Krankenlager. Sie verlangte, man solle ihr eine Dienerin bringen. Dorothea Szentes, ein stämmiges, kräftiges Bauernweib, zerrte mit Gewalt eines der Mädchen zu Elisabeth und hielt es fest. Elisabeth richtete sich auf, und einer wütenden Bulldogge gleich biß sie das Mädchen in die Wange. Dann riß sie ihm aus der Schulter ein Stück Fleisch heraus und schlug ihre Zähne schließlich in die Brüste der jungen Frau.«

Auch bei dem Adelsgeschlecht der Bathorys läßt sich die im europäischen Adel weit verbreitete Inzucht, die häufig mit Erbkrankheiten und einem bei Privilegierten nicht seltenen Machtmißbrauch einherging, beobachten. Laut McNally war ein Onkel von Elisabeth »Anhänger eines Satanskultes; ihre bisexuelle und lesbische Tante Klara folterte gern die Dienerschaft, und Elisabeths Bruder Stefan war als Trunkenbold und Lüstling verschrien«. Wie aus Briefen der Familie hervorgeht, waren Epilepsie, Geisteskrankheiten und andere physische und psychische Abnormitäten bei den Bathorys an der Tagesordnung.

Betrachtet man den Einfluß der historischen Figur auf die Entwicklung ihrer literarischen Umsetzung in Gestalt der lesbischen Vampirin, so sind Elisabeth Bathorys Neigung zu Cross-Dressing und ihre häufig erwähnte sexuelle Präferenz von besonderem Interesse. Tante Klara war eine bekannte Lesbierin, und Elisabeth bevorzugte »Kleidung und Benehmen eines Mannes«. Im Verlauf des Prozesses gaben am siebten Januar 1611 zwei Zeugen zu Protokoll, daß ihnen eine Überlebende von Folterungen, eine Zofe, folgendes berichtet habe: »Das Ausbluten unternahm die Gräfin höchstpersönlich, wobei ihr eine Frau in Männerkleidern Hilfestellung leistete.« In den Prozeßakten wie in späteren Berichten wird kein Zusammenhang zwischen den Mordtaten und Bathorys Bisexualität hergestellt, trotz der sexuellen Aktivitäten Bathorys und ihrer Komplizen.

In ihren 1971 erschienenen Skizzen ›Die Blutgräfin‹ setzt sich die argentinische Dichterin Alejandra Pizarnik mit Bathorys Obessionen Folter, Schmerz und Tod auseinander. Pizarniks zutiefst verstörende Prosa schildert die Gräfin als distanzierte, häufig gelangweilte Beobachterin der von ihr selbst initiierten Folterungen. ›Die Blutgräfin‹ ist zwar keine reine Vampirgeschichte, berührt aber deren Themen Blut, Wollust und Sexualität. Pizarnik war in ihrer Arbeit wie in ihrem Privatleben lesbisch orientiert, auch wenn sie sich öffentlich nicht dazu bekannte. Nach ihrem Selbstmord 1972 wurde ›Die Blutgräfin‹ zu einem Klassiker der argentischen Subkultur.

Auf den Gestalten der Carmilla und Elisabeth Bathory basiert ein eigenes Sub-Genre, der lesbische Vampirfilm, der seine Blütezeit Anfang der siebziger Jahre hatte. Allein zwischen 1970 und 1974 brachten unterschiedliche Independent Studios weltweit zwanzig Vampirfilme mit lesbischer Thematik heraus. COUNTESS DRACULA, DAUGHTERS OF DARKNESS und LA NOCHE DE WALPURGIS orientieren sich an Elisabeth Bathory, an Carmilla wiederum die KARNSTEIN-TRILOGIE der Londoner Hammer-Studios – VAMPIRE LOVERS, LUST FOR A VAMPIRE und TWINS OF EVIL.

DAUGHTERS OF DARKNESS, ein Film des belgischen Regisseurs Harry Kumel, präsentiert einen Typ von Vampirin, mit dem lesbische Zuschauerinnen sich neuerdings identifizieren. Der Film erzählt, wie ein junges Paar in den Flitterwochen, das sich auf einer Reise zur Mutter des Bräutigams befindet, in einem großen Hotel Station macht. Dort begegnet ihnen die überaus elegante Gräfin Bathory und deren bildschöne, unterwürfige Begleiterin. Der Bräutigam entpuppt sich im Verlauf der Geschichte als Sadist und seine »Mutter« als alternder schwuler Transvestit. Der Gräfin bleibt weder der Sadismus des jungen Mannes noch die Sensibilität seiner Frau verborgen. Sie verführt die Braut, die ihr später bei der Tötung des Bräutigams assistiert. »Die negativen Aspekte des klassischen Vampirs (in DAUGHTERS OF DARKNESS) werden nicht so kraß empfunden... wenn die Zuschauerin lesbisch und Feministin ist«, schreibt Bonnie Zimmerman in ›Jump Cut‹. Nach Zimmermans Einschätzung bekommt Lesbisch-Sein in DAUGHTERS OF DARKNESS das Prädikat »sympathisch«, Heterosexualität dagegen die Zuschreibung »anormal und untauglich«.

In ihrer Monografie ›The Safe Sea of Women: Lesbian Fiction 1969–1989‹ betont Zimmerman die Bedeutung der lesbischen Vampirin:

»In der Belletristik konzentrieren sich die unterschiedlichen Lesben-Entwürfe aus der Feder von Lesben und Nicht-Lesben auf

das Anderssein, meist in Gestalt der verführerischen und gefährlichen Vampirin... Aus manchen Gründen, und sei es nur zur
Selbstverteidigung, nehmen wir die Entfremdung als Überlegenheit und Besonderheit wahr und glorifizieren den Status der (lesbischen) Geächteten... Diese ist kampfbereit, leidenschaftlich
und zielgerichtet; dazu unangepaßt und furchteinflößend, so
gefährlich wie zügellos und andersartig – also: eindeutig zu erkennen.«

In diesen und anderen Filmen sind Lesben zwar wichtige und
zentrale Figuren, die indes in wenig positivem Licht gezeigt werden. Das Bild der lesbischen Vampirin ist häufig eine Steigerung
frauenfeindlicher und antilesbischer Stereotypen. Dennoch ge-
hörten diese Muster lange Zeit zu den raren Darstellungen von
Lesben, die dem breiten Kinopublikum überhaupt zugänglich
waren. Die lesbischen Zuschauerinnen akzeptierten erst einmal
die vampirischen Heldinnen und suchten einen Zusammenhang
zwischen deren Geschichte und ihrem eigenen Leben. In ›The
Ladder‹, der Zeitschrift der lesbischen Avantgardeorganisation
»Bilitis Töchter«, sagt Gene Damon über LeFanus Novelle, Carmilla sei »nichts weiter als eine intelligente junge Frau, die wild
entschlossen ist, mit dem Mädchen ihrer Wahl durchzubrennen«.
    Angesichts eines wachsenden Marktes für lesbische Literatu,
sind viele Lesben dazu übergegangen, Vampirgeschichten nicht
länger neu zu interpretieren, sondern neu zu erfinden. So
schreibt Jewelle Gomez in dem Artikel ›Wie man Vampirgeschichten verfaßt‹: »Ich kann, wie jede andere auch, eine Mythologie kreieren... und damit mein Selbstverständnis als schwarze
lesbische Feministin zum Ausdruck bringen.« Das Resultat von
Gomez' Bemühungen ist einer der originellsten und innovativ-
sten Vampirromane der letzten Jahre – ›The Gilda Stories‹.
    Zwar werden lesbische Vampirgeschichten geschrieben und
auch publiziert, doch in den Anthologien der großen Verlage tau-
chen sie selten auf. Das ist nicht nur angesichts der Fülle und
qualitativen Vielfalt lesbischer Vampirliteratur bedauerlich, son-

dern auch, weil die Gestalt der lesbischen Vampirin in der Entwicklung dieser Literatur eine entscheidende Rolle gespielt hat. Hier ist noch ein Stück Lesbengeschichte aufzuarbeiten.

Beim Auswählen der Geschichten und der Filme (siehe Filmographie auf Seite 306) geriet ich in ein interessantes Dilemma. Wie sollte ich die lesbische oder bisexuelle Vampirin von jener unterscheiden, die zwischen männlichen und weiblichen Opfern keinen Unterschied macht? Bei den Filmen hatte ich schon im Vorfeld Probleme. Zwar gibt es eine Menge Vampirfilme auf Video, aber ein Teil, etwa ausländische Produktionen, war nur schwer aufzutreiben. Viele der Heldinnen in Vampirfilmen sind unzweifelhaft lesbisch, doch da diese für ein mehrheitlich männliches, heterosexuelles Publikum gedreht wurden, sind auch die Szenen zwischen Frauen für den männlichen Blick konstruiert (wer ist zum Beispiel in VAMPIRE LOVERS der Mann auf dem Pferd?). Man sollte nicht übersehen, daß viele dieser Filme zu einer Zeit entstanden, da die Studios Zensurmaßnahmen herausforderten, wenn sie die ungeschminkte Darstellung sexueller Handlungen, gleich welcher Art, riskierten.

Bei der Filmographie habe ich mich auf Filme konzentriert, die Zweierbeziehungen zwischen einer Vampirin und einer anderen Frau behandeln, sowie auf Filme mit direktem Bezug zu Carmilla oder Gräfin Bathory. Einzige Ausnahme ist DRACULAS TOCHTER von 1936, das Sequel zu dem Bela Lugosi-Klassiker ›Dracula‹ (1932). Gräfin Zaleska hat mit ihrem Opfer ein allenfalls flüchtiges Abenteuer, aber bedenkt man, daß DRACULA'S DAUGHTER 1936 gedreht wurde, wirkt ihre Begegnung mit dem jungen Model wesentlich erotischer als irgendeiner ihrer Kontakte zu einem Mann.

Die Bibliographie versammelt alle mir zugänglichen Titel zum Thema lesbische Vampire. Es gibt eine umfangreiche Literatur zum Vampirmythos; so befaßt sich ein ganzes Sub-Genre ausschließlich mit männlichen schwulen Vampiren. Die Bibliographie ist demnach keinesfalls vollständig.

In den vorliegenden Erzählungen geht es, wie in den Filmen,

um Beziehungen zwischen einer Vampirin und anderen Frauen. Die meisten Geschichten, aber bei weitem nicht alle, wurden von lesbischen Autorinnen für lesbische Leserinnen geschrieben. Einige sind ausgesprochen witzig, andere wiederum höchst erotisch. Nicht wenige kreisen um das entscheidende Thema des Vampirmythos, den verwaschenen Grenzbereich zwischen Sexualität und Gewalt.

Zanas ›Miss Dracula‹ wendet Bram Stokers Plot ins Moderne. Statt Mina ist Lucy mit Jonathan Harker verheiratet. Als grüne Witwe zu Tode gelangweilt, entscheidet Lucy sich fürs Vampirdasein, verläßt ihren Mann zugunsten lesbischer Alternativen und nennt sich »Amazonklitofrau«. In Jody Scotts Science-fiction-Komödie ›Ich bin ein Vampir!‹ ist die Heldin Sterling O'Blivion schon »so«, nämlich als Vampirin auf die Welt gekommen, und ihre Familie hat immer gewußt, daß Sterling »das bewußte defekte Gen besaß, das sich in ihrer Familie von einer Generation zur nächten vererbte... etwas, das zwar andere erschreckte, ihr selbst indes nebensächlich, natürlich, ja sogar recht angenehm zu sein schien«.

Nur eine einzige Geschichte, nämlich ›Carmilla‹ stammt von einem Mann. Angst vor der weiblichen Sexualität und Warnungen vor Zuneigung unter Frauen sind die geheime Botschaft dieses auf dem Höhepunkt der viktorianischen Ära entstandenen Werks. Ein »lesbischer Untergrund-Klassiker« ist ›Carmilla‹ nach Meinung von ›The Ladder‹. Was wäre wohl geschehen, hätte man Laura nicht gelehrt, ihre Sexualität zu fürchten? Wie hätte sich die Geschichte von Laura und Carmilla wohl entwickelt?

Einer ganz anderen literarischen Traditon verdankt sich ›Kind der Finsternis‹ von Elaine Bergstrom. Diese eher klassische Vampirerzählung wendet sich weniger an die lesbisch oder feministisch orientierte Leserin, denn an den Durchschnittsleser von Vampirgeschichten. Aus der abstoßenden historischen Figur Elisabeth Bathory macht Bergstrom eine beinahe sympathische Heldin, eine Art mythischen Wildling mit Sehnsucht nach Liebe und Verständnis, die nur von ihresgleichen kommen kann.

Eine Vampirin, die keinem Prototyp entspricht, ist Jewelle Gomez' Gilda in ›Louisiana: 1850‹. Gilda (anfangs namenlos als DAS MÄDCHEN apostrophiert) ist schwarz, lesbisch und feministisch. Nachdem sie ihre Mutter verloren hat, den einzigen Menschen, der ihr etwas bedeutet, entflieht sie der Sklaverei und macht sich auf die Suche nach einem Standort, nach Familie und Heimat, die sie letztendlich im Vampirismus findet.

Die klassische böse Vampirin begegnet uns in Robbi Sommers ›Lilith‹ und Karen Marie Christa Minns ›Virago‹. In den dunklen Gassen, dem mythischen Untergrund von New Orleans ist ›Lilith‹ angesiedelt. Lilith hat mit Adams erster Frau allerdings nur den Namen gemein. Ein finsteres Moment der menschlichen Existenz ist in Minns Vampirin Darsen ›Virago‹ verkörpert, die die Jagd zwar der Liebe vorzieht, aber was letztere angeht, weibliche Wesen bevorzugt.

Eine Science-fiction-Geschichte mit dem Schwerpunkt Erotik ist ›O Captain, mein Captain‹ von Katherine V. Forrest. Ihre Heldin, die Raumschiffkapitänin Drake, ist eine geheimnisumwitterte Einzelgängerin mit einer Vorliebe für weibliche Verbindungsoffiziere. Als Vampirin braucht Drake natürlich nur ein einziges Nahrungsmittel, doch hat sie etwas Kräftigenderes als das übliche Blut entdeckt.

Ein Ausschnitt aus einem Fantasiestück in Comic-Manier, Anna Livias ›Minimax‹, beschließt den Band. Die Vampirinnen, zwei berüchtigte Lesben der Jahrhundertwende, Renée Vivien und Natalie Barney, werden von rechtsradikalen Vampirophoben gejagt. Per Gesetz lassen die Vampirjäger den Vampirismus als alternativen Lebensstil verbieten, wobei sie sich der Sprachregelung der antihomosexuellen Gesetzgebung Großbritanniens bedienen, die den Einsatz öffentlicher Mittel zur »Förderung« schwuler Lebensart ächtete. ›Minimax‹ zeigt, wie die Gesellschaft die Vampire zur Heuchelei zwingt.

1996 jährt sich das Erscheinen von Bram Stokers ›Dracula‹ zum hundertsten Mal, und da wird der berühmteste aller Vampire sicher gefeiert werden. Aber die große Vampirfamilie weist auch

Schwestern auf, Mütter, Tanten und andere Weibsbilder, die die sprichwörtlichen »Leichen im Keller« sind. Man sollte nicht vergessen, welch entscheidenden Beitrag die lesbische Geschichte zur Entwicklung des Vampirmythos geleistet hat.

Pam Keesey, Minneapolis, Juni 1993

MISS DRACULA

Diese Geschichte handelt von Lucy Harker, einer jungen Frau mit Pep und Hirn, die's trotzdem geschafft hatte, sich mit einem uramerikanischen Blindgänger vom Typ Mamas Liebling namens Jonathan zu verheiraten. Das kann den Besten unter uns passieren. Aber Lucy war blutjung, und Ehefrau spielen hatte noch den Ruch von Abenteuer, von neu, von anders. Die Hochzeit machte Spaß, trautes Heim machte Spaß, Sex machte... na ja, auf jeden Fall war's was Neues. Schon einen Monat nach der Hochzeit merkte Lucy, daß ein Tag dem anderen verteufelt ähnlich war und ihre Abenteuer sich in Kochexperimenten aus dem Zettelkasten erschöpften.

Eines Tages – Lucy war gerade damit beschäftigt, das Plastikobst zu polieren – hielt vor dem Nachbarhaus ein Umzugsauto. Durch die Spitzengardinen beobachtete sie interessiert, wie muskulöse Möbelpackerinnen lila Umzugskisten ausluden.

Am Abend, als Jonathan, der sein Geld als Immobilienmakler verdiente, nach einem harten Arbeitstag sein Heim betrat, fragte Lucy, ob er über die neuen Nachbarn etwas wüßte. Und siehe da – Jonathan selbst hatte die Transaktion bewerkstelligt und konnte seiner Frau daher aus erster Hand berichten, was für eine exzentrische alte Schachtel nebenan lebte – eine Ausländerin mit Namen Dracula.

Am nächsten Tag ging Lucy Ms. Dracula besuchen, mit Limonade und Plätzchen. Frau Nachbarin saß unter einem schattenspendenden Baum und las ein Buch mit dem Titel ›Sexualpolitik‹.

Lucy war merklich verunsichert, daß eine Dame in Ms. Draculas Alter ein Buch über Sex las. Was hatten Sex und Politik miteinander zu schaffen? Höflich ignorierte sie das Buch und setzte ein strahlendes Lächeln auf. Ms. Dracula lächelte zurück, es war ein warmes, ruhiges Lächeln. Ihre dunkelbraunen Augen sahen Lucy forschend an. Die beiden Frauen begannen zu plaudern über Plätzchenbacken, die Nachbarschaft, die gesellschaftliche Institution der Ehe und Frauenpower, die das Patriarchat zerschlägt. Ein vergnüglicher Nachmittag.

In der folgenden Nacht wälzte Lucy sich ruhelos im Bett herum. Um Jonathan nicht zu stören, zog sie mit ihrer Bettdecke ins Erdgeschoß und legte sich aufs Sofa.

Kurz nach Mitternacht hatte sie einen merkwürdigen Traum: Am offenen Fenster erschien eine schwarze Katze und miaute... Lucy winkte ihr hereinzukommen, doch kaum sprang das Tier von der Fensterbank, verwandelte es sich in... in eine Frau... in Dracula! Aber was bot sie für einen merkwürdigen Anblick! Anstelle des braven baumwollenen Hemd-und-Hose-Outfits trug sie ein langes, schwarzes Samtgewand, das mit absonderlichen, silbrig schimmernden Symbolen bestickt war. Ihr silberweißes Haar, vordem in einer braven Zopffrisur gebändigt, umwogte als wilde Mähne ihren Kopf. Lucy war schwer beeindruckt.

Und dann diese Augen – die reinste Hypnose. Dracula kam zum Sofa geschwebt und beugte sich über Lucy, wobei sie den Blick nicht von ihr wandte. »Wowwwh!« dachte Lucy. »Das kann ja nur ein Traum sein.«

Am nächsten Morgen brummte und grummelte Jonathan, als der Wecker ewig weiterschrillte. Normalerweise war es Lucy, die ihn abstellte, bevor sie aus dem Bett hüpfte, um Frühstück zu machen, während Jonathan noch eine Runde schlief. Doch ihr Bett war leer.

Er taperte nach unten. Lucy saß auf dem Sofa und schrieb Tagebuch. Sie würdigte ihn keines Blickes. Mit ihrem dünnen Sommernachthemd angetan, hatte sie sich gleichwohl einen Wollschal um den Hals gewickelt.

»Wo ist mein Frühstück?« fragte Jonathan. »Und warum in drei Teufels Namen trägst du mitten im Juli einen Wollschal?«

Lucy schrieb seelenruhig weiter, schaute aber dann doch auf, als habe ein interessantes Insekt ihre Aufmerksamkeit geweckt.

»Frühstück? Mir fehlt der Appetit, also hab ich keins gemacht.« Sie fummelte am Schal herum und unterdrückte ein Lächeln. »Mir ist irgendwie kalt. Vielleicht krieg ich 'ne Erkältung.«

Nach einer Woche befragte Jonathan einen Psychiater zu dem unverändert seltsamen Benehmen seiner Frau.

»Ständig trägt sie diesen Schal. Während sie schlief, habe ich druntergeschaut und fand zwei rote Flecken an ihrem Hals. Sah aus, als hätte sie eine Katze gebissen.«

»Hochinteressant!« entfuhr es Dr. van Helsing. »Und sie weist Ihre sexuellen Avancen zurück, sagen Sie? Hm, hm!«

Er zog eine Schublade auf und entnahm ihr diverse Gegenstände.

»Solche Fälle wie den Ihrer Frau beobachten wir in unserer Stadt immer häufiger. Die Ursache des Übels liegt meiner Meinung nach bei Ihrer neuen Nachbarin. Frauen ihrer Art haben vor Objekten wie diesen hier einen tiefen Abscheu. Laden Sie Ms. Dracula ein und testen Sie sie. Reagiert sie mit Ensetzen, müssen Sie Ihren, hm, Ihren Pflock in sie hineinstoßen. Und Ihre Frau wie auch Ms. Dracula werden umgehend von ihren widernatürlichen Leidenschaften befreit sein.«

Versonnen lächelnd verließ Jonathan van Helsings Praxis. Mit der Hilfe des guten Doktors bekäme er seine Lucy zurück.

Auf Jonathans Einladung hin erschien Dracula am Samstag abend im Heim der Harkers. Da Lucy ihre Hausfrauenpflichten immer noch sträflich vernachlässigte, gab es von Jonathan zubereitete überbackene Käsetoasts. Dracula hatte sich von Kopf bis Fuß in schwarzen Samt gehüllt.

Die liebevollen Blicke, die seine Frau und seine Nachbarin austauschten, paßten Jonathan überhaupt nicht, aber er versteckte seine Gefühle unter dick aufgetragenem Immoblienmakler-Charme.

»Möchten die bezaubernden Damen nicht ein Weilchen im Wohnzimmer sitzen? Ich setze Kaffee auf.«

Das Wasser fing an zu sieden, und während Jonathan die Gebrauchsanweisung für den Instant-Kaffee entzifferte, lauschte er gespannt auf Geräusche aus dem Nachbarzimmer. Dort war eines von van Helsings Objekten plaziert.

»Igitt!« kreischte Dracula, und Jonathan ließ eine Tasse fallen.

»Oje!« keuchte Lucy. Dracula wedelte heftig mit den Armen, bis das ›Hustler‹-Heft zu Boden fiel. »Es tut mir ja soo leid, Dracula. Ich habe keine Ahnung, wie das Ding hier hereinkommt!«

Der Kaffee wurde in angespanntem Schweigen getrunken, wobei Jonathan wissend grinste, und Dracula und Lucy beharrlich in ihre Tassen schauten.

Jonathan sprang auf. »Möchten Sie das Haus sehen, Ms. Dracula?«

»Aber gern«, erwiderte Dracula glattzüngig, wobei sie Jonathans mißtrauischer Miene mit einem stahlharten Blick begegnete. Lucy wand sich verlegen, aber Dracula legte ihr beruhigend die Hand auf den Arm.

Sie stiegen im Gänsemarsch die Treppe hinauf, die mit kastanienbraunem Teppichboden belegt war. Im Schlafzimmer riß Jonathan aus heiterem Himmel den Kleiderschrank auf, in dessen Innenspiegel die Besucherin sich unerwartet betrachten konnte. Im Spiegel zeigte sich Draculas schlichtes schwarzes Kleid plötzlich von merkwürdigen Symbolen bedeckt, und ihre ordentlich frisierten Haare stoben wirr in alle Richtungen. Aha! Eine klarer Beweis für verborgene Perversionen, wie sie nur ein Spiegel enthüllen konnte. Dr. van Helsing hatte erneut recht!

Beim Verlassen des Zimmers griff Jonathan wie zufällig nach einer Dose Haarspray. Schaudernd wich Dracula zurück und rannte fort, als er sie ansprühte.

»Ich kenne Ihr Geheimnis!« brüllte er und scheuchte Dracula von Zimmer zu Zimmer vor sich her. »Ich soll meinen Pflock in Sie hineinstoßen, damit Lucy und überhaupt alle Frauen von Ihrem widerwärtigen Einfluß erlöst sind!«

Schlußendlich hing Dracula in einer Ecke fest und stieß ihren allerbesten Katzenbrunstschrei aus. Im Nu erfüllte eine Armada von Frauen in wogenden purpurroten Gewändern den Raum. Als Dracula die Schwestern begrüßte, merkte Jonathan entsetzt, daß auch Lucy in einer lavendellila Wolke herumschwebte und nicht mehr in ihrem Patchworkkleid steckte.

Mühelos ward Jonathan bezwungen. Die Frauen bauten sich im Kreis um ihn auf, sein Schicksal zu entscheiden.

»Er kennt unser Geheimnis«, begann Dracula, »und er hat mir eine Klage angedroht. Auf keinen Fall können wir ihn gehen lassen.«

»Richtig!« kam die Zustimmung einer Schwester. »Wegen Typen wie ihm hast du dich, wie andere auch, jahrhundertelang verstecken müssen. Ich hab's total satt, den ganzen Tag wie'n Zombie rumzulaufen – zartes Lächeln, rasierte Beine, Büstenhalter –, und dann noch für'n paar mickrige Kröten dämliche Jobs zu machen.«

»Stimmt«, sagte eine andere Schwester. »Aber nach Sonnenuntergang können wir raus, wie wir sind. Es gibt Bars nur für Frauen und sogar Konzerte, und wir können uns damit amüsieren, stinknormale Frauen zu beißen und umzudrehen. Wir sollten aufpassen, daß wir das bisher Erreichte nicht gefährden.«

»Revisionistin«, grummelte eine dritte. »Es wird langsam Zeit, daß einer von diesen Scheißern das verpaßt kriegt, was ihm zusteht; und zwar ohne Glacéhandschuhe. Aber eins ist klar: Wir können den Angeber hier nicht einfach exen. Das wäre 'ne typische Männertaktik. Wir Frauen hatten schon immer etwas mehr Finesse.«

Nun, liebe Leserin, Sie haben bestimmt kein Interesse an einem Wortprotokoll der Versammlung, denn es dauerte drei Stunden, bis ein Konsens hergestellt war. Am Ende beschloß man, Jonathans Karma einen Hauch zu beschleunigen. Mit ein, zwei Zauberformeln würde er mitten ins nächste Leben verpflanzt, das für ihn eine wesentlich nützlichere Form – nämlich die eines Marienkäfers – vorsah.

Dracula, die in Lucy Harker die Liebe ihres Ewiglebens gefunden hatte, beschloß, sich aus dem Arbeitsbereich der Rekrutierung zurückzuziehen. Mit Lucy (neuer Name: Amazonklitofrau) und ein paar Schwestern gründete sie eine Frauenkommune auf dem Land. Dort leben sie nun glücklich bis in alle Ewigkeit – mit schönen Diskussionen über vegetarische Ernährung, Unmonogamie und die Frage, ob es ökologisch vertretbar ist, alle Männer in Marienkäfer zu verwandeln.

ICH BIN EIN VAMPIR!

»Verschwinde!« ertönte Papas Donnerstimme.

»Und wohin? Und weshalb?« heulte ich zurück.

»Du bist nicht unsere Tochter. Aus Satans Rippe bist du geschnitten«, kreischte meine hübsche, fette kleine Mama.

Das Gezeter dauerte die ganze Nacht. Ich hatte den idiotischen Fehler begangen, mein Verbrechen zu gestehen, das Geständnis sogleich zu widerrufen und so weiter und so weiter, bis sie schließlich brüllten: »Du hast geschworen, daß du diesem Priester Blut abgesaugt hast!«

»Ich hab gelogen! Ich lüge; das weiß jeder.«

Es hatte zu schneien begonnen, und die Pechfackeln brannten lichterloh, aber meine Eltern ließen mich ums Verrecken nicht ins Haus. Natürlich hatten sie seit meiner Geburt das bedrohliche Ereignis kommen sehen. Es vielleicht gar früher erwartet. Wir alle wußten, daß ich, Sterling O'Blivion »es« besaß, das unaussprechliche »es«, das defekte Gen, das sich in unserer Familie von einer Generation zur nächsten vererbte. Mit mir stimmte fatalerweise was nicht; dieses »was« erschreckte zwar andere, mir selbst schien es indes nebensächlich, natürlich, ja sogar recht angenehm zu sein.

Stunde um Stunde stieß meine alte Amme Blescu augenrollend und kreuzeschlagend ein »Vaterunser« nach dem anderen hervor. Früher hatte diese Amme Puppen für mich gebastelt (»Sie werden lebendig, wenn du schläfst, mein kleines Äffchen«, pflegte sie zu sagen), und eigentlich liebte sie mich, ihren Liebling, abgöttisch.

Aber jetzt war diese stupide, alte Heuchlerin völlig durchgeknallt. Sie hielt ein Kreuz gen Himmel und flehte Jesus an, mich auf der Stelle zu töten. (Was er glücklicherweise nicht tat.)

Am schlimmsten war es, die Veränderung in den Gesichtern meiner Eltern zu beobachten. Die Angst hatte jede Spur von Liebe, ja sogar von jeglicher Vertrautheit ausgelöscht. Mit eiskalter Verachtung schauten sie mich an; ich konnte es kaum glauben. Wie Bauern waren sie auf einmal, Bauern, die überzeugt waren, ich würde ihnen gleich mit irgendeiner schauerlichen Teufelei den Garaus machen.

»Papa!« Schmeichelei war angesagt. »Bitte, es gibt überhaupt keinen Grund zur Sorge. Ihr zieht falsche Schlußfolgerungen ...«

Ich setzte allen Charme und sämtliche Überredungstalente ein, die Gott mir (reichlich) verliehen hatte, und sprach mit Bedacht, um mich nicht durch falsche Worte zu verraten. »Der Aberglaube ist irreführend. Es ist nicht so schlimm, wie es sich anhört.«

Papas Schnurrbart zitterte. Er wollte mir gern glauben, aber ein so abscheuliches Verbrechen konnte er einfach nicht schlucken. Verärgert ballte er die Faust, wobei er den Zeigefinger und den kleinen Finger abspreizte. Das hieß, ich war enterbt, war des Teufels, sollte mich besser davonmachen und sterben, damit Papa und Mama das Gorgonenmonster, das sie gezeugt hatten, vergessen konnten. Natürlich hatte die Chronistin keinesfalls vor, zu sterben.

Nun, das alles geschah vor siebenhundert Jahren. Von unserem Besitz in Sibiu, in Transsylvanien, ist natürlich nichts mehr da, heute befindet sich an der Stelle ein Getto. Hundertdreißig Jahre später war ich in München und wälzte Pläne für einen Zeitsprung. Ich sehnte mich so sehr, ja gierte förmlich danach, meine lieben Eltern noch einmal wiederzusehen und die Szene in meinem Sinne enden zu lassen.

In der Tat passierte dieser Ausbruch des Bösen, als ich dreizehn war, auch wenn es mir immer wie vorige Woche erschien. Ich war kurz davor, zu erfrieren, aber Papa befahl den Dienstboten, sämtliche Türen zuzunageln und Steine und kochendes Wasser auf mich zu schütten, sollte ich versuchen, die Festung zu erklimmen, was ich als Kind aus sportlichem Vergnügen gerne tat.

Dutzende von Bauern standen glotzend herum, klapperten mit ihren Rosenkränzen, flüsterten und rissen sich die Schürzen vors Gesicht, als ich sie trotzig anstarrte. Um nicht zu weinen (immerhin war die Liebe meiner Eltern futsch, die Zeichen an der Wand eindeutig und mein Herz gebrochen), streckte ich die Zunge raus, stemmte die Fäuste auf die Hüften, warf den Kopf zurück und schmetterte:

Klatschbasenpack,

Eure Zunge geht ab,

Und jeder Hund im Ort

Beißt ein Stück fort.

Dann versteckte ich mich in der Scheune. Ich war fest entschlossen, Papa und Mama von meiner Version der Geschichte zu überzeugen. Daß sie mich nicht mehr liebten, machte mich kreuzunglücklich, aber schuldig fühlte ich mich nicht. Warum sollte ich auch? Mein sogenanntes Verbrechen war ein ganz normaler Vorgang. Gott hatte mich so geschaffen. Nicht ich war grausam, sondern meine Eltern und meine Amme waren es. Ich entwarf eine Ansprache, die sie zur Einsicht bringen sollte, und weinte mich zwischen zwei warmen, freundlichen Kühen in den Schlaf.

Nach der grauenhaft qualvollen Nacht kam ein überaus friedvoller Morgen. Ich schaute zum Haus hinüber mit seinen im ersten Tageslicht rosig schimmernden Mauern und den schneebedeckten Giebeln und Türmchen. Ich neigte mein Haupt, befahl meine Seele Sankt Judas, dem Schutzpatron der Blutsauger (keine Ahnung, wer auf *die* Idee gekommen ist), faltete die Hände und begann unter den neugierigen Blicken diverser Raben zu beten: *Omnes gurgites tui et fluctus tui super me transierunt.*

Dann wusch ich mich im Schweinetrog, kämmte meine braunen Haare und legte mir meine Worte zurecht.

Auf dem Weg zum Haus sausten ein, zwei Steine an mir vorbei.

»Ruft nur euren Herrn, ihr armseligen, angeberischen, zitternden Mißgeburten!« fluchte ich zurück.

Ich besaß den Hochmut und Witz, die ungeheure Vitalität und spöttische Grausamkeit meiner Rasse; dafür verehrten mich die Dienstboten. Jedenfalls hatten sie das bis heute getan. Aber jetzt war ich ihnen unheimlich und wurde verachtet und zurückgestoßen. Doch meine Augen sprühten Feuer, und alsbald klapperten die Schlüssel, quietschte die Tür, und mit verquollenen und übernächtigten Gesichtern, als hätten sie getrennt geschlafen und sich nicht ansehen wollen, stürmten Papa und Mama in den Hof.

Ich verbeugte mich höflich. »Laßt mich bleiben, und ich danke euch aus tiefstem Herzen. Schickt mich fort, und der Trennungsschmerz wird mich töten. Wie ihr auch entscheidet – ich grolle euch nicht; ich werde euch immer lieben.«

Es war die reine Wahrheit.

Und dann... Tja, wie hab ich das bloß geschafft? Papa war schließlich Kreuzritter gewesen und nicht gerade zimperlich. Aber mein überaus ehrliches, in der Scheune ersonnenes Plädoyer für ein, wie man heute sagen würde, »schwer verkäufliches« Objekt zeigte Wirkung. Papa war überzeugt:

1. Daß der Mann, der behauptete, ich hätte ihn in Schlaf versetzt und an seinem Hals gesaugt, ein Lügner war. Oder daß er wenigstens ein bißchen gelogen hatte.

2. Außerdem war der Mann bloß der Priester des Kirchspiels, und auch Priester sagen nicht immer die Wahrheit. Dieser Typ hatte meine Tat gewaltig aufgebauscht. Warum? Ich schätze wegen meiner zarten Haut, meiner guten Figur und des gewissen »Etwas«, mit dem ich alle (auch Papa) um den Finger wickelte.

3. Sein Wort stand gegen meines. Würde man einem Schurken niederer Abstammung glauben? Oder nicht eher einer O'Blivion von adeligem Geblüt?

4. Der Beichtvater war quicklebendig, wie jedermann sehen konnte. Er war kräftig genug, falsch Zeugnis zu reden gegen eine Unschuldige. Wozu also das ganze Geschrei?

Im Endeffekt nahmen sie mich wieder auf. Sie hatten die wunderbare Vorstellung, daß Vampire das Blut immer ex und hopp aussaugen. Also konnte ich kein Vampir sein. Unlogisch, aber keiner Debatte wert.

Danach lernte ich, mich so zu verstellen, daß ich ein volles Jahr nicht in flagranti erwischt wurde, obwohl ich »es« bei jeder sich bietenden Gelegenheit tat, gierig und ausgehungert, wie ich in jenen wilden, jungen, wundervollen Jahren war! Und jeden Abend stand ich an meinem kleinen Fenster unter dem Dach und suchte den Nachthimmel ab.

Damals bildete sich bei mir die feste Erwartung, daß eines Tages eine Frau aus der Sternenwelt auf unseren Wiesen landen würde: Sie befehligte ein traumhaft schönes Raumschiff. Und trug prachtvolle Sternenklamotten. Und wir verliebten uns heftig und leidenschaftlich ineinander; weil sie nämlich, im Gegensatz zu allen anderen hier in Sibiu, sich keinen Deut um meine »böse Veranlagung« scherte. Wir würden in ihrem intergalaktischen Nobelschlitten davonbrausen und in fremden Welten die tollsten Abenteuer erleben mit einer Menge Schwertkämpfen und viel Romantik. Aus Liebe würden wir ein Paar und wären glücklich bis ans Ende unserer Tage.

Das einundzwanzigste Jahrhundert steht vor der Tür, und ich warte immer noch. Wo bist du, mein Augenstern? Hier spricht Sterling O'Blivion an ihrem Schreibtisch im Max-Arkoff-Tanzstudio in Chicago. Für dich, Seelenfreundin und strahlende Sternenfrau, hab ich mich fast das ganze Jahrtausend so super lebendig gehalten (bei meinem scharfen Eckzahn! sage ich, und daß du mir das ja nicht vergißt; denn jener Nacht folgte ein wüstes, wildes Von-der-Hand-in-den-Mund-Leben, und bei der bloßen Erinnerung daran wird mir schon schlecht).

Von Schatten gejagt, doch ungebeugt.

Die Logik meiner Natur sagt mir, daß »etwas Schreckliches geschehen wird«. Das Schicksal erfüllt sich unvermittelt wie eine Sturmbö; Warnsignale blitzen. Ich habe Vorahnungen und die verrücktesten Träume. Einerseits möchte ich frei sein, nicht nur von der Tretmühle Leben und Tod, sondern auch von meiner Veranlagung. Aber man denke nicht, daß diese Neigung, nachdem der erste Schock überwunden war, mir nicht auch Spaß und Genuß verschafft hätte.

Vampirismus würde ich niemals aufgeben. Ohne ihn wäre ich absolut nichts, sogar weniger als nichts, ein Sack voller Knochen in irgendeiner europäischen Krypta. Nur meine Veranlagung hebt mich aus der Masse der Frauen heraus: Witterung aufnehmen, die edle Jagd, Geistesgegenwart beweisen, einen Weg zum Schlaraffenland finden, ohne sich den Hals zu brechen. Und dann der Siegesschauer, jedesmal wie nagelneu, und die ritualisierte Ekstase, wenn ich mein bewußtloses Opfer in Position bringe und dann, zu guter Letzt, der Augenblick, da der flüssige Rubin mit einem wunderbar zärtlichen Streicheln über Zunge und Schlund gleitet . . .

Ach! Allein der Gedanke läßt mein Herz wie einen Schmiedehammer pochen.

Ich finde es herrlich, ein Vampir zu sein. Ich liebe die Überlieferung, die Geschichte, die lange Tradition und den Hauch mythischer Erhabenheit, den diese Tradition einer ansonsten schlichten, sentimentalen und vielleicht auch langweiligen älteren Frau verleiht. Das einzige, was mich fertigmacht, sind die schreckliche Wut, die fruchtlosen Klagen und die stechenden Worte grausamer Verunglimpfung, mit denen eine egoistische Welt ihre mickrigen Blutstropfen verteidigt.

Und ich hab's satt, immer wieder windelweich geprügelt zu werden, was leider öfter vorkommt, als man meint.

Ich denke, mein Schlußwort lautet, daß ich gern geheilt wäre (wie ich dieses ordinäre, vulgäre Wort hasse!), ohne etwas von der wundersamen Macht und dem Kitzel einzubüßen, die meine Veranlagung begleiten.

Aber. . . war denn jemals irgendwas einfach?

CARMILLA

PROLOG

Auf einem der nachfolgenden Erzählung beigefügten Blatt Papier hat Doktor Hesselius einen recht ausführlichen Kommentar niedergeschrieben, nebst einem Verweis auf seinen Essay über das merkwürdige Thema, mit welchem das Manuskript sich befaßt.

Wie gewohnt läßt er dem geheimnisvollen Stoff Scharfsinn wie Gelehrsamkeit in bemerkenswerter Verdichtung und Deutlichkeit angedeihen. Der Essay wird sich als gesonderter Band in die gesammelten Werke dieses ungewöhnlichen Mannes einreihen.

Während ich den Fall aus dem einfachen Grunde bekanntmache, um das Interesse des durchschnittlichen »Laien« zu befriedigen, will ich den Geschehnissen, die uns die kluge Dame übermittelt, keinesfalls vorgreifen; nach reiflicher Überlegung habe ich mich deshalb entschlossen, keine Zusammenfassung der Argumentation des Doktors vorzulegen oder auch nur einen Auszug seiner Erörterungen zu einem Thema zu bringen, das seiner Einschätzung nach »manche der dunkelsten Geheimnisse unseres dualistischen Daseins und seiner Spielarten berührt«.

Der Fund von Doktor Hesselius' Kommentar machte mich begierig, eine Korrespondez wieder aufzunehmen, die der Doktor vor so vielen Jahren mit unserer Informantin, einer überaus klugen und umsichtigen Person, begann. Doch wie ich zu meinem Bedauern feststellen mußte, war diese in der Zwischenzeit verstorben.

Wahrscheinlich hätte sie ihrer Erzählung, die sie, soweit ich das sagen kann, gewissenhaft und ausführlich übermittelt, auch wenig hinzugefügt.

Unsere Familie bewohnt, obgleich sie keineswegs zu den Wohlhabenden zählt, ein Schloß in der Steiermark. In jenem Teil der Welt kann man mit einem bescheidenen Einkommen gut leben. Acht- oder neunhundert im Jahr, in den Augen der reichen Engländer daheim eher kärglich, sind hier ein Vermögen. Mein Vater ist Engländer, und ich trage, auch wenn ich England nie gesehen habe, einen englischen Namen. Ich kann mir nicht vorstellen, daß wir an diesem einsamen, kargen Ort mit mehr Geld komfortabler oder gar luxuriöser leben könnten.

Mein Vater, im österreichischen Staatsdienst befindlich, trat mit einer Pension und seinem Erbteil in den Ruhestand und erwarb diesen feudalen Wohnsitz mit den zugehörigen Ländereien zu einem außerordentlich günstigen Preis.

Eine idyllischere, aber auch einsamer gelegene Wohnstätte ist kaum vorstellbar. Das Schloß steht mitten im Wald auf einer kleinen Anhöhe. Die uralte und schmale Straße führt an der Zugbrücke vorbei, die zu meiner Zeit nie hochgezogen wurde, und an dem fischreichen Burggraben, auf dem zwischen weißen Seerosen viele Schwäne schwimmen.

Darüber erhebt sich das Schloß mit seinen vielen Fenstern, seinen Türmen und seiner gotischen Kapelle.

Vor dem Tor weitet sich der Wald zu einer unregelmäßigen, sehr malerischen Lichtung, und zur Rechten führt eine steile gotische Brücke über einen kleinen Fluß, der sich durch den düsteren Forst schlängelt.

Es ist ein überaus einsamer Ort, wie ich schon sagte. Beurteilen Sie selbst, ob ich die Wahrheit spreche. Blickt man von der Schloßtür zur Straße hinunter, so erstreckt sich der Wald fünfzehn Meilen nach rechts und zwölf Meilen nach links. Das nächste bewohnte Dorf liegt linkerhand, etwa sieben englische Meilen entfernt. Nicht ganz zwanzig Meilen zur Rechten befindet sich das nächste bewohnte Schloß von historischer Bedeutung, das Schloß des alten Generals Spielsdorf.

Ich sagte »das nächste bewohnte Dorf«, weil nur drei Meilen westwärts, also in der gleichen Richtung wie das Spielsdorfsche Schloß, ein verlassenes Dorf mit einer alten, wunderlichen Kirche liegt; ihr Dach ist geschwunden, und im Seitenschiff rotten die Gräber derer von Karnstein vor sich hin. Dem heute ausgestorbenen vornehmen Geschlecht der Karnstein gehörte einst das verfallene Schloß, das hoch über den stummen Ruinen des Dorfes aus dem Wald aufragt.

Warum dieser faszinierende melancholische Ort von seinen Bewohnern geflohen wurde, ist Gegenstand einer Mär, doch davon später.

Jetzt will ich Ihnen von den wenigen Bewohnern unseres Schlosses berichten. Dabei lasse ich die Dienstboten und auch jene Domestiken außer acht, die im Anbau des Schlosses leben. Man höre und staune! Es lebten im Schloß mein Vater, der gütigste Mensch auf Erden, aber an Alter zunehmend, und ich, die zu der Zeit, da meine Geschichte spielt, erst neunzehn Jahre alt war. Meine Mutter, eine Dame aus der Steiermark, starb, als ich noch ganz klein war, doch ich hatte eine Erzieherin, die mich seit meinen frühesten Kindertagen umsorgte. Ich kann mich keiner Zeit entsinnen, da sich ihr rundes, gütiges Gesicht nicht mit meiner Erinnerung verbindet. Sie hieß Madame Perrodon, stammte aus Bern und ersetzte mir mit ihrer Fürsorge und Freundlichkeit teilweise meine Mutter, an die ich mich nicht einmal erinnere, so früh verlor ich sie. Madame Perrodon war das dritte Mitglied unser Abendgesellschaft. Es gab noch ein viertes: Mademoiselle de Lafontaine, die man als Hauslehrerin oder Gesellschaftsdame ansehen konnte. Sie sprach Französisch und Deutsch, Madame Perrodon Französisch und einige Brocken Englisch, und mein Vater und ich benutzten im Alltag das Englische, teils um uns der Sprache nicht zu entwöhnen, teils aus patriotischen Motiven.

Die Folge war ein hübsches babylonisches Sprachgewirr, das Fremde zum Lachen reizte und das ich hier nicht wiedergeben werde. Außerdem weilten gelegentlich, für längere oder kürzere Frist, junge Damen im Schloß, die mit mir befreundet und ungefähr in meinem Alter waren und deren Besuche ich bisweilen erwiderte.

Solcherart war unser gesellschaftliches Umfeld; natürlich schneite auch einmal ein Nachbar aus der näheren Umgebung herein. Dessenungeachtet lebte ich in gehöriger Abgeschiedenheit.

Wie Sie sich denken können, hatten meine Gouvernanten etwa so viel Einfluß auf mich wie ein beliebiger vernünftiger Mensch auf ein überaus verwöhntes Kind hat, dem ein alleinerziehender Elternteil fast alles durchgehen läßt.

Das erste Ereignis in meinem Leben, das einen schrecklichen, bis heute nicht ausgelöschten Eindruck bei mir hinterließ, gehört zu meinen frühesten Kindheitserinnerungen. Manch einer mag es für banal und nicht erwähnenswert halten. Doch wird Ihnen bald einleuchten, warum ich davon berichte. Die sogenannte Kinderstube, die ich ganz für mich allein hatte, war ein großer Raum mit einer schrägen Decke aus Eichenholz, der sich im oberen Stockwerk des Schlosses befand. Eines Nachts, ich war höchstens sechs Jahre alt, erwachte ich und schaute mich um und sah das Kindermädchen nicht. Auch meine Amme war nicht da, und ich glaubte mich allein. Ich fürchtete mich nicht, denn ich gehörte zu den glücklichen Kindern, welchen man bewußt jene Geistergeschichten und Märchen vorenthielt, die uns dazu bringen, den Kopf unter die Decke zu stecken, wenn plötzlich die Tür knarrt oder eine verlöschende Kerze den tanzenden Schatten eines Bettpfostens neben uns auf die Wand wirft. Erbost und gekränkt, weil man mich, wie ich glaubte, allein gelassen hatte, begann ich zu wimmern und wollte gerade herzhaft losbrüllen, als ich zu meiner

Überraschung ein ernstes, doch sehr hübsches Gesicht erblickte, das mich vom Bettrand her ansah. Es gehörte einer jungen Dame, die neben dem Bett kniete und ihre Hände unter meine Decke gesteckt hatte. Ich sah sie mit freudigem Erstaunen an und stellte das Wimmern ein. Sie streichelte mich, legte sich neben mich und zog mich lächelnd an sich; ich fühlte mich herrlich getröstet und schlummerte wieder ein. Eine Empfindung, als würden mir zwei Nadeln tief in die Brust gestochen, weckte mich, und ich schrie laut auf. Die Dame wich zurück und starrte mich eindringlich an, dann glitt sie auf den Fußboden und versteckte sich, wie mir schien, unter dem Bett.

Nun bekam ich es doch mit der Angst zu tun und schrie aus Leibeskräften. Amme, Kindermädchen und Haushälterin stürzten herbei und versuchten mich zu beruhigen und mir die Geschichte, die ich ihnen erzählte, auszureden. Aber mochte ich auch ein Kind sein, so entging mir nicht die Blässe ihrer Gesichter und der Ausdruck von Furchsamkeit, und ich sah, wie sie sich im Zimmer umschauten, unter das Bett und unter die Tische spähten und Schränke aufrissen; und ich hörte, wie die Haushälterin der Amme zuflüsterte: »Fühlen Sie mal diese Mulde im Bett; da hat wirklich jemand gelegen; die Stelle ist noch warm.«

Ich weiß noch, daß das Kindermädchen mich fest an sich drückte und die drei meine Brust untersuchten, wo ich die Stiche gespürt haben wollte, und mir versicherten, es gäbe keinerlei Anzeichen, daß Derartiges wirklich geschehen sei.

Die Haushälterin und die beiden anderen Dienstboten, die die Kinderstube in Ordnung hielten, blieben den Rest der Nacht auf; und von dieser Zeit an hielt ein Bediensteter Nacht für Nacht Wache; das ging so bis zu meinem vierzehnten Lebensjahr.

Nach diesem Vorfall war ich lange Zeit sehr nervös. Ein Arzt wurde geholt, ein bleicher, älterer Mann. Wie gut erinnere ich mich an sein langes finsteres, pockennarbiges Gesicht und an seine kastanienbraune Perücke. Eine ganze Weile kam er jeden zweiten Tag und verabreichte mir eine scheußlich schmeckende Arznei.

Am Tag nach dieser nächtlichen Erscheinung war ich im Zustand höchster Angst und ertrug es nicht, Tageslicht hin oder her, alleingelassen zu werden.

Ich kann mich noch erinnern, wie mein Vater an mein Bett trat und fröhlich mit mir plauderte; wie er der Amme eine Reihe von Fragen stellte und über eine ihrer Antworten herzlich lachte; wie er mir auf die Schulter klopfte, mich küßte und mir sagte, ich solle keine Angst haben, es sei nur ein Traum gewesen und mir könne nichts geschehen.

Aber beruhigt war ich keineswegs, wußte ich doch, daß der Besuch dieser fremden Frau kein Traum gewesen war; und ich verspürte entsetzliche Angst.

Ein wenig beschwichtigte mich die Versicherung des Kindermädchens, daß sie es gewesen sei, die nach mir geschaut und sich zu mir gelegt habe und daß ich, halb vom Traum umfangen, wohl ihr Gesicht nicht erkannt hätte. Doch dies überzeugte mich nicht recht, auch wenn die Amme es bestätigte.

Wie ich mich entsinne, kam später an jenem Tag ein ehrwürdiger alter Herr in einer schwarzen Soutane mit der Amme und der Haushälterin in mein Zimmer; er sprach ein wenig zu ihnen und war zu mir sehr freundlich; sein Gesicht war gütig und sanft, und er sagte, sie würden nun beten, und er legte meine Hände zusammen und bat mich, während sie beteten, leise zu sagen:»Herr, erhöre unsere guten Gebete, um Jesu willen.« Ich denke, das waren seine Worte, denn ich habe sie mir oft aufgesagt, und meine Amme hieß sie mich viele Jahre in meine Gebete einschließen.

Ich habe noch alles vor Augen: das nachdenkliche, gütige Gesicht des weißhaarigen alten Mannes in der schwarzen Soutane, wie dieser in dem einfachen, hohen braunen Zimmer mit seinen plumpen, dreihundert Jahre alten Möbeln stand, in dem kümmerlichen Licht, das durch das kleine Gitterfenster in den düsteren Raum drang. Er kniete nieder, und die drei Frauen taten es ihm nach, und dann sprach er mit feierlicher, bebender Stimme die Gebete – was mir endlos zu währen schien. Mein ganzes Leben vor diesem Ereignis ist mir nicht gewärtig, sowenig wie die

Zeit danach; doch was ich soeben geschildert habe, hebt sich als lebendiges, scharf abgegrenztes Trugbild vom dunklen Hintergrunde ab.

ZWEITES KAPITEL
EIN GAST

Was ich Ihnen nun berichte, ist von so seltsamem Charakter, daß Sie es nur bei vollem Vertrauen in meine Wahrheitsliebe glauben können. Doch ist es wirklich geschehen, so wahr ich es mit eigenen Augen gesehen habe.

Es war ein lieblicher Sommerabend, und mein Vater bat mich, wie er es gelegentlich tat, mit ihm ein wenig am Rande des wunderbaren Waldes vor dem Schloß spazierenzugehen.

»Leider wird uns General Spielsdorf nicht so bald besuchen können, wie ich hoffte«, sagte er, während wir dahinschlenderten.

Er hatte sich auf ein paar Wochen bei uns angekündigt und wollte morgen eintreffen. In seiner Begleitung sollte sich eine junge Dame befinden, Mademoiselle Rheinfeldt, seine Nichte und sein Mündel. Ich war ihr nie begegnet, doch war sie dem Vernehmen nach ein bezauberndes Wesen, und ich hatte mir schon schon manche glücklichen Tage in ihrer Gesellschaft ausgemalt. Meine Enttäuschung war daher größer, als es sich eine junge Dame in der Stadt oder in belebter Nachbarschaft wohl vorzustellen vermag. Viele Wochen hatte ich mir in meiner Phantasie den Besuch und die neue Bekanntschaft lebendig ausgemalt.

»Und wann wird er dann kommen?«

»Nicht vor dem Herbst. Nicht in den nächsten zwei Monaten. Ich bin jetzt sehr froh, meine Liebe, daß du Mademoiselle Rheinfeldt nie kennengelernt hast.«

»Aber warum?« fragte ich, gleichermaßen verärgert und neugierig.

»Weil die arme junge Dame gestorben ist. Ich vergaß, daß ich es dir noch nicht gesagt habe, doch du warst nicht im Zimmer, als ich vorhin den Brief des Generals bekam.«

Ich war zutiefst erschrocken. In seinem ersten Brief vor sechs oder sieben Wochen hatte General Spielsdorf erwähnt, daß seine Nichte nicht wohlauf sei, aber nichts in seinem Brief wies auch nur im entferntesten auf eine Bedrohung von Leib und Leben hin.

Er reichte mir den Brief des Generals »Hier, lies. Ich fürchte, mein Freund ist arg mitgenommen und betrübt; er schrieb den Brief im Zustand geistiger Verwirrung, wie mir scheint.«

Wir setzten uns unter die prachtvollen Linden auf eine einfache Holzbank. Mit melancholischem Glanz ging die Sonne hinter dem Wald unter, und in dem kleinen Fluß, der, wie schon erwähnt, unter der steilen alten Brücke an unserem Zuhause vorbeifließt und zwischen uralten Bäumen mäandert, spiegelte sich jetzt zu unseren Füßen das verblassende Purpurrot des Himmels. Der Brief des Generals war außerordentlich merkwürdig; er war so ungestüm und stellenweise so widersprüchlich, daß ich ihn zweimal las. Beim zweiten Mal trug ich ihn meinem Vater laut vor und kam dennoch zu keinem Schluß außer dem, daß der Kummer dem General offenbar die Sinne verwirrt hatte.

Er lautete: »Ich habe meine geliebte Tochter verloren, denn eine solche war sie mir. Während der letzten Tage von Berthas Krankheit war ich nicht fähig, Ihnen zu schreiben. Und davor ahnte ich nicht, daß sie in Gefahr schwebte. Erst jetzt, da ich sie verloren habe, wird mir alles klar – zu spät. Sie starb in friedlicher Unschuld und in der wundersamen Hoffnung auf das gepriesene nächste Leben. Die Ursache von allem ist diese Teufelin, der wir Narren Gastfreundschaft gewährten. Ich glaubte, Fröhlichkeit und Unschuld mit ihr ins Haus zu holen, eine amüsante Gefährtin für meine arme Bertha. Herr im Himmel! Was bin ich für ein Tor gewesen! Gott sei Dank starb mein Kind, ohne zu erfahren, was ihr Leiden bewirkte. Sie ging dahin bar jeglicher Vermutung über die Ursache ihrer Krankheit und die abscheuliche Leidenschaft der Urheberin all dieses Leids. Bis ans Ende meiner Tage werde ich das Ungeheuer jagen, um es zu vernichten. Und ich darf wohl darauf hoffen, das gerechte und wohltätige Unternehmen zu vollenden. Gegenwärtig seh ich kaum ein Licht zu meiner Führung. Jetzt – zu spät! – verfluche ich meine eitle Ungläubigkeit, meine verabscheuungswürdig geheuchelte Überlegenheit, meine Blindheit, meinen Eigensinn. Im Zusammenhange zu sprechen oder zu schreiben gelingt mir nicht. Meine Seele ist zerrüttet. Sobald ich mich ein wenig erholt habe, beginne ich meine Nachforschungen, die mich gar bis Wien führen mögen. Irgendwann im Herbst, das heißt in etwa zwei Monaten oder auch früher, falls ich dann noch am Leben bin, komme ich dich besuchen – wenn es dir recht ist; dann berichte ich von allem, was ich hier kaum anzudeuten wage. Lebe wohl und bete für mich, lieber Freund.«

Dergestalt schloß dieser seltsame Brief. Was ich nun wußte, trieb mir die Tränen in die Augen, auch wenn mir Bertha Rheinfeldt nie begegnet war. Ich war erschrocken und zutiefst enttäuscht.

Die Sonne war verschwunden, und graue Dämmerung umfing uns, als ich meinem Vater den Brief des Generals zurückgab.

Wir schlenderten durch die milde klare Abendluft und rätselten, was die wirren, erregten Sätze wohl bedeuten mochten, die ich soeben gelesen hatte. Bis zu der Straße, die am Schloß vorbeiführte, war es eine knappe Meile, und als wir sie erreichten, war strahlend hell der Mond aufgegangen. An der Zugbrücke trafen wir Madame Perrodon und Mademoiselle de Lafontaine, die beide in bequemer Hauskleidung vor das Haus getreten waren, den wunderbaren Mondschein zu genießen.

Im Näherkommen hörten wir ihr munteres Geplauder. Wir traten zu ihnen, um mit ihnen zusammen den herrlichen Anblick zu bewundern.

Vor uns lag die Lichtung, über die wir soeben spaziert waren. Linkerhand schlängelte sich die schmale Straße zwischen Grüppchen majestätischer Bäume hindurch und verschwand im dichten Wald. Die nämliche Straße führte zu unserer Rechten über die steile, malerische Brücke, neben der ein verfallener Turm stand, der einst zur Bewachung der Passage diente; und hinter der Brücke erhob sich eine mit Bäumen bewachsene steile Anhöhe, in deren Schatten granitene, efeuüberwucherte Felsen ruhten.

Feiner Nebel stahl sich wie Rauch über den ebenen, grasbewachsenen Boden und bedeckte ihn mit einem durchsichtigen Schleier; und hie und da blinkte der Fluß schwach im Mondlicht. Ein sanfteres, lieblicheres Bild ließe sich nicht ersinnen. Die Dinge, die ich just erfahren hatte, verliehen ihm einen Hauch Melancholie; doch nichts konnte die tiefe Gelassenheit und die zauberische, schwebende Herrlichkeit der Szenerie trüben.

Meines Vater Auge erfreute sich an diesem Anblick, und wir standen in stillem Genuß, während die beiden Gouvernanten sich einige Schritte hinter uns eifrig über die Landschaft und das Mondlicht austauschten.

Madame Perrodon, eine üppige, der Romantik zuneigende Dame mittleren Alters, redete und seufzte poetisch. Mademoiselle de Lafontaine, die von ihrem Vater, einem Deutschen, einen Hang zum Psychologischen, Metaphysischen, gar Mystischen mitbekommen hatte, verkündete, daß der Mond, wenn er so intensiv leuchte, bekanntlich eine gewisse spirituelle Ausstrahlung habe. Die Wirkung eines strahlend hellen Vollmondes sei mannigfaltig. Er beeinflusse die Nerven der Menschen, ihre Träume und erzeuge Mondsüchtigkeit; überhaupt wirke er unglaublich physikalisch auf das ganze Leben ein.

Mademoiselle erzählte nun von einem Cousin, einem Maat der Handelsmarine, der just in einer solchen Nacht sich aufs Deck zum Schlummer niedergelegte, das Gesicht dem Vollmond zugewandt; ihm träumte dann von einer alten Vettel, die ihre spitz verkrümmten Finger in seine Wange krallte, worauf sich seine Züge grauenvoll verzerrten. Nach diesem Vorfall habe der Cousin seine innere Balance nie mehr so recht zurückgewonnen.

»Der Mond hat heute nacht einen starken Odem«, so sagte sie. »Seine Strahlung ist magnetisch – schauen Sie nur, wie hinter Ihnen alle Fenster im Schloß silbern funkeln und blitzen, als habe eine unsichtbare Hand sie zur Begrüßung geisterhafter Gäste hell erleuchtet.«

Bisweilen, wenn die Seele lethargisch und dem Sprechen abgeneigt ist, erfreut sich unser träges Ohr am Plaudern anderer; durch die Konversation der Damen aufs angenehmste unterhalten, schaute ich vor mich hin.

»Mich hat heute abend der Trübsinn gepackt«, sagte mein Vater nach einem Schweigen, und zitierte Shakespeare, den er, um unser Englisch zu pflegen, gerne laut vorlas:

In truth I know not why I am so sad:
It wearies me; you say it wearies you;
But how I got it – came by it.

»Den Rest habe ich vergessen. Doch ist mir zumute, als dräute uns ein Unglück. Der kummervolle Brief des armen Spielsdorf mag damit zu tun haben.«

In diesem Augenblick ließ uns das ungewohnte Geräusch von Wagenrädern und Hufgetrappel die Ohren spitzen.

Es schien von der Anhöhe jenseits der Brücke zu kommen, und rasch wurde dort eine Kutsche sichtbar. Zwei Reiter überquerten als erstes die Brücke, ihnen folgte eine vierspännige Equipage, und zwei Männer ritten hinterdrein.

Wir hatten, scheint's, die Reisekutsche einer Person von Rang vor Augen, und wie gebannt betrachteten wir das ungewöhnliche Schauspiel. Es wurde gleich darauf noch interessanter: Am höchsten Punkt der Brücke scheute eines der Leitpferde, steckte mit seiner Angst die übrigen an, und nach mehrmaligem Aufbäumen raste das Gespann in wüstem Galopp zwischen den Vorreitern hindurch und preschte wie ein Wirbelsturm donnernd über die Straße auf uns zu.

Der Schrecken steigerte sich noch durch die lang anhaltenden Schreie einer Frau, die aus dem Kutschenfenster drangen.

Erschrocken und neugierig setzten wir uns in Bewegung; mein Vater schweigend, wir anderen mit Ausrufen des Entsetzens.

Die Ungewißheit währte nicht lange. Unmittelbar vor unserer Zugbrücke steht neben der Straße eine prachtvolle Linde und ihr gegenüber ein uraltes Steinkreuz, dem die Pferde, die jetzt in schauerlichem Tempo heranjagten, derart auswichen, als wollten sie die Räder über die hoch aufragenden Wurzeln des Baumes befördern.

Ich wußte, was passieren würde. Ich hielt mir die Augen zu und wandte den Kopf ab, unfähig hinzuschauen; und da hörte ich schon unsere beiden Damen, die ein Stück weitergegangen waren, aufschreien.

Die Neugier ließ mich hinsehen, und meinen Augen bot sich ein Bild des Chaos. Zwei Pferde waren gestürzt, die Kutsche lag umgekippt, zwei Räder drehten sich in der Luft; die Männer mühten sich, die Zügel zu entwirren, während eine Dame von imponierendem Äußeren herausgeklettert war und nun mit zusammengepreßten Händen dastand und sich mit einem Taschentuch wiederholt die Augen tupfte. Eine scheinbar leblose junge Dame wurde soeben aus der Kutsche gehoben. Mein lieber alter Vater trat, seinen Hut in der Hand, neben die ältere Dame und bot ihr offenbar Hilfe und Unterstützung an. Doch die Dame hatte nur Augen für das schlanke junge Mädchen, das gerade am Wegrand niedergelegt wurde, und sie schien die Worte nicht zu hören.

Ich trat hinzu; die junge Dame schien ohne Bewußtsein, war aber ganz gewiß nicht tot. Mein Vater, der sich auf sein medizinisches Wissen etwas einbildete, hielt seine Finger an ihr Handgelenk und versicherte der Dame, die sich als Mutter der jüngeren zu erkennen gab, daß der Puls zwar schwach und unregelmäßig, doch deutlich zu spüren sei. Die Dame rang die Hände und wandte das Gesicht wie von Dankbarkeit überwältigt zum Himmel; doch gleich darauf begann sie in jener theatralischen Manier zu jammern, die manchen Menschen wohl in die Wiege gelegt ist.

Sie sah für ihr Alter gut aus und war gewiß einmal hübsch gewesen; großgewachsen, aber nicht mager, trug sie ein schwarzes Samtkleid, und ihr stolzes und strenges Gesicht, in dem sich die Erregung abzeichnete, war ziemlich blaß.

»Hat man schon solch ein Mißgeschick erlebt?« Sie rang erneut die Hände. »Ich bin unterwegs in einer Sache auf Leben und Tod, und eine Stunde zu verlieren könnte heißen, alles zu verlieren. Wer weiß, wann mein Kind soweit genesen ist, daß es die Reise fortsetzen kann. Ich muß sie zurücklassen; die Sache duldet keinen Aufschub. Wie weit ist es zum nächsten Dorf, mein Herr? Dort muß ich sie unterbringen; und bis zu meiner Rückkehr in ungefähr drei Monaten werde ich meinen Liebling nicht sehen und auch nicht von ihm hören können.« Ich zupfte meinen Vater am Rock und flüsterte ihm inbrünstig zu: »Ach, Papa! Bitte frage sie doch, ob sie sie nicht bei uns lassen will – das wäre wunderbar. Tu's doch, Papa, bitte.«

»Wenn Madame ihr Kind der Obhut meiner Tochter und ihrer lieben Gouvernante, Madame Perrodon, anvertrauen und ihr gestatten würde, unter meiner Aufsicht unser Gast zu sein, wäre uns dies Ehre und Verpflichtung zugleich, und wir würden sie mit der entsprechenden Fürsorge und Ehrerbietung behandeln.«

»Das kann ich unmöglich annehmen, mein Herr, das hieße Ihre Güte und Ritterlichkeit schamlos ausbeuten«, erwiderte die Dame verstört.

»Ganz im Gegenteil, es wäre Ihrerseits eine große Gefälligkeit, derer wir sehr bedürfen. Meine Tochter erlebte just eine überaus große Enttäuschung, da ein Besuch sich zerschlug, den sie seit langem freudig erwartete. Der schönste Trost läge darin, wenn Sie uns diese junge Dame anvertrauen wollten. Das nächste Dorf auf Ihrem Weg ist viel zu weit entfernt und besitzt kein Gasthaus, in dem Sie Ihre Tochter ordentlich unterbringen könnten; zudem wäre eine Fortsetzung der Reise momentan ohne Gefährdung unmöglich. Wenn Sie Ihre Reise nicht unterbrechen können, müssen Sie sich sogleich von Ihrer Tochter trennen, und nirgendwo wird man ihr bessere Obhut und Fürsorge bieten als hier.«

Die Erscheinung dieser Dame hatte etwas so Edles und Imponierendes, ihre Art wirkte so einnehmend, daß man, auch ungeachtet der vornehmen Equipage, zu der Überzeugung gelangte, sie müsse ein Mensch von Einfluß sein.

Die Kutsche war indessen aufgerichtet, die Pferde hatten sich beruhigt und waren wieder eingeschirrt.

Die Dame warf ihrer Tochter einen Blick zu, der mir weniger liebevoll erschien, als man es nach den Ereignissen hätte erwarten können; dann winkte sie meinen Vater heran, trat mit ihm ein paar Schritte zurück und redete außer Hörweite auf ihn ein, wobei sich ihre strenge und finstere Miene gänzlich von jener unterschied, die sie zuvor gezeigt hatte.

Zu meiner Verwunderung schien mein Vater diese Veränderung nicht zu bemerken, und ich hätte nur zu gern erfahren, was sie ihm so ernsthaft und rasch im Flüsterton sagte.

Das alles dauerte höchstens drei Minuten, dann wandte sie sich ab und ging die paar Schritte zu der Stelle, an der ihre Tochter, von Madame Perrodon gestützt, am Boden lag. Sie kniete kurz neben ihr nieder und flüsterte ihr wohl einen Segensspruch ins Ohr, so jedenfalls schien es Madame; dann gab sie ihr einen hastigen Kuß, stieg in ihren Wagen, die Tür schloß sich, die prächtig livrierten Lakaien sprangen hinten auf, die Vorreiter sprengten los, der Kutscher ließ die Peitsche knallen, die Pferde verfielen sogleich in einen raschen Galopp, der bald wieder auszuarten drohte, und wie vordem von den zwei Reitern gefolgt, raste die Kutsche davon.

DRITTES KAPITEL
WIR KOMMEN UNS NÄHER

Wir schauten der wilden Jagd hinterdrein, bis sie im neblichten Wald verschwand; und bald hatte die nächtliche Stille auch das Geräusch von Rädern und Hufen verschluckt.

Nichts blieb uns zu beweisen, daß wir keiner Sinnestäuschung aufgesessen waren, außer der jungen Dame, die gerade ihre Augen aufschlug. Ihr Gesicht war mir abgewandt, deshalb konnte ich es nicht sehen, doch sie hob den Kopf, blickte offenbar um sich, und ich hörte eine liebreizende Stimme klagend fragen: »Wo ist Mama?«

Die gute Madame Perrodon antwortete ihr sehr freundlich und fügte noch einige Beruhigungen an.

Dann vernahm ich die Frage:

»Wo bin ich? Was ist das hier?« Und kurz darauf: »Ich sehe die Kutsche gar nicht; und wo ist Matska?«

Soweit Madame Perrodon ihre Fragen verstand, beantwortete sie sie gewissenhaft; und allmählich erinnerte sich die junge Dame an den Hergang des Unglücks, und sie freute sich zu hören, daß niemand, auch die Bediensteten nicht, zu Schaden gekommen war; doch weinte sie, als sie erfuhr, daß ihre Mama sie bis zu ihrer Wiederkehr in drei Monaten hier zurückgelassen hatte.

Auch ich wollte ihr Trost spenden, doch hielt mich Mademoiselle de Lafontaine zurück:

»Gehen Sie noch nicht zu ihr, sie sollte jetzt nicht mit mehr als einem von uns sprechen; jede noch so geringe Aufregung könnte sich nachteilig auswirken.«

Sobald sie wohlbehalten im Bett liegt, werde ich auf ihr Zimmer gehen und nach ihr schauen, dachte ich bei mir.

Unterdessen hatte mein Vater einen Diener zu Pferde nach dem Arzt geschickt, der sechs Meilen weit weg wohnte, und für die junge Dame wurde ein Zimmer hergerichtet.

Die Fremde erhob sich jetzt und schritt, auf Madames Arm gestützt, langsam über die Zugbrücke und durch das Portal ins Schloß.

Dienstboten standen in der Eingangshalle bereit, sie zu ihrem Zimmer zu geleiten.

Der langgestreckte Raum, in dem wir meistens saßen, der Salon, hat vier Fenster, aus denen man über die Zugbrücke und den Wassergraben auf die Waldlandschaft blickt, die ich eben beschrieben habe.

Die Einrichtung besteht aus alten geschnitzten Eichenmöbeln und Eichenschränken, und die Sessel sind mit karmesinrotem Utrechter Samt bezogen. In mächtige Goldrahmen gespannte Gobelins bedecken die Wände; sie zeigen festliche Szenen aus der Jagd und Falknerei, wobei die lebensgroßen Gestalten in altertümlicher, eigenartiger Kleidung abgebildet sind. Der Raum wirkt majestätisch, doch keinesfalls ungemütlich; hier pflegten wir den Tee zu trinken, den mein Vater in patriotischer Anwandlung neben Kaffee und Schokolade regelmäßig serviert sehen wollte.

Auch an jenem Abend saßen wir hier und sprachen im Kerzenschein über den abenteuerlichen Vorfall.

Madame Perrodon und Mademoiselle de Lafontaine leisteten uns Gesellschaft. Die junge Fremde war in tiefen Schlaf gesunken, kaum daß sie sich niedergelegt hatte, und die beiden Damen hatten sie der Obhut einer Zofe überlassen.

»Wie finden Sie unseren Gast?« wollte ich von Madame Perrodon wissen, sobald sie zur Tür hereinkam. »Erzählen Sie mir von ihr.«

»Sie gefällt mir ganz ungemein. Fast möchte ich sagen, sie ist das hübscheste Geschöpf, das ich je sah; etwa in Ihrem Alter und so nett und freundlich.«

»Wirklich bildschön«, warf Mademoiselle de Lafontaine ein, der ein kurzer Blick ins Zimmer der Fremden vergönnt gewesen war.

»Und was für eine wohlklingende Stimme!« fügte Madam Perrodon hinzu.

»Haben Sie in der Kutsche diese seltsame Frau bemerkt, nachdem man das Gefährt wieder aufgerichtet hatte?« fragte Mademoiselle. »Sie stieg nicht aus, sondern blickte nur aus dem Fenster.«

Nein, wir hatten sie nicht gesehen.

Es sei eine abscheuliche schwarze Frau gewesen mit einer Art farbigem Turban auf dem Kopf; die ganze Zeit habe sie aus dem Wagenfenster geglotzt und den Damen zugenickt und sie spöttisch angegrinst; mit funkelndem Blick und leuchtenden weißen Augäpfeln und wie in Wut gebleckten Zähnen.

»Ist Ihnen aufgefallen, was für ein böses Pack die Diener waren?« fragte Madame Perrodon.

»Ja«, sagte mein Vater, der eben hereinkam, »die scheußlichsten Gauner, die mir je vor die Augen kamen. Hoffentlich rauben sie die arme Dame im Wald nicht aus. Aber es sind geschickte Kerle, denn sie brachten alles blitzschnell wieder in Ordnung.«

»Ich denke, sie waren einfach schon zu lange unterwegs«, warf Madame ein. »Ihre gottlosen Gesichter waren so seltsam mager und dunkel und mürrisch. Ich gestehe, ich bin überaus neugierig; doch die junge Dame wird uns sicherlich morgen alles erzählen, falls sie sich erholt hat.«

»Das glaube ich nicht.« Mein Vater lächelte geheimnisvoll und nickte, als wüßte er mehr, als er uns verraten wollte.

Da ward meine Neugier unendlich groß zu erfahren, was die Dame in dem schwarzen Samtkleid während des kurzen, intensiven Gesprächs unmittelbar vor ihrem Aufbruch zu meinem Vater gesagt hatte.

Kaum hatten die Damen sich zurückgezogen, bat ich ihn, es mir zu erzählen. Es bedurfte keines starken Anstoßes.

»Ich sehe keinen Grund, etwas zu verschweigen. Die Dame schien zu fürchten, uns mit der Pflege ihrer Tochter allzuviel Mühe zu bereiten; sie sei von schwacher Gesundheit und nervös, doch neige sie nicht zu irgendwelchen Anfällen oder Halluzinationen, das sagte sie ganz von sich aus, mit einem Wort, ihre Tochter sei geistig völlig gesund.«

»Wie absonderlich, so etwas auszusprechen!« warf ich ein. »Das war doch ganz überflüssig.«

»Aber sie hat es nun mal gesagt«, lachte er, »und da du alles über unser Gespräch wissen willst, es war, nebenbei, sehr wenig, erzähle ich es dir. Als nächstes sagte sie: ›Ich mache eine weite Reise in einer lebenswichtigen Sache, dringend und geheim; in drei Monaten komme ich, mein Kind abholen; solange wird sie darüber schweigen, wer wir sind, woher wir kommen und wohin die Reise geht.‹ Das ist alles. Sie sprach ein absolut akzentfreies Französisch. Nach dem Wort ›geheim‹ schwieg sie sekundenlang und sah mir sehr ernst in die Augen. Das scheint ihr außerordentlich wichtig. Du hast ja gesehen, wie schnell sie verschwand. Ich hoffe nur, es war keine Torheit, die junge Dame in meine Obhut zu nehmen.«

Ich für meinen Teil war jedenfalls entzückt. Wie sehr sehnte ich mich danach, mit ihr zu plaudern, und ich wartete nur darauf, daß der Arzt mir die Erlaubnis gebe. Ihr Stadtbewohner könnt euch gar nicht ausmalen, welch großartiges Ereignis eine neue Bekanntschaft bedeutet, wenn man so zurückgezogen lebt wie wir.

Der Arzt erschien erst gegen ein Uhr; doch schaffte ich es so wenig ins Bett zu gehen, wie ich zu Fuß die Kutsche hätte überholen können, in der die schwarzsamtene Prinzessin davongebraust war.

Als der Arzt in den Salon herunterkam, hatte er von seiner Patientin nur Gutes zu berichten. Sie sitze auf, ihr Puls gehe normal, und sie scheine sich wohl zu befinden. Sie sei ohne jede Verletzung, und die Erschütterung der Nerven habe sich gelegt. Wenn wir beide einverstanden seien, könne ein Besuch von mir ihr gewiß nicht schaden; solchermaßen beruhigt, ließ ich nachfragen, ob sie mich ein paar Minuten in ihrem Zimmer sehen wolle.

Der Diener brachte umgehend die Antwort, daß sie sich nichts sehnlicher wünsche.

Sie können sich denken, daß ich ihr diesen Wunsch im Handumdrehen erfüllte.

Unsere Besucherin war in einem der hübschesten Zimmer des Schlosses untergebracht. Vielleicht war es ein wenig zu imposant eingerichtet. Vom Bett aus schaute man auf einen düsteren Gobelin, der Kleopatra mit ihren Nattern am Busen zeigte; auch die übrigen, leicht verblaßten Wandbehänge bildeten ähnlich finstere klassische Szenen ab. Aber wie um solchen Trübsinn aufzuheitern, prunkte die übrige Einrichtung mit goldenem Schnitzwerk und reichen, bunten Farben.

Am Bett brannten Kerzen. Sie saß aufrecht, ihre schlanke, hübsche Gestalt war in den seidenen, mit Blumen bestickten und von einer wulstigen Seidenbordüre gesäumten Morgenmantel gehüllt, den die ältere Dame über ihre Tochter gebreitet hatte, als diese auf dem Boden lag.

Was war es also, das mich heftig zurückschrecken ließ, als ich ans Bett trat und zum Gruß ansetzte? Ich werde es Ihnen erzählen.

Ich sah jenes Gesicht, das mir als Kind die Nacht zum Alptraum gemacht und sich meinem Gedächtnis unauslöschlich eingebrannt hatte und über das ich in all den Jahren immer wieder nachgrübelte, wenn niemand ahnte, woran ich gerade dachte.

Ihr Gesicht war hübsch, ja schön zu nennen; und es schaute so melancholisch wie bei unserer ersten Begegnung.

Doch dieser Ausdruck wurde fast im selben Augenblick zu einem seltsam starren Lächeln des Wiedererkennens.

Eine ganze Minute schwiegen wir, bis endlich sie das Wort ergriff; ich konnte es nicht.

»Wie ist das wundersam!« rief sie. »Vor zwölf Jahren sah ich Ihr Gesicht in einem Traum, und seither verfolgt es mich.«

»In der Tat, wie wundersam!« wiederholte ich und besiegte den Schrecken, der mir die Sprache verschlagen hatte. »Zwölf Jahre ist es auch her, daß ich Sie gesehen habe, als Traumbild oder in Wirklichkeit. Vergessen habe ich es nicht. Seither ist Ihr Gesicht mir stets vor Augen gewesen.«

Ihr Lächeln war jetzt ganz sanft. Alles Seltsame war aus ihren Zügen verschwunden, und mit ihren Grübchen in den Wangen sah die junge Dame jetzt nur noch bezaubernd hübsch und klug aus.

Ich fühlte mich beruhigt und setzte die Begrüßung fort, wie es die Gastfreundschaft gebietet, indem ich ihr versicherte, wie sehr wir uns über ihren vom Zufall bestimmten Besuch freuten, und wie glücklich gerade ich darüber war.

Während ich sprach, hielt ich ihre Hand gefaßt. Ich war, wie das bei einsam lebenden Menschen der Fall ist, ein wenig scheu, doch der Augenblick machte mich beredt, ja kühn. Sie erwiderte den Händedruck, legte ihre Hand gar auf meine, warf mir mit leuchtenden Augen rasch einen Blick zu, lächelte und errötete.

Sie bedankte sich sehr artig für mein Willkommen. Immer noch verwirrt, setzte ich mich zu ihr, und sie sagte:

»Ich muß Ihnen meinen Traum berichten. Überaus merkwürdig scheint es mir, daß wir einmal so lebendig voneinander geträumt haben, ja, daß ich Sie schon einmal gesehen habe und Sie mich, so wie jetzt. Freilich waren wir damals noch Kinder. Ich mag sechs Jahre alt gewesen sein, als ich in jener Nacht aus einem wirren, bösen Traum erwachte und mich in einem Zimmer wiederfand, das meiner Kinderstube überhaupt nicht glich; es hatte roh getäfelte dunkle Wände und war mit Schränken, Betten, Stühlen und Bänken vollgestellt. Die Betten schienen leer, und ich war wohl die einzige in diesem Raum; ich schaute mich ein ganze Weile um, wobei mir ganz besonders ein zweiarmiger Leuchter aus Eisen ins Auge fiel, den ich sicherlich wiedererkennen würde; um zum Fenster zu gelangen, kroch ich schließlich unter eins der Betten; doch als ich darunter hervorkam, hörte ich jemanden weinen; noch auf den Knien schaute ich hoch und erblickte Sie – ganz ohne Zweifel Sie –, so wie ich Sie jetzt vor mir habe: eine schöne junge Dame mit goldenem Haar und großen blauen Augen und vollen Lippen, Ihren Lippen so wie jetzt. Ihr Anblick rührte mich; ich stieg aufs Bett und nahm Sie in den Arm, und dann sind wir wohl eingeschlafen. Ein Schrei ließ mich erwachen; kerzengrade saßen Sie im Bett und schrien aus vollem Halse. Ich fürchtete mich, schlüpfte aus dem Bett und auf den Fußboden und fiel wohl momentan in Ohnmacht. Als als ich wieder bei Bewußtsein war, befand ich mich erneut in meiner wohlvertrauten Kinderstube. Ihr Gesicht vergaß ich nie. Bloße Ähnlichlichkeit ist ausgeschlossen. Sie sind die Dame, die ich damals sah.«

Jetzt war es an mir, von meinem Traumbild zu berichten, und ich tat es, wobei meine neue Bekanntschaft ihre Verwunderung nicht verbarg.

»Ich weiß nicht, wer von uns die andere mehr fürchten sollte«, sagte sie lächelnd. »Wären Sie weniger hübsch, sollte ich Angst vor Ihnen haben, doch bei Ihrem anziehenden Äußeren und so jung wie wir beide sind, habe ich das Gefühl, als hätte ich allen Grund, mit Ihnen vertraut zu sein; auf alle Fälle scheinen wir seit früher Kindheit zu Freundinnen bestimmt. Ich frage mich, ob Sie sich wohl zu mir so seltsam hingezogen fühlen wie ich mich zu

Ihnen? Ich habe noch nie eine Freundin gehabt – sollte ich jetzt eine gefunden haben?« Sie seufzte und schaute mich mit ihren schönen dunklen Augen leidenschaftlich an.

Nun, wenn ich ehrlich bin, war ich mir meiner Gefühle für die schöne Fremde nicht ganz sicher. Zwar fühlte ich mich, wie sie sagte, »zu ihr hingezogen«, doch war da auch eine gewisse Abneigung, wiewohl die Anziehung in diesem Zwiespalt den Widerwillen weit überstieg. Die junge Dame interessierte und faszinierte mich; sie war bildschön und von selten einnehmendem Wesen.

Jetzt schienen eine leichte Schwäche und Erschöpfung sie zu überkommen, und ich wünschte ihr eilig eine gute Nacht.

»Der Doktor meint«, ergänzte ich, »daß eine Zofe die Nacht bei Ihnen wachen sollte. Eines unserer Mädchen wartet draußen, sie ist ruhig und wird Ihnen gewiß gefallen.«

»Das ist sehr freundlich, aber ich könnte kein Auge schließen, wenn ein Dienstbote zugegen ist. Solche Hilfe mag ich nicht verlangen, denn ich muß gestehen, mich plagt die Angst vor einem Überfall. Wir wurden einst in unserem Hause ausgeraubt, wobei zwei Dienstboten ihr Leben ließen, und deshalb versperre ich stets meine Tür. Es ist mir zur Gewohnheit gworden, und Sie werden mir gewiß vergeben, Sie sehen so freundlich aus. Ich sehe, da steckt ein Schlüssel im Schloß.«

Sie drückte mich für einen Augenblick fest an sich und flüsterte mir ins Ohr: »Gute Nacht, Liebste, die Trennung fällt mir schwer, doch gute Nacht. Morgen sehen wir uns wieder.«

Seufzend sank sie aufs Kissen nieder und schaute mir mit ihren schönen Augen liebevoll und wehmütig hinterdrein. »Gute Nacht, liebe Freundin.«

In Begeisterung und gar in Liebe sind junge Menschen leicht entflammt. Mir schmeichelte die Zuneigung, wiewohl noch unverdient, die unser Gast für mich bewies. Und das Vertrauen, das sie mir bezeugte, gefiel mir wohl. Sie wollte, daß wir innige Freundinnen würden.

Am nächsten Tag sahen wir uns wieder. Ich war entzückt von meiner Gefährtin; in vielerlei Hinsicht.

Ihr Aussehen verlor bei Tageslicht nichts von seinem Reiz; sie war mit Sicherheit das schönste Wesen, das ich je gesehen, und die häßliche Erinnerung an das Gesicht aus dem früheren Alptraum bewirkte keinen Schock mehr wie noch beim gestrigen unerwarteten Wiedererkennen.

Sie habe bei meinem Anblick ein ähnliches Entsetzen verspürt, gestand sie mir, und auch genau dieselbe mit Bewunderung gemischte leise Abneigung. Nun lachten wir gemeinsam über unseren anfänglichen Schrecken.

VIERTES KAPITEL
IHRE NEIGUNGEN – EIN BUMMEL

Wie ich schon sagte, begeisterten mich viele ihrer Eigenschaften.

Doch gab es Dinge, die mir weniger gefielen.

Sie war größer als die meisten Frauen. Nun gut, beginnen will ich mit ihrem Aussehen. Sie war schlank und von wundervoller Anmut. Nichts deutete in ihrer Erscheinung auf Krankheit hin, außer der auffallenden Trägheit, mit der sie sich bewegte. Ihr Teint war frisch und gesund, die Züge zart und wohlgeformt, die dunklen Augen groß und strahlend. Sie hatte wunderschönes Haar, ich hatte noch nie so herrlich dichtes Haar gesehen, das ihr bis auf die Schultern reichte; oft schob ich meine Hände darunter und lachte staunend über seine Schwere. Es war dunkelbraun mit goldenen Reflexen und außerordentlich fein und weich. Gern löste ich ihr Haar und ließ es herunterwallen, wenn wir auf ihrem Zimmer waren und sie, bequem im Sessel ruhend, mit angenehmer ruhiger Stimme sprach; dann teilte ich die Mähne, flocht Zöpfe ein und breitete es wieder aus. Ein Spielzeug. Herr im Himmel! Hätte ich es nur geahnt!

Wie gesagt, gab es auch Dinge, die mir nicht gefielen. Sie wissen, daß mich ihr kindliches Vertrauen gleich zu Beginn für sie einnahm; doch merkte ich bald, wie wachsam, ja reserviert sie sich in allem verhielt, was sie selbst, was ihre Mutter, ihr bisheriges Leben, ihre Zukunftspläne und Menschen überhaupt betraf. Vielleicht war es Unvernunft, vielleicht ein Irrtum; vielleicht hätte ich das feierliche Gebot achten sollen, das die vornehme Dame im schwarzen Samtkleid meinem Vater auferlegte. Aber Neugier kennt weder Ruhe noch Hemmungen; und welches junge Mädchen hat denn genug Geduld, sich von einer Geschlechtsgenossin hinhalten zu lassen? Wessen Schaden wäre es denn, wenn sie mir verriet, was ich so heftig wissen wollte? Meinte sie, ich hätte kein Verständnis und kein Taktgefühl? Warum glaubte sie meinen feierlichen Beteuerungen nicht, ich würde keiner Menschenseele auch nur ein Wort verraten von dem, was sie erzählte?

Das melancholische Lächeln, mit dem sie mir beharrlich die kleinste Auskunft verweigerte, schien Ausdruck einer Kälte, die ihrem Alter nicht entsprach.

Wir stritten uns deswegen nicht; sowieso schien sie allem Streit abgeneigt. Natürlich war es häßlich und ungezogen, sie zu bedrängen, aber ich konnte nichts dazu, und außerdem war es sowieso völlig fruchtlos.

Was sie mir erzählte, war nach meiner Einschätzung absolut nichts.

Alles in allem waren es drei äußerst vage Mitteilungen:

Erstens: Sie hieß Carmilla.

Zweitens: Ihre Familie war sehr alt und von Adel.

Drittens: Ihr Zuhause lag in westlicher Richtung.

Sie wollte mir nichts verraten: nicht Namen noch Besitz und Wappenschild ihrer Familie, ja nicht einmal das Land, in dem sie lebte.

Nun müssen Sie nicht glauben, daß ich ihr mit diesen Fragen ständig in den Ohren lag. Ich nutzte die Gelegenheit, sobald sie günstig schien, und fragte eher indirekt. Ein- oder zweimal allerdings drang ich ganz unverhüllt in sie. Doch keiner Taktik war Erfolg beschieden. Nichts verfing bei ihr, Vorwürfe nicht noch Schmeicheleien. Und doch brachte ich es nicht übers Herz, gekränkt zu sein. Denn, so muß ich hinzufügen, sie praktizierte ihr ausweichendes Verhalten wehmütig und abbittend, mit zahlreichen, bisweilen leidenschaftlichen Bekundungen ihrer Sympathie für mich und ihres Vertrauens in meinen Anstand und mit tausenderlei Versprechungen, daß ich eines Tages alles erfahren würde.

Gern legte sie ihre schönen Arme um meinen Hals, zog mich an sich, schmiegte ihre Wange an die meine und flüsterte mir ins Ohr: »Du Liebe, dein kleines Herz ist verwundet; bitte, denk nicht, daß ich grausam bin, weil ich dem strengen Gebot meiner Stärke und Schwäche gehorche; ist deine liebe Seele verwundet, so blutet mein wildes Herz mit ihr. Von maßloser Erniedrigung zutiefst entzückt, gedeihe ich in deinem warmen Lebensstrom, so wie du dich, ach so süß, meinem Leben anverwandeln wirst. Ich kann nicht anders. So wie ich dir näherkomme, wirst du es, deinerseits, mit anderen halten, wirst das Entzücken kennenlernen, das diese Grausamkeit bedeutet, die dennoch Liebe ist. Ich bitte dich, dring nun nicht länger in mich, mehr von mir und meinesgleichen zu erfahren, sondern vertraue mir mit deiner schwesterlichen Liebe.«

Nach solchem Überschwang umschlang sie mich bebend gar noch inniger, und ihre Lippen preßten sich in zartem Glühen auf meine Wange.

Ihre Gemütsbewegungen verstand ich so wenig wie ihre Rede.

Von diesen törichten Umarmungen, die indes nicht häufig waren, suchte ich mich freizumachen; doch schien mir jedesmal die Kraft dazu zu fehlen. Wie ein Wiegenlied war ihr Gemurmel, das meinen Widerstand zur Trance besänftigte, aus der ich nur zu erwachen schien, wenn ihre Arme mich freigaben.

War sie von solchen seltsamen Launen heimgesucht, war sie mir recht zuwider. Mich packte bisweilen eine seltsame, heftige und doch angenehme Erregung, der sich indes auch Unruhe und Abscheu beigesellten. In diesem Zustand konnte ich über sie keinen klaren Gedanken fassen, ward mir aber bewußt, wie meine Liebe zu Verehrung wurde und wie sich zugleich Abscheu regte. Ich weiß, das ist ein Paradox, doch kann ich mein Gefühl auf keine andere Art erklären.

Ich schreibe dies im Abstand von mehr als zehn Jahren, und immer noch erinnere ich mich an gewisse Vorfälle und Situationen jener schweren Prüfung, die ich ahnungslos durchlitt, nur in verwirrtem Schrecken; doch scharf umrissen und lebendig sind mir die wesentlichen Ereignisse meiner Geschichte. Ich vermute, daß es im Leben eines jeden Menschen gewisse emotionale Szenen gibt, in denen seine Leidenschaften besonders wild und bedrohlich aufflammen und derer er um so nebelhafter sich erinnert.

Bisweilen faßte meine seltsame schöne Gefährtin nach einer Zeit der Trägheit meine Hand und drückte sie liebevoll, wieder und wieder; dabei schaute sie mich sanft errötend mit gesenkten Lidern glühend an und atmete so heftig, daß ihr Kleid sich im gleichen Rhythmus hob und senkte. Es war just wie die Inbrunst eines Geliebten; ich war peinlich berührt, ja abgestoßen und doch berauscht. Mit leuchtenden Augen zog sie mich dann an sich, ließ ihre heißen Lippen über meine Wange wandern und flüsterte, ja schluchzte fast:»Mein bist du, und mein sollst du sein, und du und ich sind eins, bis in alle Ewigkeit.« Sie warf sich in ihrem Sessel zurück und hielt sich die zarten Hände vor die Augen. Ich zitterte am ganzen Körper.

»Sind wir etwa verwandt«, fragte ich mehr als einmal. »Was meinst du nur mit all dem? Vielleicht erinnere ich dich an jemanden, den du liebst. Das darfst du nicht, ich hasse es; du bist mir fremd und auch ich bin mir fremd, wenn du mich so ansiehst und so zu mir sprichst.«

Dann seufzte sie ob meiner Heftigkeit, wandte sich ab und gab meine Hand frei.

Vergebens suchte ich nach einer vernünftigen Erklärung für diese außergewöhnlichen Offenbarungen. Verstellung war es keinesfalls. Doch zweifellos drängten sich hier unterdrückte Instinkte und Gefühle urplötzlich ans Licht.

War sie vielleicht gelegentlich geistig verwirrt, auch wenn ihre Mutter es verneinte? Oder handelte es sich hier gar um eine Verkleidung aus romantischen Motiven, wovon in manchem Geschichtenbuch zu lesen ist? Hatte sich demnach ein knabenhafter

Verehrer, von einer schlauen, älteren Abenteuerin unterstützt, in unser Haus geschlichen, um als Frau verkleidet, seine Sache zu verfolgen? Doch sprach das meiste gegen diese Hypothese, auch wenn sie meiner Eitelkeit gefiel.

Mir wurden viele hübsche Gefälligkeiten zuteil, wie männliche Verehrer sie uns sonst gern erweisen. Zwischen diesen hitzigen Ausbrüchen lagen Phasen von Normalität, von Fröhlichkeit, gar von verstockter Melancholie, in denen ich ihr überaus gleichgültig schien, auch wenn in ihren Augen ein wehmütiges Feuer glimmte. Außer in den Momenten rätselhafter Erregung verhielt sie sich wie ein normales Mädchen. Zudem war sie stets von einer Trägheit, die zu einem gesunden Manne einfach nicht paßte.

In mancher Hinsicht war ihr Benehmen merkwürdig. Vielleicht scheint es einer Dame wie Ihnen, die in der Stadt lebt, nicht so ungewöhnlich wie für uns Landbewohner. Sie kam für gewöhnlich erst sehr spät, nicht vor ein Uhr, herunter und trank nur eine Tasse Schokolade, ohne indes etwas zu essen. Alsdann machten wir einen Spaziergang, kaum mehr als einen kleinen Bummel, der sie jedoch umgehend erschöpfte; wir kehrten dann zum Schloß zurück oder setzten uns auf eine der Bänke zwischen den Bäumen. Diese Mattigkeit betraf jedoch nur ihren Körper, nie ihren Geist. Sie plauderte stets klug und sehr lebendig.

Ab und zu sprach sie von ihrem Zuhause, oder sie erwähnte ein Abenteuer, ein Erlebnis, vielleicht eine frühe Erinnerung, die auf ein Volk mit seltsamen Sitten wiesen; und sie beschrieb Gebräuche, die wir nicht kennen. Aus diesen gelegentlichen Andeutungen schloß ich, daß ihre Heimat in weit größerer Ferne lag, als ich zuerst vermutet hatte.

Als wir eines Nachmittags so unter den Bäumen saßen, kam ein Trauerzug vorbei. Die Tochter eines Waldhüters war gestorben, ein hübsches junges Mädchen, das ich oft gesehen hatte. Der arme Vater schritt hinter dem Sarg seines Lieblings her; sie war war sein einziges Kind gewesen, und er schien von Kummer überwältigt. Hinter ihm kam eine Gruppe von Bauern; sie gingen in Paaren und sangen ein Trauerlied.

Ich erhob mich, um der Toten Respekt zu erweisen, und stimmte in das Lied ein, das sie sehr gefühlvoll sangen.

Da schüttelte meine Gefährtin mich fast ein wenig grob, und ich wandte mich überrascht zu ihr.

»Hörst du denn nicht, wie mißtönend das klingt?« sagte sie schroff.

»Ganz im Gegenteil, ich finde es wunderschön.« Ich war verärgert über die Unterbrechung und peinlich berührt, mußte ich doch fürchten, daß die Leute, aus denen die kleine Prozession bestand, den Vorfall bemerken und ihn uns verübeln würden.

Ich fuhr deshalb zu singen fort. »Verschone meine Ohren«, sagte Carmilla beinahe wütend und steckte sich die zarten Finger in beide Ohren. »Und überhaupt – wer sagt dir, daß wir der gleichen Religion angehören; dein Betragen kränkt mich, und ich hasse Begräbnisse. Was für ein Aufstand! Herrje, auch du wirst mal sterben – ein jeder stirbt; und alle sind glücklich, wenn es soweit ist. Komm, gehen wir heim.«

»Mein Vater hat den Pfarrer auf den Friedhof begleitet. Ich dachte, du wüßtest, daß sie heute beerdigt wird.«

»Sie? Ich zerbreche mir doch nicht den Kopf über irgendwelche Bauern. Ich kenne sie nicht.« Carmillas hübsche Augen sprühten Funken.

»Sie ist das arme Kind, das vor zwei Wochen einen Geist zu sehen meinte und seither mit dem Tode rang; bis gestern, als sie ihr Leben aushauchte.«

»Erzähl mir nichts von Geistern. Sonst mache ich heute nacht kein Auge zu.«

»Ich hoffe nur, daß uns keine Seuche oder Fieberplage droht, doch scheint alles darauf hinzudeuten«, fuhr ich fort. »Vor einer Woche erst ist die junge Frau des Schweinehirten gestorben; sie hatte das Gefühl, irgend etwas packe sie an der Kehle und wolle sie erwürgen, als sie in ihrem Bett lag. Papa sagt, daß manche Fieberarten mit derart schrecklichen Trugbildern einhergehen. Am Tag zuvor war sie noch ganz gesund. Dann ging es rasch mit ihr bergab, und sie starb keine Woche später.«

»Nun, ihr Begräbnis ist ja hoffentlich vorbei und der Trauerge-sang verklungen. Ich bin davon ganz durcheinander. Setz dich her, an meine Seite, ganz nah zu mir. Hier, halte meine Hand und drücke sie – fest – fest – noch fester...«

Wir waren ein Stück zurückgegangen bis zu einer anderern Bank.

Sie ließ sich darauf nieder. Mit ihrem Gesicht war eine Wand-lung vor sich gegangen, die mich beunruhigte, ja einen Augen-blick zutiefst erschreckte. Es lief dunkel an und wurde furchtbar bläulich. Gebiß und Hände verkrampften sich, und mit zusam-mengepreßten Lippen starrte sie vor sich auf die Erde, indes ihr Körper wie in einem Fieberschauer zitterte. Sie schien all ihre Kräfte darauf zu richten, einen Anfall zu unterdrücken, indem sie atemlos einen erbitterten Kampf ausfocht. Schließlich stieß sie zuckend einen leisen Schmerzensschrei aus, und ihre Hysterie ließ langsam nach. »Da hast du's! Das kommt davon, wenn ein Kirchenlied einem die Luft abwürgt! Halt mich, halt mich fest. Es wird schon besser.«

Und Besserung trat auch allmählich ein. Wohl um den düsteren Eindruck zu verwischen, den das Spektakel auf mich gemacht hatte, gab sie sich, bis wir zu Hause waren, ungewöhnlich munter und geschwätzig.

Zum ersten Mal hatte ich sichtbare Anzeichen ihrer körper-lichen Anfälligkeit bemerkt, von der ihre Mutter gesprochen hatte. Und ebenfalls zum ersten Mal hatte ich sie etwas wie Unmut zei-gen sehen.

Beides löste sich auf wie ein Sommerwölkchen; und nur noch ein einziges Mal war ich Zeugin, wie sie für kurze Zeit in Wut ge-riet. Ich erzähle Ihnen, wie es dazu kam.

Wir schauten gerade aus einem der hohen Fenster des Salons, als über die Zugbrücke ein Wanderer in den Hof schritt, den ich gut kannte , denn er suchte wohl zweimal im Jahr das Schloß auf.

Der Mann war bucklig und hatte jene scharfen, mageren Züge, wie sie Mißgestalteten häufig eigen sind. Er trug einen schwarzen Spitzbart und grinste, seine scharfen weißen Zähne zeigend, von einem Ohr zum andern. Seine Kleidung war ledergelb, schwarz und scharlachrot, und er hatte sich mit unzähligen Riemen und Gurten umschnürt, woran allerlei Dinge baumelten. Auf dem Rücken trug er eine Laterna magica und zwei mir wohlbekannte Kästen, in denen sich ein Salamander und eine Alraune befanden. Diese Ungeheuer pflegten meinen Vater regelmäßig zu erheitern. Sie waren aus getrockneten Teilen von Affen, Papageien, Eichhörnchen, Fischen und Igeln äußerst geschickt und effektvoll zusammengesetzt. Am Gürtel trug er eine Fiedel, ein Schächtelchen mit Zubehör für allerlei Zaubertricks, ein Florett und eine Maske sowie verschiedene andere mysteriöse Objekte, und in der Hand hielt er einen mit Kupferringen beschlagenen schwarzen Stock. Sein Begleiter, ein zerzauster, dürrer Köter, folgte ihm auf den Fersen, doch vor der Zugbrücke blieb er plötzlich mißtrauisch stehen und begann kurz darauf, schauerlich zu heulen.

Der Gaukler stand mitten im Hof und zog seinen grotesken Hut. Er machte einen formvollendeten Kratzfuß, wobei er uns überschwenglich in gräßlichstem Französisch und kaum besserem Deutsch begrüßte. Dann nahm er seine Fiedel und spielte darauf eine muntere Weise, wozu er hübsch falsch sang und mit so drolligem Gesichtsausdruck und spaßigen Schritten tanzte, daß ich lachen mußte trotz des Geheules seines Köters.

In der linken Hand den Hut, unterm Arm die Fiedel, trat er nun lächelnd und unter vielen Verbeugungen ans Fenster und pries in langer atemloser Rede geschwätzig seine Fertigkeiten, seine verschiedenen Dienste und Raritäten an und offerierte uns, so wir es wünschten, die Künste, die er beherrschte, vorzuführen.

»Beliebt es den Damen vielleicht, ein Amulett gegen den Vampir zu kaufen, der, so hörte ich, wie ein Wolf durch diese Wälder streift?« Er ließ seinen Hut aufs Pflaster fallen. »Die Menschen sterben, wohin man nur schaut, aber hier habe ich ein Zaubermittel, das nie versagt; Sie heften es einfach ans Kissen und können ihm getrost ins Gesicht lachen.«

Diese Amulette bestanden aus länglichen Pergamentstreifen, die kabbalistische Zeichen und Diagramme bedeckten.

Carmilla erstand umgehend eins, und ich ebenfalls. Er schaute zu uns auf, und wir lächelten amüsiert zurück; zumindest ich. Seine scharfen schwarzen Augen schienen in unseren Gesichtern etwas zu entdecken, das einen Moment seine Neugier erregte.

Dann entrollte er ein ledernes Behältnis, das allerlei merkwürdige kleine, stählerne Instrumente enthielt.

»Schaut her, meine Dame«, wandte er sich an mich und zeigte mir die Auslage. »Ich betreibe neben anderen weniger nützlichen Dingen die Kunst der Zahnheilkunde. Die Pest über diesen Hund!« unterbrach er sich. »Schweig still, du Biest! Er heult so laut, daß die Damen kaum ein Wort verstehen können. Eure edle Freundin, die junge Dame zu eurer Rechten, hat einen überaus scharfen Zahn, – lang, schmal und spitz wie eine Ahle, wie eine Nadel, ha, ha, ha! Mit meinen Adleraugen hab ich dies sogleich gesehen. Falls er, was sicher zutrifft, der jungen Dame Pein bereitet, so stehe ich gern zur Verfügung – mit meiner Feile, meinem Meißel, meiner Zange – und mache diesen Beißer eines Fisches ganz nach Belieben rund und stumpf, damit er der wunderschönen jungen Dame konveniert. Nun? Ist die junge Dame ungehalten? Bin ich zu kühn gewesen? Hab ich sie beleidigt ?«

Die junge Dame zog sich in der Tat mit äußerst böser Miene vom Fenster zurück.

»Was wagt es dieser Kerl, uns so beleidigen? Wo ist dein Vater? Ich verlange Genugtuung. Mein Vater hätte diesen Lump an der Pumpe festgebunden, mit der Pferdepeitsche verprügelt und ihm das Zeichen unseres Schlosses bis auf die Knochen eingebrannt!«

Sie tat einen oder zwei Schritte vom Fenster weg und setzte sich; doch kaum war ihr der Beleidiger aus den Augen, als ihre Wut so schnell verflog, wie sie gekommen, und sie verfiel wieder in ihren gewohnten Ton und schien den Buckligen und seine unverschämten Scherze vergessen zu haben.

An diesem Abend war mein Vater sehr bekümmert. Als er heimkam, erzählte er, es gebe einen neuen Fall, der den beiden anderen Vorkommnissen, die jüngst tödlich ausgegangen seien, auffällig glich. Die Schwester eines Jungbauern auf meines Vaters

Gut, nur eine Meile weit entfernt vom Schloß, war schwer erkrankt. Nach ihrer Beschreibung war sie in sehr ähnlicher Weise angefallen worden und siechte nun langsam dahin.

»All dies«, sagte mein Vater, »ist ohne jeden Zweifel natürlichen Ursachen zuzuschreiben. Diese armen Leute stecken einander mit ihrem Aberglauben an und sehen in ihrer Phantasie die gleichen Schreckensbilder, die ihre Nachbarn plagten.«

»Genau davor habe ich so große Angst«, sagte Carmilla.

»Wie kann das sein?« fragte mein Vater.

»Ich fürchte mich davor, mir einzubilden, daß ich solche Dinge sehe; das wäre für mich so schlimm, wie wenn sie wirklich existierten.«

»Wir sind in Gottes Hand, und nichts geschieht ohne Seinen Willen, und für die, die Ihn lieben, wird alles gut enden. Er ist unser wahrer Schöpfer. Er hat uns alle erschaffen und wird sich um uns kümmern.«

»Schöpfer! Natur!« antwortete die junge Dame meinem lieben Vater. »Die Krankheit, die das Land heimsucht, hat eine natürliche Ursache. Alle Dinge finden ihren Ursprung doch in der Natur, oder nicht? Alle Dinge im Himmel wie auf Erden und unter der Erde funktionieren und existieren nach der Verfügung der Natur? So sehe ich es jedenfalls.«

»Der Doktor wollte mich heute noch besuchen«, sagte mein Vater nach einer Pause. »Ich möchte ihn fragen, was er davon hält und was er uns zu tun rät.«

»Ärzte haben mir noch nie geholfen«, sagte Carmilla.

»Dann bist du krank gewesen?« wollte ich wissen.

»Kränker, als du jemals warst.«

»Ist das schon lange her?«

»Ja, sehr lange. Ich litt an eben dieser Krankheit, doch vergaß ich alles bis auf den Schmerz und die Schwäche, und die waren nicht so schlimm wie bei anderen Krankheiten.«

»Du warst damals wohl noch klein?«

»Aber ja. Doch laß uns nicht mehr davon reden. Du möchtest einer Freundin doch nicht wehtun?« Sie sah mich trübe an, legte liebevoll den Arm um meine Mitte und führte mich aus dem Zimmer. Mein Vater war nahe dem Fenster in einige Papiere vertieft.

»Warum versetzt uns dein Papa so gern in Angst?« Das hübsche Mädchen seufzte und schüttelte sich ein wenig.

»Aber nicht doch, liebe Carmilla, nichts läge ihm ferner.«

»Fürchtest du dich?«

»Gewiß täte ich das, wenn ich der Meinung wäre, in ebensolcher Gefahr zu sein wie diesen armen Leute.«

»So hast du Angst vor dem Sterben?«

»Natürlich, die hat doch jeder.«

»Aber wenn man stirbt wie Liebende? Gemeinsam, um für immer vereint zu leben? Mädchen sind auf dieser Erde wie Raupen, aus denen Schmetterlinge werden, wenn der Sommer kommt, doch bis dahin sind sie nichts als Larven und Maden, mit ihren speziellen Neigungen, Bedürfnissen und Strukturen. So steht es in dem großen Buch von Monsieur Buffon, das ich im Nebenzimmer fand.«

Später am Tag kam der Doktor und zog sich mit Papa für Weile zurück. Ein tüchtiger Mann, schon über sechzig, benutzte er Puder und rasierte sein blasses Gesicht so glatt, daß es einem Kürbis glich. Wie er und Papa aus dem Zimmer traten, hörte ich Papa lachend sagen: »Nun, ich muß mich doch wundern über einen klugen Mann wie Sie. Was halten Sie von geflügelten Rössern und Drachen?«

Der Doktor lächelte und schüttelte den Kopf: »Wie dem auch sei, Leben und Tod sind voller Rätsel, und wir wissen nur wenig über die Hintergründe von beiden.«

Sie gingen weiter, und ich hörte nichts mehr. Damals wußte ich nicht, worauf der Doktor anspielte, doch heute ahne ich es wohl.

Am gleichen Abend kam aus Graz der Sohn des Gemälderestaurators zu uns herüber, ein ernster junger Mann mit düsterem Gesicht. Er hatte auf seinem Fuhrwerk zwei große Packkisten dabei, von denen eine jede viele Bilder enthielt. Es war eine Fahrt von dreißig Meilen, und jedesmal, wenn aus unserer kleinen Hauptstadt Graz ein Bote zu uns aufs Schloß kam, liefen wir in der Halle zusammen, um Neuigkeiten zu erfahren.

In unserer Abgeschiedenheit empfanden wir den Besuch als kleine Sensation. Die Kisten blieben in der Halle, indessen sich Dienstboten um den Mann kümmerten und ihm ein Abendessen auftischten. Anschließend kam er nebst einigen Gehilfen, die Hammer, Brecheisen und Schraubenzieher trugen, wieder in die Halle zurück, wo wir uns eingefunden hatten, um am Öffnen der Kisten teilzuhaben.

Gleichmütig saß Carmilla da und schaute zu, wie eins nach dem andern die alten Gemälde, fast alles Porträts, die restauriert worden waren, ans Licht geholt wurden. Meine Mutter stammte aus einer alten ungarischen Familie, und die meisten dieser Bilder, die nun ihre angestammten Plätze einnehmen sollten, waren durch sie zu uns gelangt.

Mein Vater hielt eine Liste mit Nummern in der Hand, die er laut vorlas, indes der Künstler die entsprechenden Bilder heraussuchte. Ob die Gemälde große Qualität besaßen, kann ich nicht sagen, aber sie waren zweifellos sehr alt und manche auch überaus interessant. Die meisten kamen mir gewissermaßen zum ersten Mal vor Augen, denn Rauch und Schmutz hatten sie fast schwarz werden lassen.

»Ein Bild habe ich noch nicht in Händen«, sagte mein Vater. »Es trägt in einer der oberen Ecken, soweit ich es entziffern konnte, den Namen 'Marcia Karnstein' und die Jahreszahl 1698; ich bin sehr gespannt, wie es geworden ist.«

Ich erinnerte mich; es war ein kleines Bild, nur etwa anderthalb

Fuß hoch und fast quadratisch, und es hatte keinen Rahmen; doch war es durch die Jahre so schwarz geworden, daß ich nichts darauf erkannte.

Sichtlich stolz holte der Restautor es aus der Kiste. Es war wirklich wunderschön und doch zugleich erschreckend, denn es schien wie lebendig. Es war Carmillas genaues Abbild!

»Carmilla, das ist ein regelrechtes Wunder! Hier, auf dem Bild, das bist du, wie du leibst und lebst, als wolltest du gerade den Mund aufmachen und etwas sagen. Ist es nicht wunderschön, Papa? Schau, da ist sogar das kleine Muttermal an ihrem Hals.«

Mein Vater lachte. »Tatsächlich, es ist erstaunlich ähnlich«. Doch dann wandte er ein wenig erschrocken, wie ich überrascht bemerkte, den Blick von dem Bild ab und sprach weiter mit dem Restaurator, der selbst Künstler war, und disputierte mit ihm sehr verständig über die Porträts und die anderen Gemälde, denen seine Kunstfertigkeit neues Leben gegeben hatte, während ich immer mehr in Staunen geriet, je länger ich das Porträt anschaute.

»Darf ich dieses Bild in mein Zimmer hängen, Papa?«

»Natürlich, meine Liebe. « Er lächelte. »Ich freue mich, daß du es Carmilla so ähnlich findest. Wenn dem so ist, dann muß es noch schöner sein, als ich dachte.«

Die junge Dame reagierte nicht auf seine charmante Äußerung, ja schien sie nicht einmal zu hören. Zurückgelehnt saß sie in ihrem Sessel und schaute mich mit ihren schönen Augen hinter den langen Wimpern versunken an und lächelte entrückt.

»Jetzt kann man auch den Namen in der Ecke deutlich lesen. Da steht nicht Marcia. Der Name ist in Gold gehalten. Er lautet Mircalla, Gräfin Karnstein; darüber sieht man eine kleine Krone, darunter die Inschrift A.D. 1698. Ich stamme von den Karnsteins ab, das heißt Mama.«

»Aha!« sagte die junge Dame gelassen. »Das sind auch meine Ahnen, es ist, glaube ich, eine Verbindung, die sehr weit zurückreicht. Gibt es heute noch irgendwelche Karnsteins?«

»Niemand dieses Namens, soweit ich weiß. Die Familie ging

schon vor langer Zeit zugrunde, in irgendwelchen Bürgerkriegen, aber die Ruinen ihres Schlosses sind nur drei Meilen entfernt.«

»Wie interessant!« Ihre Stimme klang matt. »Ach sieh doch, wie schön der Mond scheint!« Sie blickte durch die Tür der Halle, die ein wenig offenstand. »Hast du Lust auf einen kleinen Weg? Über den Hof und dann auf die Straße und den Fluß hinunter-schauen?«

»In genau so einer Nacht bist du zu uns gekommen«, sagte ich.

Schweigend schlenderten wir zur Zugbrücke hinunter, wo sich die herrliche Landschaft vor uns auftat.

»Du hast an die Nacht gedacht, in der ich hier herkam?« Sie flüsterte beinahe. »Bist du froh, daß ich gekommen bin?«

»Ich bin entzückt, liebe Carmilla.«

»Und du möchtest das Bild, das mir in deinen Augen so ähnlich ist, in dein Zimmer hängen«, murmelte sie seufzend, wobei sie den Arm um meine Hüfte schlang und den hübschen Kopf auf meine Schulter sinken ließ.

»Wie bist du doch romantisch, Carmilla. Wenn du mir jemals deine Geschichte erzählst, wird sie wohl vor allem von einer großen Liebe handeln.«

Sie küßte mich schweigend.

»Ich bin ganz sicher, Carmilla, daß du verliebt bist und daß dich in diesem Augenblick eine Herzensangelegenheit beschäftigt.«

»Ich bin nicht verliebt und werde auch niemals lieben«, flüsterte sie, »es sei denn, dich.«

Wie schön sah sie im Mondlicht aus!

Scheu und fremd war der Blick, mit dem sie ihr Gesicht geschwind an meinem Hals und Haar verbarg, und schwer seufzend, ja beinahe schluchzend legte sie ihre bebende Hand auf meine.

Ihre zarte Wange glühte an der meinen. »Liebste, Liebste«, murmelte sie, »ich lebe in dir, und du würdest für mich sterben, ach, wie liebe ich dich doch.«

Ich wich zurück.

Sie schaute mich an. In ihren Augen war alles Feuer, alle Teilnahme erloschen, und ihr Gesicht sah blaß und leblos aus.

»Ist es nicht kühl geworden?« sagte sie müde. »Fast fröstelts mich; hab ich denn geträumt? Laß uns hineingehen. Schnell, laß uns gehen.«

»Du siehst schlecht aus, Carmilla. Ist dir nicht wohl? Du solltest unbedingt etwas Wein trinken.«

»Ja, das will ich tun. Doch ist mir schon besser. In ein paar Minuten bin ich wieder hergestellt. Gib mir ein wenig Wein.« Wir näherten uns dem Eingang. »Schauen wir uns noch einmal um; vielleicht ist es heute das letzte Mal, daß wir gemeinsam den Mondschein betrachten.«

»Wie fühlst du dich, liebste Carmilla? Geht es dir wirklich besser?«

Ich begann zu fürchten, sie sei womöglich von der seltsamen Krankheit befallen, die in unserer Nachbarschaft grassierte.

»Papa wäre über alle Maßen bekümmert«, fügte ich hinzu, »wenn du dich auch nur im mindesten kränklich fühltest, ohne uns sofort Bescheid zu geben. Wir haben in der Nähe einen überaus tüchtigen Doktor; es ist der Arzt, der Papa heute besucht hat.«

»Das glaub ich gern. Ihr seid allesamt so freundlich; doch ich fühle mich wirklich wieder gut. Mir fehlt nichts weiter, außer daß ich an einer leichten Schwäche leide. Man sagt, ich sei sehr matt und ertrüge keine Anstrengung. Ich kann kaum so lange gehen wie ein dreijähriges Kind, und hin und wieder versagen meine schwachen Kräfte, wovon du eben Zeugin warst. Der Zustand geht indes rasch vorbei, und ich bin bald wieder die Alte. So schau doch, wie ich mich erholt habe.«

In der Tat, es ging ihr gut; und wir unterhielten uns den Rest des Abends sehr angeregt, wobei sie höchst munter wirkte und keinmal in das, was ich ihre Vernarrtheiten nannte, verfiel. Ich meine ihre verrückten Reden und Blicke, die mich verlegen machten, ja gar in Angst versetzten.

In dieser Nacht geschah jedoch etwas, das meinen Gedanken eine ganz neue Wendung gab und sogar Carmilla einen Augenblick aus ihrer Trägheit aufzurütteln schien.

Als wir uns im Salon zu Kaffee und Schokolade niedersetzten, schien Carmilla sich wieder ganz wohl zu befinden, auch wenn sie nichts zu sich nahm. Madame Perrodon und Mademoiselle de Lafontaine gesellten sich zu uns und spielten Karten, und wenig später kam Papa herein, um sich seinem »Teegedeck zu widmen«, wie er es immer nannte.

Als das Spiel vorüber war, setzte er sich neben Carmilla aufs Sofa und fragte sie ein wenig besorgt, ob sie vielleicht von ihrer Mutter Nachricht habe.

Sie verneinte.

Da fragte er, ob sie wohl wisse, wo die Mutter brieflich zu erreichen sei.

»Das kann ich nicht sagen« entgegnete sie dunkel, »doch ich gedenke ohnedies, Sie zu verlassen. Ihre Gastfreundschaft und Güte wurden mir überreich zuteil. Ich habe Ihnen nur Ungelegenheiten bereitet, und deshalb möchte ich morgen eine Kutsche nehmen und ihr nachreisen. Ich weiß, wo ich sie am Ende finde, auch wenn ich es Ihnen noch nicht sagen darf.«

»Daran dürfen Sie nicht einmal im Traum denken«, rief mein Vater zu meiner großen Erleichterung. »Wir dürfen Sie nicht fortlassen, und ich werde Ihnen keinesfalls meine Zustimmung geben, außer Sie begäben sich in die Obhut Ihrer Mutter, die mir die Ehre erwies, Sie uns bis zu ihrer Rückkehr anzuvertrauen. Ich wäre nur sehr glücklich, wenn Sie Nachricht hätten. Eben erst hörte ich einen äußerst alarmierenden Bericht über die Ausbreitung dieser mysteriösen Krankheit, die in unserer Nachbarschaft wütet. Und da ich mich mit Ihrer Mutter nicht beraten kann, mein wunderschöner Gast, drückt mich die Verantwortung doch schwer. Allein, ich werde mich bemühen. Doch eins steht fest – ohne Anweisung Ihrer Mutter dürfen Sie nicht reisen. Wir wären allzu sehr betrübt, um Ihrem Abschied leichten Herzens zuzustimmen.«

»Seien Sie tausendfach bedankt, Sir, für Ihre Gastfreundschaft.«
Carmilla lächelte scheu. »Sie sind allesamt so gütig; in meinem
ganzen Leben war ich kaum einmal so glücklich wie auf Ihrem
schönen Schloß, unter Ihrer Obhut und in Gesellschaft Ihrer lieben Tochter.«

Von ihren Worten angetan, küßte er ihr auf seine altmodische
Art galant die Hand.

Ich begleitete Carmilla wie gewohnt auf ihr Zimmer und setzte
mich und schwatzte mit ihr, während sie sich zum Schlafengehen
fertigmachte.

»Glaubst du«, frage ich nach einer Weile, »daß du mir je ganz
und gar vertrauen wirst?«

Sie wandte sich lächelnd zu mir um, gab indes keine Antwort,
sondern fuhr nur fort zu lächeln.

»Du willst dazu nichts sagen? Oder würde mich die Antwort
wenig freuen? Ach, ich hätte dich nicht fragen sollen, Carmilla.«

»Du hast völlig recht, mich das zu fragen oder auch anderes.
Wie lieb du mir bist, weißt du wohl nicht, sonst würdest du mein
Vertrauen nicht in Frage stellen. Ich habe aber einen Schwur getan, der schwerer wiegt als das Gelübde einer Nonne, und ich darf
meine Geschichte noch nicht erzählen, nicht einmal dir. Es naht
indes die Zeit, da du alles erfahren wirst. Du wirst mich für grausam und sehr selbstsüchtig halten, doch ist Liebe immer selbstsüchtig; und je stärker sie brennt, desto selbstsüchtiger ist sie. Du
ahnst ja nicht, wie Eifersucht mich plagt. Du mußt mit mir kommen und mich lieben bis zum Tod; oder mich hassen und dennoch
mit mir kommen und fortfahren, mich zu hassen, bis über den
Tod hinaus.«

»Oje, Carmilla, schon wieder redest du solch ein verrücktes
Zeug!« warf ich hastig ein.

»Aber nein, ich bin ein dummes Ding mit Einfällen und Launen; aber dir zuliebe werde ich jetzt ganz weise reden. Warst du je
auf einem Ball?«

»Nein. Wie kommst du darauf? Ein Ball ist sicherlich wunder-
voll.«

»Ich hab es fast vergessen, es ist schon Jahre her.«

Ich lachte.

»So jung wie du noch bist? Du kannst doch deinen ersten Ball noch nicht vergessen haben.«

»Ich erinnere mich schon an alles, doch nur mit Mühe. Mein Blick gleicht dem der Taucher, die die Dinge über sich durch ein dichtes, welliges, aber transparentes Medium betrachten. In jener Nacht geschah etwas, das das Bild trübe machte und die Farben bleichte. Ich wurde fast ermordet in meinem Bett und hier verwundet«, sie berührte ihre Brust, »und seither war ich nicht mehr dieselbe.«

»Du bist beinahe gestorben?«

»Beinahe. Eine äußerst grausame, eine seltsame Liebe, die mir ans Leben wollte. Liebe fordert Opfer. Kein Opfer ohne Blut. Laß uns schlafen gehen; ich bin so matt. Wie komme ich jetzt nur aus dem Bett, um meine Tür abzuschließen?«

Sie lag da, ihre zarten Hände im Nacken in ihrer Lockenpracht verschränkt, ihr Kopf ruhte auf dem Kissen, und ihre glänzenden Augen folgten meinen Bewegungen mit einem gleichsam scheuen Lächeln, das ich nicht deuten konnte.

Ich sagte ihr gute Nacht und verließ das Zimmer, von einem unbehaglichen Gefühl erfaßt.

Ich hatte mich oft gefragt, ob unser hübscher Gast jemals ein Gebet sprach, denn niemals sah ich sie niederknien. Kam sie morgens herunter, hatten wir längst gebetet, und wenn wir uns zum Abendgebet in der Halle versammelten, gesellte sie sich nicht hinzu.

Wäre nicht bei einem unserer Plauderstündchen zufällig ihre Taufe erwähnt worden, so hätte ich wohl bezweifeln müssen, daß sie Christin sei. Über Religion hat sie nie auch nur ein Wort verloren. Hätte ich damals mehr von der weiten Welt gekannt, wäre ich über diese Gleichgültigkeit oder Abneigung weniger erstaunt gewesen.

Die Vorsichtsmaßnahmen nervöser Menschen wirken durchaus ansteckend, und Personen von verwandtem Temperament ahmen diese mit Sicherheit bald nach. Ich hatte von Carmilla die Gewohnheit übernommen, die Schlafzimmertür abzuschließen, denn ihre absonderlichen Warnungen vor mitternächtlichen Eindringlingen und umherschweifenden Mördern waren mir zu Kopf gestiegen. Und ich hatte es mir ebenfalls zur Regel gemacht, mein Zimmer oberflächlich zu durchsuchen, um sicherzugehen, daß sich nirgendwo ein Mörder oder Räuber verbarg.

Nach diesen Sicherheitsmaßnahmen ging ich zu Bett und schlummerte rasch ein. Wie schon seit frühesten Kindertagen brannte in meinem Zimmer ein Licht, und um nichts auf der Welt hätte ich diese Gewohnheit aufgegeben.

Solchermaßen abgesichert, hätte ich friedlich schlafen sollen. Doch bekanntlich können Träume Steinmauern durchdringen, dunkle Räume erhellen und helle verdunkeln, und ihre Gestalten kommen und gehen nach Gutdünken zum Hohn aller Schlosser.

In dieser Nacht hatte ich einen Traum, mit dem eine sehr seltsame Pein ihren Anfang nahm.

Einen Alptraum kann ich ihn nicht nennen, denn mir war dabei durchaus bewußt, daß ich schlief. Genauso wie ich wußte, daß ich in meinem Zimmer war und im Bett lag, so wie in Wirklichkeit. Vor Augen hatte ich – ob eingebildet oder nicht – das Zimmer und die Einrichtung in der gewohnten Form, nur daß es sehr dunkel war. Am Fuß des Bettes sah ich etwas sich bewegen, das ich nicht gleich erkennen konnte. Doch bald schon erkannte ich, es war ein rabenschwarzes Tier, das einer riesenhaften Katze glich. Es mochte vier oder fünf Fuß messen, denn es erwies sich von derselben Länge wie der Kaminvorleger, als es darüber schlich; und wie ein wildes Tier in seinem Käfig lief es unablässig hin und her, geschmeidig, düster, ruhelos. Ich brachte keinen Ton heraus, obwohl ich, wie man sich denken kann, von Todesangst ergriffen war. Es lief nun immer schneller hin und her, während das Zimmer rasch dunkler und dunkler wurde, so dunkel schließlich, daß ich das Tier nicht mehr erkennen konnte und nur noch seine Augen sah. Ich merkte, wie es federleicht auf mein Bett sprang. Die großen Augen kamen näher, immer näher an mein Gesicht heran, und plötzlich spürte ich einen stechenden Schmerz, als bohrten sich zwei große Nadeln nah beieinander tief in meine Brust. Mit einem lauten Schrei erwachte ich. Das Zimmer war von der Kerze erhellt, welche die ganze Nacht brannte, und am rechten Fußende des Bettes sah ich eine weibliche Gestalt stehen. Sie war in ein dunkles, weites Gewand gehüllt, und das offene Haar fiel ihr auf die Schultern. Einem Felsen gleich lag ich stockstill und wagte nicht zu atmen. Während ich sie anstarrte, schien die Gestalt sich bewegt zu haben, denn sie war auf einmal näher bei der Tür, dann dicht davor. Die Tür ging auf, und sie verschwand.

Ich war befreit und konnte wieder atmen und mich rühren. Mein erster Gedanke war, daß Carmilla mir wohl einen Streich gespielt hatte, weil ich vielleicht vergessen hatte, die Tür abzuschließen. Ich hastete zur Tür und fand sie, wie immer, von innen fest verschlossen. Von Entsetzen gepackt, wagte ich es nicht, sie zu öffnen. Ich sprang ins Bett, zog mir die Decke über den Kopf und wartete mehr tot als lebendig auf den Morgen.

SIEBTES KAPITEL
ES GEHT BERGAB

Es wäre sinnlos zu versuchen, den grauenvollen Horror zu schildern, der mich – bis heute – jedesmal überfällt, wenn ich an das Geschehen in jener Nacht denke. Es war kein vorübergehender Schrecken, wie ihn ein Traum hinterläßt. Nein, er nahm an Stärke zu und übertrug sich auf den Raum und jedes Möbelstück.

Am nächsten Tag mochte ich nicht einen Augenblick allein sein. Ich hätte mich meinem Vater anvertrauen sollen, doch zweierlei sprach dagegen. Erstens dachte ich, er würde über meine Geschichte lachen, und ich wollte nicht, daß er sie als Scherz ansah; zweitens dachte ich, er könnte vielleicht glauben, ich sei von der geheimnisvollen Krankheit befallen, die in der Nachbarschaft grassierte. Ich selbst hatte diese Bedenken nicht, und da seine

Gesundheit schon eine Weile etwas angegriffen war, wollte ich ihn nicht erschrecken.

Ich fand Trost bei meinen gutherzigen Gefährtinnen, Madame Perrodon und der lebhaften Mademoiselle de Lafontaine. Sie merkten, daß ich niedergeschlagen und nervös war, und so erzählte ich ihnen schließlich, was mein Herz bedrückte.

Mademoiselle de Lafontaine lachte, doch Madame Perrodon schien mir besorgt dreinzublicken.

»Übrigens«, sagte Mademoiselle lachend, »auf dem Weg unter Carmillas Schlafzimmerfenster, da wo die Linden stehen, soll es spuken!«

»Unsinn!« Madame dachte wohl, dieses Thema sei für den Augenblick eher ungeeignet. »Und wer sagt so etwas, meine Liebe?«

»Martin hat es mir erzählt. Als das alte Hoftor repariert wurde, kam er zweimal vor Sonnenaufgang dort vorbei, und beide Male sah er die gleiche weibliche Gestalt den Lindenweg hinuntergehen.«

»Warum auch nicht? Es sind doch Kühe zu melken auf den Feldern am Fluß«, sagte Madame.

»Mag sein; doch hat Martin sich erschreckt; ich hab ihn niemals so in Angst gesehen.«

»Sie dürfen Carmilla kein Wort davon erzählen, denn von ihrem Fenster schaut sie auf diesen Weg hinunter«, warf ich ein, »und sie ist sogar noch furchtsamer als ich.«

An diesem Tag kam Carmilla später als sonst herunter.

»Heute nacht habe ich mich sehr geängstigt«, sagte sie, sobald wir zusammen saßen, »und sicherlich hätte ich etwas Schauerliches erblickt, wäre da nicht das Amulett gewesen, das ich dem bedauernswerten Buckligen abkaufte, den ich so beleidigt habe. Mir träumte, daß etwas Schwarzes an mein Bett schlich, und ich erwachte voll Entsetzen und meinte sekundenlang, neben dem Kaminsims eine schwarze Gestalt zu sehen; ich ertastete das Amulett unter meinem Kissen, und kaum hatte ich es in meinen Fingern, als die Gestalt verschwand, doch spürte ich genau, daß ohne dieses Amulett mir irgendein schauerliches Ding erschienen wäre und mich vielleicht so gewürgt hätte wie diese armen Menschen, von denen man erzählt.«

»Nun hör gut zu«, begann ich und erzählte ihr von meinem Abenteuer, das sie sichtlich erschreckte.

»Und hattest du dein Amulett bei dir ?« fragte sie eifrig.

»Nein, ich hatte es im Salon in eine Porzellanvase getan, doch da du so darauf vertraust, werde ich es heute Nacht bei mir tragen.«

Heute, nach dieser langen Zeit, weiß ich nicht zu sagen und begreife es auch nicht, wie ich damals meine Angst so gut beherrschte, daß ich mich ganz allein in meinem Zimmer schlafen legte. Ich weiß jedoch genau, daß ich das Amulett an mein Kissen heftete. Ich schlief auf der Stelle ein und schlummerte tief und fest die ganze Nacht.

Die nächste Nacht erging es mir ebenso. Mein Schlaf war köstlich tief und traumlos. Aber ich erwachte mit einem Gefühl von Mattigkeit und Wehmut, das allerdings nicht sehr stark und fast genüßlich war.

»Ich habe es dir ja gesagt«, meinte Carmilla, als ich ihr von meinem ungestörten Schlaf berichtete. »Auch ich habe letzte Nacht köstlich geschlummert, mit dem Amulett an meinem Busen. In der Nacht zuvor war es zu weit weg.«

Ich denke, außer den Träumen war alles Einbildung. Früher glaubte ich, daß böse Geister solche Träume hervorrufen, aber unser Arzt sagte, das stimme nicht. Nach seinen Worten ist es ein Fieber oder irgendeine Krankheit, die an die Tür klopfen und – werden sie nicht hereingelassen – unter Hinterlassung einer solchen Warnung weiterziehen.

»Und was ist mit dem Amulett?«

»Es ist mit einer Droge getränkt oder geräuchert, die gegen die Malaria hilft.«

»Dann wirkt es also nur auf den Körper ?«

»Natürlich; du glaubst doch nicht, daß böse Geister sich vor einem Stückchen Band oder vor den Düften aus einer Drogerie fürchten? Nein, dieses Leiden, das sich mit der Luft verbreitet, trifft zuerst die Nerven und somit das Gehirn; doch das Gegenmittel schlägt es in die Flucht, bevor es sich bei dir einnisten kann. Das hat das Amulett bei uns bewirkt, denke ich. Das ist keine Magie, sondern ganz natürlich.«

Ich wäre froh gewesen, hätte ich Carmilla zustimmen können, doch ich bemühte mich, und mein Unbehagen ließ ein wenig nach.

Einige Nächte schlief ich tief und fest; doch am Morgen verspürte ich stets die gleiche Müdigkeit und eine Schwäche, die mich den ganzen Tag beschwerte. Als wäre ein anderer Mensch aus mir geworden. Eine seltsame Wehmut erfaßte mich, eine Wehmut, die ich gleichwohl nicht fliehen wollte. Mir kamen trübe Gedanken an den Tod, und sanft und fast willkommen wurde ich von dem Gefühl überwältigt, ich schwinde langsam dahin. Ein süßes, gleichwohl trauriges Empfinden. Was es auch sein mochte, meine Seele schickte sich darein.

Ich mochte nicht zugeben, daß ich krank war, mochte mich meinem Vater nicht anvertrauen oder auch nach dem Doktor schicken.

Carmilla war anhänglicher denn je, und ihre seltsamen Anfälle von »Anbetung« traten häufiger auf. Dabei lachte sie sich immer hitziger über mich ins Fäustchen, indes meine Körperkräfte und Seelenstärke schwächer wurden. Mich erschreckte das jedesmal wie ein plötzliches Aufflackern von Wahnsinn.

Ich befand mich nun, ohne es zu wissen, im ziemlich fortgeschrittenen Stadium der merkwürdigsten Krankheit, die einen Sterblichen je befiel. Ihre Anfangssymptome waren von einer unerklärlichen Faszination, die mich mit dem schwächenden Effekt des Leidens mehr als versöhnte. Die Faszination steigerte sich bis zu einem bestimmten Punkt, an dem sich etwas Grauenvolles allmählich abzuzeichnen begann und immer deutlicher wurde, bis es meine ganze Existenz entstellte und verkehrte. Davon werden Sie noch hören.

Die erste Veränderung, die mit mir vorging, war recht angenehm. Es war nahe dem Wendepunkt, an dem der Avernus seinen Abstieg beginnt.

Seltsame und unklare Empfindungen befielen mich im Schlaf. Am häufigsten war jener angenehme, eigenartige kalte Schauer, den wir beim Baden verspüren, wenn wir uns in einem Fluß gegen die Strömung stellen. Bald kamen Träume hinzu, die ohne Ende schienen und so verschwommen waren, daß ich mich weder an die Szenerie noch an die Personen darin oder deren Tun erinnern konnte. Und doch hinterließen sie einen schrecklichen Eindruck und erschöpften mich, als hätte ich eine Phase heftiger geistiger Anstrengung oder von Gefahr durchlebt. Nach dem Erwachen blieb von diesen Träumen stets eine Erinnerung; ich war an einem fast völlig finsteren Ort gewesen und hatte mit Menschen gesprochen, die vor mir unsichtbar waren; dabei war mir eine klare, tiefe Frauenstimme besonders erinnerlich, die langsam und wie aus weiter Ferne sprach und in mir stets die Empfindung von feierlichem Ernst und Furcht erweckte. Bisweilen war es mir, als streifte eine Hand zart meine Wange und meinen Nacken; dann, als küßten mich warme Lippen, und heftiger und inniger, wenn sie meinen Hals erreichten, und nicht von dieser Stelle weichen wollten. Mein Herz schlug schneller, der Atem ging rascher, und ich rang nach Luft; ein Keuchen, dann das Gefühl, gewürgt zu werden, die Kehle krampfte sich zusammen, die Sinne schwanden mir.

Drei Wochen war ich nun in diesem rätselhaften Zustand. Und meine Pein fand ihren Niederschlag in meinem Aussehen. Mein Gesicht war bleich, die Augen wäßrig und mit dunklen Ringen, und meine Haltung spiegelte die Mattigkeit, die ich seit langem fühlte.

Oft fragte mich mein Vater, ob ich krank sei; doch mit einem Starrsinn, der mir heute unerklärlich scheint, versicherte ich ihm wieder und wieder, mich wohlzubefinden.

In einer Hinsicht traf das zu. Ich war frei von Schmerzen und wurde nicht von körperlichen Beschwerden geplagt. Mein Leiden schien von der Phantasie oder den Nerven herzurühren, und wie ich auch litt, verschwieg ich meine Qualen mit eiserner Entschlossenheit.

Es konnte nicht jenes schreckliche Übel sein, das die Bauern den Vampir nennen, denn ich war schon drei Wochen befallen, und sie lagen nicht mehr als drei Tage danieder, bevor der Tod sie erlöste.

Carmilla klagte über böse Träume und Fiebergefühle, die allerdings bei weitem nicht von jener Heftigkeit waren wie bei mir. Mein Befinden war höchst alarmierend. Wäre ich imstande gewesen, den Ernst der Lage zu erfassen, hätte ich auf Knien um Rat und Hilfe gebettelt. Eine unbekannte Macht betäubte mich wie eine Droge, und meine Sinne waren taub.

Ich will Ihnen von einem Traum erzählen, der zu einer sonderbaren Entdeckung führte.

Eines Nachts hörte ich statt jener Stimme, die sonst im Dunkel zu mir sprach, eine andere, die lieblich, zart und zugleich schrecklich klang: »Deine Mutter sagt, du sollst dich vor dem Ungeheuer in acht nehmen.« Im gleichen Augenblick erstrahlte plötzlich ein Licht, und ich sah Carmilla am Fuße meines Bettes stehen, in ihrem weißen Nachthemd, vom Kinn bis zu den Füßen in Blut gebadet.

Laut schreiend erwachte ich, allein von dem Gedanken besessen, Carmilla werde just ermordet. Meine Erinnerung ist getrübt; ich weiß noch, daß ich aus dem Bett schoß; als nächstes sehe ich mich schon hilfeschreiend in der Halle stehen.

Erschreckt stürzten Madame und Mademoiselle aus ihren Zimmern; sie erblickten mich im Licht der Lampe, die in der Halle immer brannte, und erfuhren den Grund meines Entsetzens.

Ich insistierte, daß wir bei Carmilla anklopfen sollten. Nichts rührte sich. Wie Berserker hämmerten wir an die Tür und riefen aufgeregt ihren Namen, doch alles war vergebens.

Wir bekamen es mit der Angst, denn ihre Tür war verschlossen. Voller Panik rannten wir zurück in mein Zimmer, um lange und heftig zu läuten. Wäre meines Vaters Zimmer in diesem Teil des Schlosses gewesen, so hätten wir ihn sofort zu Hilfe geholt. Doch ach, er konnte uns nicht hören, und ihn zu holen verlangte eine Exkursion, zu der keiner von uns den Mut aufbrachte.

Bald kamen jedoch Dienstboten herbeigerannt; ich war indessen in Morgenrock und Pantoffeln geschlüpft, und auch meine Gefährtinnen hatten sich ähnlich ausgerüstet. Sowie wir die Stimmen der Dienstboten in der Halle erkannten, stürzten wir alle auf einmal hinaus; nachdem wir noch mal vergebens an Carmillas Tür geklopft, befahl ich den Männern, das Schloß aufzubrechen. Sie taten es sogleich, und schon standen wir mit Kerzen in den Händen auf der Schwelle und starrten in den Raum.

Wir riefen wieder ihren Namen, doch es kam keine Antwort. Wir schauten uns im Zimmer um. Alles war unangetastet und in demselben Zustand wie vordem, als ich ihr eine gute Nacht gewünscht. Doch Carmilla war verschwunden.

ACHTES KAPITEL
SUCHE

Der Anblick des Zimmers, das bis auf die Anzeichen unseres gewaltsamen Zutritts unbeschädigt wirkte, kühlte unsere erhitzten Nerven ab, und wir kamen wieder zur Vernunft und schickten die Männer fort. Mademoiselle war der Gedanke gekommen, daß Carmilla möglicherweise durch den Tumult vor ihrer Tür erwacht und im ersten Schrecken aus dem Bett gesprungen war und sich in einem Schrank verborgen hatte oder hinter einem Vorhang und sich nun natürlich nicht hervortraute, bevor der Haushofmeister und seine Helfer sich zurückgezogen hatten. Wir nahmen unsere Suche wieder auf und riefen laut nach ihr.

Es nützte nichts. Unsere Verwirrung und Erregung wuchsen. Wir prüften die Fenster, doch sie waren sicher verriegelt. Ich flehte Carmilla an, falls sie sich versteckt hielt, den häßlichen Scherz zu beenden und hervorzukommen, damit sich unsere Ängste verflüchtigten. Inzwischen war ich felsenfest davon überzeugt, daß sie sich weder hier noch in ihrem verschlossenen Ankleidezimmer befand, dessen Schlüssel auf dieser Seite der Tür steckte.

Sie hätte nicht herauskommen können. Ich war zutiefst verwirrt. Hatte Carmilla womöglich einen jener Geheimgänge entdeckt, die es nach den Worten der alten Hauswirtschafterin in unserem Schloß gab, auch wenn niemand von deren genauer Lage mehr Kenntnis hatte? Die Zeit würde uns, die wir im Augenblick so schrecklich konfus waren, sicherlich alles erklären.

Es war schon nach vier Uhr früh, und mir war es angenehmer, den Rest der Nacht im Zimmer von Madame Perrodon zu verbringen. Das Tageslicht brachte uns der Lösung des Rätsels keinen Schritt näher.

Der nächste Morgen sah sämtliche Hausgenossen, allen voran meinen Vater, in größter Aufregung. Jedes Eckchen im Schloß wurde überprüft, die Ländereien durchforstet, doch von der Verschwundenen fand sich keine Spur. Man schickte sich an, den Fluß mit Treibnetzen abzusuchen. Mein Vater war außer sich — welch schreckliche Geschichte müßte er der Mutter des armen Mädchens bei ihrer Rückkehr berichten? Auch ich war beinahe von Sinnen, doch war mein Kummer gänzlich anderer Art.

Der Vormittag verging in Unruhe und Besorgnis. Es war schon ein Uhr und noch keine erlösende Neuigkeit. Ich rannte auf ihr Zimmer — und da stand sie vor ihrem Toilettentisch. Ich war sprachlos. Ich traute meinen Augen nicht. Schweigend winkte sie mich mit einer Bewegung ihrer hübschen Finger zu sich. Ihr Antlitz zeigte tiefe Angst.

Von Freude überwältigt stürzte ich zu ihr und küßte und herzte sie wieder und wieder. Dann sprang ich zur Glocke und läutete stürmisch, um jemanden herbeizuholen, der meinen Vater beruhigen sollte.

»Liebste Carmilla, was ist mit dir geschehen? Wir haben Todesängste um dich ausgestanden! Wo hast du die ganze Zeit gesteckt? Und wie bist du zurückgekommen?«

»Die vergangene Nacht war eine Nacht voller Wunder.«

»Um Himmels willen, erkläre dich deutlich!«

»Es war zwei Uhr vorbei, als ich zu Bett ging; die zwei Türen zum Ankleidezimmer und zum Korridor hatte ich versperrt. Ich schlief friedlich und, soviel ich mich erinnere, traumlos; aber gerade eben erst bin ich auf dem Sofa im Ankleidezimmer aufgewacht. Die Verbindungstür stand offen, und die Tür zum Korridor war aufgebrochen. Wie war das möglich, ohne daß ich wach wurde? Es war bestimmt von heftigem Lärm begleitet, und mein Schlaf ist überaus leicht; und wie hat man mich von meinem Bett dorthin tragen können, ohne mich im Schlaf zu stören, mich, die das leisestete Geräusch aufschreckt?«

Mittlerweile befanden sich Madame, Mademoiselle, mein Vater und eine Anzahl Dienstboten im Zimmer. Carmilla wurde natürlich mit Fragen, Gratulationen und guten Wünschen überschüttet. Doch konnte sie immer nur das Eine berichten und schien sich am wenigsten einen Reim auf das Ganze machen zu können.

Mein Vater ging nachdenklich im Zimmer auf und ab. Ich sah, wie Carmilla ihn verstohlen mit einem düsteren Blick anschaute.

Als die Dienstboten wieder hinausgeschickt waren und auch Mademoiselle fortging, um Baldrian und Riechsalz zu holen, blieben mein Vater, Madame und ich mit Carmilla allein im Zimmer zurück. Da trat mein Vater nachdenklich zu Carmilla, nahm liebevoll ihre Hand, führte sie zum Sofa und setzte sich neben sie.

»Ich darf Ihnen wohl eine Frage stellen, meine Liebe?«

»Wer wäre wohl dazu berechtigter als Sie? Fragen Sie, und ich will alles sagen. Aber es ist eine rätselhafte, dunkle Geschichte, und ich weiß selbst gar nichts. Fragen Sie mich, was Sie wollen. Aber Sie wissen ja, welche Grenzen mir Mama gesetzt hat.«

»Gewiß, mein liebes Kind. Ich muß die Themen, über die sie uns schweigen hieß, nicht berühren. Nun, das Wunder der vergangenen Nacht war, daß man Sie aus Ihrem Bett entfernte, ohne daß Sie erwachten, und daß dieses geschah, obwohl die Fenster verriegelt und die Türen von innen zugesperrt waren. Ich sage Ihnen meine Theorie dazu, möchte aber erst eine Frage stellen.«

Carmilla neigte emtmutig den Kopf gegen ihre Hand. Madame und ich lauschten atemlos.

»Nun, meine Frage ist diese: Hat man je vermutet, Sie könnten des Nachts schlafwandeln?«

»Niemals – nicht seit meiner frühesten Kindheit.«

»Aber als Kleinkind sind Sie im Schlaf gewandelt?«

»Ja, das weiß ich genau. Meine alte Amme hat es mir oft erzählt.«

Mein Vater lächelte und nickte.

»Nun, dann ist folgendes geschehen. Sie standen im Schlaf aus Ihrem Bett auf, schlossen die Tür auf, ließen den Schlüssel jedoch nicht wie sonst im Schloß stecken, sondern zogen ihn heraus und schlossen die Tür von außen wieder zu. Dann zogen Sie den Schlüssel heraus und nahmen ihn in eins der fünfundzwanzig Zimmer auf diesem Stockwerk mit oder vielleicht auch eine Etage höher oder tiefer. Es gibt bei uns so viele Räume und Schränke, so viele schwere Möbel und soviel Gerümpel, daß man eine ganze Woche brauchte, alles gründlich zu durchsuchen. Verstehen Sie nun, was ich meine?«

»Ja, aber nicht ganz«, entgegnete Carmilla.

»Und wie erklärst du dir, Papa, daß sie auf dem Sofa im Ankleidezimmer zu sich kam, das wir doch sorgfältig durchsucht hatten?«

»Sie kam dahin, immer noch schlafend, als Ihr mit der Suche fertig ward, und wachte schließlich auf und war so überrascht wie alle anderen über ihren Aufenthaltsort. Ich wünschte, alle Rätsel ließen sich so leicht und harmlos erklären wie dieses, Carmilla«, lachte er. »Wir dürfen uns also gratulieren zu der Gewißheit, daß die ganz und gar natürliche Erklärung des Vorfalls jedwede betäubenden Drogen, Manipulierung von Schlössern, alle Einbrecher, Giftmischer oder Zauberer ausschließt. Es gibt nichts, was die Sicherheit Carmillas oder anderer gefährden könnte.«

Carmilla sah bezaubernd aus. Sie hatte einen wundervollen Teint. Ich denke, ihre Schönheit wurde durch jene graziöse Trägheit, die ihr eigen war, noch gesteigert. Mein Vater verglich wohl im Geiste ihr Aussehen mit dem meinen, denn er sagte mit einem Seufzer: »Ich wünschte, meine arme Laura wäre wieder die alte.«

So fand die ganze Aufregung ein glückliches Ende, und Carmilla war uns zurückgegeben.

Da Carmilla nichts davon wissen wollte, daß eine Zofe bei ihr im Zimmer schlief, hieß mein Vater einen Diener, sich vor ihrer Tür schlafen zu legen, damit sie sich kein zweites Mal auf einen solchen Ausflug machen konnte.

Die Nacht verging wie im Fluge; und früh am nächsten Morgen erschien der Doktor, um mich zu untersuchen; mein Vater hatte nach ihm geschickt, ohne mir ein Wort zu sagen.

Madame begleitete mich in die Bibliothek, wo der Doktor, ein gesetzter kleiner, weißhaariger Mann mit Brille, von dem schon die Rede war, mich erwartete.

Ich erzählte ihm meine Geschichte, und seine Miene wurde immer ernster.

In einer Fensternische standen wir einander gegenüber. Als ich mit Reden fertig war, lehnte er sich an die Wand und schaute mich forschend und ein wenig entsetzt an.

Nach kurzem Nachdenken fragte er Madame, ob er wohl meinen Vater sprechen könne.

Madame schickte nach ihm, und als mein Vater eintrat, sagte er lächelnd: »Sie wollen mir vermutlich sagen, lieber Doktor, wie töricht es von mir war, Sie rufen zu lassen.«

Doch sein Lächeln erlosch, als der Doktor ihn mit ernster Miene zu sich winkte.

In jener Fensternische, in der der Arzt sich gerade mit mir unterhalten hatte, redeten die beiden eine Weile inbrünstig miteinander; Argumente schienen hin und herzugehen. Der Raum ist sehr groß, und Madame und ich standen, vor Neugier brennend, am andern Ende. Wir konnten jedoch kein Wort verstehen, denn sie sprachen mit gedämpfter Stimme, und die tiefe Nische verbarg den Doktor unserem Blick und fast auch meinen Vater, von dem wir nur Fuß, Arm und Schulter sehen konnten. Die dicken Mauern, die mit dem Fenster gleichsam ein Gelaß bildeten, machten die leisen Worte gänzlich unhörbar.

Nach einer Weile schaute mein Vater zu uns herüber; sein Gesicht war blaß und nachdenklich und, wie mir schien, erregt.

»Laura, Liebste, komm einen Augenblick zu uns. Madame, der Doktor meint, wir brauchen Sie im Augenblick nicht zu behelligen.«

Ich ging gehorsam zu ihnen hin und war erstmals ein wenig beunruhigt. Zwar fühlte ich mich geschwächt, aber keineswegs krank, und Stärke, so bildet man sich gerne ein, ist etwas, das sich jederzeit aufs neue erwerben läßt.

Mein Vater hielt mir seine Hand entgegen, als ich nähertrat, doch er sah dabei den Doktor an und sagte:

»Gewiß, es ist höchst seltsam, und ich verstehe es nicht ganz. Komm her, meine Liebe; höre Doktor Spielsberg gut zu, und versuche dich zu erinnern.«

»Sie erwähnten, daß Sie in der Nacht des ersten fürchterlichen Traums ein Gefühl gehabt hätten, als bohrten sich zwei Nadeln irgendwo an Ihrem Hals tief in die Haut. Schmerzt diese Stelle heute noch?«

»Nicht im mindesten«, erwiderte ich.

»Würden Sie bitte mit dem Finger auf die Stelle deuten?«

»Gleich unterhalb der Kehle – genau hier.«

Ich trug einen Morgenmantel, der die Stelle, auf die ich deutete, verhüllte.

»Nun können Sie es selbst überprüfen«, sagte der Doktor zu meinem Vater. »Sie haben sicher nichts dagegen, Laura, wenn Ihr Papa den Mantel ein wenig öffnet. Das ist notwendig, um ein Symptom der Krankheit zu betrachten, unter der Sie leiden.«

Ich willigte ein. Der Punkt lag eine Handbreit unter meinem Kragen.

»Du lieber Gott – es stimmt!« rief mein Vater aus und wurde ganz bleich.

»Sie sehen es mit ihren eigenen Augen«, sagte der Doktor in düsterem Triumph.

»Was ist es denn?« rief ich aus. Angst packte mich.

»Nichts, meine liebe junge Dame, nur ein kleiner blauer Fleck, etwa so groß wie die Spitze Ihres kleinen Fingers.« Er wandte sich wieder Papa zu: »Die Frage ist, was sollen wir am besten tun?«

»Besteht denn eine Gefahr?« fragte ich eindringlich und zitternd vor Erregung.

»Wohl kaum, meine Liebe«, erwiderte der Doktor. »Ich wüßte nicht, warum Ihre Genesung nicht auf der Stelle einsetzen sollte. Ist dies die Stelle, an der Sie das Gefühl hatten, erwürgt zu werden?«

»Ja.«

»Und – versuchen Sie sich bitte so genau wie möglich zu erinnern – war dieser Fleck der Ursprung jenes Schauers, den Sie mir eben beschrieben – als ob sie in einer ein kalten Strömung stünden?«

»Ja, doch, ich denke schon.«

»Aha. Sehen Sie?« Der Doktor wandte sich an meinen Vater: »Soll ich Madame informieren?«

»Auf jeden Fall.«

Der Doktor rief Madame zu sich und sagte:

»Meine kleine Freundin hier befindet sich leider gar nicht wohl. Es ist hoffentlich nichts Ernstes; doch sind verschiedene Maßnahmen erforderlich, die ich Ihnen nach und nach erklären werde. Aber vorerst Madame, haben Sie bitte Sorge, daß Fräulein Laura nicht einen Augenblick allein bleibt. Dies ist die einzige Anweisung, die ich im Moment zu geben habe. Sie ist peinlichst genau zu befolgen.«

»Ich weiß, daß wir uns auf Sie verlassen können, Madame«, fügte mein Vater hinzu.

Madame pflichtete ihm eifrig bei.

»Und du, liebe Laura, wirst die Anweisung des Doktors befolgen.«

»Ich möchte gern noch Ihre Meinung über eine andere Patientin hören, deren Symptome denen meiner Tochter, wie sie sie Ihnen eben schilderte, ein wenig ähneln, zwar weniger stark ausgeprägt, doch, denke ich, wohl von der gleichen Art sind. Es handelt sich um eine junge Dame, die bei uns zu Gast ist. Da Sie Ihr Weg heute abend wieder hier vorbeiführt, wie Sie sagten, wäre es schön, wenn Sie mit uns zu Abend äßen und sie sich bei dieser Gelegenheit ansähen. Sie kommt erst am Nachmittag herunter.«

»Besten Dank«, sagte der Doktor. »Ich werde also gegen sieben Uhr abends bei Ihnen sein.«

Sie wiederholten noch einmal die Anweisungen für Madame und mich, und dann ging mein Vater mit dem Doktor hinaus. Ich sah, wie sie, in ein ernstes Gespräch vertieft, auf der grasbewachsenen Fläche zwischen der Straße und der Zugbrücke auf und ab gingen.

Der Doktor kehrte nicht zurück. Ich sah ihn sein Pferd besteigen und nach Osten durch den Wald davonreiten. Fast im gleichen Augenblick sah ich den Mann aus Dranfeld mit der Briefpost kommen; er stieg ab und gab den Beutel meinem Vater.

Danach waren Madame und ich damit beschäftigt, über den Grund für die alleinige und schwerwiegende Verhaltensregel zu sinnieren, die der Doktor, unterstützt von meinem Vater, uns einzuhalten aufgetragen hatte. Wie mir Madame dann sagte, fürchtete sie, der Doktor könne an einen plötzlichen Krampfanfall denken und daß ich also mein Leben solcherart verlieren oder mich doch ernstlich verletzen könnte.

Diese Erklärung leuchtete mir überhaupt nicht ein. Ich glaubte, was ein Glücksfall für meine Nerven sein mochte, daß mir mit dem Arrangement nur eine Gefährtin zugedacht war, die mich daran hindern sollte, mich körperlich zu sehr anzustrengen oder unreifes Obst zu essen oder etwas von den vielen anderen idiotischen Dingen zu tun, zu denen junge Menschen neigen.

Nach etwa einer halben Stunde trat mein Vater – einen Brief in der Hand – ins Zimmer und sagte: »Dieser Brief von General Spielsdorf ist verspätet eingetroffen. Der General kündigt darin seine Ankunft für gestern an; vielleicht kommt er erst morgen oder auch heute.«

Er gab mir den geöffneten Brief; doch schaute er nicht erfreut drein wie sonst, wenn ein Gast, zumal ein so geschätzter wie der General, erwartet wurde. Im Gegenteil, er machte ein Gesicht, als wünschte er ihn auf den Grund des Roten Meeres. Ganz offensichtlich lastete ihm etwas auf der Seele, das er nicht preiszugeben gedachte.

»Lieber Papa, bitte verrate mir etwas.« Ich legte meine Hand auf seinen Arm und blickte ihn gewiß flehend an.

»Schon möglich.« Er strich mir zärtlich übers Haar.

»Meint der Doktor, ich sei ernstlich krank?«

»Nein, Liebstes. Er meint, daß du in ein, zwei Tagen wiederhergestellt oder zumindest auf dem besten Wege zur völligen Genesung sein wirst, wenn nur die richtigen Schritte unternommen werden«, erwiderte er ein wenig trocken. »Ich wünschte, unser guter Freund, der General, hätte eine andere Zeit für seinen Besuch gewählt und du empfingest ihn im Zustand der Gesundheit.«

»Aber sag mir doch, Papa«, beharrte ich, »was ist seiner Ansicht nach mit mir los?«

»Nichts. Quäle mich bitte nicht mit Fragen.« Dies sagte er in so gereiztem Ton, wie ich es bei ihm nie erlebt hatte. Doch als er meine verletzte Miene sah, küßte er mich und fügte hinzu: »In ein, zwei Tagen wirst du alles erfahren, das heißt, alles, was ich selbst weiß. Bis dahin zerbrich dir nicht den Kopf.«

Er wandte sich ab und verließ das Zimmer. Doch ehe ich über die Absonderlichkeit der ganzen Geschichte rätseln konnte, kam er zurück, indes nur, um uns mitzuteilen, daß er nach Karnstein fahre und den Kutschwagen für zwölf Uhr bestellt habe; ich und Madame möchten ihn begleiten. Er wolle den Pfarrer aufsuchen, der in dieser malerischen Gegend wohnte, um einiges mit ihm zu besprechen, und da Carmilla noch nie dort gewesen sei, solle sie, sobald sie herunterkäme, uns zusammen mit Mademoiselle nachfolgen; Mademoiselle brächte alles Nötige für ein sogenanntes Picknick mit, das wir in der Schloßruine abhalten könnten.

Ich stand also um zwölf Uhr bereit, und bald darauf brachen mein Vater, Madame und ich zu unserem Unternehmen auf. Jenseits der Zugbrücke wandten wir uns nach rechts und folgten der Straße, die über die steile gotische Brücke nach Westen zu dem verlassenen Dorf und der Ruine Karnstein führt.

Ein schönerer Waldesausflug läßt sich nicht denken. Ein prächtiger wilder Forst bedeckt das sanft gewellte Land; ihm fehlt alles Gekünstelte und Steife, wie sie Pflanzung, Zucht und Auslichtung sonst bewirken.

Die unebene Landschaft prägte den Verlauf der Straße, die sich in wundervollem Schwung über die unterschiedlichsten Bodenformationen um steile Hügel und Kuhlen herumwand.

An einer dieser Kurven begegneten wir plötzlich unserem alten Freund, dem General Spielsdorf. In Begleitung eines berittenen Dieners kam er uns hoch zu Roß entgegen. Seine Koffer folgten in einer Mietfuhre, wie wir hier solch einen Wagen nennen.

Wir hielten, der General stieg ab und ließ sich nach der herzlichen Begrüßung leicht dazu überreden, den freien Platz in unserem Kutschwagen einzunehmen und das Pferd mit seinem Diener zum Schloß vorauszuschicken.

ZEHNTES KAPITEL
EIN SCHMERZLICHER VERLUST

Wir hatten ihn vor ungefähr zehn Monaten zuletzt gesehen; doch in dieser Zeit schien er um Jahre gealtert. Er war schmal geworden, und Düsternis und Sorge hatten die heitere Herzlichkeit, die ihm sonst eigen war, verdrängt. Seine dunkelblauen stets forschend blickenden Augen glänzten finster und entschlossen unter den zottigen grauen Brauen. Ein solcher Wandel verdankte sich nicht dem Kummer allein, sondern war einer heftigeren Leidenschaft zuzuschreiben.

Wir hatten die Fahrt kaum fortgesetzt, als der General mit seiner gewohnten soldatischen Offenheit von dem – wie er es nannte – schmerzlichen Verlust zu sprechen begann, den er durch den Tod seiner geliebten Nichte, seines Mündels, erlitten hatte. Dann schimpfte er in abgrundtiefer Bitterkeit und Wut auf die »höllischen Künste«, denen sie zum Opfer gefallen, und äußerte mehr ärgerlich denn fromm seine Verwunderung darüber, daß der Himmel solch schändliche Lüste und Bosheiten der Hölle duldete.

Mein Vater, der sogleich bemerkte, daß etwas äußerst Ungewöhnliches vorgefallen war, bat ihn, falls ihm dies nicht zu peinvoll sei, doch die Geschehnisse im Detail zu schildern, die ihn zu so heftigen Worten veranlaßten.

»Ich würde dir alles nur zu gern erzählen«, sagte der General, »doch würdest du mir ganz gewiß nicht glauben.«

»Warum sollte ich dir nicht glauben?«

»Weil du«, erwiderte der General verdrießlich, »nur das glaubst, was zu deinen Vorurteilen und Illusionen paßt. Ich war einmal genau wie du, doch wurde ich eines Besseren belehrt.«

»Stell mich doch auf die Probe. Ich bin nicht der Dogmatiker, für den du mich hältst. Außerdem weiß ich sehr wohl, daß du im allgemeinen für deinen Glauben Beweise verlangst, und schon deshalb bin ich höchst geneigt, deine Schlußfolgerungen zu respektieren.«

»Du vermutest ganz richtig, daß ich mich nicht leichtfertig dazu verführen ließ, an das Unfaßbare zu glauben, denn was ich erlebt habe, ist einfach unfaßbar; doch ungewöhnliche Beweise zwangen mich dazu, etwas zu glauben, das allen meinen Theorien diametral entgegensteht. Ich bin das Opfer einer Verschwörung übernatürlicher Mächte.«

Ich bemerkte, wie mein Vater trotz seiner Versicherung, dem Urteil des Generals zu trauen, seinem Freund jetzt einen Blick zuwarf, der dessen geistiger Gesundheit zu mißtrauen schien.

Der General sah es zum Glück nicht. Mit düsterer Miene betrachtete er interessiert die Lichtungen und Schneisen, die sich im Walde vor uns auftaten.

»Du fährst zur Ruine Karnstein?« sagte er. »Das trifft sich ausgezeichnet; ich wollte dich ohnedies bitten, mich dorthin zu begleiten, um die Überreste zu untersuchen. Ich habe dabei ein bestimmtes Objekt im Auge. Gibt es da nicht eine verfallene Kapelle mit vielen Gräbern jener ausgestorbenen Familie?«

»Das stimmt – eine hochinteressante Geschichte«, erwiderte

mein Vater. »Du hast hoffentlich vor, auf Titel und Besitz Anspruch zu erheben?«

Mein Vater sagte dies in scherzhaftem Ton, doch weder erwiderte der General sein Lachen, noch lächelte er auch nur, wie es die Höflichkeit beim Scherz eines Freundes gebietet; im Gegenteil, er blickte überaus ernst, ja zornig drein, als grübele er über eine Sache nach, die ihn in Angst und Wut versetzte.

»Etwas ganz anderes hab ich vor«, erwiderte er schroff. »Ich gedenke einige dieser feinen Herrschaften auszugraben. Mit Gottes Segen will ich einen frommen Frevel begehen, der unsere Erde von gewissen Ungeheuern befreien und es ehrlichen Menschen ermöglichen soll, ruhig in ihren Betten zu schlafen, ohne von Mördern attackiert zu werden. Ich habe dir merkwürdige Dinge zu berichten, lieber Freund, die ich vor einigen Monaten noch als unglaubhaft zurückgewiesen hätte.«

Mein Vater sah ihn wieder an, doch diesmal ohne Mißtrauen, sondern eindringlich und beunruhigt. »Das Geschlecht der Karnsteins«, sagte er, »ist schon lange ausgestorben, seit mindestens hundert Jahren. Meine liebe Frau stammte mütterlicherseits von ihnen ab. Doch Name und Titel sind längst erloschen. Das Schloß ist eine Ruine, das Dorf verlassen; fünfzig Jahre ist es her, daß dort ein Schornstein rauchte; kein Dach ist übrig.«

»Stimmt genau. Seit unserer letzten Begegnung habe ich viel darüber gehört; vieles, das dich sehr erstaunen wird. Doch ich berichte lieber alles von Anfang an. Du kanntest ja mein liebes Mündel – mein Kind, wie ich wohl sagen darf. Es gab kein schöneres, kein blühenderes Wesen – bis vor drei Monaten.«

»Ja, das arme Ding! Sie war wirklich bezaubernd, als ich sie das letzte Mal sah. Ich kann dir gar nicht sagen, wie betrübt und entsetzt ich war, mein lieber Freund. Ich weiß, was für ein Schmerz dich getroffen hat.«

Er nahm die Hand des Generals und drückte sie innig, was dieser ebenso erwiderte. Dem alten Soldaten kamen die Tränen. Er suchte nicht, sie zu verbergen, und sagte:

»Wir sind schon so lange gute Freunde; ich wußte, daß du mit mir fühlst, mit mir kinderlosem Mann. Meine ganze Liebe gehörte ihr, und sie vergalt sie mir mit einer Zuneigung, die mein Haus leuchten ließ und mich glücklich machte. Das ist nun dahin. Vielleicht sind mir nicht mehr viele Jahre auf Erden vergönnt, doch hoffe ich, Gott sei mir gnädig, vor meinem Tode der Menschheit noch einen Dienst zu erweisen und die Unholde, die mein armes Kind ermordeten, der Rache des Himmels anheimzugeben!«

»Du wolltest alles so erzählen, wie es sich ereignet hat«, sagte mein Vater. »Bitte tu es. Und sei versichert, daß mich nicht bloße Neugier treibt.«

Wir waren jetzt an jener Stelle angelangt, an der die Straße nach Drunstall, auf der der General gekommen war, und jene, die nach Karnstein führt, sich gabeln.

»Wie weit ist es bis zur Ruine ?« fragte der General und schaute ungeduldig nach vorn.

»Etwa zwei Meilen«, erwiderte mein Vater. »Sei so gut und laß uns die Geschichte hören, die du uns versprochen hast.«

»Nur allzu gern«, sagte der General mit leichter Überwindung; und nach kurzem Nachdenken begann er eine der merkwürdigsten Geschichten, die ich je gehört hatte.

»Mein liebes Kind freute sich so sehr auf den Besuch bei deiner bezaubernden Tochter, zu dem du sie eingeladen hattest.« Er verneigte sich in meine Richtung, galant, doch melancholisch. »Vorher waren wir bei meinem alten Freund, Graf Carlsfeld zu Besuch, dessen Schloß zwanzig Meilen hinter Karnstein liegt. Wir sollten an den Festlichkeiten teilnehmen, die er, wie du dich entsinnst, zu Ehren seines illustren Gastes, Großherzog Karls, veranstaltete.«

»Das Fest muß wirklich prachtvoll gewesen sein.«

»Fürstlich. Nun, Carlsfelds Gastlichkeit hat immer einen königlichen Anstrich. Als wäre ihm Aladins Wunderlampe zu eigen. Die Nacht, in der das Unglück geschah, war einem Maskenfest gewidmet. Der Schloßpark war dazu hergerichtet, und in den Bäumen hingen bunte Lampions. Es gab ein Feuerwerk, wie selbst Paris es wohl noch nie gesehen hat. Und was für eine Musik – Musik ist meine Schwäche, wie du weißt –, was für eine hinreißende Musik! Der Welt beste Instrumentalisten, die besten Sänger aller großen Opernhäuser Europas waren dort versammelt. Durchwanderte man die phantastisch illuminierten Gärten, mit Blick auf das mondbeschienene Schloß, dessen lange Fensterreihen rosig schimmerten, so schwebten diese zauberhaften Stimmen ganz unvermutet aus der Stille eines Hains oder jauchzten von Booten auf dem See herüber. Wie ich so schaute und versonnen lauschte, fühlte ich mich in die Romantik und Poesie meiner Jugendzeit zurückversetzt.

Nach dem Feuerwerk begann der Ball, und wir begaben uns wieder in die prunkvollen Gemächer, die den Tanzenden offenstanden. Ein Maskenball bietet stets einen schönen Anblick; aber ein derart prächtiges Schauspiel sah ich nie zuvor.

Es war eine höchst erlesene Versammlung. Ich war wohl fast die einzige unbedeutende Person unter den Gästen.

Mein liebes Kind sah bildschön aus. Sie trug keine Maske. Erregung und Entzücken verliehen ihren lieblichen Zügen einen unbeschreiblichen Charme. Mir fiel eine junge Dame auf, vornehm gekleidet und maskiert, die meinem Mündel ungewöhnlich neugierige Blicke zuwarf. Ich hatte sie schon früher am Abend in der großen Halle gesehen und dann noch einmal auf der Terrasse, wo sie ebenfalls mein Mündel betrachtete. Eine Dame, ebenfalls maskiert, elegant und streng gekleidet, von vornehmer Haltung wie eine Person von Rang, war ihr Chaperon. Hätte jene Dame keine Maske getragen, so hätte ich mit größerer Sicherheit sagen können, ob sie meinen armen Liebling wirklich beobachtete. Heute bin ich überzeugt, daß sie es tat.

Wir waren jetzt in einem der Salons. Mein armes liebes Kind hatte getanzt und ruhte ein wenig in einem Sessel nahe der Tür;

ich stand bei ihr. Die beiden Damen traten zu uns, und die jüngere ließ sich auf dem Sessel neben Bertha nieder, während ihre Begleiterin neben mir stehenblieb und eine Zeitlang mit leiser Stimme auf ihren Schützling einsprach.

Dank der Maskerade von gewissen Konventionen befreit, begann die ältere Dame in vertraulichem Ton, wobei sie mich bei meinem Namen nannte, mit mir ein Gespräch, das meine Neugier heftig reizte. Sie sprach von mannigfachen Gelegenheiten bei Hofe und in berühmten Familien, da sie mir begegnet sei. Sie erwähnte kleine Begebenheiten, die mir längst entfallen waren, die indessen, wie ich herausfand, in meinem Gedächtnis schlummerten, denn sowie sie sie ansprach, erinnerte ich mich sogleich daran.

Ich wurde mit jeder Minute neugieriger, wer diese Dame sei. Meine diesbezüglichen Erkundigungen parierte sie charmant und geschickt. Es war mir völlig unerklärlich, wie sie von meinem Leben so viel wissen konnte. Es schien ihr großes Vergnügen zu bereiten, meine Neugier anzustacheln und zu beobachten, wie ich in meiner Verblüffung von Vermutung zu Vermutung strauchelte.

Inzwischen hatte die junge Dame, die von ihrer Mutter, als welche sie sie ein- oder zweimal ansprach, mit dem seltsamen Namen Millarca gerufen wurde, gleichermaßen ungezwungen und anmutig mein Mündel in ein Gespräch gezogen.

Sie stellte sich mit den Worten vor, daß ihre Mutter und ich ja alte Bekannte seien. Und was für eine erfreuliche Unbefangenheit die Maske doch erlaube; sie sprach wie eine Freundin; bewunderte Berthas Kleid und machte ihr indirekt Komplimente über ihre Schönheit. Sie brachte Bertha mit ihren spitzen Bemerkungen über die anderen Gäste im Ballsaal zum Lachen und lachte selbst über den Spaß, den mein armes Kind daran hatte. Die junge Dame schien geistreich und lebhaft, und bald schon waren die beiden gute Freundinnen. Die junge Unbekannte nahm schließlich ihre Maske ab und offenbarte ein Antlitz von außerordentlicher Schönheit. Mein liebes Kind und ich, wir kannten dieses Gesicht nicht, doch waren seine Züge so gewinnend und lieblich, daß man sich seinen Reizen unmöglich entziehen konnte, jedenfalls nicht mein armes Kind. Nie zuvor sah ich bei einem Menschen eine solche Entzückung auf den ersten Blick wie bei der Fremden, die, so schien es mir, ihr Herz an Bertha verloren hatte.

Indessen erlaubte ich mir, angesichts der Maskerade, die ältere Dame mit Fragen zu bestürmen.

»Sie haben mich zutiefst verwirrt«, sagte ich lachend. »Ist das nicht genug? Möchten Sie in diesem Augenblick nicht Gleiches mit Gleichem vergelten und mir den Gefallen tun, die Maske abzunehmen?«

»Gibt es wohl ein unsinnigeres Begehren! Eine Dame zu bitten, einen Vorteil aufzugeben! Woher wissen Sie denn, ob Sie mich wiedererkennen? Die Zeit verändert alles und alle.«

»Das sehen Sie ja.« Ich verbeugte mich mit einem, wie ich glaube, wehmütigen, stillen Lachen.

»Das sind die Worte der Philosophen. Und woher wissen Sie, daß ein Blick auf mein Gesicht zu Ihrem Vorteil wäre?«

»Der Versuch wäre es wert. Sie bemühen sich umsonst, als alte Frau zu erscheinen; ihre Figur verrät Sie.«

»Trotzdem, es ist Jahre her, seit ich Sie sah oder seit Sie mich sahen, und darum geht es mir im Augenblick. Millarca dort ist meine Tochter; ich kann deshalb nicht jung sein, auch nicht in den Augen von Menschen, welche die Zeit gelehrt hat, Nachsicht zu üben. Vielleicht möchte ich nicht, daß Sie mich mit dem Bild vergleichen, das Ihnen von mir im Gedächtnis ist. Sie haben keine Maske, die abzunehmen wäre. Sie können mir nichts bieten.«

»Ich appelliere an Ihr Mitgefühl, sie abzunehmen.«

»Und ich an das Ihre, sie mir zu lassen.«

»Nun gut, dann verraten Sie mir wenigstens, ob Sie Deutsche oder Französin sind; in beiden Sprachen sind Sie perfekt.«

»Sie sind auf eine Überrumpelung aus, General, und suchen nach dem geeigneten Ansatzpunkt.«

»Eines können Sie mir aber nicht verwehren. Wenn ich schon die Ehre einer Unterhaltung mit Ihnen genieße, so sollte ich doch wissen, welche Anrede Ihnen gebührt. Ist Frau Gräfin angebracht?«

Sie lachte und hätte mir zweifellos erneut eine Ausrede aufgetischt — wenn man in der Tat davon ausgehen könnte, daß auch nur ein Wort in diesem Gespräch, das mit äußerster Hinterlist bis ins kleinste Detail vorausgeplant war, dem Zufall überlassen gewesen wäre.

»Was das betrifft…«, begann sie; doch in diesem Augenblick wurde sie von einem schwarzgekleideten Gentleman unterbrochen, der auffallend elegant und vornehm wirkte, dessen Gesicht aber eine nachteilige Blässe aufwies, wie ich sie bislang nur bei Leichen gesehen. Er war in normaler Abendgarderobe und nicht maskiert. Ohne zu lächeln, doch mit einer höflichen, ungewöhnlich tiefen Verbeugung sagte er:

»Wenn Frau Gräfin mir gestatten, ihr etwas zu sagen, was für sie von Interesse sein dürfte?«

Die Dame wandte sich zu ihm um und signalisierte ihm zu schweigen, indem sie mit dem Finger rasch ihre Lippen berührte. Dann sagte sie zu mir: »Halten Sie mir meinen Platz frei, General; ich bin gleich wieder da.«

Nach diesem in scherzhaftem Ton gegebenen Befehl ging sie mit dem Herrn in Schwarz ein Stück zur Seite und sprach, offenbar sehr ernsthaft, ein paar Minuten mit ihm. Dann schritten beide langsam davon, und ich verlor sie in der Menge für kurze Zeit aus den Augen.

Ich nutzte den Augenblick, mir den Kopf zu zerbrechen, wer diese Dame sein mochte, die sich meiner so freundlich entsann. Ich überlegte, ob ich mich am Gespräch zwischen meinem hübschen Mündel und der Gräfin Tochter beteiligen und versuchen sollte, der Gräfin bei ihrer Rückkehr eine Überraschung zu bereiten, indem ich ihr womöglich ihren Namen, ihren Rang und den Namen ihres Besitzes auftischen würde. Doch just in diesem Augenblick kam sie zurück, begleitet von dem bleichen Mann in Schwarz, der sagte:

»Ich gebe Frau Gräfin Bescheid, sobald angespannt ist.«

Mit einer Verbeugung ging er fort.

»Dann müssen wir also auf die Frau Gräfin verzichten, doch hoffentlich nur für ein paar Stunden.« Ich verneigte mich tief.

»Mag sein; vielleicht auch für ein paar Wochen. Es war wirklich Pech, daß man mich gerade jetzt informiert hat. Wissen Sie denn nun, wer ich bin?«

Ich versicherte, daß ich es nicht wisse.

»Sie werden es bald erfahren. Aber nicht heute. Unsere Freundschaft ist älter und inniger, als Sie vielleicht vermuten. Ich kann mich noch nicht erklären. In drei Wochen komme ich auf Ihrem schönen Schloß vorbei, über das ich Erkundigungen eingezogen habe. Dann werde ich Sie für eine Stunde oder zwei besuchen und eine Freundschaft erneuern, die mir zahllose erfreuliche Erinnerungen beschert hat. Gerade eben wurde mir eine Nachricht überbracht, die mich wie ein Blitzstrahl traf. Ich muß unverzüglich abreisen und auf unwegsamer Straße, so rasch wie es nur irgend geht, fast hundert Meilen zurücklegen. Ich bin in allergrößter Verlegenheit. Da ich gezwungen bin, Ihnen meinen Namen zu verschweigen, fällt es mir schwer, eine höchst ungewöhnliche Bitte an Sie auszusprechen. Mein armes Kind ist noch recht schwach. Bei einer Jagd, an der sie unbedingt teilnehmen wollte, ist sie mit ihrem Pferd gestürzt, und ihre Nerven haben sich noch nicht recht beruhigt. Unser Arzt hat ihr für geraume Zeit jegliche Anstrengung untersagt, weshalb wir jetzt in kurzen Etappen gereist sind – höchstens zwanzig Meilen pro Tag. Nun werde ich Tag und Nacht in einer Sache auf Leben und Tod unterwegs sein; doch wie gefährlich und wichtig meine Mission ist, werde ich Ihnen erst dann erklären können – ohne jede Verschleierung –, wenn wir uns, wie ich hoffe, in ein paar Wochen wiedersehen.«

Sie fuhr fort in ihrem Ersuchen, und dies in einem Ton, als würde sie mir eher einen Gefallen erweisen denn erbitten. Doch betraf das nur ihre Art und Weise und schien ihr gänzlich unbewußt. Denn ihre Worte konnten bittender kaum sein. Es ging schlicht darum, ob ich Ihre Tochter während ihrer Abwesenheit in meine Obhut nehmen könnte.

Bedenkt man die Umstände, war dies ein merkwürdiges, wenn nicht gar verwegenes Ersuchen. Sie entwaffnete mich gewissermaßen, indem sie alle möglichen Einwände selbst aufzählte und zugestand und sich ganz und gar meiner Ritterlichkeit anempfahl. Das böse Fatum, das alles, was geschah, vorherzubestimmen schien, ließ im gleichen Augenblick mein armes Kind zu mir treten und mich im Flüsterton anflehen, ich solle doch Millarca, ihre neue Freundin, zu uns aufs Schloß einladen. Sie habe gerade vorsichtig sondiert und glaube, daß Millarca nur zu gerne käme, wenn ihre Mama es ihr erlaube.

Zu jeder anderen Zeit hätte ich gesagt, sie solle noch zuwarten, so lange zumindest, bis wir wußten, mit wem wir es zu tun hatten. Aber mir blieb einfach keine Zeit, darüber nachzudenken. Die beiden Damen bestürmten mich gemeinsam, und ich muß gestehen, daß das vornehme, schöne Gesicht der jungen Dame, das so einnehmend wirkte wie ihre Eleganz und ihre adelige Haltung, meine Entscheidung bestimmte; völlig überwältigt gab ich nach und erklärte mich leichtfertig bereit, die junge Dame, die ihre Mutter Millarca nannte, bei mir aufzunehmen.

Die Gräfin winkte ihre Tochter zu sich und sagte ihr, indes Millarca ernst und aufmerksam zuhörte, daß sie auf der Stelle wegen pressierender Geschäfte abreisen müsse. Sie berichtete ihr des weiteren von der Abmachung, die sie ihretwegen mit mir getroffen, wobei sie hinzufügte, daß ich einer ihrer ältesten und meistgeschätzten Freunde sei.

Natürlich äußerte ich mich dann in einer Weise, wie sie in solch einem Falle angeraten scheint, doch bei Licht betrachtet, behagte mir meine Lage keineswegs.

Indessen war der schwarzgekleidete Gentleman zurückgekehrt und geleitete die Dame überaus zeremoniös aus dem Saal.

Das Verhalten des Gentleman brachte mich zu der Überzeugung, die Gräfin sei eine Dame von viel größerer Bedeutung, als ihr bescheidener Titel allein hätte vermuten lassen.

Zum Schluß hatte sie mich noch gebeten, ich solle bis zu ihrer Rückkehr nicht versuchen, mehr über sie in Erfahrung zu bringen, als ich vielleicht schon erraten. Graf Carlsfeld, bei dem sie zu Gast sei, kenne ihre Gründe.

»Doch weder ich noch meine Tochter wären hier auch nur einen Tag länger in Sicherheit. Vor etwa einer Stunde nahm ich in meinem Leichtsinn kurz meine Maske ab und dachte einen Augenblick, Sie hätten mich gesehen. Deshalb entschloß ich mich, das Gespräch mit Ihnen zu suchen. Wäre dabei herausgekommen, daß Sie mich wirklich gesehen – mit einem Appell an Ihr Ehrgefühl hätte ich Sie gebeten, mein Geheimnis für ein paar Wochen zu bewahren. Aber ich bin jetzt überzeugt, daß Sie mich nicht gesehen haben; doch falls Sie vermuten, wer ich bin, oder vielleicht später darauf kommen, so verlasse ich mich auch in diesem Falle ganz und gar auf Ihr Ehrgefühl. Meine Tochter wird die gleiche Verschwiegenheit bewahren, und ich weiß, Sie werden sie von Zeit zu Zeit ermahnen, sollte sie gedankenlos etwas ausplaudern.«

Sie flüsterte ihrer Tochter ein paar Worte zu, gab ihr zwei hastige Küsse und wandte sich ab, um sodann, begleitet von dem bleichen, schwarzgewandeten Herrn, in der Menge zu verschwinden.

»Im Nebenzimmer«, sagte Millarca, »ist ein Fenster, von dem man das Schloßportal sehen kann. Ich würde Mama gern nachschauen und ihr eine Kußhand zuwerfen.«

Wir waren natürlich einverstanden und gingen mit ihr zum Fenster. Im Hof sahen wir eine hübsche altmodische Kutsche und eine Schar Kuriere und Lakaien. Wir schauten auf die schlanke Gestalt des bleichen Gentleman in Schwarz. Er legte ihr einen schweren samtenen Mantel um die Schultern und streifte ihr die Kapuze über den Kopf. Sie nickte ihm zu und berührte flüchtig seine Hand. Er machte wiederholt eine tiefe Verbeugung, während die Tür zugezogen wurde und die Kutsche sich in Bewegung setzte.

»Sie ist fort.« Millarca seufzte.

»Sie ist fort«, wiederholte ich im Geiste und bedachte erst jetzt, was ich Törichtes getan.

»Sie hat nicht zu mir hochgeschaut«, sagte die junge Dame betrübt.

»Vielleicht hatte die Gräfin die Maske abgenommen und wollte ihr Gesicht nicht zeigen«, sagte ich. »Sie konnte auch nicht wissen, daß Sie am Fenster stehen.«

Sie tat einen Seufzer und schaute mich an. Sie war so schön, daß ich schwach wurde. Es tat mir leid, daß ich meine Gastfreundschaft einen Augenblick bereut hatte, und ich beschloß, meine gedanklichen Grobheiten wiedergutzumachen.

Die junge Dame setzte ihre Maske wieder auf und unterstützte mein Mündel bei ihrer Bitte, wir sollten uns wieder in den Garten begeben, wo das Konzert bald weitergehen sollte. Millarca wurde rasch sehr zutraulich und amüsierte uns mit drolligen Beschreibungen und Histörchen von jenen feinen Damen und Herren, die wir auf der Terrasse sahen. Sie gefiel mir von Minute zu Minute besser. Ihre spitzzüngige Plauderei war frei von jeder Bosheit und unterhielt mich doch ungemein, mich, dem diese vornehmen Gefilde seit langem fremd geworden. Und ich dachte, wie sie unsere bisweilen recht einsamen Abende mit Leben erfüllen würde.

Erst kurz vor Sonnenaufgang fand der Ball ein Ende. Weil es dem Großherzog beliebte, so lange zu tanzen, konnten die ergebenen Gäste nicht daran denken, fortzugehen und sich schlafen zu legen.

Wir waren eben dem Gedränge in einem der Salons entronnen, als mein Mündel mich fragte, wo denn Millarca geblieben sei. Ich dachte, sie wäre an ihrer Seite, und sie glaubte das Umgekehrte. Tatsache war – wir hatten sie verloren.

Meine Suche war vergebens. Ich fürchtete, daß sie, durch unsere plötzliche Trennung verwirrt, irrtümlich andere Gäste für ihre neuen Freunde gehalten hatte, ihnen gefolgt war und sie in den ausgedehnten Parkanlagen aus den Augen verloren hatte.

In diesem Augenblick erst erkannte ich den vollen Umfang

meiner Torheit, die Verantwortung für eine mir nicht einmal mit Namen bekannte junge Dame zu übernehmen. Und weil ich durch Versprechungen, welche mir aus unerforschlichen Gründen abgenommen wurden, gefesselt war, konnte ich nicht einmal zielgerichtete Nachforschungen anstellen, indem ich etwa sagte, die vermißte junge Dame sei die Tochter der Gräfin, die vor ein paar Stunden abgereist war.

Der Morgen brach an. Es war schon taghell, als ich die Suche aufgab. Erst gegen zwei Uhr am darauffolgenden Tag hörten wir wir etwas von meiner verschwundenen Schutzbefohlenen.

Ungefähr um diese Zeit klopfte ein Diener bei meiner Nichte und teilte ihr mit, daß eine offensichtlich sehr aufgeregte junge Dame sich eindringlich bei ihm erkundigt habe, wo sie General Baron Spielsdorf und seine Tochter finden könne, in deren Obhut ihre Mutter sie gelassen habe.

Ungeachtet der leicht unklaren Formulierung war kein Zweifel möglich: Unsere junge Freundin hatte sich wieder angefunden. Und so war es auch. Herr im Himmel, wenn wir sie verloren hätten!

Sie tischte meinem armen Kind ein Märchen auf, um zu erklären, warum sie solange fortgeblieben war. Sie habe uns verzweifelt gesucht und sei zu vorgerückter Stunde ins Zimmer der Haushälterin geraten. Dort sei sie dann in einen tiefen, langen Schlaf gefallen, der ihr indes wenig Erholung von den Anstrengungen des Balles gebracht habe.

Noch am gleichen Tag kam Millarca mit zu uns nach Hause. Trotz allem war ich überglücklich, für mein liebes Kind eine so charmante Gefährtin gefunden zu haben.

Doch ließen die Schattenseiten nicht lange auf sich warten. Erstens klagte Millarca über eine heftige Mattigkeit – eine Folge ihrer erst kürzlich überstandenen Krankheit – und verließ ihr Zimmer unabänderlich erst am späten Nachmittag. Die zweite Entdeckung geschah rein zufällig: Obwohl sie ihre Tür stets von innen zusperrte und den Schlüssel stecken ließ, bis sie der Zofe, die ihr bei ihrer Toilette zur Hand ging, aufmachte, war Millarca gelegentlich zu einer Zeit, da sie noch nicht gestört werden wollte, nämlich frühmorgens oder auch später, nicht in ihrem Zimmer. Wiederholt sah man sie von den Fenstern des Schlosses aus im Morgengrauen zwischen den Bäumen in östlicher Richtung gehen, als sei sie in Trance versunken. Ich hielt sie für eine Schlafwandlerin. Doch mit dieser Hypothese war das Rätsel nicht gelöst. Wie kam sie aus dem Zimmer heraus, wenn sie die Tür von innen versperrt ließ? Wie verließ sie das Haus, ohne Tür oder Fenster zu entriegeln?

Zu all diesen Rätseln gesellte sich plötzlich eine weitaus quälendere Sorge.

Mein liebes Kind fing an zu kränkeln, und dies auf eine so mysteriöse, gar grauenvolle Weise, daß mich heftige Angst ergriff.

Zuerst wurde sie von gräßlichen Träumen gequält; dann, wie sie meinte, von einem Geist, der bisweilen Millarca glich, bisweilen aber, wiewohl nur verschwommen sichtbar, einem Tier, das um den Fußteil ihres Bettes herumschlich. Am Ende stellten sich seltsame Sinneswahrnehmungen ein. Überaus absonderlich, wenn auch nicht unangenehm, sagte sie, sei die Empfindung, als walle ein eisiger Strom gegen ihre Brust. Eine Weile später kam ein heftiger stechender Schmerz, so als würden zwei große Nadeln ein Stück unterhalb ihrer Kehle in sie hineingebohrt. Einige Nächte danach folgte die Empfindung einer fortschreitenden krampfartigen Strangulierung; dann verlor sie das Bewußtsein.«

Ich verstand jedes einzelne Wort des freundlichen, greisen

Generals, denn in diesem Augenblick rollte unser Wagen über die grasbewachsenen Streifen, die sich rechts und links des Weges erstrecken, welcher auf das Dorf mit den dachlosen Häusern zuführt, wo schon seit einem halben Jahrhundert kein Schornstein mehr rauchte.

Sie können sich denken, wie merkwürdig mir zumute war, als ich meine eigenen Symptome so exakt im Leiden jenes armen Mädchens beschrieben fand, das – ohne das nachfolgende fürchterliche Unglück – just zu dieser Zeit auf dem Schloß meines Vaters zu Besuch geweilt hätte. Und Sie können sich sicher ebenso vorstellen, was ich fühlte, als der General in allen Einzelheiten die Gewohnheiten und mysteriösen Eigenarten schilderte, die in der Tat unserem schönen Gast – Carmilla! – zu eigen waren.

Eine breite Lichtung tat sich vor uns auf, und wir fanden uns auf einmal zwischen den Kaminen und Giebeln des verlassenen Dorfes, indessen das auf einer Anhöhe gelegene verfallene Schloß, das von riesigen Bäumen umstanden war, mit seinen Türmen und Zinnen wuchtig über uns dräute.

Wie in einem Angsttraum stieg ich aus dem Wagen – schweigend wie die anderen, die gleich mir mehr als einen Grund zum Nachdenken hatten. Wir erstiegen sogleich die Anhöhe und standen bald zwischen den riesigen Sälen, den gewundenen Treppen und finsteren Korridoren des Schlosses.

»Und dies war einst der prächtige Wohnsitz der Karnsteins!« sagte der General nach einer Weile, indes er von einem breiten, tiefen Fenster zum Dorf hinüberschaute und den unermeßlichen, sanft dahinwogenden Wald erblickte. »Die Familie, deren blutbefleckte Annalen hier geschrieben wurden, war von Grund auf böse«, fuhr er fort. »Es ist kaum zu fassen, daß sie auch nach dem Tode die Menschheit immer weiter mit ihren abscheulichen Gelüsten quälen. Da unten steht sie, die Kapelle der Karnsteins.«

Er wies auf die grauen Mauern des gotischen Bauwerks, die ein Stück hügelabwärts zwischen den Blättern hervorlugten. »Ich höre die Axt eines Holzfällers zwischen Bäumen, die bei der Kapelle wachsen. Vielleicht kann der Mann mir die gesuchte Auskunft geben und uns das Grab Mircallas, der Gräfin Karnstein, zeigen. Diese einfachen Menschen bewahren die Geschichte der großen Geschlechter in der Erinnerung, während bei den Begüterten und den Adeligen die Überlieferung in dem Augenblick versiegt, da die nämliche Familie ausstirbt.«

»Bei uns im Schloß hängt ein Porträt Mircallas, der Gräfin Karnstein; möchtest du es sehen?« fragte mein Vater.

»Das hat noch Zeit, lieber Freund. Ich glaube, daß ich das Original gesehen habe. Und jene Kapelle zu erforschen, der wir uns jetzt nähern, ist der Grund, weswegen ich dich früher aufsuchte als geplant.«

»Was sagst du da? Du hast Gräfin Mircalla gesehen? Sie ist doch seit über hundert Jahren tot!«

»Nicht so tot, wie du glaubst.«

»Ich muß gestehen, du verwirrst mich«, sagte mein Vater, und als ich ihn anschaute, schien in seinem Blick ein Mißtrauen aufzublitzen, das mir wohl bekannt war. Auch wenn Ärger und Abscheu das Verhalten des Generals zuweilen bestimmen mochten, so war es doch frei von Narrheit.

»Es gibt nur ein Ziel, das ich in der kurzen Frist, die mir auf Erden noch beschieden ist, verfolgen werde«, sagte er, als wir unter dem gewaltigen Rundbogen der gotischen Kirche hindurchschritten, deren Dimensionen eine solche Gestaltung rechtfertigen mochte. »Ich will jene Rache an ihr üben, zu der, Gott sei Dank, ein sterblicher Arm immer noch befähigt ist.«

»Was für eine Rache meinst du?« fragte mein Vater in wachsendem Erstaunen.

»Ich gedenke, die Bestie zu enthaupten.« In heftiger Erregung stampfte der General auf den Boden, so daß ein dumpfes Echo durch die kahle Ruine hallte, und er hob im gleichen Augenblick die geballte Faust, als hielte er eine Axt in der Hand, und schüttelte sie in wildem Zorn.

»Was hast du vor?« Mein Vater schien vollends bestürzt.

»Ihr den Kopf abschlagen!«

»Den Kopf abschlagen?!«

»Aber ja, mit einem Beil, mit einem Spaten oder irgend etwas, das ihren mörderischen Hals zerspalten kann. Du wirst schon sehen.« Der General bebte vor Zorn. Er eilte ein Stück voraus und sagte:

»Dieser Balken hier kann als Sitz dienen; dein liebes Töchterchen ist ermüdet, und wenn sie hier Platz nehmen mag, will ich rasch meine grausige Geschichte zu Ende erzählen.«

Auf dem grasüberwucherten Boden der Kapelle lag ein rechteckig zugehauener Holzklotz, welcher eine Bank formte, auf der ich mich erleichtert niederließ. Indessen rief der General den Holzfäller, der gerade ein paar Äste abgesägt hatte, die gegen die alten Mauern drückten, und die Axt in der Hand, gesellte sich der kräftige alte Bursche zu uns.

Über diese Grabsteine könne er uns nichts erzählen, erklärte er; aber es gäbe einen alten Mann, einen Waldarbeiter, der sich gegenwärtig im Haus des Pfarrers aufhalte, das sei etwa zwei Meilen von hier, und der könne uns jede Grabstätte der Familie Karnstein aufzeigen. Für eine kleine Entschädigung sei er bereit, den Mann zu holen, und wenn wir ihm eines unserer Pferde liehen, würde es kaum mehr als eine halbe Stunde dauern.

»Seid Ihr schon lange in diesem Wald beschäftigt?« fragte ihn mein Vater.

»Ich bin Holzfäller bei diesem Förster, solang ich denken kann«, sagte er in seiner Mundart. »So wie mein Vater und sein Vater und alle Generationen davor. Unten im Dorf könnte ich euch das Haus zeigen, in welchem meine Vorfahren wohnten.«

»Warum wurde das Dorf aufgegeben?« wollte der General wissen.

»Es wurde von den Geistern der Verstorbenen heimgesucht; von manchen machte man die Gräber ausfindig, entlarvte die Untoten und rottete sie auf bewährte Weise aus — durch Enthaupten, Pfählen und Verbrennen; aber da waren ihnen schon viele Leute aus dem Dorf zu Opfer gefallen.

Doch auch nachdem man solcherart gesetzmäßig vorgegangen war, so viele Gräber geöffnet und so viele Vampire ihres gräßlichen

Lebens beraubt hatte, fand das Dorf keine Ruhe. Ein mährischer Edelmann, der zufällig durch diese Gegend reiste und davon erfuhr, erbot sich, das Dorf von seinem Peiniger zu befreien. Kannte er sich doch – wie viele seiner Landsleute – in diesen Dingen aus. Es war eine helle Mondnacht zu erwarten, und kurz nach Sonnenuntergang stieg er auf den Turm dieser Kapelle, von wo aus er den Friedhof genau überblicken konnte; ihr könnt den Friedhof dort von jenem Fenster sehen. Er blieb auf seinem Beobachtungsposten, bis der Vampir vor seinen Augen aus dem Grab kletterte, die Leinentücher, die ihn eingehüllt hatten, auf den Boden legte und sich ins Dorf davonschlich, um dessen Bewohner zu quälen.

Nachdem der Fremde alles dies gesehen hatte, stieg er hinunter, nahm die Leinentücher des Vampirs und begab sich wieder auf seinen Posten hoch oben im Kirchturm. Als der Vampir von seinem Streifzug zurückkehrte und entdeckte, daß seine Kleider fehlten, brüllte er empört den mährischen Edelmann an, den er hoch oben auf dem Turm sehen konnte, und dieser winkte ihm zu, heraufzusteigen und sie sich zu holen. Worauf der Vampir, seiner Einladung Folge leistend, den Turm erstieg. Doch kaum hatte er die Zinnen erreicht, schlug der mährische Edelmann ihm mit einem Streich seines Säbels den Schädel entzwei und schleuderte ihn auf den Kirchhof hinunter. Sodann rannte er geschwind die Wendeltreppe hinab und hieb dem Vampir den Kopf ab. Am nächsten Tag übergab er Kopf und Körper den Dorfbewohnern, die ihn pfählten und verbrannten.

Dieser Edelmann aus Mähren wurde damals vom Oberhaupt der Familie Karnstein beauftragt, das Grab Mircallas, der Gräfin Karnstein, zu zerstören, was er auch bewerkstelligte. Die Lage der Grabstätte fiel allmählich dem Vergessen anheim.«

»Könnt Ihr uns die Stelle zeigen?« fragte der General neugierig.

Der Holzfäller schüttelte den Kopf und lächelte.

»Das weiß keine Menschenseele. Außerdem, so heißt es, wurde ihre Leiche fortgeschafft; doch niemand ist sich dessen wirklich sicher.«

Da die Zeit drängte, legte der Mann nach diesen Worten seine

Axt auf den Boden und brach auf, indessen der General sich anschickte, uns den Rest seiner merkwürdigen Geschichte zu erzählen.

»Mein geliebtes Kind«, so nahm er die Erzählung wieder auf, »verfiel nun schnell. Der Arzt, der sie behandelte, konnte sich nicht im mindesten erklären, an welcher Krankheit sie wohl litt, denn damals hielt ich ihren Zustand noch für eine Krankheit. Er bemerkte meine Beunruhigung und empfahl eine Konsultation. Ich ließ einen kundigeren Arzt kommen, aus Graz. Bis zu seiner Ankunft vergingen mehrere Tage. Er war ein guter frommer Mann und überaus beschlagen. Sie untersuchten gemeinsam mein armes Mündel und zogen sich anschließend zur Beratung in die Bibliothek zurück. Während ich im Nebenzimmer darauf wartete, daß sie mich zu sich riefen, hörte ich die Herren mit schärferen Stimmen diskutieren, als es einem rein philosophischen Disput angemessen schien. Ich klopfte an die Tür und trat ein. Der betagte Arzt aus Graz verteidigte soeben seine Theorie. Sein Rivale widersprach ihm mit unverhohlenem Spott, wobei er immer wieder in lautes Lachen ausbrach. Bei meinem Eintritt hörte diese unziemliche Vorstellung auf, und der Wortwechsel endete.

»Mein Herr«, sagte der Arzt, den ich zuerst gerufen, »mein gelehrter Kollege scheint zu glauben, Sie brauchten einen Hexenmeister und keinen Doktor.«

»Gestatten Sie«, sagte der alte Arzt aus Graz mit unzufriedener Miene, »daß ich Ihnen meine Ansicht über diesem Fall zu einer späteren Zeit darlege. Ich fürchte, daß ich mit meiner Wissenschaft und meinen Fähigkeiten, Monsieur le Général, hier wenig Nutzen bringe. Bevor ich fortgehe, gedenke ich jedoch, Ihnen einen Vorschlag zu unterbreiten.«

Scheinbar in Gedanken versunken, setzte er sich an den Tisch und begann zu schreiben. Zutiefst enttäuscht verbeugte ich mich, und als ich mich zu Tür wandte, deutete der andere Doktor über die Schulter auf seinen schreibenden Kollegen und tippte sich dann in eindeutiger Geste achselzuckend an die Stirn.

Die Konsultation half mir nicht einen Schritt weiter. Verstört ging ich in den Park. Nach zehn oder fünfzehn Minuten kam der Arzt aus Graz mir nach. Er bat mich um Verzeihung, daß er mir gefolgt sei, doch er könne nicht mit gutem Gewissen fortgehen, ohne noch einmal zu mir zu sprechen. Er sagte, er habe sich nicht geirrt; keine natürliche Krankheit zeige diese Symptome, und der Tod sei schon sehr nahe. Ein oder auch zwei Tage könne sie jedoch noch am Leben bleiben. Wenn es gelänge, den tödlichen Anfall sofort anzuhalten, würde sie bei guter und geschickter Pflege vielleicht wieder zu Kräften kommen. Doch stünde jetzt alles auf des Messers Schneide. Ein neuerliche Attacke könne den letzten Lebensfunken, der schon am Verglimmen sei, ersticken.

»Und was ist das für ein Anfall, von dem Sie sprechen?« wollte ich wissen.

»Das habe ich detailliert in diesem Schreiben ausgeführt. Ich lege es in Ihre Hände unter der ausdrücklichen Bedingung, daß Sie den nächsten Priester kommen lassen und meinen Brief in seinem Beisein öffnen und ihn bestimmt nicht lesen, bevor der Priester bei Ihnen ist. Sie würden ihn ganz sicher falsch einschätzen, und es geht doch um Leben und Tod. Kann der Priester nicht kommen, dann mögen Sie ihn allein lesen.«

Der Priester war nicht zu erreichen, und so las ich den Brief ohne Beistand. Zu einen anderen Zeit, in einem anderen Fall hätte er mich vielleicht zum Lachen gebracht. Doch sucht man nicht bei den lächerlichsten Quacksalbereien Zuflucht, nur um die letzte Chance zu nutzen, wenn alle üblichen Mittel versagt haben und das Leben eines geliebten Wesens auf dem Spiele steht?

Es gibt kaum etwas Absurderes als den Brief dieses gelehrten Mannes; er war verrückt genug, ihn ins Irrenhaus einzuweisen. Er sagte, die Patientin litte an den Visitationen eines Vampirs! Die

Einstiche nahe ihrer Kehle verdankten sich dem Wirken jener langen, dünnen, spitzen Zähne, die bekanntermaßen die Vampire aufwiesen; und ohne jeden Zweifel, so fügte er hinzu, stamme auch das deutlich erkennbare kleine blaue Mal, welches gemeinhin beschrieben wird, von den Lippen des Dämons; überhaupt stimme jedes der von der Leidenden beschriebenen Symptome mit jenen überein, die man in anderen Fällen ähnlicher Visitationen verzeichnet habe.

Da ich die Existenz solchen Unheils wie der Vampire von Grund auf bezweifelte, war die übernatürliche Theorie des guten Doktors in meinen Augen nur ein weiterer Beweis dafür, wie sich Gelehrsamkeit und Klugheit auf das verrückteste mit einer Halluzination verbinden können. Ich war jedoch so tief verzweifelt, daß ich, statt gar nichts zu versuchen, die in dem Brief gegebenen Instruktionen befolgte.

Ich versteckte mich in dem dunklen Ankleidezimmer, das neben dem Zimmer der armen Kranken lag, in dem eine Kerze brannte, und wartete, bis sie eingeschlafen war. Dann trat ich an die Tür und schaute, während mein Säbel, wie der Arzt befohlen, neben mir auf einem Tisch lag, durch den schmalen Spalt, bis ich kurz nach ein Uhr ein großes, schwarzes, sehr verschwommenes Gebilde auf das Fußende des Bettes kriechen sah. Es warf sich blitzschnell an des armen Mädchens Kehle, wo es sekundenschnell zu einer riesenhaften bebenden Masse anschwoll.

Sekunden stand ich wie versteinert. Dann sprang ich vor, den Säbel in der Hand. Sich zusammenziehend schnellte das schwarze Wesen plötzlich zum Fuß des Bettes hin und glitt hinunter, und da sah ich Millarca vielleicht einen Schritt hinterm Bette stehen, feige Grausamkeit und Bosheit im funkelnden Blick. Ohne einen klaren Gedanken zu fassen, hieb ich mit dem Säbel auf sie ein, doch stand sie auf einmal nahe der Tür — unversehrt. Entsetzt rannte ich ihr nach und holte wieder aus. Sie war indes verschwunden und mein Säbel zersplitterte an der Tür.

Ich kann unmöglich alles schildern, was in dieser Schreckensnacht geschah. Alle rannten verstört herum. Das Gespenst war verschwunden. Aber sein Opfer, meine Nichte, siechte rasch dahin, und ehe der Morgen dämmerte, war sie tot.«

Der alte General war äußerst erregt. Niemand sagte etwas. Mein Vater entfernte sich ein Stück und machte sich daran, die Namen auf den Grabsteinen zu entziffern; dann begab er sich in das Seitenschiff der Kapelle, um seine Suche fortzusetzen. Der General lehnte an der Mauer, trocknete seine Augen und seufzte tief. Ich war erleichtert, auf einmal die Stimmen von Carmilla und Madame zu hören, die nun näherkamen. Doch herrschte gleich darauf erneut Stille.

In dieser Abgeschiedenheit, nach dem Anhören einer so absonderlichen Geschichte, die sich mit den berühmten und adeligen Toten verband, deren Grabmäler unter all dem Staub und Efeu um uns moderten, und die in ihren Einzelheiten so schauerlich meinem eigenen geheimnisvollen Fall ähnelte – an diesem gespenstischen Ort, verfinstert vom dichten Laubwerk der hohen Bäume, die die stummen Mauern überragten, beschlich mich ein Gefühl des Grauens, und mein Herz sank, als ich erkannte, daß meine Freundinnen wohl doch nicht kämen, um die triste, unheilvolle Szene aufzubrechen. Der alte General blickte starr zu Boden, wobei er sich mit der Hand auf den Sockel eines umgestürzten Grabmals stützte.

Da sah ich zu meiner übergroßen Freude, wie durch ein enges, gewölbtes Tor, welches dämonische, groteske Fratzen krönten – Ausdruck einer höhnischen, grausigen Laune gotischer Steinschnitzer –, Carmillas liebliche Gestalt ins Zwielicht der Kapelle trat.

Ich schickte mich eben an aufzustehen, sie anzusprechen, und wollte ihr zauberhaftes Lächeln ebenso erwidern, als der alte Mann an meiner Seite mit einem Schrei die Axt des Holzfällers packte und vorstürmte. Als Carmilla ihn erblickte, verzerrten ihre Züge sich zu einer unmenschlichen Fratze. Blitzschnell und schauerlich geschah diese Verwandlung, indes sie leicht gebückt zurückwich. Bevor ich schreien konnte, hieb er mit aller Macht auf sie ein, doch sie entwich ihm unversehrt und packte ihn mit ihrer zarten Hand eisenhart am Handgelenk. Er kämpfte wild, um freizukommen, doch seine Hand erschlaffte, die Axt fiel zu Boden, und das Mädchen verschwand.

Taumelnd sank der General an die Mauer. Sein graues Haar stand ihm zu Berge, und sein Gesicht war schweißbedeckt, als wäre er dem Tode nahe.

Die entsetzliche Szene hatte nur Sekunden gedauert. Das erste, woran ich mich danach wieder erinnere, ist, wie Madame Perrodon vor mir stand und ungeduldig wieder und wieder die Frage stellte: »Wo ist Mademoiselle Carmilla?«

Schließlich brachte ich heraus: »Ich weiß nicht – ich kann es nicht sagen –, sie ist dort hinausgegangen, vor einer oder zwei Minuten«, und dabei deutete ich auf die Tür, durch die Madame just geschritten war.

»Aber seit Mademoiselle Carmilla hereintrat, stand ich die ganze Zeit in jenem Gang dort, und sie kam nicht zurück.«

Sie machte sich daran »Carmilla!« zu rufen, durch jede Tür und jeden Gang und aus den Fenstern, aber es kam keine Antwort.

»Sie nannte sich Carmilla?« Der General war noch immer überaus erregt.

»Ja, Carmilla«, gab ich zur Antwort.

»Aha, das ist Millarca. Es ist die dieselbe Person, die vor langer, langer Zeit einmal Mircalla, Gräfin Karnstein, hieß. Verlasse diesen unheilvollen Ort so schnell du kannst, mein armes Kind. Fahre zum Haus des Pfarrers und bleibe dort, bis wir kommen. Spute dich! Möge Carmilla dir nie wieder vor Augen kommen. Hier wirst du sie nicht mehr antreffen.«

FÜNFZEHNTES KAPITEL
GOTTESURTEIL UND HINRICHTUNG

Während der General so zu mir sprach, kam eine der absonderlichsten Figuren, die ich je gesehen, zu der Tür herein, durch die Carmilla eingetreten und verschwunden war. Der Mann war großgewachsen, schmalbrüstig, mit hochgezogenen Schultern und krummem Rücken; gekleidet war er ganz in Schwarz. Sein Gesicht war braun und von Falten zerfurcht. Ein merkwürdig geformter Hut mit breiter Krempe saß auf seinem Kopf. Das graue Haar hing ihm bis auf die Schultern. Er trug goldgerahmte Augengläser und setzte langsam, seltsam watschelnd, einen Fuß vor den anderen, wobei sein Gesicht, das bisweilen dem Himmel und bisweilen der Erde zugewandt war, ein beständiges Lächeln überzog. Mit seinen langen, dünnen Armen und den mageren Händen schlenkernd, die in viel zu weiten schwarzen Handschuhen steckten, wedelte und gestikulierte er in völliger Zerstreuung wild in der Luft herum.

»Das ist der Mann, den ich suche!« rief der General und ging sichtlich erleichtert auf ihn zu. »Lieber Baron, ich bin überglücklich, Sie zu sehen; ich hatte nicht gehofft, Sie so bald zu treffen.« Er winkte meinem Vater, der seinen Rundgang beendet hatte, und führte den wunderlichen alten Herrn, den er Baron nannte, zu ihm. Er stellte ihn in aller Förmlichkeit vor, und es entspann sich zwischen ihnen rasch eine ernsthafte Konversation. Der Fremde zog ein zusammengerolltes Papier aus der Tasche und breitete es auf einem abgewetzten Grabstein aus. Er hatte ein Schreibetui in der Hand, mit dem er auf dem Papier von hier nach dort und dort nach hier imaginäre Linien zog. Ihren Blicken nach, die sich immer wieder vom Papier auf bestimmte Stellen des Gebäudes richteten, handelte es sich um einen Plan dieser Kapelle. Seine Vorlesung, wie ich sie nennen möchte, untermalte der alte Herr, indem er ab und zu aus einem angeschmutzten kleinen Buch vorlas, dessen gelbe Seiten eng beschrieben waren.

Sie schlenderten das Seitenschiff hinunter, zu der mir gegenüberliegenden Seite, wobei sie sich miteinander unterhielten. Dann machten sie sich daran, einzelne Entfernungen mit Schritten auszumessen, und blieben schließlich vor der Seitenwand an einer Stelle stehen, die sie gründlich untersuchten. Sie rissen den Efeu weg, der sie überwucherte, klopften mit ihren Stöcken die Mauer ab und kratzten hie und da den Verputz herunter. Am Ende stießen sie auf eine breite Marmorplatte, in welche Buchstaben eingemeißelt waren.

Mit Hilfe des Holzfällers, der kurz darauf zurückkehrte, legten sie die monumentale Inschrift und das ebenfalls eingemeißelte Wappen frei. Sie zierten das lang verschollene Grabmal von Mircalla, der Gräfin Karnstein.

Obgleich der alte General, so fürchte ich, sonst nicht zum Beten neigte, schien er jetzt, Hände und Blick zum Himmel gewandt, ein stummes Dankgebet zu murmeln.

»Morgen«, hörte ich ihn dann sagen, »wird die Amtsperson eintreffen und eine Untersuchung durchführen, wie es das Gesetz befiehlt.«

Dann wandte er sich zu dem Alten mit der goldgefaßten Brille und drückte ihm herzlich beide Hände:

»Baron, wie kann ich Ihnen danken? Wir alle sind Ihnen zutiefst verpflichtet. Dank Ihnen ist diese Gegend von einer Plage befreit, die ihre Bewohner mehr als ein ganzes Jahrhundert gequält hat. Der entsetzliche Feind ist, Gott sei Dank, aufgespürt.«

Mein Vater trat mit dem Fremden beiseite, gefolgt vom General. Ich wußte, daß mein Vater ihnen außer Hörweite von meinem Fall berichten wollte, und während sie miteinander sprachen, traf mich oft ein kurzer Blick.

Dann kam mein Vater zu mir, küßte mich zärtlich und geleitete mich aus der Kapelle:

»Es ist an der Zeit, nach Hause zu fahren, aber vorher wollen wir den guten Priester aufsuchen, der gar nicht weit von hier wohnt, und ihn bitten, uns aufs Schloß zu begleiten.«

Das Unterfangen war von Erfolg gekrönt. Ich fühlte mich überaus erschöpft und war erleichtert, nach Hause zu kommen. Doch mein Aufatmen wandelte sich zur Bestürzung, als ich keine Spur von Carmilla entdeckte. Über jene Szene in der verfallenen Kapelle erfuhr ich keinerlei Aufklärung, und es war klar, daß sie nach dem Willen meines Vaters vorerst ein Geheimnis bleiben sollte.

Carmillas seltsames Verschwinden ließ mir jene Szene noch

schrecklicher erscheinen. Die Vorbereitungen, die für diese Nacht getroffen wurden, erstaunten mich. Zwei Diener und Madame sollten bei mir im Zimmer sitzen, mein Vater wollte mit dem Priester im Nebenzimmer wachen.

In jener Nacht zelebrierte der Priester allerhand feierliche Riten, deren Bedeutung ich so wenig verstand wie den Grund für die außerordentlichen Maßnahmen, die man traf, um meinen Schlaf zu schützen.

Ein paar Tage später war mir alles klar.

Mit Carmillas plötzlichem Verschwinden hatten meine nächtlichen Leiden ein Ende.

Sie haben zweifellos schon von jenem gräßlichen Aberglauben gehört, der in der Steiermark, in Mähren, Schlesien, in Türkisch-Serbien, in Polen und auch in Rußland verbreitet ist – dem, man kann es nur so nennen, Aberglauben vom Vampir.

Wenn menschliches Zeugnis, das mit Ernst und Überlegung vor unzähligen Kommissionen abgelegt wurde, deren jede aus vielen Mitgliedern bestand, die man ihrer Unbestechlichkeit und Klugheit wegen ausgewählt – und wenn darüber hinaus Berichte und Beschreibungen von nie gekanntem Umfang nicht völlig wertlos sind –, so läßt sich die Existenz solch eines Phänomens wie des Vampirs schwerlich leugnen oder auch nur anzweifeln.

Ich jedenfalls weiß keine Theorie, die für das, was ich gesehen und erlebt, mir eine bessere Erklärung bietet als dieser alte, wohlbezeugte Glaube.

Die Vorgänge, welche ich erlebte und mit eigenen Augen sah, lassen sich, so denke ich, nur mit jener Theorie erklären, die uns der uralte, wohlbezeugte Volksglauben liefert.

Am nächsten Tag fand in der Kapelle des Schlosses Karnstein die offizielle Untersuchung statt. Das Grab von Gräfin Mircalla wurde geöffnet, und am Gesicht, das nun den Blicken freigegeben war, erkannten mein Vater und der General ihre bildschöne, heimtückische Besucherin. Vor hundertfünfzig Jahren hatte man sie ins Grab gelegt, und doch schienen ihre Züge rosig und warm. Ihre Augen waren offen, und kein Leichengeruch drang aus dem

Sarg. Die beiden Mediziner, der eine war in offiziellem Auftrag, der andere vom General hinzugezogen, bezeugten den wundersamen Umstand, daß eine schwache, doch wahrnehmbare Atmung vorhanden war und das Herz entsprechend pochte. Mircallas Glieder waren gut beweglich, das Fleisch fest und federnd; zwei Handbreit hoch war der bleierne Sarg mit Blut gefüllt, darin der Leichnam schwamm. Hier waren alle gültigen Anzeichen und Beweise des Vampirismus versammelt. Nach altem Brauch wurde nun der vampirische Körper aus dem Sarg gehoben und das Herz mit einem angespitzten Pfahl durchbohrt, wobei die Vampirin einen so durchdringenden Schrei ausstieß, wie er einem lebenden Menschen im letzten Todeskampf entfahren mochte. Dann hieb man ihr den Kopf ab, worauf ein Blutschwall aus dem durchgetrennten Halse strömte. Sodann wurden Kopf und Körper auf einen Holzstoß gelegt und zu Asche verbrannt, die in den Fluß gestreut und von dem Wasser fortgeschwemmt wurde. Seither hat diese Gegend nicht mehr unter Vampiren leiden müssen.

Mein Vater besitzt eine Kopie vom Protokoll der Kaiserlichen Kommission; sie ist zum Zwecke der Beglaubigung von allen unterzeichnet, die der Untersuchung beigewohnt haben. Nach diesem offiziellen Dokument habe ich die vorherige schauerliche Szene beschrieben.

SECHZEHNTES KAPITEL
ABSCHLUSS

Sie meinen gewiß, ich sei beim Niederschreiben dieser Dinge recht gelassen. Doch weit gefehlt. Erregung packt mich, sobald ich daran denke. Nur Ihr dringender, so oft geäußerter Wunsch hat mich dazu gebracht, eine Sache in Angriff zu nehmen, die die kommenden Monate an meinen Nerven zehren und erneut den Schatten eines unsagbaren Grauens werfen wird. Noch Jahre nach meiner Befreiung hat mich jenes Grauen Tag und Nacht mit

Schrecken erfüllt und mich das Alleinsein als vollkommen unerträglich und angsterregend erleben lassen.

Lassen Sie mich noch etwas über jenen wunderlichen Baron Vordenburg bemerken, dessen tiefgründigem Wissen wir die Entdeckung von Gräfin Mircallas Grab verdankten.

Er hatte sich in Graz niedergelassen, wo er von einem kärglichen Einkommen lebte, dem armseligen Rest des einstmals fürstlichen Besitzes seiner Familie in der Obersteiermark. Der Baron widmete sich mit aller Kraft der präzisen und mühevollen Erforschung jener so eindrucksvoll verbürgten Tradition des Vampirismus. Er hatte all die kleinen und großen Werke über diesen Gegenstand um sich versammelt: ›Magia Posthuma‹, Phlegons ›De Mirabilibus‹, Augustinus' ›De Cura pro Mortuis‹, ›Philosophicae et Christianae Cogitationes de Vampiris‹ von Johann Christopher Herenberg und tausend andere, von denen mir nur wenige, die er meinem Vater auslieh, in Erinnerung sind. Er besaß auch eine umfangreiche Sammlung von Gerichtsprotokollen, mit deren Hilfe er eine Systematik zum Entstehen von Vampirismus in seinen konstanten und besonderen Aspekten erstellte. Nebenbei darf ich wohl erwähnen, daß die tödliche Blässe, die dieser Art von Revenants zugeschrieben wird, pure melodramatische Fiktion ist. Sie erwecken den Eindruck blühender Gesundheit, ob sie nun in ihrem Grabe liegen oder sich in menschlicher Gesellschaft zeigen. Öffnet man ihre Särge, dann zeigen sie alle Symptome, die auch bei der seit langem toten Gräfin Karnstein den Beweis für ihre vampirische Natur erbrachten.

Wie es ihnen gelingt, Tag für Tag für eine bestimmte Zeit ihre Gräber zu verlassen und wieder zurückzukehren, ohne die Erde anzutasten oder auch den Zustand ihres Sarges oder des Leichenhemdes zu verändern, ist zugegebenermaßen bis heute völlig unerklärt. Zur Sicherung seiner amphibischen Existenz muß der Vampir jeden Tag in seinem Grab einen neuerlichen Schlummer halten. Seine horrende Gier nach frischem warmem Blut verleiht ihm die Energie, die seine untote Lebensart auszeichnet. Der gemeine Vampir neigt dazu, sich mit faszinierender Heftigkeit, die echter Liebesleidenschaft durchaus ähnelt, in einzelne Personen zu vergaffen. Um hier sein Ziel zu erreichen, ist er bereit, unendliche Geduld und List anzuwenden, denn der Zugang zu einem bestimmten menschlichen Objekt kann ihnen auf vielerlei Art erschwert werden. Der Vampir gibt sein Tun erst auf, wenn seine Leidenschaft befriedigt ist und er seinem Opfer schließlich das Leben ausgesaugt hat. Aber just in einem Liebesfall wird der Vampir seine mörderische Lust mit der Raffinesse eines Genießers hinauszögern, in die Länge ziehen und gar noch erhöhen, indem er sich dem Opfer nur schrittweise nähert und es nach allen Regeln der Kunst umwirbt. Das Motiv scheint hier auf Seiten des Vampirs eine Sehnsucht nach Zuneigung und Hingabe. In anderen Fällen nähert sich der Vampir seinem Opfer ohne Zögern, überwältigt es mit Gewalt, würgt es und saugt ihm sein Blut häufig auf einen Streich aus.

In bestimmten Situationen unterliegt der Vampir offenbar besonderen Bedingungen. In dem speziellen Fall, von dem ich berichtet habe, schien Mircalla sich auf einen Namen zu beschränken, der, ohne einen Buchstaben hinzuzufügen oder wegzulassen, das Anagramm ihres eigentlichen Namens, *Millarca*, bilden sollte: *Carmilla*.

Nach Carmillas Austreibung blieb Baron Vordenburg für drei Wochen bei uns im Schloß. Mein Vater erzählte ihm die Geschichte von dem mährischen Edelmann und dem Vampir auf dem Friedhof der Familie Karnstein, und er fragte ihn dann, wie er die genaue Lage des so lange verborgenen Grabes von Gräfin Mircalla entdeckt habe. Die merkwürdigen Züge des Barons verzogen sich zu einem geheimnisvollen Lächeln; immer noch lächelnd, schaute er auf das abgewetzte Brillenetui in seinen Händen und befingerte es nachdenklich. Schließlich blickte er auf und sagte:

»Ich besitze eine Reihe von Tagebüchern und andere Schriftstücke aus der Feder dieses bemerkenswerten Mannes, deren interessantestes den Besuch in Karnstein behandelt, von dem Sie mir erzählten. Die Überlieferung ist natürlich ein wenig verzerrt und verfärbt. Man kann ihn einen mährischen Edelmann nennen, denn er hatte seinen Wohnsitz nach Mähren verlegt, und von Adel war er auch. Aber in Wirklichkeit stammte er aus der oberen Steiermark. Es reicht zu sagen, daß er in seiner frühen Jugend die wunderschöne Mircalla, Gräfin Karnstein, leidenschaftlich liebte und sie seine Liebe erwiderte. Ihr früher Tod stürzte ihn in tiefe Trauer. Es entspricht der Natur der Vampire, sich zahlenmäßig ständig zu vermehren, aber nur nach einem abscheulichen Gesetze, wie man festgestellt hat.

Nehmen wir einmal an, eine Gegend ist völlig frei von dieser Pest. Wie nimmt sie ihren Anfang, und wie verbreitet sie sich? Ich will es Ihnen sagen. Ein gottloser Mensch nimmt sich das Leben. Unter gewissen Umständen wird ein Selbstmörder zu einem Vampir. Dieser Geist überfällt nun die Lebenden im Schlaf. Diese sterben und werden im Grabe fast ausnahmslos selbst zu Vampiren. So verhielt es sich auch im Fall der wunderschönen Mircalla, die solch ein Dämon heimsuchte. Mein Ahnherr Vordenburg, dessen Titel ich heute trage, erkannte dies recht bald und entdeckte im Verlauf seiner Forschungen noch sehr viel mehr.

Unter anderem kam er zu dem Schluß, daß die tote Gräfin, die sein Idol gewesen, wahrscheinlich früher oder später für einen Vampir gehalten würde. Voller Entsetzen malte er sich aus, wie ihre sterblichen Überreste durch eine posthume Hinrichtung geschändet würden. Er hinterließ ein sonderbares Schriftstück, in dem er den Beweis führt, daß ein Vampir, der seiner amphibischen Existenz beraubt wurde, zu einem weit schrecklicheren Leben verdammt ist. Und so beschloß er, seine einst so geliebte Mircalla vor diesem Schicksal zu bewahren.

Seine List bestand darin, hierher nach Karnstein zu reisen und so zu tun, als beseitigte er ihren Leichnam, während er tatsächlich ihr Grab unkenntlich machte. Als er in hohem Alter nachdenklich auf sein Leben zurückschaute, erkannte er, was er getan. Da packte ihn das Grausen. Er zeichnete den Grundriß und machte die Notizen, die mich zur richtigen Stelle führten, und dann legte er ein schriftliches Geständnis der von ihm verübten Täuschung ab. Falls er weitere Schritte in dieser Sache plante, so hinderte der

Tod ihn daran, sie auch auszuführen. Nun hat die Hand eines weitläufig mit ihm verwandten Nachfahren den Weg zur Höhle des Ungeheuers gewiesen.«

Wir sprachen noch ein wenig, und da sagte er unter anderem noch dies:

»Ein typisches Merkmal des Vampirs ist die Kraft seiner Hände. Mircallas zarte Hand schloß sich wie ein stählerner Schraubstock um das Handgelenk des Generals, als er die Axt zum Schlag erhob. Doch ist diese Kraft nicht auf das Zugreifen beschränkt; die solcherart angepackten Gliedmaßen fühlen sich wie betäubt an, eine Empfindung, die, wenn überhaupt, nur langsam schwindet.«

Im nächsten Frühjahr unternahm mein Vater mit mir eine Reise durch Italien. Wir blieben über ein Jahr fort. Es dauerte sehr lange, bis das Grauen allmählich schwand. Bis zum heutigen Tag sehe ich Carmillas Bild vor meinem inneren Auge – verschwommen, als wären es zwei Wesen –, einmal das verspielte, träge, wunderschöne Mädchen, dann wieder die besessene Bestie, die ich in der Kapelle sah. Und oft, wenn ich aus einer Träumerei aufschrecke, kommt es mir vor, als hörte ich Carmillas leichten Schritt vor der Tür zum Salon.

EIN KIND DER FINSTERNIS

Imre Josika, der älteste Sohn eines Gutsherrn, dessen bescheidener Besitz an die ausgedehnten Ländereien der Bathoris angrenzte, nutzte das warme Frühlingswetter für einen gemeinschaftlichen Angelausflug zum Somesfluß.

Man fing weit mehr Bachforellen, als erwartet, und Imre beschloß, sie aufzuteilen. Er sandte seine Begleiter, bis auf einen Dienstboten, mit der Hälfte des Fangs nach Hause und brachte den Rest der Fische zu den Bathoris.

Er hoffte, seinen guten Freund Stefan Bathori dort zu treffen, doch der junge Mann war noch nicht für die Sommerferien angereist, und statt seiner wurde Imre von Eleni Bathori begrüßt. Auf den Arm einer Dienerin gestützt, die ihren Stock trug, und zusätzlich am schmiedeeisernen Geländer Halt suchend, kam Eleni langsam die geschwungene Steintreppe hinab. Die Dienerin flüsterte ihr Imres Namen zu, als sie ihm die Hand reichte. Während der junge Mann sich zum Handkuß beugte, schaute Eleni ihn lange und forschend an, und sie hatten erst wenige Worte gewechselt, als sie ihn zum Abendessen einlud. Angesichts der Mühe, die die Begrüßung Eleni gekostet hatte, konnte Imre nicht gut ablehnen, zumal er den Zorn seines Vaters fürchten mußte, wenn er die Gelegenheit nicht nutzte, sich den Bathoris erkenntlich zu zeigen.

In dem ganz in Gold und Blau gehaltenen Salon, dessen einziger Schmuck ein Wandteppich mit dem Bathori-Wappen aus Drachenzähnen bildete, wurde ein Kaminfeuer angezündet. Die hohe

Steinmauer, die das Haus umgab, sowie die Schlichtheit der Einrichtung waren ein Hinweis darauf, daß der Besitz der Bathoris wie auch der der Josikas an der Landesgrenze lag. Man war gerüstet, sich möglicher Übergriffe zu erwehren, sollte sich das politische Klima ändern. Doch heuer lebte man in Frieden und würde es, so Gott wollte, auch weiterhin tun.

Eine Dienerin servierte Wein und Gebäck. Auf einem breiten, mit schwarzem Samt bezogenen Sofa saß Imre neben der betagten Gräfin und war darum bemüht, ihren Worten und nicht der laut tickenden bronzenen Pendeluhr zu lauschen, die über dem Kaminsims mit seinem glänzenden Schnitzwerk aus Satyrn und Bäumen hing.

Die nachmittägliche Wärme strömte durch die weit geöffneten Fenster. Hufklappern legte sich über Elenis Monolog. Kurz darauf betrat Elisabeth den Raum.

Vor drei Jahren hatten sich die ehemaligen Spielgefährten zuletzt gesprochen; in Ecsed war das gewesen. Seitdem hatte Imre die junge Gräfin stets nur aus der Ferne gesehen, zu Pferde, in bequemer Männerkleidung, die Haare unter einer braunen Reitmütze verborgen. Bei einem jungen Mädchen der dienenden Klasse hätte er das reizvoll gefunden, doch bei einem Mitglied der herrschenden Aristokratie dünkte es ihn schamlos und gefährlich.

In den vergangenen Jahren war sie nicht wesentlich gewachsen, doch waren gewisse Veränderungen nicht zu übersehen. Eine Dienerin eilte herbei, Elisabeth die Tür aufzuhalten und ihr den Reitumhang abzunehmen. Eine zweite brachte ein Weinglas und eine Teetasse. Die Bewegungen der beiden Frauen waren von panischer Effizienz; sie vermieden es, ihre junge Herrin anzusehen.

Sie haben Angst vor ihr, dachte Imre. Er kannte die Gerüchte, die um Elisabeths gelegentliches Verschwinden und den Tod eines Dieners zu Jahresbeginn kreisten. Auch war ihm bekannt, daß Bedienstete der Bathoris häufig freiwillig ihr Leben riskierten, indem sie dem Gut den Rücken kehrten.

»Hattet Ihr einen angenehmen Ausritt, Gräfin?« fragte er.

Elisabeth nickte nur. Sie nippte an ihrem Wein und starrte ihn dabei so ungeniert an, daß er fast glaubte, er habe seine Gedanken laut ausgesprochen.

Eleni unterbrach die Stille. »Ich habe Imre gebeten, mit uns zu speisen.«

»Ach ja?« Elisabeth wandte den Blick nicht von ihm ab. »Bei Dunkelheit ist es ein langer Ritt nach Hause. Vielleicht sollte er über Nacht bleiben.« Ohne Imres Zustimmung abzuwarten, läutete sie nach einem Diener und hieß ihn, ein Gästezimmer herzurichten. »Ich schicke einen Diener mit einer Nachricht zu Eurem Vater und lasse ihn Kleider für Euch mitbringen.«

Sie ergriff ihr Glas und ging hinaus. Imre hörte ihre zarte Stimme einem Diener Anordnungen erteilen, dann ihre lebhaften Schritte auf den Steinstufen.

Das Abendessen wurde im Wintergarten serviert. In dem nach Westen gelegenen Raum mit seinen hohen, nun geschlossenen Fenstern reflektierten die schwarzen Natursteinplatten des Bodens und die dunklen Wandpaneele angenehm die Wärme der Nachmittagssonne. Imre und Elisabeth saßen einander gegenüber, am Kopf der Tafel thronte, in schlichtem Schwarz, Eleni. Elisabeths lange dunkle Haare flossen ungebändigt auf ihre Schultern; ihr Gesicht umrahmten *à la française* gekräuselte Strähnchen, die ihre Züge weicher erscheinen ließen und die tiefliegenden Augen betonten, indes das schmucklose schwarze Kleid die blasse, durchscheinende Haut unterstrich. Sie sah jünger aus, als sie war – ein bildschönes Kind, als Frau zurechtgemacht.

Bei Tisch unterhielten sie sich über Elisabeths bevorstehende Hochzeit; Eleni zog sich bald zurück und ließ die beiden im Licht der Abendsonne zurück. Sobald die Höflichkeit es erlaubte, wandte sich Imre an einen Diener mit der Bitte, ihn zu seinem Zimmer zu geleiten.

»Ich führe euch hin«, sagte Elisabeth.

Sie ging ihm mit einer Kerze voraus. Vor einer Tür blieb sie stehen und bekannte frank und frei, daß sie sich nach ihm verzehre.

Mochte Imre auch etwas für Elisabeth empfinden, so hatte sie ihn mit ihrer anmaßenden Art, in der sie ihn den ganzen Abend über gängelte, doch sehr verärgert. »Ich wäre mehr als bereit, Elisabeth, zähltet Ihr nur einige Lenze mehr«, sagte er beinahe grob, »aber für ein Kind spüre ich kein Begehren, mag es auch noch so verführerisch sein.«

Elisabeths Miene wurde starr, nur ihre Wangen röteten sich, sei es vor Ärger oder vor Scham. Doch wahrte sie geschickt das Gesicht: »Es tut mir leid, Imre. Normalerweise bin ich nicht so unverblümt, aber mein Vater hat mich kürzlich verlobt, und der Erwählte gefällt mir nicht. Unser beider Besitztümer liegen weit auseinander und sind schwer zu verwalten. Außerdem möchte ich nicht fortgehen, denn ich liebe dieses Land.«

Elisabeth hatte recht. Auch wenn Imre gesellschaftlich mit Ferenc Nadasdy kaum konkurrieren konnte, so waren die Bathoris und Josikas doch Nachbarn. Bevor er abreiste, könnten sie ja am nächsten Morgen über die Ländereien der beiden Familien einen Ausritt machen, schlug Imre vor.

Er hatte eine Ohrfeige erwartet, die er nach seiner rüden Bemerkung durchaus verdiente. Hätte sie ihn nicht so überrascht, hätte er sich eine passendere Antwort zurechtgelegt. Entweder war das Mädchen zu beschränkt, um die Beleidigung überhaupt zu erkennen, oder aber sie hatte ihn mit ihrer Zusage erneut über den Tisch gezogen, was wahrscheinlicher war.

So oder so ließ sich daran nichts mehr ändern, und als der Morgen anbrach, hatte Imre mehr als einmal seine eigene Dummheit verflucht. Elisabeth Bathori war einem anderen Manne versprochen. Was immer sie von ihrem künftigen Gatten auch halten mochte, sie konnte die Verlobung nicht lösen. Bei einer Wiederverheiratung fielen Standesunterschiede jedoch weniger ins Gewicht. Warum nicht mit dem Mädchen herzliche Freundschaft pflegen?

So ritten sie denn los an diesem trüben, nebeligen Tag, gefolgt von Imres Diener. Erst gen Osten, dann nach Nordwesten in die Berge. Trotz häufiger Warnungen hatten Imre und seine Familie in dieser Gegend nie Böses erlebt, und auch jetzt erlaubte er sich eine gewisse Unbekümmertheit, zumal sie zwei Männer zu Pferde waren und mit Schwierigkeiten durchaus rechneten. Die Geschichte, die man sich über jene Hügel erzählte, war ihm schon immer lächerlich erschienen.

Da erblickte er Katherina. Wie eine asiatische Prinzessin in durchscheinende karmesinrote Seide gehüllt, stand sie am Straßenrand. Imre zügelte sein Pferd und wollte Elisabeth zum Fliehen auffordern, doch schon war sie abgesprungen und zu der geisterhaften Erscheinung gerannt, die sie nun innig umarmte. Imre entspannte sich, lächelte. Hier also lag das Geheimnis von Elisabeths wiederholtem Verschwinden. Wie könnte er wohl von dieser seltsamen Begegnung profitieren?

»Seid willkommen in meinen Wäldern.« Mit weicher Stimme wandte Katherina sich ihm zu. »Erlaubt mir, Euch die Vorzüge meines Hauses zeigen.«

»Möchtet Ihr reiten? Mein Diener kann zu Fuß nachkommen.«

Die beiden Frauen schauten sich vielsagend an. Katherina ergriff das Wort: »Ich reite mit ihm und weise euch den Weg.« Mühelos schwang sie sich hinter den Diener aufs Pferd. Sie umschlang seine Taille mit ihren langen Armen und preßte ihren Körper an seinen. Während des Ritts schob sie sich, die Schenkel auf seinen Knien, immer näher an seinen Hals heran und trank. Als er das Bewußtsein zu verlieren begann, übernahm sie die Zügel.

Aus Furcht, Katherinas Schönheit könne ihn dazu bringen, vor Elisabeth einen Fauxpas zu begehen, wagte Imre es nicht, jene anzuschauen. Er ritt als letzter der drei, den Blick fest an Elisabeths Rücken geheftet.

Nach kurzer Zeit erreichten sie ein Häuschen, das Imre gewiß übersehen hätte, wäre er allein gewesen. Weinreben überwucherten die Wände wie die fest verschlossenen Fensterläden und streckten ihre Triebe bis aufs Dach hinauf. Dienstboten waren nicht zu sehen, und es schien auch keinen Stall zu geben, ja nicht einmal einen Gemüsegarten. Mehr neugierig denn beunruhigt half Imre Elisabeth beim Absteigen und wandte sich dann zu Katherina um und reichte ihr die Hand. Doch statt diese zu ergreifen, ließ Katherina ihm den Diener vor die Füße fallen. Mit weit aufgerissenen Augen blieb der Tote auf dem Rücken liegen; an seinem Hals klaffte ein tiefes Loch, als hätte ein wildes Tier zugebissen.

Imre hob den Kopf und starrte auf Katherina und ihre prachtvollen blutverschmierten Lippen. Mit offenem Mund stand er da, unfähig, ein Wort herauszubringen. Der Schock und Katherina hatten ihm die Sprache geraubt. Wie ein erschreckter Karpfen sieht er aus, dem ein Angelhaken im Maul steckt, dachte Elisabeth.

Katherina ergriff Imres Hand, glitt vom Pferd und führte ihn, ohne ihren Griff zu lockern, ins Haus. Sie befahl ihm, er solle sich setzen und vorerst vergessen, was er gerade gesehen hatte.

Katherinas Antlitz war so makellos, ihre Gestalt so verführerisch, daß Imre die Sehnsucht packte, sich fallen zu lassen und das Grauen zu vergessen, das ihn vor der Tür überwältigt hatte. Die aufflammende Begierde machte es ihm leicht, den Schrecken zu verdrängen, und bald schon saß er mit untergeschlagenen Beinen neben Elisabeth auf dem mit Fellen bedeckten Boden.

Katherinas strenger Blick galt nun der Gräfin: »Das hättest du auch ohne mich vermocht. Warum ist er hier?«

»Mir bleiben nur noch wenige Tage«, sagte Elisabeth kalt, und nichts in ihrer Stimme erinnerte an die schmerzliche Zurückweisung. »Ich will ihn, aber er weigert sich. Kränkte mich, und nun sollst du . . .«

»Schaut sie euch doch an!« explodierte Imre. »Eben erst dreizehn, kaum alt genug um . . .«

Schweig / Still! Das war ein Befehl. Imre verbiß sich den Rest seiner Worte. Dabei schaute er so entsetzt drein, daß Elisabeth dachte, er würde sich an seinen Worten verschlucken.

Das junge Mädchen kicherte, dann verlangte sie von Katherina: »Mach, daß er seine Kleider ablegt.« Als könne sie mit ihrer Bitte zu weit gegangen sein, bettelte sie wie ein kleines Kind: »Bitte, bitte, ich will ihn. Mach, daß er mich liebt.«

Imre erschauerte. Gleich würde etwas passieren, etwas ihm Unbegreifliches, auf das sein Wille oder Unwillen keinerlei Einfluß hatte, da war er sich sicher. Gegen diese Frau war er hilflos. Was immer sie verlangte, er würde es tun, denn er konnte ihr nicht widerstehen.

Imre wollte ihre Hand ergreifen, sie anflehen, ihn gehen zu lassen, aber Katherina wich zurück. Sie trat hinter ihn, strich mit ihren langen Fingern über seinen Hals und seine Wangen, drehte sein Gesicht dem ihren zu und küßte ihn auf die geschlossenen Lippen.

»Sieht er nicht hübsch aus?« schnurrte sie. »Ich könnte ihn auffressen, so wie seinen Diener, und aus seinem edlen Purpurhemd Bänder schneiden für mein Haar. Doch wenn er mit ganzer Kraft seine Pflicht erfüllt, ist er bei Sonnenuntergang vielleicht noch am Leben.«

»Am Leben?« Imre ballte die Fäuste. Er wollte kämpfen, wollte wegrennen, aber die Berührung dieser Frau lähmte seinen Körper. Er konnte sich nicht bewegen.

Entkleide dich! Katherinas Befehl.

»Was?!«

»Du hast sie wohl verstanden.« Elisabeth rieb ihre dünnen weißen Finger an seiner Hand. »Ich auch; nun tu, was sie verlangt.«

Imre weigerte sich. Ein Schmerz durchfuhr ihn, so heftig, daß er zitterte. Katherina küßte ihn am Hals, und als er zurückfuhr, bog sie seinen Kopf erneut zurück und lächelte. Ihre spitzen Eckzähne funkelten, er versuchte sich ihr zu entwinden, aber sie war wie ein Blitz; ihre Zähne bohrten sich in seine Haut, und sie trank.

Entkleide dich!

Das Band war geknüpft. Er sah sich mit ihren Augen. Benommen von Furcht und Verlangen, konnte er nur gehorchen, wohlwissend, daß dieser Befehl nur der erste von vielen noch folgenden wäre.

Als er nackt im Zimmer stand, betrachtete Elisabeth ihn neugierig. Im Gegensatz zu Katherina oder Klara oder gar Marijo mit ihren weichen Körpern weckte dieser Mann nur Ekel in ihr. Im Bestreben, die Prüfung rasch hinter sich zu bringen, legte Elisabeth die Kleider ab und warf sich auf Katherinas Bett. Sie schob sich ein Kissen unter den Kopf, um ihn beobachten zu können.

Geh zu ihr!

Diesmal erkannte Imre die Quelle des Befehls. Er warf einen Blick auf Katherina, die indes teilnahmslos wirkte.

Es wird dein Schaden sein, wenn du dich nicht ins Zeug legst.

Sie ist ein Kind, sagte Imre schweigend. Ob Katherina seine Worte vernahm? *Und ich spüre kein Verlangen.*

Im gegebenen Augenblick wirst du es. Das verspreche ich dir.

Imre trat zum Bett und berührte Elisabeths Bein. Da durchfuhr es ihn wie ein elektrischer Schlag, so heftig, daß er erschauerte. Plötzlich wollte er dieses Mädchen, begehrte es mehr als jedes andere Wesen. Katherina war vergessen. Er küßte Elisabeths Fuß, ihren Knöchel, ließ seine Hände über die Innenseiten ihrer Schenkel wandern.

Elisabeth spürte den Augenblick, als Katherina Imres und ihre eigene Seele gleichzeitig in Besitz nahm. Da sie nichts füreinander übrighatten, Elisabeth und dieser hochnäsige junge Mann, weckte Katherina in beiden eine Leidenschaft, die eigentlich ihr galt, und übernahm für die Dauer des Aktes Imres und Elisabeths Rollen. Alles lief bestens, bis Elisabeth unter Imres rhythmischen Bewegungen, die Hände in seinen Rücken verkrallt, seinen Oberkörper zu sich hinunterzog und im Kuß ihre Zähne in seine Unterlippe senkte und sie durchbiß. Imre reagierte mit einem Schmerzenslaut, versuchte aber klugerweise nicht, sich zu lösen.

Laß ihn los, Elisabeth! befahl Katherina wortlos, doch in seinem Rausch von Blut und Leidenschaft reagierte das Mädchen nicht.

Wie der Blitz war Katherina bei ihnen, preßte ihre Hände an Elisabeths Schläfen und wiederholte den Befehl. Diesmal gehorchte Elisabeth. Imre konnte den Kopf heben – Blut tropfte ihm aufs Kinn –, und er starrte benommen auf Katherina.

Kratzend, kämpfend wie eine Wildkatze, zog Elisabeth ihn erneut an sich, um zu trinken. Die Frauenseelen waren uneins in diesem Augenblick; Katherina ergriff Elisabeths Handgelenke, hielt sie fest über ihren Kopf und ließ unter Küssen und beruhigendem Gemurmel die Leidenschaft der jungen Leute neu erstehen.

Von der Paarung erschöpft, schliefen Imre und Elisabeth bald ein. Katherina betrachtete das Mädchen. Ihr Gesicht war von Imres Blut verschmiert. Geronnenes Blut auch unter ihren Fingernägeln. Entsetzt fragte sich Katherina, wie wohl dereinst die Hochzeitsnacht der jungen Gräfin aussehen mochte.

Doch darüber würde sie sich später Gedanken machen. Jetzt war Imre Josika das Problem. So sehr sie auch vor Elisabeth bei ihrer ersten Begegnung geprahlt hatte, kannte Katherina ihre Grenzen ganz genau. Das Mädchen und seine Dienerin hätte sie ohne weiteres töten können, die Schuld wäre auf die Banditen gefallen, die in jener Zeit in den Bergen hausten. Oft schon hatte Katherina wohlhabende Reisende getötet, ebenso arme Bauern aus der Gegend, die auch ohne ihr Zutun mit erschreckender Regelmäßigkeit spurlos verschwanden. Doch den ältesten Sohn eines örtlichen Grundbesitzers zu verschlingen war eine andere Geschichte.

Auch wenn Elisabeth daran überhaupt nicht gedacht hatte: sie würde ganz gewiß befragt werden, falls der junge Josika verschwände.

Da die Josikas nur zwei Stunden zu Pferde von den Bergen entfernt lebten, kam Katherina der Gedanke, wie sie sich und Elisabeth eine Menge Schwierigkeiten ersparen könnte. Sie trat an Imres Bett, küßte den jungen Mann und trank aus der Wunde. Er schlug die Augen auf, versuchte sich zu wehren.

Keine Angst, Imre, ich brauche dein Leben nicht. Noch nicht. Vielleicht niemals.

Imre seufzte beruhigt und folgte Katherinas unausgesprochener Aufforderung, in tiefen, lautlosen Schlaf zu versinken. Sein Anblick ließ Katherina an die Sklaven denken, die sogenannten *Kühe*, die im Verlies von Austra festgehalten wurden. Dieser schöne, leidenschaftliche junge Körper würde wunderbar zu ihnen passen. O ja, Imre war der Richtige für sie. Ihr erster exilierter Liebhaber, kräftig genug, sie viele Monate zu versorgen, bevor er starb. Vielleicht verlieh er ihr gar den Mut, heute das zu tun, was getan werden mußte.

Die Frauen waren allein, als Elisabeth am Nachmittag erwachte. Tränen standen ihr in den Augen, als sie sich wusch und ankleidete. Katherina wußte, das Mädchen wollte die Zusicherung, daß ihre Zukunft angenehmer würde als dieser Morgen. Doch Katherina konnte dieses Verprechen nicht geben. Statt dessen berührte sie Elisabeth und zeigte ihr, was sie Imre angetan hatte. Elisabeth lag schluchzend und zitternd in ihren Armen.

»Was geschah, darf nie wieder geschehen, mein Kind. Ich möchte, daß du mich jetzt verläßt – auf alle Ewigkeit. Du bist mir wie eine eigene Tochter, und deshalb will ich nicht, daß du jemals zurückkehrst.«

»Aber das nützt doch nichts!« stieß Elisabeth hervor und begann zu schluchzen. Als sie sich beruhigt hatte, erzählte sie Katherina von Klara und der Dienerin und woran sie sich noch bei Marijo erinnerte. Dabei war ihre Schilderung seltsam verschwommen, als wäre sie eher Zeugin denn Ursache der Verletzungen gewesen. »Nicht du hast dieses Bedürfnis in mir geweckt, Katherina, siehst du das nicht? Ich war schon so wie du, lange bevor wir uns begegneten, und jetzt fürchte ich mich vor dem, was geschehen wird.«

In ihrer Hochzeitsnacht, dachte Katherina.

Und wenn der Bräutigam am Morgen danach beim Hochzeitsfrühstück den Gratulanten nicht gegenübertreten konnte, was würde er mit seiner jungen Braut wohl tun?

Er konnte sie in seinem Schloß einsperren oder für den Rest ihres Lebens in ein Kloster verbannen oder sie als Hexe oder blutsaugerische *mora* verbrennen lassen. Jede Lösung war tragisch. Katherina beschloß, alles ihr Mögliche zu tun, um diesem Kind zu helfen, auch wenn sie sich dazu erneut der Welt zeigen mußte.

»Katherina«, sagte Elisabeth weich und so leise, als fürchte sie, jemand könne ihre Worte hören, »ich weiß, was du letzte Nacht getan hast. Du sollst nur wissen, daß es mir völlig gleich war, welcher Mann in meinen Armen lag, ob Imre oder Ferenc oder sonstwer. Ich begehre keinen von ihnen. Ich begehre nur dich.«

»Dafür kannst du nichts, Elisabeth. Du . . .«

»Und wäre ich nicht dir begegnet, so hätte ich mich in eine andere Frau verliebt. Ich bin verflucht wie Klara. Ich habe es immer schon gewußt. Aber Klaras Mann war doppelt so alt wie sie und kränkelte bereits, als sie heirateten. Ich werde Ferenc ausgeliefert, und wenn er mit mir schlafen will, werde ich kämpfen, um nicht schreien zu müssen.«

»Kannst du dir deiner Neigung sicher sein?«

»Sag nicht, ich sei zu jung, um zu wissen, was ich wünsche oder brauche.« Sie breitete die Arme aus.

Katherina trat auf sie zu und neigte den Kopf für den ersten von zahllosen Küssen auf Elisabeths blutige Lippen.

LOUISIANA: 1850

Unruhig warf sich DAS MÄDCHEN im Schlaf hin und her. Das Heu piekste und stach; es erinnerte sie an die Mutter, die sie manchmal im Spaß zwickte, und sein starker Modergeruch verwandelte sich im Traum in den Duft von Stärkemehl und Hefeteig, der die Mutter so oft einhüllte. Der Körper DES MÄDCHENS wälzte sich im Heu, dessen Rascheln im Traum zwiefach Gestalt fand – als Brutzeln von Speck im Kochschuppen hinter dem Herrenhaus der Plantage und als Knistern der Bürste, die die Mutter durch das feste Haar DES MÄDCHENS zog, bevor sie es in kniffligen Flechtmustern zu bändigen begann.

Fünfzehn Stunden, mehr als die ganze Nacht, war DAS MÄDCHEN unterwegs gewesen, bevor sie eine Verschnaufpause riskierte. Bis zu dem verlassenen Farmhaus, wo sie sich dem angstgestörten Schlaf hingab, hielt ihr Körper durch.

Das Geräusch von Schritten; durch die frühe Dämmerung schleicht ein Mann auf sie zu. Auch der Traum signalisierte unzweifelhaft die Bedeutung – Gefahr. Ein weißer Mann, in der Kleidung eines Aufsehers. Im Traum umklammerte DAS MÄDCHEN die große schwarze Hand der Mutter, betete, daß die Schritte nicht näher kämen und daß sie, wie immer, an den Leib der Mutter geschmiegt, aufwachen würde, auf der mit Stroh und Spreu gefüllten Matratze neben dem mächtigen alten Ofen, der über Nacht erkaltet war. Hielt sie dort im Schlaf die Hand der Mutter, so packte sie jetzt den warmen Holzgriff jenes Messers, das sie am Vortag beim Davonlaufen gestohlen hatte. Wie ein lebendiges Wesen pulsierte das Messer an ihrem Herzen, verborgen unter den Falten des groben weiten Baumwollhemdes, das die dünne junge Gestalt einhüllte. Der rotgesichtige Mann, der lachend über ihr stand und sie an einem Bein unter dem Heu hervorzog, konnte das Messer an ihrer Brust nicht sehen.

Kein Schrei entfuhr DEM MÄDCHEN. Ihre Angst begrub sie hinter dem Pochen ihres Herzens, neben dem das Messer schlummerte; noch weigerte sie sich zu glauben, daß die Stunden der Ungewißheit und schließlich die Flucht selbst zu Ende waren. Das Gehen, Laufen, sich Verstecken in den Wäldern von Mississippi und Louisiana hatte einen beinahe angenehmen Rhythmus erzeugt; sich nur nicht jenen Leuten ausliefern, von denen die Mutter beschwörend behauptete, sie seien keine menschlichen Wesen.

In ihrem Gedächtnis suchte DAS MÄDCHEN nach den vielsprachigen, bruchstückartigen Geschichten, mit denen die verstorbene Mutter den Weg in dieses Land beschrieben hatte. Aus den Legenden erstand ein Bild, wie die Fulani einst gelebt hatten – im Rhythmus der Natur und ohne Fesseln. Mit jedem Jahr wurde dieses Bild blasser.

»Los Mädel, steh auf, es ist Zeit, steh auf!« Die Stimme der Mutter drängte sich als scharfes Summen in den Traum. Sie blinzelte ins Sonnenlicht, das sich durch die Klappläden stahl, sprang auf, rollte den Strohsack an die Wand und tauchte geschwind die Hände in die Schüssel mit warmem Wasser auf der Anrichte. Aus dem gewaltigen Kessel goß die Mutter ein wenig kochendes Wasser nach. DAS MÄDCHEN sah zu, wie der Dampf, im Licht des ersten Morgens gefangen, zur niedrigen Decke aufstieg. Bedächtig wusch sie sich den Schlaf aus den Augen, während die Mutter sich wieder dem großen schwarzen Herd zuwandte.

»Ich werd hier die Milchwecken fertigmachen, Mädel, und du paßt auf den Haferbrei auf. Ich muß noch nach hinten. Ich hab die Herrschaft nicht gebeten, daß du mir hilfst und nicht aufs Feld mußt, nur damit ich dir beim Schlafen zugucken kann. Also, tu was.«

Röcke raffend eilte die Mutter aus der Tür. DAS MÄDCHEN sprang zum Herd, bewegte den Schöpflöffel durch die steife Masse in dem eisernen Topf. Sie griente stolz, als die Mutter zurückkam: kein bißchen angebrannt der Brei. Die Mutter erwiderte das Lächeln, übernahm das Rühren und hieß DAS MÄDCHEN die Milchwecken aus dem Ofen holen.

»Sie mögen's, wenn du sie butterst, solange sie heiß sind. Wenn die Butter nicht reicht, mach sie mit Speck glänzend. Die merken den Unterschied nicht, denken nur, du hast mehr Butter genommen.«

»Mama, warum können die Butter von Speck nicht unterscheiden? Baby Minerva kann die Butter schon riechen, bevor sie sich auf dem Butterfaß absetzt. Sie trinkt kein Schweinefett. Warum schmecken die die Butter nicht?«

»Sind nicht lang genug hier. Sind ja kaum Menschen. Vielleicht nicht mal das. Sie verschlingen die Welt, aber sie schmecken sie nicht.«

Das MÄDCHEN butterte die Wecken auf dem Backblech und legte die großen weichen Dinger in den Korb, der morgens zum Servieren benutzt wurde. Wenn sie von besseren Zeiten träumte, dachte sie immer an dieses Brot, dessen Geruch sie liebte. Wann immer DAS MÄDCHEN Trost brauchte, versprach ihr die Mutter den ersten Wecken aus dem Ofen, bestrichen mit echter Butter. So verkörperte sich für DAS MÄDCHEN die Heimat jenseits des großen Wassers, von der die Mutter bisweilen sprach, in frisch gebackenem Brot, Brot für jedermann, auch für jene, die draußen auf den Feldern arbeiteten. Was hatte die Mutter ihr von jener Welt berichtet, die vor ihrer Zeit lag? Es wollte ihr einfach nicht einfallen. Die verlorenen Königreiche kamen DEM MÄDCHEN wie ein Traum vor, nicht unähnlich jenem, den sie jetzt zu träumen schien.

Sie starrte auf den Wilden aus jenem anderen Land, während er versuchte, sie an einem Bein aus dem Heuversteck zu zerren. Sein aufgesetztes Grinsen schwand, machte Begierde Platz. Er löste die Schnur, die seine Hosen zusammenhielt. In geiler Erwartung ihrer Hingabe lachte er aufs neue, sah sich mit machtgeschwelltem Glied in sie eindringen. Er fiel auf die Knie, vor DEM MÄDCHEN, deren Augen schockgeweitet in die Vergangenheit und in die Zukunft zugleich blickten. Zur Eroberung bereit, beugte er sich vor, dachte schon genießerisch an die Prämie und an die Geschichten, die er erzählen würde. Ein Wärmegefühl tief im Bauch. DAS MÄDCHEN war jung, wahrscheinlich noch Jungfrau, dachte er, es schien kaum zur Gegenwehr fähig. Er lachte in die aufgerissenen, blicklosen Augen, sah in ihrem Starren einzig Verlangen, keine Resignation, keinen Haß. Seine Geilheit wuchs.

Und diese Geilheit blendete ihn, als er die Arme rechts und links neben dem Kopf DES MÄDCHENS aufstützte und sich langsam herabließ. Sie schloß die Augen. Er rieb seinen Körper an ihrer braunen Haut, während ihre geschlossenen Augen bei ihm die Vorstellung von Macht und Hingabe bewirkten. Er machte sich daran, in sie einzudringen, doch bevor seine Hand ihr die letzten Kleidungsstücke wegreißen konnte und seinem Glied den Weg in ihr weiches Inneres bahnen konnte, drang sie in ihn ein, spießte sie ihn auf – mit ihrem Herzen, das die Gestalt eines Messer mit hölzernem Griff angenommen hatte.

Ächzend tat er seinen letzten, stillen Atemzug. Sackte sanft in sich zusammen. Wärme verbreitend vom Bauch zur Brust, strömte das Blut aus seinem Körper. DAS MÄDCHEN verharrte regungslos unter ihm, bis nur noch ihr Atmen von Leben zeugte. Sie spürte sein Blut verströmen und ihre eiskalte Haut angenehm wärmen.

So wie damals an jenem Abend, als die Mutter ihr das erste heiße Bad bereitete. Die Herrschaft war fort, und sie setzte im Kessel Wasser auf, was Stunden zu dauern schien, um es anschließend in ein mit Wachs abgedichtetes Holzfaß zu gießen. Sie ließ den kleinen, schmalen Mädchenkörper ins üppigwarme Wasser gleiten, seifte ihn ein und sang ein unbekanntes Lied dazu.

Das schmeichelnd warme Wasser und die zärtlichen Mutterhände versetzten DAS MÄDCHEN in eine traumhaft sinnliche Verzückung, die sie nie vergaß. Das reinigende Blut, das über ihr

Brustbein zu Boden floß, erinnerte sie an jenes Bad: eine Läuterung. Ohne sich zu rühren, ließ sie den Lebenssaft über sich verströmen, bevor sie fast zärtlich unter dem nun totenbleichen Mann hervorglitt. Die Bewegungen DES MÄDCHENS waren so ruhig, als sei er ein Liebhaber, den sie nicht wecken wollte.

Sie verspürte keinen Ekel beim Anblick ihrer blutgetränkten Kleidung. Das Blut war ein Zeichen: Eine Bestie war tot und sie selbst lebte. In tagträumerischer Erinnerung begann DAS MÄDCHEN zu zittern, den blutverschmierten Messergriff immer noch fest umklammert. Sie schluchzte; hilflos, was sie tun sollte. Wie das Blut verbergen und dennoch weiterkommen. Sie war jung, und sie hatte noch nie jemanden getötet.

Sie zitterte, unfähig, Traum und Erinnerung zu unterscheiden. War es wirklich wieder einmal geschehen, oder war es nur ein Traum – wie schon so oft? Zitternd preßte sie die schmutzige Hand gegen das flächige braune Gesicht und weinte bitterlich.

Und so fand sie Gilda, man schrieb das Jahr 1850, im Kartoffelkeller ihrer kleinen Farm in der Nähe von New Orleans. Zusammengekauert, das Messer an die Brust gepreßt, versuchte DAS MÄDCHEN, dem Traum zu entfliehen.

»Wach auf, Mädel!« Behutsam, als fürchtete sie, der zitternde Arm könnte sich aus dem Gelenk lösen, packte Gilda die dünne knochige Schulter. Whiskeyrauh war ihre Stimme und jung das geschminkte Gesicht im Schein der blakenden Laterne.

Von wilder Angst gepackt, erwachte DAS MÄDCHEN, mit pochendem Herzen, doch froh, daß der Traum ein Ende hatte. Das bleiche Gesicht über ihr gehörte einer Frau. Aber Frauen konnten so gefährlich sein wie Männer.

Gilda schüttelte DAS MÄDCHEN, dessen Augen blicklos schauten. Die Nacht war noch lang, und sie hatte keine Zeit für ein hysterisches Kind. Ungeduld stand in ihren braunen Augen.

»Was machst du in meinem Rübenkeller?« DAS MÄDCHEN schwieg. Gilda betrachtete das zerrissene, fleckige Hemd, die zu großen, eng um die Taille geschnürten Hosen, das fest umklammerte Messer und in den Augen die Bereitschaft, es zu benutzen.

»Das ist unnötig. Ich tue dir nichts. Komm.« Mit diesen Worten zog Gilda DAS MÄDCHEN behutsam auf die Füße; sie war schwach vor Hunger und starr vor Angst. Erst ein einziges Mal hatte Gilda einen entlaufenen Sklaven gesehen. Doch der wurde geschnappt und fortgebracht, bevor sie seine Todesangst sehen und riechen konnte. Die Präsenz DES MÄDCHENS machte sie unsicher, und unter ihrem Blick, der von der niedrigen Kellerdecke abzuprallen schien, spürte Gilda fast den Impuls, sich zu ducken. Sie fixierte die dunklen Augen DES MÄDCHENS und wiederholte ohne Worte: *Du mußt dich nicht fürchten. Ich werde für dich sorgen. Die Nacht deckt vieles zu.*

Gildas sprachlose Überredungskraft lockerte den Griff der Mädchenfinger um das Messer. DAS MÄDCHEN hatte von Menschen gehört, die ohne Worte sprechen konnten, aber von einer Weißen hätte sie es niemals erwartet. Diese Frau verwirrte sie: dunkle Augen, weiße Haut, das Gesicht farbig bemalt wie eine Maske. Aber sie trug Reithosen und eine schwere Jacke.

Gildas zierliche Gestalt bewegte sich wie ein Pferdegespann, das auf durchweichter Straße eine schwere Last zieht: behutsam und zäh. »Mach schon, Mädel, ich könnte dich gebrauchen!« Gilda nahm DAS MÄDCHEN in beide Arme und trug es nach draußen zu ihrem vierrädrigen Buggy. Sie hüllte sie in ein warmes Tuch und hielt sie mit einer Hand fest gepackt, indes sie den Buggy zur Straße lenkte.

Eine knappe Stunde später brachte Gilda das Gefährt am Rande der Stadt vor einem großen Gebäude zum Stehen, das eher einem Hotel denn einem Herrenhaus glich. Überrascht bemerkte das MÄDCHEN, daß sämtliche Fenster hell erleuchtet waren, als würde ein großes Fest gefeiert. Neben dem Haus warteten mehrere Buggys und Bedienstete in Livree. Zur Linken befand sich ein kleiner offener Stall mit gesattelten, Heu mampfenden Pferden. Sie drehten ihre Köpfe zu Gildas Pferd, das abgehetzt schien. Und im Kielwasser des Buggy der Geruch von Angst. Die Pferde trippelten auf der Stelle, sie schnaubten kurz, und die Unruhe war vorüber. Fressen, von nichts und niemandem belästigt, war nun wieder ihre einzige Sorge. Gilda hielt DAS MÄDCHEN fest am Arm, während sie an den satten, empfindsamen Pferden vorbei zum Hintereingang des Hauses ging. Sie betraten eine gewaltige Küche, in der zwei Frauen — eine Farbige und eine Weiße — Platten mit Truthahn- und Schinkenscheiben belegten.

»Macey, bring bitte ein Tablett mit Speisen auf mein Zimmer«, sagte Gilda zur weißen Küchenhilfe, »außerdem warmen Wein; aber zuerst heißes Wasser.« Ohne ihren Schritt zu verlangsamen, zog Gilda das MÄDCHEN die Treppe hinauf zu ihren eigenen zwei Räumen. Sie betraten ein reich möbliertes Wohnzimmer, das an der Nordwand ein kleines gut gefülltes Bücherbord aufwies. Gemälde und Skizzen bedeckten die gegenüberliegende Wand. Davor stand ein weicher, von einem leuchtend bunten Überwurf bedeckter Diwan.

Diesem Zimmer fehlte das Überladene der Gemächer im Erdgeschoß. Nur wenige Besucher des Woodard-Hauses — der Name war geblieben, obwohl es dieser Familie längst nicht mehr gehörte — hatte *Madame* je in ihre Privatgemächer gebeten. Hierhin zog Gilda sich gegen Morgen zurück, hier verbrachte sie ihren Tag mit Lesen, ganz für sich allein, es sei denn eines der Mädchen oder Bird gesellten sich zu ihr. Woodard's war das erfolgreichste Etablissement der Region, und die angesehensten Männer und Frauen zählten zu seinen Kunden. Die Spieltische, die musikalischen Darbietungen und die Séparées waren stets gut besucht. Acht Mädchen, keines über zwanzig, waren in Gildas Diensten, sie wohnten bei ihr und leisteten harte Arbeit, dem Traumbild ihrer Kunden von einer Frau zu entsprechen. Seit fünfzehn Jahren managte Gilda Woodard's; sie hatte das Haus und die Mädchen liebgewonnen. Die anderthalb Jahrzehnte waren ein wunderbar heimeliges und doch winziges Segment jener dreihundert Jahre, die ihr Leben umfaßte. Gildas Privatgemächer bargen die Schätze ihrer unterschiedlichen Biographien.

Aus einer offenen Truhe holte sie ein Handtuch und ein Nachthemd. Weit geöffnete Augen schauten flüchtig zu ihr hin, rührten an der Last der Jahrhunderte auf ihren Schultern. Vor dem rätselnden Blick DES MÄDCHENS schien Gildas Alter gar nicht so grotesk. Einen Augenblick lauschte Gilda dem kehligen Gelächter, das von unten heraufdrang – der musikalische Teil des Abends hatte soeben ohne sie begonnen –, und ganz schwach vernahm sie Birds tiefe Stimme, die das Programm ankündigte. Die Stammkunden brüsteten sich gern damit, daß Woodard's als einziges Etablissement ein »Indianermädchen« hatte. Auch wenn Bird nurmehr bei der Verwaltung half, kam so mancher Kunde allein ihretwegen, um sie in dem schmiegsamen, schmucklosen Baumwollkleid der Woodard-Frauen zu betrachten. Bisweilen zierten Birds Haare oder ihr Kleid schmale perlen- oder federbesetzte Lederstreifen. Für die Städter gehörte sie zu den lokalen Sehenswürdigkeiten.

Gilda legte Kleidungsstücke heraus, als Macey mit zwei Eimern warmen Wassers hereinkam. Sie schaute verstohlen zu DEM MÄDCHEN, während sie das Wasser in eine Zinkwanne goß, die neben einem verzierten Wandschirm in der Zimmerecke stand.

»Zieh die Kleider aus und wasch dich. Dann zieh das hier an.« Gilda sprach langsam, mit Bedacht, wohl wissend, daß sie sich zwischen zwei Wirklichkeiten bewegte. Wichtiger waren die stummen Worte. *Ruhe. Vertrauen. Zuhause.*

DAS MÄDCHEN ließ die blutverkrusteten Kleider neben den Diwan fallen. Bevor sie in das warme Wasser stieg, schaute sie zu Gilda, die taktvoll einen Punkt über ihrem Kopf fixierte. Gilda hob die Kleider auf, drückte sie im Hinausgehen an ihren Körper, ohne deren verschmutzten Zustand zu beachten. Nach der Wäsche kauerte sich DAS MÄDCHEN im Nachthemd auf den Diwan und hüllte sich in ein Fransentuch, das über der Rückenlehne hing. Sie hatte die Zöpfe gelöst, das Haar gewaschen und mit dem feuchten Handtuch fest umhüllt.

Gegen die nächtliche Kühle zog sie die Beine unter sich; lauschte, die Augen auf die Schatten gerichtet, die die Lampe warf, der fernen Klaviermusik. Gilda kehrte rasch zurück, gefolgt von Macey, die mit verdrossener Miene ein Tablett mit Speisen auf einem Beistelltisch absetzte. Gilda schob einen großen, fest gepolsterten Stuhl zum Diwan hinüber, und Macey zündete eine zweite Lampe an, wobei sie verstohlen auf das seltsame, dünne, schwarze Mädchen schaute, das so afrikanisch aussah. Macey vermied es, ihre Nase in fremde Angelegenheiten zu stecken, schon gar nicht in die ihrer Chefin. Aber der Ausdruck in Gildas Augen verriet ihr etwas. Gelegentlich, wenn auch sehr selten, hatte Miss Gilda diesen quicklebendigen, die Gegenwart umfassenden Blick. Vielleicht war es auch nur Neugierde. Macey und die Waschfrau, die beide außer Haus wohnten, sprachen oft über den schwermütigen Ausdruck in Gildas Augen. Als sähe Gilda etwas, das allein in ihrem Kopf existierte. Aber Macey, die nur mit der Köchin Bernice und gelegentlich mit Bird zu tun hatte, ließ ihre Einbildungskraft zu Hause. Außerdem hielt sie nichts von Voodoo-Zauberei und war überdies eine schlechte Katholikin.

Natürlich gab es in der Gemeinde Gerede, vor allem seitdem Bird im Woodard's lebte. Falls Gilda irgendeiner Religion anhing, dann keiner Macey bekannten, da war sie sich sicher. Miss Gilda hatte diesen lebendigen Gesichtsausdruck nur abends, wenn sie mit Bird zusammen war und sie miteinander plauderten und Notizen machten. Über manche Dinge sollte man besser nicht nachdenken, also machte Macey kehrt und eilte zu Bernice und ihrem gemeinsamen Kartenspiel. Gilda legte Speisen auf und goß Rotwein ein. Das Mädchen schaute ängstlich zu ihr hinüber, wirkte aber überwältigt vom würzigen Duft des Essens und von der Sauberkeit des Zimmers. Ihr Körper entspannte sich, indes sich ihre Seele weiterhin auf der Flucht befand, von Fragen gequält: Wie weit entfernt ist die Plantage, wer ist diese Frau, wie kann ich ihr entkommen.

Während sie das Mädchen anschaute, konnte Gilda nur mit Mühe ihre Aufregung unterdrücken. Von der ersten Sekunde an hatte sie die klare Entschlossenheit fasziniert, die aus den dunklen Augen sprach. Dahinter zeichnete sich kindliche Zielbewußtheit ab, aber auch eine erwachsene Hartnäckigkeit, die tiefer ging. Die Erinnerung an Bird wurde wach. So hatte auch sie geschaut, als sie vor vielen Jahren von ihrem einzigem Besuch bei ihrem

Stamm, den Lakotas, zurückkehrte. Hinter der Maske eiserner Entschlossenheit verschmolzen Intensität, Neugier und Verletzlichkeit.

Und, wichtiger noch, hinter diesen Augen sah Gilda sich selbst – eine jüngere SIE, an die sie sich kaum erinnerte, eine SIE, die sich nicht wohlfühlte, wenn andere Menschen Entscheidungen für sie trafen oder wenn sie nicht selbst ihren Weg suchen konnte. Und sie entdeckte im Blick DES MÄDCHENS dasselbe Bedürfnis nach Familie. Sie schloß die Augen und meinte den Moschusduft ihrer Mutter wahrzunehmen. Fast hätte sie die Hand ausgestreckt nach diesem Schemen ihrer Vergangenheit. Aber sie hielt den Atem an und schüttelte leicht den Kopf. Gilda wußte nun, sie wollte, daß DAS MÄDCHEN blieb.

Während DAS MÄDCHEN aß, waren auf einmal Antworten da auf die unausgesprochenen Fragen in ihrem Kopf. Verblüfft ging ihr auf, wo sie war und was es mit dieser Frau auf sich haben könnte. Abrupt stellte sie ihr Glas ab und starrte in Gildas schmales Gesicht. Obwohl Gilda der Lampe den Rücken zuwandte, war ihre Aufregung sichtbar. Ihr dunkelbraunes Haar, in einem Nackenknoten zurückgenommen, betonte ihre zarten Züge. Obwohl sie ein eng anliegendes blaues Kleid mit Perlenbesatz trug, bewegte sie sich frei und ungezwungen. Die braune Zigarre, die sie sich ansteckte, schien zu zart für ihre ausholenden Gesten.

Sie ist ein Mann! Ein kleiner Mann! schoß es DEM MÄDCHEN durch den Kopf.

Gilda lachte lauthals angesichts dieser Gedanken und sagte »Nein, ich bin eine Frau.« Und dann ohne Worte, *Du weißt, ich bin eine Frau. Und du weißt, ich bin eine Frau, wie du nie eine gekannt hast und auch deine Mutter nicht, im Leben wie im Tode. Ich bin wie du eine Frau und noch mehr.*

DAS MÄDCHEN setzte zum Sprechen an, aber die Kehle war ihr wie zugeschnürt, die Nerven überspannt. Staunend erkannte sie: Vor ihr saß eine Frau, deren Antlitz, allen draufgepinselten Farben zum Trotz, dem der Mutter ähnelte.

Streng und fürsorglich zugleich wurde sie angeschaut. Doch

hinter Gildas dunkelbraunen Augen taten sich Wälder auf, mächtige Baumwurzeln und Pfeile, seltsame Bilder, die DAS MÄDCHEN nie zuvor gesehen hatte. Sie zwinkerte kurz, und ihr forschender Blick machte sich erneut auf die Reise. Jetzt sah sie nur eine zierliche Frau, die, ohne einen Happen zu essen, an einem Glas Wein nippte und sie mit einem durchdringenden Blick aus ihren dunklen und zugleich hellen Augen beobachtete.

Als DAS MÄDCHEN aufgegessen hatte und sich zurücklehnte, ergriff Gilda das Wort: »Du brauchst mir nichts zu erzählen. Das übernehme ich. Hör zu und merk dir, falls dich jemand fragt: du bist neu hier. Meine Schwester hat dich als Geschenk zu mir geschickt. Du kommst aus Mississippi. Jetzt lebst du hier und arbeitest für mich. Das ist alles, hast du verstanden?« DAS MÄDCHEN hatte verstanden und schwieg. Sie stellte keine Fragen. War müde. Je mehr sie von dieser Welt der Weißen sah, um so mehr wuchs ihre Angst, sich nicht länger vor den Besitzern der Plantage und den Kopfgeldjägern verstecken zu können.

»In der Kommode findest du Bettücher. Die Chaiselongue ist bequem. Geh jetzt schlafen. Wir werden früh aufstehen, meine Kleine.« Ein strahlend junges Lächeln überzog Gildas hageres Gesicht. Sie löschte eine Lampe und ging rasch hinaus. DAS MÄDCHEN faltete ein Laken und eine dicke Wolldecke auseinander und breitete sie aus, erstaunt, wie frisch sie dufteten und wie weich sie sich den kurvigen geschnitzten Beinen der Chaiselongue anschmiegten. Fast mit Bedauern machte sie beim Hineinschlüpfen die Glätte der Tücher zunichte. Sie versuchte einzuschlafen.

Diese Frau, Gilda, sah in ihre Seele. Das stand fest. Die Erkenntnis schreckte DAS MÄDCHEN indes nicht, denn sie selbst konnte in Gildas Seele blicken. Das machte sie ebenbürtig.

DAS MÄDCHEN dachte darüber nach, was sie gesehen hatte, als die Frau sich ihr offenbarte, und was ihr Vertrauen einflößte: Ein Stück Weges, der sich in sanftem Schwung zum Horizont hin verjüngte; das Rauschen von Wind und Blättern, so zart, als streiche ein Kleidersaum über den Teppich. Mit geschlossenen Augen schaute sie den Weg hinunter, bis der Tiefschlaf ihr den Traum raubte.

Vor der Tür lauschte Gilda einen Moment der Unruhe DES MÄDCHENS. Und besänftigte sie mühelos kraft ihrer Gedanken. Aus dem Untergeschoß drangen Musik und Wortfetzen herauf, doch Gilda ließ sich nicht ablenken und forschte weiter in den Splittern ihrer Vergangenheit. Es war beunruhigend, daß sie sich just in dem Augenblick zeigten, da sie in dem essenden MÄDCHEN sich selbst wiederfand. Nach all den Jahren der bewußten Abkehr von der Vergangenheit war die Erinnerung nurmehr vage, mehr ein Nebel denn ein Flutwelle.

Sie konnte sich, wenn sie die Augen schloß, in ihre Mädchenzeit zurückversetzen, an jenen Ort, dessen Namen sie lange vergessen hatte. Sie sah Menschen beieinander stehen, deren Gesichter glänzten. Und sie war eine von denen. Der kräftige Geruch der Körper hüllte sie ein, während sie über ausgedörrte Erde schritten. Vor ihr gebeugte Rücken und staubbedeckte Sandalen. Sie hielt die Hand einer Frau, ihrer Mutter gewiß, und irgendwo weiter vorn ging ihr Vater. Wo waren sie? Tot, was sonst. Ausgelöscht. Gilda erinnerte sich nicht einmal an ihre Gesichter. Wußte nicht, wann ihr denn Augen und Münder entglitten waren. Und der Klang ihrer Stimmen? Nein, geblieben war ihr einzig die Erinnerung an eine von Wohlgeruch begleitete Massenwanderung, in deren Schlepptau sie sich befand, und an die dunkle Farbe von Blut, das im Sand versickerte.

Sie dachte an das ewige Weiterziehen und verzog das Gesicht. Davon frei zu sein war ihr größter Wunsch. Sogar in jener mythischen, nebelhaften Vergangenheit war sie, einer Nomadin gleich, immer weiter gezogen, von Heimstatt zu Heimstatt. Von Krieg zu Krieg. Wessen Herrscher? Wessen Volkes? In den verflossenen drei oder auch mehr Jahrhunderten hatte sie so viel irgendwann hinter sich gelassen.

Sie schlug die Augen auf, und während die Vergangenheit verblaßte, schaute sie lächelnd zu der Tür, hinter der DAS MÄDCHEN schlief. Diese milchglasfeinen Erinnerungen brauchte sie nicht mehr. Sie würde nach vorn schauen – auf Birds Zukunft und die DES MÄDCHENS – und auf den Ort der letzten Ruhe, der sie vom ewigen Weiterziehen erlösen würde.

Wieder drängte sich die Musik in ihre Gedanken. Seit langer Zeit hatte Gilda erstmals wieder Lust, sich zu den Mädchen im Salon zu gesellen. Sie wollte Birds flinken Bewegungen zuschauen und den Geschichten lauschen, mit denen die Mädchen in lässiger Manier die Gentlemen unterhielten und sich selbst die Zeit vertrieben. Und voller Freude würde sie sich beim Morgengrauen zu Bird legen, deren Glieder sie angenehm beschwerten und deren Haar sie während der Tagesruhe mit seinem zarten Duft einhüllte.

DAS MÄDCHEN sprach kaum ein Wort während ihrer ersten Monate in Woodard's, führte aber folgsam alles aus, was ihr im Hause aufgetragen wurde. Nach einer Weile ging sie mit, wenn Bird oder Gilda Dinge für den Haushalt oder auch Geschenke für Mitglieder des Haushalts einkauften, was Gilda häufig tat. DAS MÄDCHEN trug die Päckchen; sie hielt Gildas Räume in Ordnung und wischte behutsam den Staub von winzigen Väschen, Figürchen und den Bücherborden. Sobald sie sich allein ins Freie traute, pflückte sie im Garten Blumen und schmückte die Räume damit.

Manchmal saß sie in der Vorküche, wenn die Mädchen, um den Küchentisch versammelt, von den verflossenen Abenden sprachen, aßen, lachten oder Probleme wälzten.

»Sag mir nicht, ich bin undankbar. Ich bin erwachsen. Ich will, was ich will, ich bin keinem seine Mamma!« fauchte Rachel Fanny an, die zu allem ihren Senf geben mußte.

»Das ist ja das allerneueste«, entgegnete Fanny spitz. Rachel starrte sie nur kalt an, und Fanny fuhr fort: »Immer willst du was, Rachel, aber mit diesem Traumzeug kommst du zu nichts. Bloß weil du geträumt hast, du sollst was tun, von dem du nich' mal weißt, was es ist, rennst du los und läßt alles liegen.«

»Ist doch mein Traum und mein Leben, stimmt's, Miss Bird? Sie kenn' sich doch aus mit Träumen und so was.«

Alle schauten auf Bird, die überlegte, was diesen Mädchen, die eigentlich Frauen waren und bei Gilda und bei ihr selbst ein Zuhause gefunden hatten, wirklich wichtig war.

»Träume sollte man nicht ignorieren.«

Fanny gab nicht auf. »Aber daß sie an so 'ne Stelle geht, direkt am Wasser und wie im Traum reinplumpsen will, in ihrem Traum, nicht meinem – das ist doch idiotisch.«

»Es ist ein Traum, keine Wirklichkeit. Vielleicht weist er auch nur auf eine Veränderung hin, eine Wende zum Besseren. Wenn Rachel einen Traum hat, deutet sie ihn. Das kann niemand anders für sie tun.«

»Ich hab doch noch gar nicht gepackt. Ich erzähl euch doch bloß meinen Traum. Verdammt Fanny, jedesmal spuckst du mir in die Suppe!«

Die Frauen lachten los, wenn Rachel sich aufregte, warf sie mit Worten um sich.

Gelegentlich saß Gilda bei ihnen, als wären sie nicht bei ihr in Lohn und Brot, und sie trug ihr Teil bei zum Gelächter und zu den Geschichten, wie auch Bernice, die umsichtige, dunkelhäutige Köchin, oder wie die ehrgeizige Rachel. Da waren noch Rose, gutmütig bis zum Geht-nicht-mehr; Minta, die jüngste von allen; und, gegensätzlich, aber unzertrennlich, Starrkopf Fanny und die sanfte Sarah. Das Mädchen hielt sich zumeist fern von ihnen. Weiße Frauen wie die hier hatte sie vorher nie gesehen, und nicht zu wissen, wo sie selbst hingehörte, machte ihr Angst. Die Mutter hatte ihr von Bordellen erzählt; was sie aufgeschnappt hatte, wenn die Männer nach dem Dinner in der Bibliothek Brandy tranken. Aber was das Mädchen hier sah, war ganz anders.

Einerseits waren die Frauen unschuldig wie damals die Kinder auf der Plantage, doch waren sie andererseits auch abgebrüht und sprachen lässig, manchmal gar humorvoll über Sex. Und dann, was noch verwirrender war, unterhielten sie sich über Dinge, die das Mädchen nur aus dem Mund von Männern kannte. Die Frauen äußerten eine eigene Meinung zu Politik und zu Ökonomie: wie die Sklaverei dem Süden schadete, wer die Politik beherrschte und was sie von der Bürgerinitiative gegen die Etablissements auf der Galatian Street hielten.

Gilda führte ihr am Stadtrand gelegenes Haus mit äußerster Effizienz. Sie hatte ein Auge auf die Gesundheit der Frauen und beschützte sie. Sie war zwar häufig im Hause, aber wenig zu sehen. Gewöhnlich schloß sie sich bis sechs Uhr abends in ihren Räumen ein. Sie schlief, las und schrieb in einem der voluminösen Tagebücher, die sie unter Schloß und Riegel in der Kommode verwahrte.

Den Bordellalltag managte Bird; sie organisierte die Einkäufe, vermittelte bei Streitereien mit den Händlern oder zwischen den Mädchen und unterwies DAS MÄDCHEN in seinen Pflichten. Eines Tages beschloß Bird, sie lesen zu lehren. Von da an saßen sie mit der Bibel und der Zeitung Nachmittag für Nachmittag in Birds schattigem Zimmer und nahmen sich eisern Buchstaben und Worte vor.

Geduldig lauschte DAS MÄDCHEN, wenn Bird in ihren eigenen Worten eine Geschichte erzählte und sie dann Silbe für Silbe vom Papier aufpickte, bis das entstand, was Bird erzählt hatte. DAS MÄDCHEN sah anfangs keinen Sinn in den Lektionen. Sie kannte niemanden, der lesen können mußte, außer dem schwarzen Prediger, der Samstag abends kam und unter dem wachsamen Blick des Aufsehers eine Predigt hielt. Aber auch der Prediger klatschte eher mit der Hand auf die Bibel, als daß er daraus vorlas.

Bald fand DAS MÄDCHEN Vergnügen am Unterricht. Es war schön, den Namen des Gouverneurs von Louisiana wiederzuerkennen, als die Mädchen ihn am Küchentisch durchhechelten, oder auch zu wissen, was Fanny meinte, wenn sie behauptete, Rachel sei »so störrisch wie Lots Frau«. Auch gefiel ihr Birds Duft. DAS MÄDCHEN fühlte sich von der intensiven Erdhaftigkeit der Lakota-Frau angenehm fasziniert, wenn sie nebeneinander auf den weichen Sofakissen saßen und sich über Bücher und Zeitungen beugten. Bird benutzte keine Kosmetika und Parfüms wie ihre Mitbewohnerinnen. Der schwache Duft nach brauner Seife und Leder erinnerte das MÄDCHEN an die Mutter und deren strengen Geruch, wenn ihr der Schweiß in dicken Tropfen auf die brennenden Scheite unter den Kochkesseln tropfte. Die Mutter und die Schwestern zu vermissen, erlaubte sich DAS MÄDCHEN nur selten; die Vergangenheit sollte besser ruhen, jedenfalls solange, bis sie sich in dieser neuen Welt sicher fühlte.

An der Seite DES MÄDCHENS war Bird nicht mehr unnahbar; die Erinnerungen an ihre eigene Geschichte, die DAS MÄDCHEN bei ihr weckte, machten sie sanft und geduldig. Bird schaute forschend in die afrikanischen Augen, die sich mühten, hinter den Wörtern auf einem Blatt Papier die Welt der Weißen zu verstehen. Und sie fragte sich, was Geschöpfe, die so unsichtbar waren wie sie selbst und DAS MÄDCHEN, mit ihrer Vergangenheit anfingen.

Sollten sie sie einfach abschütteln und in einer Kommode verwahren für eine ungewisse Zukunft? Und was hatte es mit jener Zukunft auf sich, die Gilda Bird geschenkt hatte? Wo konnte sie nachschauen, um das Rätsel dieser Zukunft zu klären? Welches Orakel würde ihr helfen, die richtige Deutung zu finden?

Zuerst unterrichtete Bird DAS MÄDCHEN mit Hilfe von Bibel und Zeitung. Doch in deren Geschichten fanden sich beide nicht wieder. Dann benutzte sie Geschichten aus ihrer Kindheit, um DAS MÄDCHEN schreiben zu lehren. Während ihre Hand die DES MÄDCHENS über das abgewetzte Papier führte, sprach sie erst die Buchstaben und dann das ganze Wort vor. Daraus entstand bald ein Satz und noch einer und daraus dann eine Legende oder eine Erinnerung an das, was sie war, ein Stück ihrer Geschichte. Das afrikanische Mädchen las Bird den Satz vor. Bird genoß den Unterricht fast so sehr wie die gemeinsamen Abende mit Gilda, die über die Jahre durch Gildas wachsende Ruhelosigkeit seltener geworden waren.

Bisweilen zogen sich Gilda und Bird für einen Tag oder auch länger auf die Farm zurück, wo sie die Abende mit Spaziergängen, Ausritten oder Lesen zubrachten, wobei sie meist schwiegen und selten eine Frage diskutierten. Bisweilen machte Gilda sich allein zur Farm auf und ließ Bird besorgt und gereizt zurück. So auch an diesem Nachmittag. Bird zog den Unterricht in die Länge. Sie fühlte sich von Ungewißheit bedrängt und wollte von der Sicherheit, die ihr die Lernbegierde DES MÄDCHENS vermittelte, nicht lassen. Sie trug ihr auf, die gemeinsam geschriebenen Worte noch einmal laut vom Papier abzulesen. Der unsichere Klang in der Stimme DES MÄDCHENS öffnete Birds Seele. Sie erhob sich plötzlich und trat ans Fenster.

»Wenn du die Worte verstehst, lies weiter, wenn nicht, halte ein«, sagte sie, den Rücken zum Raum gewandt. Sie zog die Vorhänge auf, befestigte sie mit der dazugehörigen Schärpe und fuhr mit den Fingern über das perlenbestickte Lederband, das ihren Hals und Nacken umschloß. Vor dem Fenster war ein Stallknecht damit beschäftigt, Heu für die Pferde der Abendgäste bereitzustellen. Die Alltagsbewegungen rund um das Haus trösteten Bird, wie auch die Stimme DES MÄDCHENS, die im vergangenen Jahr heller geworden war und kindlicher klang als zum Zeitpunkt ihrer Ankunft. Bird drehte sich um, als sie die Frage hörte:

»Bitte, erzähl mir noch mal von den *Masern*.« Das MÄDCHEN deutete auf ein Wort.

»Die Händler brachten uns die Masern. Sie stahlen viele Dinge und machten mein Volk krank. Mit ihrem Atem und mit dem Stoff, den sie uns verkauften. Man bekommt Flecken am ganzen Körper und Fieber. Viele sterben.«

»Warum bist du nicht gestorben?« Das MÄDCHEN bemühte sich in Gildas Tonfall zu sprechen, so wie sie deren Gang nachzuahmen versuchte, wenn sie sich unbeobachtet glaubte. Hing Birds Errettung von den Masern vielleicht mit den Gerüchten zusammen, daß sie und Gilda mit Zauberei zu tun hatten? Das MÄDCHEN hatte bei Woodard's durchaus absonderliche Dinge beobachtet, aber nichts erinnerte auch nur von ferne an Hexerei, und so beachtete sie den Klatsch nicht.

Bird war verwundert, aus dem Munde DES MÄDCHENS die vertraute Sprachmelodie zu hören, und sah sie einen Moment schweigend an. »Als die Menschen starben, haben sich ein paar von uns vom Stamm getrennt. Meine Mutter und ihre Brüder glaubten, sie könnten der Luft entfliehen, die uns tötete. Um die Krankheit aus unserem Geist fortzubrennen, zogen wir gen Süden, dahin wo es warm war. Unterwegs war ich eine Weile krank, aber wir ließen die Krankheit am Wegesrand zurück.« Es tat weh, davon zu erzählen; erst hatten die Brüder der Mutter sich vor ihr gefürchtet, als die Krankheit ausbrach, und dann waren sie mißtrauisch, als sie gesundete.

Weil sie überlebt hatte, hielten sie sie schließlich für eine Hexe und jagten sie fort, in die Nacht hinaus, die ihr zum Freund geworden war.

»Hast du die Flecken noch?«

Bird lachte und die winzige Narbe über ihrer Augenbraue schob sich nach oben. »Auf dem Rücken sind noch ein paar. Die Infektion ist lange vorüber, nur die Narben sind geblieben. Hast du denn diese Krankheit nicht gehabt, bevor du ...« Birds Stimme verklang. Sie wollte DAS MÄDCHEN nicht an vergangene Kümmernisse erinnern.

»Nein, keine Krankheit mit Flecken. Nur Fieber, durch das Wasser, sagte meine Mutter. Kann ich die Flecken mal sehen?«

Bird machte die winzigen Knöpfe an Ärmeln und Oberteil auf, ließ das Baumwollkleid mit einer Bewegung von den Schultern rutschen und drehte den Rücken zur Lampe. DAS MÄDCHEN betrachtete mit aufgerissenen Augen die kleinen erhabenen Kreise auf der braunen Haut. Sie strich mit den Fingern über die Spuren der Krankheit. Die Spitze ihres kleinen Fingers paßte genau in die Vertiefung, die jedes der keisförmigen Male aufwies.

»Deine Haut ist so zart wie bei einem Baby«, sagte sie.

»Gilda hat eine Mixtur, mit der sie mich einrieb, als ich ins Haus kam. Sie macht die Haut weich.«

»Kann ich was davon für meine Hände haben?«

Bird nahm die Hände DES MÄDCHENS. Die Fingerspitzen waren vernarbt, was keinesfalls Resultat der leichten Reinigungs- und Wascharbeiten bei Woodard's sein konnte. Bird nickte. Sie preßte die kleinen harten Hände kurz gegen ihr Gesicht und ließ sie wieder los.

»Warum wollen weiße Leute uns ihr Zeichen aufdrücken?«
DAS MÄDCHEN war zu seinem eigenen Sprachrhythmus zurückgekehrt. Bird schlüpfte in die Ärmel und überlegte.

»Vielleicht wollen sie nicht, daß man sie vergißt.« Sie sammelte
das Schreibzeug ein und fügte hinzu: »Daß wir ohne Mühe vergessen, wer sie sind, wissen sie nicht. Im Gedächtnis bleiben einzig die Narben, die wir ihnen verdanken.«

DAS MÄDCHEN betrachtete ihre dünnen, sehnigen Finger, und
vor ihrem inneren Auge erschienen die tief vernarbten Peitschen-
spuren an den Beinen der Mutter. Sie schwieg, während Bird die
Blätter in eine hölzerne Lade tat, in der sie die bisherigen Übungen aufbewahrte.

Gern hätte Bird ihr noch eine Geschichte erzählt, eine glück-
liche diesmal, aber sie bemerkte die Unruhe DES MÄDCHENS, die
bei der Erledigung ihrer Pflichten äußerst gewissenhaft war. Die
Hausarbeit war noch nicht getan, und in wenigen Stunden kämen
die Gäste. Vielleicht, so dachte Bird, war sie auch nur von ner-
vösem Charakter.

DAS MÄDCHEN ging hinaus, Bird folgte ihr und versperrte hinter sich die Tür. Im Stockwerk darüber öffnete Bird mit demselben Schlüssel Gildas Tür. Sie betrat den stockfinsteren Raum, zog
die Vorhänge ein wenig zurück, um das Dämmerlicht hereinzu-
lassen, und streckte sich neben der bewegungslos daliegenden
Gestalt aus. Trotz seiner ungewöhnlich niedrigen Eigentemperatur
hatte Gildas Körper die Satinlaken angewärmt, die die weiche
Erde bedeckten. Bird schlief nicht. Sie betrachtete die Schatten,
freute sich an der heimatlichen Stille des Zimmers und dachte
über DAS MÄDCHEN und über Gilda nach.

Durch DAS MÄDCHEN genoß Bird die Tage jetzt mehr. Deren
ernste Neugier empfand sie als wohltuend, und sie spürte, daß es
Gilda ähnlich ging. Und dennoch hinterließen die neuen Umstände bei Bird ein Gefühl von Unsicherheit. Zwar wirkte Gilda offener und entspannter, andererseits schien sie innerlich abwesend
zu sein, als bewege sich ihr Geist in einer Zukunft, die keine von
ihnen je kennenlernen würde. Bird versuchte, Gilda aus den Wol-

ken zu holen – vergebens. Gilda sprach vom einzig wahren Tod und daß ihre Zeit bald kommen mochte. Dann stritten sie sich.

Bird spürte, daß Gilda immer noch Gedanken an den wahren Tod wälzte, zu ihr aber nur indirekt darüber sprach, auch nachdem die neue Routine längst eingespielt und beider Zukunft gesichert schien. Auf ihre Frage nach dem Schicksal DES MÄDCHENS, sollten Bird und Gilda Woodard's einmal verlassen, erhielt Bird eine rätselhafte Antwort.

»So wie ich auf ewig bei dir bin, wird sie immer bei uns sein.« Gilda lächelte.

»Wie kann das sein?« Gewiß machte Gilda einen Scherz.

»Sie ist so stark wie wir und kennt unser Leben.«

»Sie ist noch ein Kind. Die Entscheidung, die du von ihr verlangen würdest, kann sie nicht treffen!« Bird war beunruhigt. Gilda hatte es offenbar ernst gemeint.

»Wir waren alle mal Kinder. Und die Zeit vergeht. Sie wird bereit sein, wenn ich es bin.«

»Bereit?« Daß DAS MÄDCHEN eine der ihren werden könnte, wollte nicht in Birds Kopf.

Gilda spürte ihren Widerwillen und sagte in leichtem Ton: »Aber ja, meine Liebe, bereit, dich herauszufordern. Sie wird die beste Schülerin sein, die du je gehabt hast, vielleicht gar eine Studentin. Wir werden Woodard's in ein College für Mädchen verwandeln!« Gilda lachte und manövrierte ihre Unterhaltung aus dem Bereich der heiklen Themen.

Bird mußte jetzt an dieses Gespräch denken, wollte aber keine der Fragen erneut stellen, nicht einmal sich selbst. Sie wollte nur Gildas Nähe spüren, ihrem Herzschlag lauschen, sobald sie erwachte. Später, bei Dunkelheit, würden sie, vielleicht gar gemeinsam, das Haus verlassen und ihre Ration Blut suchen.

Nach zwei Jahren sah DAS MÄDCHEN in Woodard's allmählich ein Zuhause. Am Ende des dritten Jahres war sie fast acht Zentimeter gewachsen und hatte die runden Schenkel und Brüste einer Frau. Sie wusch sich jeden Morgen mit kaltem Wasser, bevor sie in die

Küche zu Bernice ging, die sich an ihr ruhiges, leuchtendes Gesicht gewöhnt hatte. Bernice kümmerte sich fürsorglich um das leibliche Wohl DES MÄDCHENS, bis sie den Eindruck gewann, daß die Kleine ein gesundes Gewicht erreicht hatte. Die anderen Frauen erkundigten sich nach dem Fortgang des Unterrichts und neckten sie liebevoll. Unter ihrer Schminke waren sie mehr oder weniger einfache Bauernmädel, die sich bisweilen ganz gern um ein jüngeres Geschwister kümmerten.

DAS MÄDCHEN blieb meist für sich und besorgte den Garten, falls sie nicht im Haushalt zu tun hatte oder mit Bird lernte. Im Garten leistete ihr manchmal Minta Gesellschaft, die ihre zarte, blasse Haut mit einem ausladenden Hut vor der Sonne schützte. Nur zwei Jahre älter als DAS MÄDCHEN, war sie seit langem bei Woodard's und benahm sich, als habe sie ihr ganzes Leben in einem Bordell verbracht.

Als Minta zwanzig wurde, fuhr Gilda mit ihr in die Stadt und kaufte ihr ein neues Kleid. Das war nicht ungewöhnlich. Ungewöhnlich war hingegen das Fest, das Bird und Gilda für Minta planten. Zum Dinner machten sich alle fein. Spaß und Gelächter erfüllten erst die Küche und dann den Salon. Von manchen Kunden bekam Minta Blumen oder andere Aufmerksamkeiten, aber am meisten freute sie sich über die schlichte Baumwollbluse, die DAS MÄDCHEN für sie genäht hatte.

Mit stolzem Lächeln beobachtete Gilda ihre Mädchen, die zu Frauen herangereift waren. Auch das Findelkind hatte sich gemacht und assistierte Bird bei der Verwaltung von Woodard's. Die Frauen konnten lesen, schreiben und schießen und benahmen sich wie Ladies. Mintas Busenfreundin Rachel war kurz vor diesem zwanzigsten Geburtstag nach Kalifornien abgereist, wo sie ein neues Leben und einen Ehemann zu finden hoffte. Die Gespräche im Salon kreisten in jüngster Zeit vorwiegend um die Abschaffung der Sklaverei und um das angespannte Klima zwischen Nord und Süd. Sogar bei Mintas Geburtstagsparty blieb die Politik nicht außen vor.

Von einer Frauenrunde angefeuert, bearbeitete ein älterer

Kreole, der häufig zu Gast bei Woodard's war, das Klavier; er tat es ungeschickt, aber voller Enthusiasmus. DAS MÄDCHEN servierte Champagner und blieb dann beim Sofa stehen, nahe der Tür, falls Bernice sie in die Küche rufen sollte. Sie wollte möglichst viel von den Gesprächen im Salon mitbekommen.

Aber dann hörte sie Gildas leicht erhobene Stimme vom anderen Ende des Salons. »Ich sage das heute nur einmal. Die Zeiten, da man mit Menschenfleisch gehandelt hat, nähern sich ihrem Ende. Und jeder zivilisierte Mensch wird das begrüßen.« Dabei schaute sie streng auf einen magergesichtigen Mann, der an einem Fenster lehnte. »Bei sich zu Hause können Sie die Lincoln-Wahl gern diskutieren, aber in meinem Haus höre ich mir heute kein Kriegsgerede an.«

Fanny lenkte das Gespräch auf Pferde, ein Thema, das sie bestens beherrschte, aber zwei Männer schnitten ihr das Wort ab. »Pferde! Negerinnen! Ist doch jedesmal dieselbe verdammte Geschichte, sie machen mehr Ärger, als sie wert sind. Ich sag, schicken wir sie doch . . .«

Der Mann am Klavier hörte auf zu spielen.

»Wie ich schon sagte, meine Herren, Woodard's ist auf meinen Namen eingetragen und auf keinen anderen.« Nach kurzer Stille fuhr der Kreole mit dem Klavierspiel fort, und DAS MÄDCHEN begann leere Gläser abzuräumen. Sie brachte das Tablett in die Küche.

»Was war'n da drinnen los?« wollte Bernice wissen.

»Ach, sie reden über'n Krieg.«

»Hm, die Männer red'n doch nur noch übern Krieg. Tun sie noch lieber, als auf die Mädels drauf hüpfen.« Sie sog Luft durch die Zahnlücken und goß Wein in zwei Gläser. Eins reichte sie dem Mädchen, und beide tranken.

Mehr als jede andere Frau, die das Mädchen nach der Flucht kennenlernte, ähnelte Bernice der Mutter; sie hatte aber zugleich etwas von einer Schwester.

»Was meinst du . . . werden sie frei sein?« Bernice fuhr mit der Zunge über den Rand ihres Glases.

»Wir sind doch schon frei, Bernice. Spielt bei uns hier keine Rolle oder?«

»Mädel, nur'n Stück die Straße runter sind viele von uns kein bißchen frei!«

»Glaubst, sie flüchten sich zu uns?« DAS MÄDCHEN kämpfte darum, sich ein Bild zu machen von der Welt da draußen. Ihr wurde flau bei dem Gedanken an die Männer und Frauen auf der Plantage, an ihre Schwestern.

»Wer weiß, was sie tun. Wenn sie keine Arbeit haben, wer weiß das. Wenn keiner sich nich' um sie kümmert und keiner sie was zahlt, so wie Miss Gilda uns. Wer weiß.« Bernice goß Champagner in funkelnde Kristallgläser.

Angst überschwemmte DAS MÄDCHEN. »Egal wie der Krieg läuft, Bernice, das Haus muß ihnen Schutz bieten. Wer herkommt, der kann nicht anders, denk ich.« Plötzlich roch sie wieder den dunklen Rübenkeller, in den sie sich damals geflüchtet hatte.

»Hm«, Bernice senkte die Stimme. »Wir halten die Augen offen, vielleicht brauchen 'n paar Leute Unterschlupf für ihre Rüben, wenn du weißt, was ich meine. Du und ich, wir können das tun. Hab mir das schon überlegt. Auf die Freiheit müssen wir gucken, nicht auf den Krieg.«

»Ich weiß, wie das geht.« DAS MÄDCHEN leerte ihr Glas.

Als sie in den Salon huschte, fing Minta sie an der Tür ab, nahm zwei Gläser vom Tablett und stellte eins auf den Kaminsims. Sie flüsterte DEM MÄDCHEN verschwörerisch ins Ohr: »Daß die Herren sich immer noch mit Miss Gilda rumstreiten. Die ist doch sturer als 'ne Krähe. Kann ich sie nicht vorwerfen.«

»Warum sagst du das? Glaubst du nicht, daß Krieg kommt?«

»Aber klar doch, ganz sicher. Muß man ja nicht noch zusätzlich herbeireden. Es wird schneller Krieg sein, als du denkst. Die versauen einem immer was. Wehe, mir macht einer den Geburtstag kaputt!«

DAS MÄDCHEN hatte tausend Fragen und traute sich nicht, auch nur eine einzige laut auszusprechen. Sarah und Fanny gesellten sich zu ihnen, und Fanny sagte: »Nur weil's dein Geburtstag ist, trinkst du alle Gläser aus?«

»Wenn ich dazu Lust hab, klar.« Minta leerte das Glas in einem Zug. Sie drehte sich auf dem Absatz um, nahm das nächste Glas vom Sims und schritt davon.

»Sie ist 'ne ordinäre Schlampe. Ich versteh nicht, warum Miss Gilda sie hierbehält«, sagte Fanny.

»Ach geh, Minta ist in Ordnung«, Sarah kitzelte Fanny unterm Busen. »Du bist bloß eifersüchtig, weil sie 'ne handgenähte Bluse geschenkt gekriegt hat.« Fanny lachte nicht und nahm sich ein Glas vom Tablett.

DAS MÄDCHEN lächelte scheu. »Miss Fanny hat doch keine Sorgen. Sie bekommt jeden Tag Geschenke.« In Fannys Mundwinkel stahl sich ein winziges Lächeln, obwohl sie sich bemühte, vage und hoheitsvoll dreinzublicken.

Sarah schlang einen Arm um Fannys Taille und zog sie davon: »Das stimmt, Mädel, und wenn Fanny Schwein hat, kann ich Samstag ihre neue Brosche tragen.« Die beiden Frauen, die DEM MÄDCHEN eher wie Mädchen erschienen, spazierten zum Klavier. Gilda und Bird standen am entgegengesetzten Ende des Salons.

Mit den letzten zwei Gläsern ging DAS MÄDCHEN zu ihnen und sagte leise: »Miss Gilda?«

Gilda nahm ein Glas und reichte es Bird. Dann sagte sie: »Das da ist deins, mein Kind.«

Bird stieß mit DEM MÄDCHEN an, nippte an ihrem Glas und wandte sich zu Gilda. »Wir sind soweit, mit Französisch anzufangen.«

»So rasch!« Gilda wirkte überrascht und erfreut.

»Wenn schon eine Grammatik, warum nicht gleich zwei?«

Vor Aufregung brummte DEM MÄDCHEN der Kopf. Es machte ihr immer noch Angst, daß sie Buchstaben und Worte kombinieren und ihren englischen Sinn erkennen konnte. Und daß Bird ihr die Sprache ihres Volkes nahegebracht hatte. Bei ihren gemeinsamen Einkäufen in der Rue Bourbon setzten Bird und sie bisweilen die Ladenbesitzer in Verwirrung, indem sie blitzschnell die Sprachen wechselten.

In den Läden begegnete man ihnen entweder mit verstohlenen Blicken oder einem dreisten, geringschätzigen Lächeln. Niemals war es anders. Daß bei Woodard's eine Indianerin arbeitete, war allgemein bekannt; die neue »schwarze« Ergänzung weckte eine allgemeine Neugier, der sich niemand entziehen konnte. In selbstbewußter Haltung schlenderten Bird und DAS MÄDCHEN von Geschäft zu Geschäft, wobei sie immer wieder sahnehellen Mischlingen begegneten, die sich größte Mühe gaben, die beiden zu übersehen. DAS MÄDCHEN merkte erst nach einer Weile, daß diese anmutigen, kalten Frauen ebenso wie sie afrikanisches Blut hatten. Darob verwirrt und erschrocken weinte sie, als Bird ihr das soziale System von New Orleans zu erklären versuchte: auf welche Art und Weise die Hellhäutigen sich ihre Privilegien zu sichern suchten und die Dunkelhäutigen aus der Gesellschaft ausschlossen.

DAS MÄDCHEN brachte es wochenlang nicht über sich, Bird in die Stadt zu begleiten. Erst schützte sie Krankheit vor, dann dringende Erledigungen für Bernice. Warum hatte sie nur Angst vor diesen Menschen, die Bird wie Luft behandelten? Wie eine Sklavin. Schließlich kamen die Dinge wieder ins Lot. Bernice verlangte unumwunden eine Erklärung, als DAS MÄDCHEN eines Nachmittags die Einkäufe mit Hausarbeit zu umgehen versuchte. Da fand DAS MÄDCHEN plötzlich Worte für die Scham, die sie jenen Frauen gegenüber empfand und die sie sich nicht erklären konnte.

»Ich sag dir, was ist... du schämst dich, das stimmt«, sagte Bernice in ihrer vertrauten direkten Art. »Aber du schämst dich für die. Woher ich das weiß? Weil, solange du hier bist, hast du dich noch nie für nix geschämt. Nich' mal in ersten Nacht, als sie dich wie'n Sack hier reingeschleppt hat. Du warst deiner Mama ihre Tochter, punktum. Du schämst dich, weil die Leute sich für Weiße halten und es nicht sind. Weil sie glauben, daß sie das weiß macht, wenn sie gemein sind zu dunkelhäutigen Menschen. Wirklich, das ist 'n Grund zum Schämen. Aber nicht für dich... sondern für die, also kümmer dich nur um deine Sachen.«

Von diesem Nachmittag an ging DAS MÄDCHEN wieder mit Bird in die Stadt. Zum sichtlichen Unbehagen von Ladenbesitzern und Kunden verfielen sie, wann immer möglich, in ihr eigenes Idiom und unterdrückten im Hinausgehen mühsam ein Kichern. Und jetzt noch Französisch! Sie würde Bemerkungen verstehen, von denen sie sicher war, daß sie ihr gegolten hatten, und sie würde so gut französisch sprechen wie die anderen, denn Bird hatte gesagt, sie sei sprachbegabt. Das machte das MÄDCHEN noch glücklicher als der erste eigenhändig geschriebene Satz. Gilda freute sich, daß sie die Bestimmung vorausgeahnt hatte, die DAS MÄDCHEN für Bird haben sollte – ihr künftig als Nabelschnur zum Leben zu dienen. Nur zu Gilda hatte Bird noch mehr Vertrauen als zu DEM MÄDCHEN.

»Französisch also, *ma chère*.«

Gildas fester Blick erregte und beunruhigte DAS MÄDCHEN gleichermaßen.

Sie spürte, wie in Gildas Seele eine Frage Antwort fand.

»Kann ich abräumen, Miss Bird?« DAS MÄDCHEN nahm das Tablett, erleichtert, sich davonmachen zu können. Sie mußte jetzt erst einmal nachdenken: Der drohende Krieg, Französisch, und dann dieser Ausdruck von Zufriedenheit in Gildas Augen. Mit geringem Erfolg hatte sie versucht, Gildas Gedanken zu lesen; früher war ihr das gelegentlich geglückt. Nur eine Ahnung teilte sich mit, etwas wie »Erfüllung«, die mit ihr, dem MÄDCHEN, zu tun hatte, aber die Bilder, die ihre Seele malte, wenn sie Fragen hatte, stellten sich nicht ein. Sie ließ das Tablett mit den Gläsern in der Küche stehen und betrat den kleinen Raum, der als Garderobe benutzt wurde. Nur einen Augenblick ruhig dasitzen. Ihr Kopf schmerzte ein wenig vom Schaumwein und von der Aufregung. Sie wartete darauf, daß der Schmerz vergehen möge, damit sie sich zu den anderen Frauen gesellen konnte, wenn Minta sich ans Klavier setzen würde. Sie erhob sich, als ein Herr seinen Mantel holen kam.

»Kann ich Ihnen helfen, Sir?«

»O ja, das kannst du, Kleine«, sagte er mit einem höflichen Lächeln. »Ich bin schon oft in New Orleans gewesen, und ich muß sagen, es gibt kein besseres Etablissement westlich von Chicago.«

Er sprach zwar von Woodard's, aber seine prüfenden Blicke galten ihr. Konzentriert schaute sie ihm in die wasserhellen Augen, als könne sie sie davon abhalten, über ihren Körper zu wandern.

»Danke, Sir. Ich werde es Miss Gilda ganz gewiß sagen.« Das MÄDCHEN wartete, daß der Mann ihr seinen Mantel zeigte, aber er schaute sie schweigend an. Das MÄDCHEN kannte den *auction block* nicht. Sie war nie verkauft worden und hatte auch den *auction block* der Stadt New Orleans noch nicht gesehen, der im Zentrum lag und regelmäßig benutzt wurde. Die Augen dieses Mannes ließen sie diese Erfahrung nachholen. Sein Blick war wie Säure auf ihrer Haut, aber sie ließ sich nichts anmerken und sagte unbewegt:

»Ihren Mantel, Sir?«

»Noch nicht. Wie alt bist wohl, Kleine?« Ihre Augen befanden sich fast auf gleicher Höhe.

»Ungefähr siebzehn. Miss Gilda hat letztes Jahr für mich eine Geburtstagsfeier veranstaltet. Ihrer Meinung nach bin ich ungefähr siebzehn.«

»Wieso weißt du nicht, wie alt du bist?« Das MÄDCHEN war auf der Hut vor weißen Männern, die Fragen stellten, auch wenn sie seit Jahren unbehelligt bei Woodard's lebte. Mit dem Gerede vom Ende der Sklaverei und möglichem Krieg konnte sie wenig anfangen. Jeder einzelne von diesen Männern konnte sie einfangen und zur Plantage zurückbringen.

»Als ich klein war, war ich lange Zeit schrecklich krank. Meine Herrin, Miss Gildas Schwester, starb, bevor sie Miss Gilda genau Bescheid sagen konnte.«

»Nun, ich finde, du siehst höchstens wie vierzehn aus.«

Warum diese idiotische Lüge? »Mag sein, Sir, aber ich glaube nicht.«

»Komm mal her, daß ich dich besser anschauen kann.« Unsicher, was passieren würde, tat DAS MÄDCHEN zwei vorsichtige Schritte.

Er streckte den Arm aus und faßte ihr an die Brust. Erschreckt wich DAS MÄDCHEN zurück. »Na los, Kleine, schenk mir ein klitzekleines Vergnügen.«

»Nein, Sir!«

»Dann in deinem Zimmer. Ich zahle den üblichen Preis.«

»Nein, Sir! Ich mache nur den Haushalt von Miss Gilda. Ich rufe eines der anderen Mädchen, wenn Sie es wünschen.«

»Ich will keine andere. Ich bin nur auf dich aus. Komm mit nach oben.«

Sie erkannte den Blick in seinen Augen, ein Blick aus einer weit entfernten Zeit. Nur selten träumte sie noch davon. Wenn sie es tat, erwachte sie in tiefem Schrecken und tränenüberströmt. Doch jetzt schlief sie nicht, und der Alptraum stand lebendig vor ihr. Indes spürte sie keine Angst, nur eiskalte Wut. Wiederholt ballte sie die Hände, überlegte, wie sie ihn ablenken und sich davonmachen könnte. Nur kein Aufhebens machen und womöglich Minta den Geburtstag verderben. Sie schloß die Augen, und deutlich erkannte sie das Gesicht der Mutter. Wie oft hatte sie Mühe, sich an das Bild der Mutter zu erinnern, aber jetzt war es da, das afrikanische Antlitz, das sie so oft getröstet hatte. Das Mädchen bekam feuchte Augen.

Die anderen Mädchen sprachen häufig über die Gentlemen, meist in nachsichtigem Ton, als wären diese Männer Kinder, die man mit Spielen beschäftigte, während die Frauen die wichtigen Dinge erledigten. Keine hatte je Anzeichen von Angst vor einem Woodard's-Kunden erkennen lassen. War von Gewalt die Rede, bezog sich das stets auf die Stadt und häufig auf die hochnäsigen hellhäutigen Frauen und ihre weißen Lover. DAS MÄDCHEN wußte, daß Gilda Mißhandlungen niemals tolerieren würde, und sie selbst konnte es ebensowenig.

Sie fing an zu weinen. »Bitte, Sir, Miss Gilda sucht mich bestimmt schon, ich muß in die Küche.«

»Es dauert nicht lange.« Er packte sie am Handgelenk.

»Sir, ich hab Ihnen doch erklärt...«

Sie hielt inne, als Gilda zur Tür hereinkam.

»Kann ich Ihnen helfen, Sir?« Gildas Stimme hatte einen schmeichelnden Klang, und der Zuckerguß von Höflichkeit überdeckte ihren Zorn. Der Mann lockerte seinen Griff und verbeugte sich tief.

»Ich wollte mich nur ein bißchen amüsieren.«

»Ich bedaure, Sir, aber das Mädchen ist ausschließlich für Küchenarbeiten vorgesehen. Es gibt andere, die Ihnen bestimmt gefallen.«

»Meinen Sie nicht, daß es an der Zeit ist, die Kleine einzuarbeiten?«

»Nein, Sir. Das meine ich nicht. Überlassen Sie den Einsatz der Mädchen mir, und Sie werden sich blendend unterhalten. Warum gehen wir nicht zu den anderen Gästen?«

Sie wandte sich DEM MÄDCHEN zu. »Geh zu Bernice. Sie braucht bestimmt Hilfe. Gleich wird die Torte serviert.« DAS MÄDCHEN quetschte sich an Bird vorbei, die lautlos in der offenen Tür erschienen war.

»Mit dem Negermädchen könnten Sie 'ne Menge Geld machen, Miss Gilda. Sie wissen nicht, was Sie sich entgehen lassen.«

»Wie ich schon sagte, das Organisieren ist meine Sache. Sie sollen sich nur vergnügen.«

»Vergnügen wollt ich mich mit der Kleinen«, beharrte er.

»Nun, das geht nicht.« Der Zuckerguß auf Gildas Worten setzte Rauhreif an, und ihr Rücken versteifte sich. Sie spürte, wie Bird den Raum betrat. »Besorgst du dem Herrn ein frisches Glas Champagner, Bird? Ich muß eine Weile fort.« Gilda verließ das Haus durch die Küche.

Bernice wollte etwas sagen, hielt sich aber zurück, als Gilda empört an ihr vorbeistürmte.

Die Nachtluft kühlte Gildas zorngerötete Wangen. Die Wut, die sie angesichts der Bedrängnis DES MÄDCHENS packte, überraschte sie.

In ihrem ganzen Leben hatte Gilda nur widerwillig und selten getötet. Sie besorgte sich Blut, ohne Leben zu opfern. Aber es gab andere ihrer Art, das wußte sie, die sich vom Schrecken der Opfer ebenso nährten wie von deren Lebenssaft. Im Laufe der Zeit hatte Gilda so manche Lektion gelernt. Die wichtigste, die sie Sorel verdankte, ließ sich in einem Satz zusammenfassen: Wie lange eine Energie zur Verfügung steht, hängt von ihrer Ressource ab. Sorel hatte Gilda und seinen anderen Kindern eine Form der Energie aufgezeigt, die zu ihrem Erhalt nicht des Todes bedurfte. Seit drei Jahrhunderten bildeten die Zuneigung zu ihren Freunden und der moderate Konsum von Blut die Basis von Gildas Existenz. Als Bird in ihr Leben trat, empfand sie Freude und Furcht zugleich. Die Last der Jahre schien zeitweilig leichter; endlich war da *ein Wesen wie sie selbst*, das den Lauf der Zeit mit ihr teilen sollte. Wie unendlich fern schienen heute Birds Anfänge bei Woodard's: wie sie behutsam die Führung des Hauses übernahm, wie sie allmählich Gilda immer näher kam; ihre gelassenen Bewegungen.

Schon bevor Gilda erwog, Bird in ihr Leben aufzunehmen, verspürte sie bereits die Sehnsucht, Bird im Schlaf neben sich zu wissen. Doch solange sie sich Birds Gefühle nicht ganz sicher war, wollte sie die Freundschaft zwischen ihnen nicht aufs Spiel setzen. Doch dann ließ Bird Gilda unverblümt wissen, daß ihre Wünsche sich glichen. Und als sie schließlich beieinander lagen, merkte Gilda, daß Bird längst wußte, welches Universum sich vor ihr auftat. Sie begann Gilda mit listigem Lächeln zu necken, spaßte solange über den sogenannten Sauseschritt der Zeit und des Lebens, bis Gilda schließlich überzeugt war, daß Bird sich ihr anschließen wollte.

Wie sie auf der finsteren Landstraße im Geschwindschritt dahineilte, geriet Gilda ins Nachdenken. Auch wenn die vielen Jahre mit Bird wunderschön gewesen waren, so währte ihr Leben einfach schon zu lange. Und Gilda erkannte, sah auch den Grund dafür. Es quälte sie das Gerede über den Krieg und der Haß und die Brutalität, die tagtäglich aus den Menschen ihrer Stadt hervorbrachen. Sie hatte in ihrem Leben genug Kriege und genug Haß gesehen. Und auch wenn sie stets für die Abschaffung der Sklaverei votiert hatte, so fehlte ihr nun der Mut, einen weiteren Krieg samt seinen schrecklichen Begleiterscheinungen durchzustehen.

Und wie immer, wenn Gilda über diese Dinge nachdachte, kamen ihre Gedanken auf Bird: Bird, die aus freien Stücken ihr Leben teilte, wobei ihr damals die Entscheidung so leicht zu fallen schien. Das Wort *Vampir* fiel zu keiner Stunde. Gilda hatte Bird nur gefragt, ob sie im Leben und in Geschäften ihre Partnerin sein wollte. In den langen Jahren, die sie bei Woodard's lebte, war Bird stets in alles eingeweiht, und sie hatte Gilda kritisiert, wenn diese ihr Informationen vorenthalten wollte. Bird konnte aus Gildas Stimme alles herauslesen – die Jahre der Einsamkeit und die Angst vor Entdeckung. Gilda war innerlich wie verdorrt und von einem brennenden Durst getrieben, den nur Bird stillen konnte.

Aber in diesen Tagen sehnte sich Gilda einzig und allein nach Sonnenstrahlen und nach dem Meer. Sie gierte nach Ruhe, nach der endgültigen Befreiung von den unmäßigen Forderungen der Zeit. Oft genug hatte sie versucht, Bird diese schreckliche Bürde zu beschreiben und ihr verständlich zu machen, warum sie sich auf immer und ewig dieser Last entledigen wollte. Aber Bird sah in Gildas Sehnsucht nur eine Flucht vor ihr, vor Bird – und nicht die Suche nach dem Ort der endgültigen Freiheit.

Ihre Gedanken überschlugen sich, als sie einem Schatten gleich durch die Nacht huschte. Wenige Meilen vor der Westgrenze Louisianas verlangsamte sie kurz ihre Schritte, drehte um und rannte zurück in Richtung New Orleans. Als sie in der Nähe ihrer Farm auf eine Ranch stieß, die sie kannte, wurde sie wieder langsamer.

Keines der Fenster in dem aus Holz und Stein errichteten Ranchgebäude war erleuchtet. Gilda lief zum Gesindehaus an der Rückfront, in dem die Arbeiter schliefen. Lauschend blieb sie nahe der Hauswand stehen, ging schließlich hinein und sah im Dunkel zwei Männer schlafen. Sie hockte sich neben den kräftigeren der beiden und begann in seine Träume einzudringen, hielt aber inne, als sie in seinem Blut plötzlich etwas Verderbtes spürte. Die Krankheit zeigte sich nicht im Gesicht des Schlafenden, doch tobte sie in seinem Körper. Unmißverständlich. Traurig näherte Gilda sich dem zweiten, schmächtigeren, Mann, der am anderen Ende des Raums schlief.

Er war in voller Bekleidung auf der Decke eingeschlafen und roch nach Pferden und Whiskey. Sie drang in seine Gedanken, als er gerade sehnsüchtig von einem haselnußbraunen Wallach träumte. Unruhe mischte sich in seine Begeisterung, er hatte Angst, dem Pferd nicht gewachsen zu sein. Gilda paßte auf, daß er nicht erwachte, als ihr Fingernagel eine rote Spur über seine Kehle zog. Sein Blut trinkend, versüßte sie ihm seinen Traum, machte ihn zum König der Reiter, und der Träumende lächelte triumphierend, während sein von Whiskey geschwängertes Blut in Gildas Adern tobte. Plötzlich wälzte sich der andere Rancharbeiter unruhig hin und her. Erschrocken hielt Gilda den Atem an und hörte auf zu saugen. Auch wenn sie den Tod nicht länger fürchtete, war sie instinktiv bereit, den unruhigen Schläfer zu besänftigen, falls er erwachen sollte. Mit einer flüchtigen Berührung verschloß sie sauber die Wunde des schmächtigen Schläfers. Bald schlug sein Puls wieder regelmäßig, und er wanderte weiter durch die Träume, die sie ihm hinterließ. Von Blut und Whiskey erhitzt floh Gilda aus dem Schlafhaus, sobald beide Männer wieder ruhig atmeten.

Es war auffallend dunkel, als sie in östlicher Richtung heimwärts strebte. Auch wenn die Wolken den Mond fast ständig verdeckten und die Straße im Dunkel lag, kam sie schnell voran. In ihrem Kopf pochte das Blut. So würde es sich wohl anfühlen, dachte sie, wenn sie im Meer die letzte Ruhe fände und das Leben aufgäbe. Im Bedürfnis, sich endlich mit dem Rhythmus der Wellen zu vereinen, klopfte ihr Herz aufgeregt. An jenem Ort würde sie wieder weinen können; und sie wäre endlich befreit vom Schlachtenlärm und den Bürden der Tage und Nächte, die sich, nicht enden wollend, aufhäuften. Der Staub, durch den sie nach Hause eilte, weckte eine Erinnerung – die einzige Erinnerung an ihre Kindheit: der staubige Treck. Sie wollten zum Wasser, vielleicht zum Meer, in dessen Nähe irgendwie die Zukunft zu sein schien, irgendwie in der Nähe dieses Meeres. Für ihren Vater, die Mutter und die anderen, die unerbittlich darauf zu marschiert waren, bedeutete es das Überleben. Jetzt hatte Gilda das gleiche Gefühl – vielleicht noch etwas stärker. Das Meer würde zur Ruhestätte ihrer Seele.

Als sie wieder daheim war, entledigte sie sich der staubigen Kleider und wartete ganz allein im Dunkel ihres Zimmers, bis die Morgendämmerung anbrach; da löste sie ihre Frisur und fand Frieden in ihrem Erdenbett. Sie war erleichtert. Jetzt hatte sie das Ende des Weges vor Augen.

An einem Nachmittag im Herbst war DAS MÄDCHEN im weichen Licht der späten Sonne mit Gartenarbeit beschäftigt, wie schon seit vielen Jahren. Das überschaubare Terrain war ihr nach all den Jahren völlig vertraut. Ohne lange nachzudenken, erntete sie Gemüse und jätete Unkraut, wobei sie den Sonnenschein und die frische Luft genoß. Sie schaute zum Haus hinüber und sah, wie Bird ihr zuwinkte, während sie die Vorhänge vor Gildas Fenster zuzog. DAS MÄDCHEN träumte vor sich hin, und als plötzlich Mintas Schatten auf sie fiel, erschrak sie.

Sie saßen eine Weile schweigend nebeneinander, bis DAS MÄDCHEN schließlich fragte: »Wie lange bist du eigentlich schon bei Woodard's, Minta?«

»Ich war jünger als du, wie du gekommen bist«, sagte Minta stolz, »aber ich geh bald weg, vielleicht in den Westen, wo Rachel ist. Hab mein Geld gespart. Seh mich da 'ne Weile um.«

»Und seit wann ist... ist Bird hier?« DAS MÄDCHEN hangelte sich durch die Fallstricke der Grammatik.

»Ich weiß es nicht. Länger als wir jedenfalls. Einmal ist sie fort, hat Bernice gesagt, aber sie war fix zurück. Ihre Leute, die Indianer, von denen sie kommt, wollten sie nicht zurück.«

Beide Mädchen schwiegen, fühlten sich wie die Kinder, die sie einmal waren, bevor sie sich allein auf den Weg machen mußten.

Wie um ihre Verletzlichkeit zu kaschieren, sagte Minta in entschiedenem Ton: »Wenn ich weggeh, bin ich weg. Ich will fort von diesem Kriegsgerede, ich will mein Glück machen. In Kalifornien.«

»Glaubst du, Rachel läßt dich bei sich wohnen?«

»Sie hat mir geschrieben mit ihrer Adresse und so. Sie ist zu dem Mann hin, wo Miss Gilda sagte, er kümmert sich um sie. Und er hat sie wo untergebracht, bis sie 'ne eigene Wohnung findet, und er hat gesagt, er hilft ihr, einen kleinen Laden aufzumachen.«

Minta spürte den unausgesprochenen Zweifel DES MÄDCHENS. Sie sprach weiter, bemüht um Zuversicht für sich wie für DAS MÄDCHEN.

»Sie ist direkt am Hafen und hat 'ne Menge zu tun. Und es gibt nicht genug Frauen für alle.« Sie grinste, bemühte sich aber um einen geschäftsmäßigen Ton. »Falls sie was beiseite legen kann, will sie umziehn. In 'ne ruhige Gegend mit feinen Leuten.« Über Rachel und ihr neues Leben zu reden, nahm Minta schier den Atem. »Sie sagt, die Frauen und Männer tragen die schönsten Kleider, die sie je gesehen hat. Sie möchte von den Matrosen weg und näher bei den reichen Leuten wohnen.«

DAS MÄDCHEN war bestürzt. Sie versuchte sich vorzustellen, wie Rachel ganz allein in einer Stadt im Westen lebte, mit eigenem Geschäft und in der Gesellschaft reicher Leute, die nicht versuchten, in ihr Bett zu hüpfen: Aber das Bild blieb unscharf und verschwommen, war zu fern .

»Sag mal, willst du nich' auch kommen? Wir könnten schön was auf die Beine stellen, so wie du nähen kannst und überhaupt.«

Gilda und Bird verlassen? Der Gedanke war ein Schock; DAS MÄDCHEN hatte diese Möglichkeit nie in Betracht gezogen. Wie sie so in der warmen Sonne auf der weichen, freundlichen Erde kniete, erschien es ihr einfach absurd, die beiden Frauen zu verlassen. Auch wenn der Krieg vor der Tür stand und über Freiheit und Ungemach geredet wurde: Wohin sollte sie wohl flüchten?

»Nee, das is' hier mein Zuhause, denk ich.«

»Nun, dann paß bloß auf.«

»Was meinst du damit?«

»Paß halt auf dich auf«, sagte Minta leise und schwieg. Der scharfe Unterton und Mintas plötzliches Schweigen verwirrten und ängstigten DAS MÄDCHEN. Minta rührte deren ratloser Gesichtsausdruck. »Hier gibt's 'n Haufen Leute, die glauben an Geister und so was. An Spuk. Kreolen wie Miss Gilda und die Indianer, die machen so was.« Minta sprach mit leiser Stimme, wobei sie den Oberkörper leicht nach vorn neigte, als würden ihre Worte dadurch freundlicher. »Ich mag Miss Gilda, auch wenn andere das nicht tun. Paß nur auf.« Sie rannte durch den Garten zur Küche.

Das MÄDCHEN zupfte das restliche Unkraut aus und ging dann zur Küchentreppe, um sich an der Pumpe die Hände zu waschen und den Staub vom Kleid zu bürsten. Bernice beobachtete sie von der Veranda aus.

»Was hast du zu Minta gesagt, daß sie so die Treppe raufgerannt ist?«

»Weiß ich nich'. Ich hab kaum die Hälfte von dem kapiert, was sie sagte, so nervös ist sie. Aber ich soll mit ihr zu Rachel mitkommen.«

»Und was noch?«

»Sie hat vor was Angst. Vielleicht manchmal vor Miss Gilda. Was glaubst du?«

Bernices Gesicht wurde abweisend. Als wäre eine Tür zugeschlagen. »Du gehst doch nicht mit, oder?«

»Ich bleib hier, auch wenn's Krieg gibt.«

»Hör mal, Mädel, bislang hast du Glück gehabt. Aber du hast nur ein Leben, setz es nich' aufs Spiel, nur weil du nich' weg willst.« Bernices Stimme ließ widerstreitende Gefühle erahnen, sie schickte DAS MÄDCHEN fort und hieß sie doch zu bleiben.

»Mein Leben, das ist hier mit dir und Miss Gilda und Bird. Was sollte ich in Kalifornien denn anstellen – einen Hut aufsetzen und Lady spielen?« DAS MÄDCHEN lachte laut, nervös. Bernices Miene verriet die gleiche Wachsamkeit wie Mintas Stimme, und DAS MÄDCHEN fragte erbost:

»Was ist? Warum quetscht du mich aus und guckst so komisch?«.

»Nix is'. Sie sind nur anders. Nicht wie normale Leute. Vielleicht ist das auch gut. Wer kann's schon wissen.«

»Das heißt, sie sind schlecht oder was?« Der Streit nahm DEM MÄDCHEN den Atem. Plötzlich wirbelten ihr Fragen über Fragen durch den Kopf. Was war mit Bird und Gilda los?

»Nein.« Diese deutliche Antwort erinnerte DAS MÄDCHEN daran, wie lange Bernice schon im Woodard's war. »Ich sag nur, ich weiß nicht, wer sie sind. Nach all den Jahren, die ich hier bin, weiß ich immer noch nicht, wer Miss Gilda ist. Bei den Weißen kann man sonst immer sagen, was sie wirklich denken. Aber nicht bei ihr. Die Weißen sind auch immer scharf drauf zu erzählen, aus welcher Familie sie stammen. Aber nicht Miss Gilda. Bei Bird, da weiß ich eher, was Sache ist. Sie hat ein Auge auf Miss Gilda wie... wie...« Bernices Stimme wurde leiser, als sie nach Worten suchte, die dieses Kind, das fast eine Frau war, erreichen würden.

»Aber einen Schaden hast du davon nicht.« Die Antwort des Mädchens verriet hundertprozentige Loyalität den beiden Frauen gegenüber, die sie in ihre Familie aufgenommen hatten.

»Nee, ich nicht. Ich sitze bloß da und warte, daß die Flut kommt.« Bernice zerbrach sich keineswegs den Kopf, wer oder was Gilda oder Bird sein mochten. Ihre Sorge galt DEM MÄDCHEN und ihrer Zukunft.

Wenige Tage nach diesem Vorfall nahm Gilda Bird und DAS MÄDCHEN zur Farm mit. Bei ihrem Aufbruch stand Minta neben den leeren Pferdeboxen an der Straße, und auch wenn ihre Miene gelassen schien, so stand sie doch wieder leicht vorgebeugt da, als wollte sie jemandem insgeheim etwas zuflüstern. Als der Buggy die erste Kurve nahm, entdeckte DAS MÄDCHEN Minta, und sie lehnte sich seitlich aus dem Wagen, um zurückzuschauen. Obwohl sie sich auf den Ausflug freute, verspürte sie angesichts von Mintas Warnungen ein seltsames Unbehagen, so wie bei der

Krinoline, die ihr eines der Mädchen letzte Weihnachten geschenkt hatte.

Zwar türmten sich finstere Wolkenberge am Abendhimmel, als sie den Buggy gen Süden fuhren, doch spürte DAS MÄDCHEN Gildas Zuversicht, daß es keinen Sturm gäbe. Sie sprachen über viele Dinge, nur nicht über das Wetter. Und dennoch war Sturm angesagt – das verriet ihr schon der Blick in Gildas Augen und die flüchtige Berührung von Birds Hand. Eine Auseinandersetzung schien bevorzustehen. DAS MÄDCHEN wünschte sich nichts sehnlicher, als offen darüber zu sprechen und die beiden darauf hinzuweisen, wie sehr sie in der Stadt gebraucht würden, wenn der Krieg käme. Doch sie wußte, daß es unpassend wäre, eine Diskussion zu beginnen – Gilda widmete sich gern schweigend ihren Gedanken, bis *sie* offene Worte für angebracht hielt. Das war auf dem Weg zum Farmhaus nicht der Fall.

Nach ihrer Ankunft verstaute DAS MÄDCHEN ihre kleine Reiselade in der Abseite der Dachkammer, in der sie gewöhnlich schlief. Ob Minta wohl wußte, daß Gilda ohne Worte sprechen konnte? Vielleicht war das der Grund für ihre Warnung gewesen. Aber DAS MÄDCHEN fürchtete sich nicht. Gilda rührte an ihre Seele, auch wenn sie häufiger distanziert und wenig vertraut wirkte. Zugang zu anderen Menschen ließ sich auf mancherlei Art finden, nicht nur mit Worten. DAS MÄDCHEN lächelte bei der Erinnerung an ihren kindlichen Irrtum, Gilda sei ein Mann. DAS MÄDCHEN lebte unter Weißen, und vielleicht war das der Schlüssel. Aber ihr Wissen um Gilda kam aus weiter Ferne. Von einem geheimen Ort, den nur Bird kannte.

Die Felder im Norden und Westen des Farmhauses lagen brach; sie wurden in Ordnung gehalten, aber nicht bestellt. Wie überall im Delta war die Erde hier warm und feucht, blauschwarz in ihrer Fruchtbarkeit – Bluterde sagte manch einer. Der Anschein von Leben, den das nicht eben hohe Haus über dem niedrigen Wurzelkeller ausstrahlte, stand in seltsamem Kontrast zu den kahlen Äckern. Während Bird die mitgebrachten Kleider verstaute, wartete Gilda am Fenster und schaute ins Abenddunkel. Sie versuchte, die Fäden zusammenzuhalten, in ihrem Leben eine Struktur auszumachen, die sich stärken ließe. Das Farmhaus bot Stille, aber keine Antworten. Es war eine Rückzugsmöglichkeit, hier konnte sie den Heucheleien der Stadt entgehen und war von jenen Gezeiten befreit, die ihr in immer gleichem Rhythmus ihre Energie raubten, den Atem nahmen und sie leichter als Luft zurückließen. Wie eine zuverlässige Hand auf ihrer Schulter empfand Gilda die Stille im Haus und seine Bereitschaft, sie zu schützen. Hier fand sie die Entspannung, die sie brauchte, um nachzudenken. Sobald sie die Schwelle überschritt, glitt Woodard's von ihr ab. In letzter Zeit wanderten ihre Gedanken immer wieder zur offenen See und zu den sengenden Strahlen der Sonne.

Die einzige Fessel war Bird. Bird, die Sanfte, die Strenge, die selten wankte und doch bei Gilda ausharrte, als würde sie draußen im Leben nur ertrinken. Bei Woodard's hatte es wenige Frauen von Gildas Veranlagung gegeben, und keine war lange geblieben. Einmal reiste sie mit Bird in den Westen, zu Sorel, doch den Lärm und Staub dort ertrugen sie nur wenige Wochen. Bis zur Ankunft DES MÄDCHENS war Gilda der Richtigen noch nicht begegnet. Und Bird in dieser Welt ohne Gefährtin allein zurückzulassen, wäre so grausam, wie Gilda nie sein könnte. DAS MÄDCHEN mußte bleiben. Sie unterdrückte alle Zweifel, ob die Kleine zu jung war; oder ob sie später einmal dieses neue Leben hassen würde; oder ob sie Bird jemals verließe. Die Antwort auf diese Fragen fand Gilda in den Augen DES MÄDCHENS. Die Entscheidung war gefallen, und Gilda entspannte sich, als wäre der Schritt bereits vollzogen.

DAS MÄDCHEN wußte nicht, warum man sie diesmal mitgenommen hatte. Im Frühsommer passierte das selten. Wollten Gilda und Bird sie loswerden? Sollte sie fortgehen? Die Vorstellung machte ihr mehr Angst als Mintas sanfte Warnungen. Doch setzte Bird den Unterricht fort, als sei nichts geschehen, und abends, wenn Gilda und Bird entspannt miteinander plauderten, holten die beiden Frauen DAS MÄDCHEN dazu. Sie kauerte sich in eine Ecke auf den Fußboden und lauschte schweigend ihrer

Unterhaltung. Sie sprachen über Lokalpolitik, über den drohenden Krieg, und die Mädchen bei Woodard's erzählten einander abenteuerliche Geschichten. Anfangs glaubte DAS MÄDCHEN, es seien erfundene Geschichten, aber nach einer Weile merkte sie am leidenschaftlichen Klang ihrer Stimmen, daß es um wirklich Erlebtes ging.

DAS MÄDCHEN war jetzt ausgewachsen, eine große und schlanke Frau.

»Hör gut zu, das solltest du dir merken«, sagten Gilda und Bird gelegentlich zu ihr. Dieser Aufforderung hätte es nicht bedurft, denn DAS MÄDCHEN klammerte sich an jedes Wort. Der unterschiedliche Klang ihrer Stimmen und die geheimnisvollen Welten, die sie offenbarten, waren ihr ein Genuß.

DAS MÄDCHEN bemerkte an Gilda eine extreme Anspannung, wie die Geschichten aus ihr herausdrängten, erzählt sein wollten. Bird war selig, daß Gilda so ausgiebig wie früher mit ihr zusammen war, und sie machte sich nicht wirklich Sorgen um Gildas seelische Verfassung, die ihr nicht entgangen war. Bird erzählte in sanften Farben ihre eigene Geschichte. Sie betrachtete DAS MÄDCHEN, das, in ein Baumwollhemd gehüllt, mit untergeschlagenen Beinen vor ihnen saß, und sie spürte eine unausgesprochene Harmonie zwischen ihnen.

Bird sagte verträumt: »In meinem Dorf war es oft so wie hier, vor der Feuerstelle.«

»Und wer soll dabei die Rolle deiner zahnlosen Ältesten spielen, DAS MÄDCHEN oder ich?« fragte Gilda mit einem strahlenden Lächeln.

»Beide«, antwortete Bird. DAS MÄDCHEN lachte verhalten.

Gilda saß auf dem mit dunklen Samt bezogenen Sofa. Sie stand auf, und ihr Gesicht verschwand aus dem Lichtschein des Feuers. Sie bückte sich, umfing DAS MÄDCHEN mit beiden Armen, hob sie hoch und legte sie aufs Sofa; setzte sich zu ihr, bettete den Kopf DES MÄDCHENS in ihren Schoß. Die dicken Zöpfe DES MÄDCHENS streichelnd, nahm Gilda ihre Unterhaltung mit Bird wieder auf.

Als erneut Schweigen eintrat, fragte Gilda DAS MÄDCHEN: »Was erinnerst du von deiner Mutter und deinen Schwestern?«

DAS MÄDCHEN dachte tagsüber kaum an ihre Familie, doch tat sie es regelmäßig am Abend, vor dem Einschlafen. Diese Gedanken waren ihr Nachtgebet. Sie hatte Gilda nichts von ihrer Mutter und den Schwestern erzählt, wohl aber Bird, wenn sie im Unterricht Geschichten austauschten. Mit den Namen kam die Erinnerung: an die kleine temperamentvolle Minerva, die immer etwas zu fragen hatte; an Florine, die zwei Jahre älter war als DAS MÄDCHEN und niemandem in die Augen schauen konnte; und an Martha, die älteste, die breitschultrig war wie die Mutter, aber noch ruhiger. Erinnerungen: der Strohsack, den sie mit der Mutter teilte; das frühe Aufstehen und die Pflichten – den Haferbrei umrühren, die Milchwecken anrichten; der Duft des buttrig glänzenden Brotes; schneeige Rohbaumwolle, rotgefleckt von dem Blut an ihren Fingerspitzen.

Die ferne Heimat, von der Mutter sprach, war DEM MÄDCHEN stets unwirklich erschienen. Ein ferner, diffuser Traum, der nur Kontur gewann, wenn die Rede aufs Tanzen kam. Schloß sie dann die Augen, vermeinte DAS MÄDCHEN fast das rhythmische Scharren der Füße, der Glöckchen und Kalebassen zu hören. Es hämmerte in ihrem Körper, und die Hitze des offenen Feuers ließ ihr den Traum real erscheinen. Jetzt, da sie davon berichtete, schaukelte ihr Körper leicht hin und her, als wäre sie in den Kreis der Tänzer aufgenommen. Es erfüllte sie mit Stolz, daß sie fähig war, eine Geschichte zu erzählen, und Namen und Bilder flossen ihr über die Lippen. Bird lächelte sie ermutigend an – ihre Schülerin erhob Anspruch auf die eigene Vergangenheit.

Im Farmhaus verging ein Tag wie der andere. Das MÄDCHEN stand später auf als in der Stadt, denn es gab weniger zu tun. Sie las, wischte Staub; oder sie ging in den Feldern spazieren und beobachtete Kaninchen und Vögel. Spätnachmittags regten sich Bird und Gilda. Sie kamen auf die schattige Veranda und sprachen mit ihr, gingen aber bald wieder hinein. Von drinnen waren ihre Stimmen oder das Kratzen einer Schreibfeder zu vernehmen.

Das Mädchen bemerkte sehr wohl das Sonderbare dieser Existenz; im Farmhaus trat es deutlicher in Erscheinung als im betriebsamen Bordell. Im Rübenkeller, ihrem einstigen Versteck, entdeckte das Mädchen Futtersäcke voller Erde. Erde lag in dünner Schicht unter den Teppichen, und Erde beschwerte die Mantelsäume der beiden. Das Mädchen hatte Gilda und Bird niemals essen sehen, auch wenn sie sich gelegentlich zur Abendbrotzeit mit ihr zusammensetzten. Das Mädchen kochte für sich und aß auch meist allein, es sei denn, daß Bird einen Maispudding zubereitete oder ein Wildkaninchen briet, das sie selbst erlegt hatte. Dann saßen sie beisammen, das Mädchen aß und Bird nippte an einem Glas Tee. Bisweilen konnte sie beobachten, wie Gilda und Bird in Reithosen und Wollhemden gekleidet in die Nacht hinauszogen. Mal brachen sie zusammen auf, mal ging jede für sich. Und beide sprachen ohne Worte zu ihr.

Auch jetzt machten ihr Mintas Warnungen und das Getuschel über den verbotenen Voodoo-Kult keine Angst. Sie kannte die schlimmste Form der Angst, und zu verteidigen wußte sie sich auch. Warum sollte sie diese Frauen fürchten, die eng aneinandergeschmiegt friedlich schlummerten und auch sie so liebevoll behandelten?

Am Nachmittag des achten Tages , als das Mädchen von einem Spaziergang zurückkehrte und sich an der Pumpe hinter dem Haus mit einem Schluck Wasser erfrischte, hörte sie zu ihrer Überraschung Gildas angespannte Stimme durch das Küchenfenster dringen. Sie stritten sich. Dann war Schweigen, dann lachte Gilda.

»Kapierst du es denn nicht, Bird: weil wir uns lieben, zanken wir uns. Schluß damit! An einem so wunderschönen Abend dulde ich keinen Streit!«

Das Mädchen sah, wie Gilda um den Holztisch herumging und einen Stuhl heranzog, doch ließ sie sich nicht darauf nieder, sondern setzte sich auf Birds Schoß. Überrascht fing Bird an zu lachen, aber ihre Anspannung legte sich nicht ganz.

»Ich hab das Thema so satt. Du redest über das Weggehen, als könntest du irgendwohin ohne mich gehen.«

Bird wollte weitersprechen, aber Gilda legte ihr die Hand auf den Mund. Brachte sie mit zarten, schmalen Lippen zum Schweigen.

»Bitte, Liebes, gehen wir hinauf. Ich möchte deinen Körper auf mir spüren. Und laß uns unsere Haut vergleichen, wie damals, als wir uns kennenlernten.«

Wie erwartet lachte Bird. Sie hatten schon immer gern über die Zeit und das Altern ihre Späße gemacht. In diesem Augenblick schimmerte zwar hinter dem Spaß eine tiefere Bedeutung durch, aber Bird dachte nur an das eine – daß ihre leichten Körper sich berühren sollten. Ohne Gilda loszulassen stand sie auf, und – als hielte sie ein Kind in den Armen, stieg sie mit ihr die Treppe hinauf.

Draußen auf der Veranda beobachtete DAS MÄDCHEN, wie die Sonne rasch hinter den Bäumen versank. Sie mochte es, wenn Gilda und Bird miteinander lachten, was sie indes nur zu tun schienen, wenn niemand zugegen war. Als es dunkel war, bereitete sie sich in der Küche ihr Abendessen. Gilda und Bird wollten sicher später einen Tee. Sie setzte Wasser auf und suchte in den aus Ton gebrannten Dosen nach aromatischen Kräutern. Wie begierig war sie, noch einmal das Gelächter hören!

Später holte Bird den Buggy aus dem Schuppen und bat DAS MÄDCHEN, ihr beim Aufladen der Säcke mit Schmutzwäsche zu helfen. Schweigend ging DAS MÄDCHEN Bird zur Hand, wobei diese wiederholt zu den Fenstern hinüberschaute.

»Grüße Minta von mir«, sagte DAS MÄDCHEN vorsichtig, als die Stille übermächtig schien. »Sag ihr, sie soll nicht ohne mich abreisen.« Da Minta jedermann mit ihren Luftschlössern genervt hatte, hielt DAS MÄDCHEN dies für einen guten Scherz. Bird ließ abrupt den letzten Wäschesack los und schaute vom Wagen auf DAS MÄDCHEN hinunter: »Was soll denn das bedeuten?«

»Ich mach doch nur Spaß. Sie redet und redet, daß sie zu Rachel zieht und ich mitkomme.«

Schweigend ergriff Bird die Zügel. Das Pferd war unruhig. DAS

MÄDCHEN fühlte sich genötigt, etwas zu sagen: »Ich geh aber nicht.«

»Vielleicht möchtest du's aber. Irgendwann wirst du dein eigenes Leben haben wollen, deine eigene Familie.« In Birds Stimme lag jene DEM MÄDCHEN wohlbekannte künstliche Gelassenheit, die sie im Umgang mit betrunkenen Kunden an den Tag legte oder wenn sie sich mit Gilda stritt.

»Wenn ich eine Familie gründe, dann hier.« Endlich hatte sie sich getraut, es auszusprechen. Schüchtern schaute sie zu Bird und freute sich, als diese lächelte.

Bird kletterte auf den Kutschbock und sagte mit der ruhigen Stimme einer erfahrenen Verwalterin: »Ich bleibe über Nacht in der Stadt und bin morgen zum Tee wieder zurück. Bei Gefahr brauchst du mich nur zu rufen.« Sie fuhr los.

DAS MÄDCHEN war beunruhigt. Was meinte Bird mit Gefahr? Die Aufforderung, sich keine Sorgen zu machen, ängstigte sie mehr als Mintas warnende Worte.

Als Bird losfuhr, befand sich Gilda in ihrem Zimmer. Erst später am Abend kam sie herunter. Sie ging im Wohnzimmer auf und ab und setzte sich schließlich auf das Sofa. DAS MÄDCHEN hatte es sich in Birds Lieblingssessel bequem gemacht. Ihr dunkles Gesicht war faltenlos, die Stirn breit und eckig unter der Zopffrisur, die das dichte krause Haar bändigte. Gilda war mit Hemd und langen Hosen bekleidet, die in der Taille von einem mit weißen Perlen besetzten, weichen Ledergürtel straff zusammengehalten wurden. Wortlos sagte sie: *Weißt du, wie viele Jahre ich schon lebe?*

»Länger als irgendein anderer.«

Gilda erhob sich, trat zu ihr. »Bird und du, ihr liebt mich gewiß.« Es klang wie eine Frage.

An Liebe hatte DAS MÄDCHEN nicht gedacht. Aber jetzt, als das Wort fiel... Ja, sie liebte sie, alle beide. Bislang war Liebe für sie die Erinnerung an das Gesicht der Mutter gewesen. Sie begann bitterlich zu weinen. Gildas Traurigkeit hatte sie angesteckt, und zum wiederholten Male spürte sie schmerzhaft den Verlust der Mutter.

»Wir reden, wenn ich zurück bin.« Die Tür schloß sich, Gilda verschwand in der Dunkelheit.

DAS MÄDCHEN wanderte durchs Haus und nahm die Dinge in Augenschein, als sähe sie sie zum ersten Mal: Die ordentlich zusammengelegten Kleider, die duftige Wäsche, die Kommode mit den Reithosen und Flanellhemden, die nach Lavendel und Erde dufteten.

Sie strich über die Lederrücken der Bücher, die sie so gern lesen wollte; manche waren in fremden Sprachen geschrieben; sie setzte sich auf die Kante von Gildas und Birds gemeinsamem Bett, betrachtete geduldig jeden einzelnen Gegenstand, atmete deren Duft tief ein. Bürsten, Kämme und Cremedosen lagen auf dem Toilettentisch säuberlich aufgereiht. Trotz der üppigen Vorhänge, Teppiche und Decken wirkte der Raum schlicht. In Abwesenheit von Gilda und Bird schien indes etwas zu fehlen. Als wäre alles neu für sie, wanderte DAS MÄDCHEN langsam durch das ganze Haus, von Zimmer zu Zimmer, und versuchte, ihr aufkommendes Unbehagen zu bekämpfen. Alles schien unverändert, schien wie in den Tagen zuvor, und doch hatte sie das Gefühl, als wäre jemand so wie sie durch die Räume gezogen, habe Dinge angefaßt und wieder hingelegt, Erinnerungen abgeschöpft und zur Seite gelegt.

Es war kalt geworden. DAS MÄDCHEN machte Feuer und kuschelte sich unter eine Baumwolldecke aufs Sofa. Sie befingerte den Abakus, mit dem Bird ihr Buchhaltung beibrachte. Wie tröstlich war das Klicken der Holzperlen. Gilda fand DAS MÄDCHEN in tiefem Schlaf, den Abakus wie eine Puppe an die Brust gedrückt. DAS MÄDCHEN spürte Gildas Blick und erwachte. Der Kälte nach zu urteilen waren Stunden vergangen, und das Feuer unter den frisch aufgelegten Scheiten war fast erloschen.

»Jetzt können wir reden.« Als wäre Gilda nie fortgewesen. Sie saß neben DEM MÄDCHEN, hielt ihre Hand.

»Es wird Krieg geben. Das heißt, er ist schon ...« Sie verstummte. Davon zu sprechen, erschöpfte sie.

»Noch einmal kann ich das nicht durchstehen ... Verstehst du das?«

Das Mädchen dachte an die Nacht, in der sie sich entschloß, von der Plantage zu fliehen. Sie schwieg.

»Ich habe befürchtet, endlos zu leben. Aber meine Zeit läuft jetzt ab. Es scheint mir wie gestern, daß ich dich im Rübenkeller fand. Damals warst du ein Kind, erfüllt von Todesschrecken, und du warst schon länger auf der Flucht als die paar Tage deines Weglaufens. Doch als ich dich in meine Arme nahm, entspannte sich dein Körper allmählich, er fühlte, daß ein Stück des Kampfes gekämpft war. Schon damals spürte ich genau, in dir steckte ein kühner Geist. Du könntest jene Stimme sein, die uns fehlte. An deiner Seite auf die Welt zu schauen, hat mir wunderbare Jahre beschert. Doch fürchte ich nun, Bird allein zu lassen. Du wärst als Gefährtin für sie wie geschaffen.«

Das Mädchen betrachtete aufmerksam Gildas Gesicht, die orange gesprenkelten Augen, die zarte Haut, die sich straff über die feinen Knochen spannte. Diese Frau hatte ihr die Alpträume genommen. Das Mädchen wollte sie trösten.

»Ich habe nie daran gedacht, dich oder Woodard's zu verlassen. Es ist mein Zuhause. Solange du mich nicht fortschickst.«

»Was ich von dir verlange, ist nicht wenig. Jetzt mag es dir scheinen, als gäbe es in deinem früheren Leben nichts, wonach du dich zurücksehnen könntest. Aber früher oder später wollen wir alle zu irgendeinem Punkt unserer Geschichte zurückkehren. Es handelt sich meist um irgendein absurdes, vages Gefühl, über das wir uns nie den Kopf zerbrochen hatten. Aber dieses Gefühl wird uns grausam quälen, weil wir niemals zurückkehren können. Wenn ich diesen Schritt von dir verlange, so mußt du dir ganz sicher sein, daß du genug Kraft hast, den vollständigen Verlust jener nicht faßbaren Dinge, die die Vergangenheit so verführerisch machen, auszuhalten. Das gilt auch für jene Menschen, denen du dereinst eine ähnliche Frage stellen wirst.«

Das Mädchen schwieg. Was meinte Gilda? Die Atmosphäre hatte sich fühlbar geändert – die Luft vibrierte von Energie.

»Es gibt keine passenden Worte, uns und unsere Geschichte zu beschreiben. Die Sprache ist grausam und die Geschichtsschreibung verfälscht. Schau mich an und erkenne, wer ich bin und ob das Leben, das ich dir biete, deinen Wünschen entspricht. Wenn du dich für mich entschieden hast, mußt du geloben, dich voll und ganz dem Leben zuzuwenden und weder Bitterkeit noch Grausamkeit zuzulassen.«

Das Mädchen spähte in die braunorange gesprenkelten Augen, und in ihr wurden ungeahnte verlockende Vorstellungen und Gefühle wach. Die ungeheure Last der Zeit, die sie hinter diesen Augen ahnte, ließ sie erschrocken zurückweichen.

»Der Tod soll dich nicht schrecken; er gehört zum Leben aller Dinge. Er bereitet dir nur ein wenig Mühe, wenn du bestimmst, daß seine Zeit gekommen ist. Macht erschreckt, nicht aber der Tod. Und Blut ist ein Gemeingut. Wir müssen lernen, es miteinander zu teilen; sonst vergeuden wir es auf dem Schlachtfeld.« Gilda hielt inne. Es gab tausend Dinge zu sagen, aber alles auf einmal wäre zu viel. Bird würde den Rest übernehmen.

Das Mädchen hörte zu. Was wollte man von ihr? Erneut versuchte sie, die Welt, die hinter Gildas Augen lag, zu erkennen. Sie erblickte eine weite offene Fläche ohne alle Zäune und Begrenzungen. Eine staubige Straße. Und unermeßliche grüne Wälder, so fern, daß nicht einmal Gilda sich ihrer zu erinnern vermochte. Das Mädchen spürte eine Aura wortloser Entschlossenheit, als sich der Stamm um sie drängte, wie weiland um Gilda als Kind.

»Ursprünglich träumte ich davon, die Welt kennenzulernen. Doch der Traum aller Träume besteht darin, eine Welt zu erschaffen, die Menschen kennenlernen und trotzdem noch eine Welt erschaffen zu wollen.«

»Viel habe ich nicht gesehen, und was ich sah, hat nicht gerade meinen Appetit geweckt.« Dabei dachte das Mädchen fröstelnd an Bernices Reden über die Nachwirkungen des Krieges.

»Aber was ist mit den Menschen?« Gilda sprach lauter. »Vergiß jene, die dich jagten und verletzten. Was ist mit denen, die dich lieb hatten? Und denen, die du morgen lieben wirst?«

Der leidenschaftliche Ton erschreckte das Mädchen. Vor

ihrem inneren Auge erschienen plötzlich die Hände der Mutter, die ihr die Bettdecke bis zum Kinn hochzogen. Die schwarzen, riesenhaften Fingerknöchel hatte sie nie mit einem Ausdruck der Liebe bedacht. Ihr kam in den Sinn, wie sie zum ersten Mal Birds Stimme gehört hatte, als Bird im unteren Stockwerk das abendliche Amüsement ankündigte. Die Erinnerung an das tiefe Vibrato jagte ihr einen Schauer durch den Körper. Mintas Warnungen waren längst vergessen, aber ihre liebevolle Besorgnis, die im vorgebeugten Oberkörper ihren Ausdruck fand, erfüllte sie mit Freude. Und Bernice, die aufmerksam und behütend ihr Aufwachsen verfolgte; ihre gemeinsamen Abende in der Küche, das Reden über Gott und die Welt – diese Dinge hatten einen Wert für sie. Sie schlug die Augen auf und schaute Gilda an. Liebe auch hier. Doch unendliche Erschöpfung jenseits der Entdeckerlust. In diesen Augen lag keine Zukunft, obwohl Gilda ihr die Zukunft versprechen wollte.

Das Mädchen tastete sich suchend durch Gildas Gedanken. »Du bietest mir eine Zeit, die keine wirkliche Zeit ist? Eine Zeit, bei der ich am Ende allein bin?«

»Die Welt hat sich vor meinen Augen auf den unterschiedlichen Bahnen bewegt. Und jedesmal war ich voller Neugier dabei, war jedesmal aufs neue gespannt, was wir aus unserer Welt machen würden. Europa und der Süden hier unterschieden sich kaum. Als ich hierher kam, hatte die Welt ihren Horizont erweitert, und mein Aufbruch in das neue Leben war ebenso angsterregend wie der, der hinter dir liegt. Auch ich war damals noch ein junges Mädchen, zu jung, um mich zu fürchten.

Jedesmal glaubte ich, daß Krieg und Widerstand Befreiung brächten von den Dämonen, die uns hetzten. Daß Sklaverei und Fanatismus sich durch Gesetze, durch Kampf vertreiben ließen. Und jedesmal habe ich mich geirrt. Jetzt sind meine jugendliche Besorgnis und Anteilnahme verbraucht. Doch wer weiterleben will, muß an die Möglichkeit der Veränderung glauben, das weiß ich. Nur ist mir mein Glaube abhanden gekommen. Wenigstens der Glaube an eine Veränderung für mich selbst.«

»Aber der Krieg ist wichtig. Um leben zu können, müssen die Menschen frei sein.«

»Das wird auch geschehen, ohne Zweifel. Aber daß der Mensch Krieg führen muß, um Freiheit zu gewinnen... habe ich nie verstanden. Nun bin ich es müde, verstehen zu wollen.

Manche von uns töten Nacht für Nacht. Sie brauchten diesen Rausch, rechtfertigen sie sich, um unsere Art von Leben durchzuhalten. Mörder sind sie, tollwütige Kinder, sie töten ohne Not. Wir, die wir vom Teilen leben, müssen nicht töten. Wir nähren uns vom Leben und nicht vom Tod.«

Die Frauen schwiegen. DAS MÄDCHEN war ratlos. Welche Fragen könnte sie stellen? Ihr war, als lernte sie eine neue Sprache. Blut pulsierte unter Gildas Haut, als sie sie wieder anschaute, und eine unbekannte Erregung erfaßte sie.

»Der Austausch ist mit Freude verknüpft. Wir entziehen ihnen Leben und geben ihnen dennoch etwas Wichtiges zurück – Vitalität, Träume, Ideen. Ein fairer Tausch in einer Welt voller Betrüger. Ist das Bedürfnis auf beiden Seiten sehr stark, können wir die anderen zu den Unsrigen, zu Gefährten machen. Es ist kein schlechtes Leben.«

Gildas Stimme hatte plötzlich einen scharfen Klang, aber DAS MÄDCHEN war fasziniert vom pulsierenden Blut und den funkelnden Augen.

»Ich bin auf einem Weg, den ich mir selbst ausgesucht habe, und es ist der richtige. Nun mußt du deinen Weg bestimmen, so wie damals, als du in Mississippi von der Plantage flüchtetest. Unterwegs hätte dich der Tod treffen können oder Schlimmeres, aber du wußtest, dieser Weg war dein Weg. Wirst du mir vertrauen?« Gilda lehnte sich zurück, schloß die Augen und entließ DAS MÄDCHEN aus ihrem hypnotischen Blick.

Als würden Gildas geschlossene Lider den Feuerschein aussperren, wurde DEM MÄDCHEN kalt, und sie fürchtete sich einen Moment. Das Zimmer barst auf einmal von Schatten und einer unnatürlichen Stille. Dann schwand ihre Verwirrung: Mehr als die Worte selbst formten sich die Höhen und Tiefen, Rhythmus und

Klang von Gildas Stimme zu einem Versprechen, nach dem sich DAS MÄDCHEN sehnte. Es war mehr als einfach nur ein langes Leben. Ein gewaltiges Abenteuer, für das ihr Flug in die Freiheit sie nur im Ansatz vorbereitet hatte.

»Ja«, flüsterte sie.

Gilda schlug die Augen auf, und DAS MÄDCHEN fühlte sich in einen Energiestrom hineingezogen. Ihre Arme und Beine wurden schwach. Sie hörte ein leises Singen wie von ihrer Mutter. Gefangen in Gildas Blick. Unbeweglich. Dennoch fühlte sie sich frei, und sie hätte gelacht, hätte sie die Kraft gehabt, den Mund zu öffnen. Kaum spürte sie, wie Gilda sie in ihre Arme nahm. Sie schloß die Augen, und ihre Anspannung wich unter der Berührung von Gildas Hand. Wie ein Kind sich schutzsuchend an die Mutter schmiegt, kauerte sich DAS MÄDCHEN in Gildas Schoß.

Sie spürte ein scharfes Brennen am Hals und vernahm ein sanftes Lied. Gilda küßte sie auf die Stirn und auf den Schmerz und berührte sie in ihrem tiefsten Innern. Tiefer und tiefer versank DAS MÄDCHEN in einem Traum, die Worte »Und nun mußt du trinken« kaum noch vernehmend. Gilda hielt den Kopf DES MÄDCHENS an ihren Busen, ritzte sich die Haut über der Brust an und preßte die Lippen DES MÄDCHENS an den rinnenden Lebenssaft.

Das Rinnsal wurde zur Flut, schwächte Gilda. Sie schob das saugende MÄDCHEN weg und schloß die Wunde. Bis das Feuer verlosch, verharrte sie regungslos mit DEM MÄDCHEN in ihren Armen. Als die Sonne sich in den abgedunkelten Raum stahl, trug Gilda DAS MÄDCHEN in das Zimmer, in dem sie sich tagsüber mit Bird zur Ruhe legte. Bei Anbruch der Abenddämmerung erwachte sie, und immer noch hielt sie das MÄDCHEN in ihren Armen. Sie schlüpfte aus dem Bett und heizte den großen Wasserkessel in der Küche. Ins Schlafgemach zurückgekehrt, kleidete sie sich weiter an. DAS MÄDCHEN sah ihr schweigend zu.

»Mir ist nicht gut.« Die Übelkeit nahm zu.

»Bald geht es dir besser.« Gilda trug sie die Treppe hinunter vors Haus. Die kalte Nachtluft ließ DAS MÄDCHEN in ihrem dünnen Hemd zittern. Gilda hielt ihr den Kopf, hieß sie sich auf die Treppe setzen und holte ein feuchtes Tuch, mit dem sie ihr Mund und Gesicht abwischte. Sie brachte DAS MÄDCHEN in die Küche, half ihr beim Ausziehen und hob sie in die große Wanne neben dem Küchentisch. Mit ihren kräftigen schmalen Händen seifte Gilda sie ein, wusch sie und massierte sie, ein Lied aus ihrer Kinderzeit summend, bis DAS MÄDCHEN sich allmählich entspannte und Angst und Schmerz schwanden. Sie zog DEM MÄDCHEN ein spitzenbesetztes, nach Lavendel duftendes Nachthemd aus ihrer eigenen Garderobe an und steckte sie wieder ins Bett.

»Bald wird Bird kommen. Fürchte dich nicht. Du wirst sie bitten, den Kreis zu schließen. Zu unserer Tochter wird *sie* dich machen. Kannst du dir das merken?«

»Ja«, sagte DAS MÄDCHEN mit schwacher Stimme.

»Später, wenn dir die vergangene Zeit felsenschwer auf den Schultern lastet, solltest du daran denken, daß wir aus Liebe so gehandelt haben.«

Unbehagen und Hunger schwanden unter Gildas feurigem, ins Weite gerichteten Blick, und DAS MÄDCHEN wurde schläfrig. Gilda drückte ihr einen flüchtigen Kuß auf ihre Stirn. Sie fiel in tiefen, traumlosen Schlaf.

Sie erwachte abrupt: Bird stand neben ihrem Bett, ihre grimmige Miene verdüsterte den Raum, ihre Augen waren trocken und starr.

»Wann ist sie von dir fort?« Die Stimme klang mühevoll beherrscht, ihre Hände zitterten, krampften sich um den zerknitterten Brief.

Hab keine Angst, hatte Gilda gesagt, und DAS MÄDCHEN verspürte keine Angst, nur Neugier, was geschehen würde. »Vor langer Zeit, glaube ich. Vor Anbruch der Dunkelheit. Sie trug Hosen und Mantel. Du würdest den Kreis vollenden, sagte sie. Das sollte ich dir unbedingt ausrichten.«

Bird stürmte aus dem Zimmer, aus dem Haus, auf die Veranda hinaus. Sie schaute nach Ost und West, als lauschte sie den Gedanken des Windes. Dann rannte sie los, über die Felder gen

Westen. Nach drei Stunden kehrte sie zurück, die Kleider voller Kletten und Dornen. Sie stieg durch die halbgeöffnete Tür in den niedrigen Keller, wo sie neu gefüllte Säcke voll Erde entdeckte neben denen, die Gilda und sie vor langer Zeit präpariert hatten. Krachend warf sie die Kellertür zu und ging ins Haus. DAS MÄDCHEN, geschwächt wie es war, rührte sich nicht, nur die Augen bewegten sich, braun waren sie jetzt mit gelben Pünktchen.

Bird musterte sie wie eine Fremde, drehte sich um und zündete eine Lampe an. Wieder und wieder las sie die zerknitterten Seiten, die sie vom Boden aufgesammelt hatte. Sie wanderte im Zimmer umher, wobei sie sich bemühte, das flache Atmen DES MÄDCHENS nicht zu beachten. Die Nacht hatte ihren tiefsten Punkt überschritten. Bird starrte gen Himmel, als sollten die Sterne ihr ein Zeichen geben.

Bei Sonnenaufgang zog sie sich in den Schatten des Hauses zurück. Unruhig ging sie auf und ab, verharrte und lauschte auf ihre innere Stimme. Worauf warten, auf ein Zersplittern oder auf einen Schmerzensschrei? Doch sie spürte nur, daß DEM MÄDCHEN die Kräfte schwanden, und fühlte eine wachsende Unruhe. Sie rief sich ihre jüngsten Gespräche mit Gilda ins Gedächtnis; mit jedem kam sie der Wahrheit ein Stück näher.

Damit Gilda ihr langes Leben friedvoll beenden konnte, mußte Bird beiseite treten. Aber aus Angst, die Liebe der Frau zu verlieren, die Mittelpunkt ihres Lebens war, hatte Bird sich stets geweigert. Vom MÄDCHEN hatte Gilda jetzt das Ersehnte bekommen, und auf Bird ruhte eine neue Verantwortung.

Hinter den geschlossenen Vorhängen war es heller Tag geworden. Bird stand wie festgewachsen. Stunde um Stunde hatte ihr bronzefarbener Körper, von Kopf bis Fuß dumpf schmerzend, lauthals Signale ausgesandt, Fragen gestellt. Das Sonnenlicht gab ihr die Antwort. Sie fühlte Gilda nackt im Wasser liegen, dessen Stille und Kühle genießen und schließlich in die dunkle Flut eintauchen. Ohne die Kraft der in die Kleidung eingewebten Erde war es ein Kinderspiel, sich vollständig aufzugeben. Aus Gildas Lungen entwich die Luft. Beglückt hieß sie die letzte Ruhe willkommen. Einen Moment spürte auch Bird die Wärme der Sonne, und Gildas Duft erfüllte ihren Kopf. Und wieder hörte Bird die vertrauten Freudenseufzer ihrer gemeinsamen Vergangenheit, und wie Gilda morgens leise ihren Namen flüsterte und dann schwieg. Die Sonnenstrahlen schnitten wie Skalpelle das Fleisch von Gildas Knochen. Bird spürte die sengende Hitze auf ihrer eigenen Haut, in ihrem eigenen Körper, bis ins Mark. Wie allmählich nachlassende Menstruationsschmerzen wich die Anspannung, und ihr Atem wurde ruhiger. Das Knistern schwand. Die Luft klärte sich. Kein Hauch mehr von Gilda. Finis.

Bird stieg die Treppe hinauf. Das Mädchen sah aschfahl aus, aus den gelbgefleckten Augen ergossen sich Tränen, kalter Schweiß bedeckte ihren Körper; ihr Mund öffnete sich, kein Ton kam heraus. Bird setzte sich auf die Kissen und nahm das Mädchen in ihre Arme. Der kalte Tränenstrom benetzte ihre Haut, und sie empfand eine Erleichterung, als wäre sie es, die weinte. Sie schob ihr Wollhemd hoch und entblößte ihre Brüste.

Sie machte einen winzigen Schnitt unter der rechten Brust und preßte den Mund des Mädchens darauf. Das Blut pulsierte im Atemrhythmus des Mädchens, und bald schon wirkte sie nicht mehr so geschwächt.

Bird wiederholte den Austausch, nahm und gab, so wie Gilda es getan hatte, um den Kreislauf zu vollenden. Sie legte den Kopf auf die Kissen und ruhte, das Mädchen fest in ihrem Arm.

Mehr als eine Stunde waren beider Atem und Herzschlag im Einklang, dann fand jede zu ihrem eigenen Rhythmus zurück. Auch jetzt schwieg Bird.

»Sie ist also für immer fort?« Bird nickte nur und löste die Umarmung.

»Ich mache Feuer«, sagte das Mädchen und schlüpfte aus dem Bett und ging in die Küche. Bird sammelte Gildas zerknitterten Abschiedsbrief auf und legte ihn in eine der Dosen auf dem Toilettentisch. Sie hörte, wie das Mädchen im unteren Stockwerk mit raschelnden Kleidern umherging, Feuerholz in den Kamin legte und den Wasserkessel auf den Herd stellte. Das Mäd-

CHEN rief Bird herunterzukommen. Ihre kräftige und klangvolle Stimme war wie ein Schock in der spätnachmittäglichen Stille ohne Gilda.

Eine Weile saßen sie im Dämmerlicht vor dem Kamin und schwiegen. »Sie wollte, daß man dich Gilda nennt«, sagte Bird schließlich.

»Ich weiß.«

»Und willst du's?«

»Ich weiß nicht.«

»Bald ist es dunkel – wir müssen nach draußen. Hast du Angst?«

»Es gibt wenig Gefahren, sagte sie mir, und du würdest mich unterweisen, wie eh und je.« Erneut schwiegen sie. »Sie hat dich so geliebt, Bird.«

»So sehr, daß sie ihr Leben für deines hergab?« Bird schrie beinahe. Bisher hatte sie in allem immer eine Spur von Logik und Räson entdeckt, nur jetzt nicht. An Stelle der Frau, der sie ihr Leben schenkte, saß ein Kind vor ihr.

»Ich bin kein Kind mehr, Bird. Wenn ich ihre Worte verstehen und ihre Not sehen kann, warum nicht auch du? Ich habe ihr das Leben nicht gestohlen. Sie wählte ihren Weg in die Freiheit – so wie ich, so wie du. Ein fairer Tausch. Um deinetwillen.«

»Fairer Tausch?« Bird war gereizt. Diese Worte hatte sie oft genug zu hören bekommen, als sie noch lernte, sich das Blut zu holen und im Austausch dafür etwas zurückzugeben. Als sie lernte, am Leben teilzuhaben und kein Leben zu nehmen. Sie rieb sich an dem wohlvertrauten Ausdruck. Dann kam es: »Dich für sie? Jahrhunderte von Wissen und Geist für ein Kind, das noch nicht mal *ein* Leben vollendet hat?«

»Es geht nicht nur um mich, es ist auch dir von Nutzen. Ihr Leben, ihre Freiheit – für unsere Zukunft. Du und ich sind Teil des Vertrages. Sie brachte mich hierher, weil du meiner bedarfst so wie ich deiner. Wir erfüllen ihr ein Bedürfnis, wenn wir uns für eine gemeinsame Zukunft entscheiden.«

Bird hörte die Vergangenheit sprechen, mit Worten, die sie bewußt nicht hatte beachten wollen. Nun war sie mit deren nackter Bedeutung konfrontiert: Gildas Macht über den eigenen Tod war geheiligt; eine Entscheidung, die zu respektieren für alle anderen eine Ehrenpflicht war. Bird hatte Gilda das Recht auf den Tod abgesprochen und sich darüber hinaus geweigert, Gildas Entscheidung zu akzeptieren – ein Fehler und ein Versäumnis, das nicht leicht zu tragen wäre.

Durch die geschlossenen Vorhänge sickerte die Dunkelheit in das Wohnzimmer. Der Schein des Kaminfeuers simulierte Bewegung, wo keine war. Als wären sie beim Leseunterricht, saßen die beiden Frauen nebeneinander. Schließlich ergriff Bird das Wort.

»Gilda?«

»Ja.«

»Es ist Zeit.«

Sie zogen sich warme Reithosen an und dunkle Hemden. Bird nahm Gildas Hand und schaute die Frau an, die ihre Schülerin gewesen war: das kindlich Weiche war aus den Zügen geschwunden, in den Augen brannte Hunger.

»Es geht ungefähr so, wie du es gerade erlebt hast. Horche auf die Signale deines Körpers. Kehre zu deinen Spendern nicht zu rasch zurück, sie könnten sonst dem Durst verfallen. Wird der Durst nicht gestillt, genesen sie. Suche Zugang zu ihnen, wenn du ihr Blut nimmst. Fühle und erkenne, wessen *sie* bedürfen und nicht, wonach du hungerst. Du mußt ihnen etwas Neues, Anderes geben, etwas, wonach sie sich sehnen. Laß ihre Freude in dich hineinströmen. Nur so kannst du teilen, ohne zu rauben. Und nur so bleibst du wachsam und vergeudest kein Leben.«

»Ja, das sind die Dinge, die ich nach ihrem Willen wissen sollte.«

»Ich lehre dich, das Tageslicht zu nutzen, und wie du die Sonne meiden kannst. Und Schlaf und Erholung zu finden. So wie du es bei uns gesehen hast. Schon verliert deine Gestalt das Weiche der sterblichen Körper. Schneller als alle wirst du sein und kräftig wie viele zusammen. Diese Kraft muß man beherrschen, doch das läßt sich lernen. Laß uns später darüber sprechen. Wir sollten uns besser aufmachen, bevor der Hunger zu schmerzen beginnt.

Gilda und Bird wandten sich nach Westen. Unsichtbar war ihr Weg zwischen den Feldern. Für den Augenblick schob Bird alle Gedanken beiseite. Sorgfältige Unterweisung war jetzt wichtig. Das Mädchen mußte überleben lernen. Wie sie im Geschwindschritt durch die Dunkelheit huschten, fühlte Gilda einen Verlust, gepaart mit einem Gefühl der Harmonie. Es war eine Ahnung vom Verständnis der Welt, gepaart mit der Neugier auf das Kommende und dem Wohlgefühl in ihrem neuen Leben. Sie schaute sich um, aber das Farmhaus war schon lange nicht mehr zu sehen. Drinnen wartete das glimmende Feuer auf ihre Rückkehr.

LILITH

Den ganzen Tag waren sie in New Orleans herumgelaufen, und jetzt, da sich die Dämmerung drückend auf die schwüle Stadt senkte, erreichten sie ihr letztes Ziel, das French Quarter.

New Orleans war doch die richtige Wahl für ihre erste gemeinsame Reise, versicherten sie einander beim Lunch. Francine hatte ursprünglich für New York votiert, mit dem Hinweis auf die zahllosen Theater, den legendären Lichterglanz und die grandiosen Einkaufsmöglichkeiten, aber Kay, von Natur aus die Resolutere, hatte sich in Sachen New Orleans gründlich informiert. Sie präsentierte Francine einen Stapel Prospekte und erging sich in einem Lobgesang auf die Besonderheiten der Stadt wie die Raddampfer auf dem Mississippi, das temperamentvolle, mysteriöse Volk der *Cajun* oder die majestätischen, von Geschichte und Geschichten erfüllten Landhäuser im Umland; an jeder Straßenecke gab es Musik und Steptanz, dunkelhäutige Frauen sagten einem die Zukunft voraus; man munkelte was von Voodoo und körperlosen Schatten, die durch die Nächte huschten. Nicht zu vergessen die schicken Läden, die Restaurants und die Clubs. Dennoch sollte New Orleans ihnen ein Gesicht präsentieren, das beide so nie erwartet hätten.

Sie stiegen aus dem altersschwachen Taxi, und Francine gab dem Fahrer, einem greisen Schwarzen, zehn Dollar. Kay trug die Einkaufstüten.

»Schönen Abend noch, meine Damen«, sagte der runzlige Alte mit einem schiefen Lächeln. »Halten Sie Ausschau nach Mis' Mattie. Die kann Ihnen das echte New Orleans zeigen.« Er tippte mit dem Finger an seinen ausgefransten Strohhut und fuhr los. Kay und Francine standen an einer Straßenecke mitten im French Quarter.

Die Sonne war untergegangen, doch die drückende Schwüle blieb. Kein Lufthauch wollte Milderung bringen. Kay wischte sich kleine Schweißperlen von der Stirn: »Miss Mattie – hast du eine Ahnung, wer das ist?« fragte sie neugierig.

Francine musterte die öde Straße: »Absolut nicht, aber ich habe das dumme Gefühl, daß wir nicht in der Bourbon Street sind. Ich hab ihm doch Bourbon gesagt? Wo sind wir denn überhaupt? Verdammt!«

Seitdem sie aus hier herumstanden, fühlte sich Francine aus unerfindlichen Gründen nervös und leicht gereizt, was sie irritierte. Und so hatte sie den alten Mann wegfahren lassen, ohne sich zu vergewissern, wo sie waren. Sie machte einen Schritt zum nächsten Straßenschild. Burton Street.

»Scheiße!« schimpfte Francine. »Er hat uns an der Burton Street abgesetzt. Nicht Bourbon.«

»Na und«, Kay war stets Optimistin, »Bourbon Street kann nicht weit sein. Das French Quarter ist relativ klein. An der nächsten größeren Straße kann uns bestimmt jemand Auskunft geben; oder wir nehmen uns ein Taxi. Ist doch halb so schlimm.«

»Okay.« Francine fühlte sich immer noch unbehaglich.

Wo zum Teufel waren sie nur? Sie schaute die verödete Straße hinab. Ganz am Ende war ein beleuchtetes Schild, vielleicht ein Geschäft.

»In dem Laden dahinten können wir fragen.«

Während sie die dunkle Straße entlanggingen, mußte Francine an den Artikel denken, den sie gerade in der Zeitung gelesen hatte. Er handelte vom »verborgenen New Orleans«, das die meisten Touristen nie zu Gesicht bekamen: Augen, die einen aus dunklen Gassen forschend anschauten, Voodoo, ein von Geheimnissen durchwobenes New Orleans, Heimstatt schattenloser Wesen.

Das einzige Geräusch in der Stille waren ihre Schritte, Absätze auf Beton, Klickklack... Direkt hinter einer Seitenstraße und kurz vor dem Geschäft entdeckten sie ein kleines, von einem Lichterkranz beleuchtetes Schild: »Miss Mattie Wahrsagen mit Tarot«.

»Heh, schau mal!« Kay war ganz aufgeregt. »Von der hat doch der Taxifahrer gesprochen. Laß uns reingehen. Das wär doch lustig!«

»Ich weiß nicht recht...« Francine zögerte.

»Ach, komm schon!« Kay zog Francine zur Tür. Ein Löwenkopf aus Messing diente als Türklopfer. Kay hob den Ring im Maul des Löwen und ließ ihn gegen das Holz fallen.

Nur Sekunden später ging die Tür einen Spalt auf. Vor ihnen stand eine gebrechliche alte Frau, eine Farbige, die Haare unter einem tiefblauen Schal versteckt.

»Wahrsagen?« Ihr starrer Blick fixierte Francine. Sie zwinkerte nicht, lächelte nicht, sah Francine nur an, als habe sie auf sie gewartet.

Quietschend wurde die Tür ganz geöffnet. Miss Mattie führte die Frauen in einen kleinen, von Kerzen erhellten Raum.

»Du zuerst«, flüsterte Francine und gab ihrer Freundin einen Schubs.

Kay spürte Francines Scheu und nahm als erste an dem mit einem Teppich bedeckten Tisch gegenüber von Miss Mattie Platz.

»Zwanzig«, sagte Miss Mattie. »Zweimal Wahrsagen, zwanzig Dollar.«

Francine zog zwei Zehner aus der Tasche und legte sie in die dunkle Handfläche.

»Also.« Das Geld verschwand in einem Lederbeutelchen, und Miss Mattie fixierte Kay. Sie lupfte einen schmalen, schwarzgoldenen Schal, unter dem ein Satz abgegriffener Tarotkarten verborgen war. Nacheinander deckte sie drei Karten auf.

»Sie haben Glück in der Liebe, nicht wahr?« sagte sie in tiefem monotonen Singsang. »Aber sie wird Sie verlassen, um als eine andere zurückzukehren.« Mit diesen Worten sammelte Miss Mattie die Karten wieder ein.

»Heißt das, daß meine Beziehung...«

»Sie haben Glück in der Liebe«, unterbrach Miss Mattie sie streng. »Aber sie wird Sie verlassen, um als eine andere zurückzukehren!« Miss Mattie griff in einen Korb und zeigte Kay ein Lederband mit einer schwarzen und einer braunen Perle. »Tragen Sie das. Bitte. Schauen Sie ihr nicht in die Augen, wenn sie zurückkehrt. Schicken Sie sie unbedingt fort.«

Kay hielt die Hand auf, das Lederband glitt hinein.

Miss Mattie schaute zu Francine hinüber. »Die Nächste.« Wieder starrte sie ihr unverwandt in die Augen.

Francine setzte sich. Miss Mattie mischte sorgfältig die Karten, ohne den Blick von Francine zu wenden. Sie deckte eins, zwei, drei, vier, fünf Karten auf.

»Sie werden beobachtet. Von ihr, der Gebieterin der Nacht. Das Labyrinth erwartet Sie. Dies ist eine Warnung. Verlassen Sie New Orleans auf der Stelle!«

Miss Mattie löste ihren Blick und schob die fünf Karten zusammen.

»Ich...?« Francine wollte mehr wissen.

»Auf der Stelle!« klang es, harscher als zuvor. Miss Mattie erhob sich und verschwand im dunklen Flur.

Schockiert wandte Francine sich an Kay. »Was hat denn das zu bedeuten, Teufel noch mal?«

»Ach, Francine«, Kay bemühte sich, den Vorfall einfach als großen Spaß zu sehen. »Nimm das Ganze nicht so ernst. So was wie Miss Mattie ist doch ideal für die Touristen. Geheimnisse, Voodoo, na, du weißt schon... Komm, suchen wir die Bourbon Street.«

Da Miss Mattie nicht zurückkehrte, verließen die beiden Frauen das Haus. Das klapprige Taxi, das sie ins French Quarter gebracht hatte, stand vor der Tür.

»Miss Mattie meint, Sie bräuchten ein Taxi«, sagte der alte Fahrer müde. Er schüttelte den Kopf: »Diese Frau, läßt mich kommen, schickt mich weg, wie sie grad' will.«

»Bourbon Street bitte.« Kay war erleichtert und bemühte sich,

Francine aufzumuntern. Sie zog die schweigsame Freundin neben sich auf den Rücksitz, und einen Augenblick später waren sie in der Bourbon Street, in der das Leben pulsierte. Menschenmassen, Musik, Lichterglanz, Bars und Saloons, wohin man auch schaute. Ein größerer Unterschied zu den finsteren Gassen von eben war nicht denkbar.

Vergiß es, dachte Francine und versuchte, das kalte Grausen abzuschütteln. *Verlassen Sie New Orleans auf der Stelle!* Was für ein Unsinn! Der heiße Atem der Bourbon Street verscheuchte die Kälte, brachte ihr Wärme. Die Wolken verzogen sich, Francine wurde leicht ums Herz.

Und wieder waren die beiden Frauen auf Achse: Tanzen, Drinks, Musik, Jazz, Saxophone. Von einem Club zum anderen, von einem Drink zum nächsten. Sie waren den ganzen Abend beschwingt, übermütig; sie lachten, flirteten und plauderten. Schließlich landeten sie in der ruhigen Cocktail Lounge ihres Hotels, keine zehn Minuten vom French Quarter entfernt.

In der Lounge war reichlich Platz, und sie wählten einen kleinen Zweiertisch. Leicht beschwipst lehnte Francine an der verspiegelten Wand und ließ ihre Augen bedächtig durch den Raum wandern: Der Mann am Piano hinten in der Ecke spielte einen sexy Song; die Beleuchtung war gedämpft – auf jedem Tisch stand eine Kerze in einem roten Glasständer; der Barkeeper unterhielt sich angeregt mit einer vollbusigen Frau in einem engen Fransenkleid; ein Mann hielt eine Frau umschlungen, sie küßten sich ausdauernd, sinnlich.

Francines Blick wanderte zu Kay zurück und blieb an einer Frau hängen, die ein Stück entfernt allein an einem Tisch saß und unmißverständlich zu ihr herüberschaute.

Vergeblich versuchte Francine die Augen abzuwenden und wieder auf die bezaubernde Kay zu richten. Aber nein, es war, als hätten ihre Augen einen eigenen Willen... und wollten unbedingt diese rothaarige Frau anstarren.

Sie sah umwerfend aus – glänzende, dunkelrote Haare, straff nach hinten gebürstet und zu einer Art Knoten zusammengesteckt. Von ihrem Gesicht konnte Francine indes wenig erkennen. Es verbarg sich hinter einem Schleier, der mit einem Schmuckstück – war es ein Diamant? – an einem schwarzen Samthütchen festgesteckt war. Das schwarze Seidenkleid war tief ausgeschnitten und zeigte sahneweiße Haut, kräftige Schultern und einen üppigen Busen. Ein Halsband aus kleinen Perlen schmiegte sich eng an den prachtvollen langen Hals. Francine war wie hypnotisiert.

Es schien, als habe die Frau darauf gewartet, daß Francines Augen sie fänden, irgendwann, während sie, an ihrem Drink nippend, geduldig ausharrte. Auch wenn Francine die Augen der Unbekannten hinter dem Schleier nur vage erkennen konnte, schienen diese sie anzuflehen, den Blick zu erwidern. Francine fühlte sich benommen. Sie vernahm ein leises Summen, vielleicht gar im Innersten ihrer Seele. Plötzlich überkam sie ein seltsames Prickeln, ein Wärmestoß, Erregung. Ohne sich abzuwenden hob die Frau behutsam den Schleier – und entblößte volle Lippen, eine klassische Nase und schließlich brennende, tiefgründige Augen. Sie führte das Glas an die Lippen – fast wie ein Zuprosten –, nahm einen Schluck und stellte das Glas wieder ab.

»Francine? Heh, Francine! Um Himmels Willen, was starrst du denn so?« Kay drehte sich um, wollte sehen, was Francine so faszinierte.

Aber sie konnte nichts Aufregendes entdecken – der Pianist saß am Klavier, der Barkeeper sprach mit der Frau im roten Kleid, das Pärchen umarmte sich.

»Ich glaube, du hast einen sitzen. Gehen wir aufs Zimmer, Honey. Du bist blau.«

»Nein, bitte nicht«, sagte Francine zerstreut. »Geh du nur ruhig. Ich brauche Entspannung; ich muß mal allein sein.«

»Was hast du denn auf einmal? Na schön, dann bleib doch hier sitzen! Ich geh schlafen!«

Kay stand auf und schaute sich noch einmal um. Was hatte Francine nur hypnotisiert? Es gab nichts zu sehen. Wahrscheinlich zu viel Alkohol. Na dann. Soll sie doch sehen, wie das ist, so allein!

Verärgert verließ Kay die Lounge und die immer noch entrückt wirkende Francine.

Nur Sekunden später erhob sich die schwarzgekleidete Frau. Anmutig und leicht, als schwebte sie über dem Boden, kam sie an Francines Tisch.

Francine hatte Mühe zu atmen, so gebannt war sie von dieser rabenschwarzen Zauberin, die ein zarter, exotischer Duft einhüllte. Jadegrün wie dichter Wald waren ihre wachen, forschenden Augen. Die hohen Wangenknochen modellierten ein aufregendes Gesicht, das Francines kühnste Erwartung übertraf.

Als sie schließlich am Tisch stand, neben dem Stuhl, auf dem Kay gesessen hatte, berührte sie Francines Hand mit ihren zarten, langgliedrigen Fingern. Francine schaute auf diese bemerkenswerte Hand, deren Mittelfinger ein großer Rubin in einer altmodischen Fassung schmückte. Sein feuriges Leuchten wirkte so hypnotisierend wie die Augen der Unbekannten.

»Francine.« Eine sanfte, fast magische Stimme. »Ich habe auf dich gewartet.« Sachte bewegte sie die Finger, und der Rubin sandte ein dunkelrotes Glitzern in Francines Augen.

»Aber ich . . .« wollte Francine entgegnen, konnte aber ihren Blick nicht von dem Rubin lösen, so sehr sie es auch versuchte.

»Aber ja doch, meine wunderschöne Francine. Natürlich kennst du mich; in deinem tiefsten Inneren kennst du mich. Du darfst mir jetzt in die Augen schauen.«

Francine zuckte zusammen, als sei der Bann, der ihren Blick auf den Rubin fixierte, aufgehoben. Langsam hob sie den Kopf. Ihre Augen begegneten sich.

Ein Hitzeschauer durchfuhr ihren Körper, dann versank sie im Blick dieser Frau. Und wieder vernahm sie das ferne Summen — nur war es jetzt synchron mit dem erregten Pochen ihres Herzens und dem Pulsieren ihres heißen Blutes.

»Ich bin Lilith. Wie dreist, wie unhöflich von mir, mich Ihnen zu nähern, ohne mich vorzustellen. Ich möchte Ihnen mehr von New Orleans zeigen. Den Teil, den Sie noch nicht kennen . . . das verborgene New Orleans.«

Francine lauschte dem rhythmischen Klang von Liliths Stimme. Sie hatte einen leichten, undefinierbaren, aber verführerischen und aufregenden Akzent.

»Ja. Die verborgene Stadt«, hörte sich Francine sagen. Diese Worte kamen ihr bekannt vor – aber warum, konnte sie nicht sagen. Sie spürte, wie sie sich erhob, immer noch Hand in Hand mit Lilith, als ob sie schon immer zusammengehörten.

»Ich sollte vielleicht...«, Francine schien Mühe zu haben, sich ins Gedächtnis zu rufen, was es denn war, das sie tun sollte. Es hatte mit diesem Ort zu tun...Wartete man auf sie? Auf einem anderen Stockwerk? Sie spürte eine seltsame Irritation – jemand dachte an sie, rief sie, weinte. Sie sah eine Frau auf einem Bett sitzen, das tränenüberströmte Gesicht in den Händen verborgen; sie hatte kurze braune Haare, bildhübsche kleine Brüste. Beunruhigt wartete sie auf Francines Nachhausekommen. Das Bild löste sich in winzige leuchtende Partikel auf, die wie Feuerwerk aufblitzten und umherschwirrten, um dann zu verschwinden. Francine schaffte es nicht, sich zu erinnern.

Lilith geleitete sie aus der Lounge und durchs Foyer zum Fahrstuhl. Und langsam fuhren sie in dem engen Aufzug nach oben. Francine drückte sich in eine Ecke, während Lilith sie mit schmeichelnden Worten bedrängte und sich an sie preßte.

»Ich hab dich vor Miss Matties Haus gesehen. Du stiegst aus dem Taxi. Wirktest so unentschlossen. Gereizt. Und dein blondes Haar, einfach wunderschön. Mit jeder Faser meines Körpers fühlte ich dich. Doch ich blieb im Dunkel. Du hast mich gespürt, nicht wahr, auch wenn du mich nicht sehen konntest?«

Im Zuge dieser geflüsterten Tirade erkundete Liliths Zunge Francines Ohr. Die blonde Frau fühlte sich vom exotischen Parfüm der anderen wie betäubt.

»Schon dort auf der Straße habe ich dich begehrt, aber Miss Mattie kann so verdammt schwierig sein – mit ihren Zaubersäften und Amuletten, dem ganzen Kram. Sag nur, sie hat's nicht versucht.« Sie flüsterte immer noch, ließ ihre Zunge um Francines Ohr kreisen, über den Hals bis hin zur Kehle.

Plötzlich hielt der Aufzug, und die Türen öffneten sich. Francine hatte keine Ahnung, auf welcher Etage sie sich befanden. Auf der Anzeige über der Tür leuchtete die Ziffer für das oberste Stockwerk auf. Das Foyer lag tief unter ihnen.

Lilith nahm Francine an der Hand und schwebte mit ihr den Gang hinunter. Eine Tür. Ziffern. Francine hatte Mühe, sich an die Bedeutung dieser seltsamen Hieroglyphen zu erinnern.

Mit ihrem rubingeschmückten Finger stieß Lilith die Tür auf und glitt behende, mit Francine im Schlepptau, in den dunklen Raum. Die Tür mußte sich geschlossen haben, denn Francine vernahm das Geräusch eines Schlüssels, der sich einmal, vielleicht auch zweimal im Schloß drehte. Flackerndes Kerzenlicht ließ die Schatten tanzen. Der Duft des merkwürdigen Parfüms war überwältigend. Francine fühlte sich benommen.

Ein Wirbelsturm von Bildern tobte in ihrem Kopf: das lächelnde Gesicht des Taxifahrers; Miss Matties harscher, durchdringender Blick. Dies ist eine Warnung, dies ist eine Warnung, Miss Mattie zeigt auf Francine. Kay, die die Hand aufhält, darin etwas liegt. Die Perlen – ein scharfer Stich in Francines Seele, ein Schmerz. Die Bilder schwankten und verzerrten sich. Dies ist eine Warnung. *Dies ist eine Warnung!*

»Es reicht, Francine.« Liliths Stimme klang streng. »Das ist nur ein Traum. Löse dich daraus.« Von Kerzenlicht weich überstrahlt, stand Lilith nah bei Francine. Sie wiegte sich in einem aufreizenden, verführerischen Tanz. Wieder war Francine wie hypnotisiert. Die Bilderflut verebbte. Zurück blieb Lilith – die wunderschöne Lilith: die Seidenträger glitten von ihren üppigen Schultern, das schwarze Samthütchen verschwand in elegantem Bogen wie die Pumps, und das Kleid sank knisternd zu Boden.

Francine war von Verlangen überwältigt. Die nackte Lilith war aufregend, ihr Körper so erotisch – die kräftigen Schultern, die reifen, runden Brüste mit kleinen, kecken, schräg nach oben weisenden Brustwarzen. Aus der schlanken Taille erblühten üppige Hüften. Zwischen ihren festen Schenkeln ein geheimnisvolles dunkelrot wolliges Dreieck.

Francine fühlte sich wie unter Strom gesetzt. Eine unbekannte Macht schien ihre Brustwarzen zu streicheln, zu drücken. Ihre Klitoris pochte.

»Francine«, murmelte Lilith. Die Droge befiehlt den Süchtigen zu sich. »Komm her. Bitte. Komm zu mir.«

Francine konnte nur gehorchen. Lilith zog sie an sich, ließ sie in ihre intensive erotische Aura eintauchen.

»Du bist wunderschön«, sagte Lilith atemlos. »Ich muß dich haben.« Sie drehte sich mit Francine im Kreise, zog ihr die Bluse aus, die Hose. Trat zurück, um Francines schönen Körper zu betrachten, zog sie wieder an sich. Umschlang sie mit beiden Armen, preßte ihre vollen Brüste gegen Francines kleine, weiche. Lilith bedeckte Francines Gesicht und Hals mit Küssen – kleinen heißen Küssen, ließ dann nur noch ihre Zunge wandern. Speichelnaß war Francines Hals.

Lilith zog Francine aufs Bett, legte sich auf sie. Die Zunge war pausenlos am Werk, ihre Lippen zwickten sie spielerisch in Hals, Schultern, Brüste.

Etwas so Überwältigendes hatte Francine noch nie erlebt: Daß ordinäre Küsse, daß kleine Bisse ihr höchste Lust verschafften.

Lilith stemmte sich auf die Ellenbogen, das Gesicht dicht über Francines. Sie schien zu sprechen, aber Francine hatte Mühe, die Worte zu hören und zu verstehen. Sie schaute in Liliths Gesicht, auf ihre Lippen, als hoffte sie, die Worte herausfallen zu sehen.

Da war so was wie »immer«, »auf ewig«, »unsterblich«. Im Kerzenlicht wirkte Liliths Haut auffallend bleich. Das Weiße ihrer Augen erschien bläulich. Was sagte sie? Was meinte sie?

»Und es wird köstlich sein. Überaus köstlich. Das Geheimnis heißt loslassen, geschehen lassen. Sich mir hinzugeben ist die größte Lust überhaupt…«

Unablässig flüsternd knetete Lilith Francines kräftige Brustwarzen. Doch die Worte verrieten Francine so wenig wie die Ziffern an der Tür.

»Du bist ein Juwel. Eine Schönheit. Ich spürte dich schon, als du in New Orleans ankamst. Eine ganze Ewigkeit habe ich auf dich gewartet.« Weich lösten sich Liliths Worte von ihren vollen Lippen.

Francine erfaßte den Sinn von Liliths Wortgemurmel auch jetzt nicht, doch hörte sie den verführerischen Rhythmus, den musikalischen Tonfall ihrer Stimme und geriet nur noch tiefer in Trance.

»Als du endlich im Hotel erschienst, war ich überwältigt von Verlangen. Dich lachen, dich sprechen zu sehen. Deinen warmen Atem spüren. Natürlich weißt du nicht, wie fein entwickelt meine Sinne sind. Ich rieche dich und fühle dich, auch wenn du kilometerweit weg bist.«

Francines Verstand hatte sich abgeschaltet. Sie war nicht mehr in der Lage zu hören, fühlte aber gleichwohl, was Lilith dachte. Wie mit Bleigewichten beschwert lag ihr Körper auf dem Bett und fühlte sich doch federleicht an und schien zu schweben.

Aber Liliths elektrisierende Küsse begannen an Francines Hals langsam zu brennen. Blitzschnell ließ Lilith ihre Zunge über einen kleinen Bereich an Francines zartem Pfirsichhals wandern, während ihre Finger sanft ihre Brustwarzen kneteten. Ihr muskulöser Bauch preßte sich an Francines.

Francine war erregt, total erregt. Die kleinen Küsse schmerzten wie Nadelstiche. Einer Schlange gleich zuckte die Zunge über die Haut, brennend, stechend, ätzend.

»Du willst mich doch, Liebste?« sagte Lilith und schob einen Finger zwischen die blonden Locken, die Francines Geschlecht verdeckten.

Francine spürte wie Liliths Finger sich tastend, forschend zwischen ihre geschwollenen Lippen schob, die feuchte Klitoris hinauf. Unter Liliths zartem, doch direktem Zugriff spürte Francine, wie sie den Rücken bog, eine Aufforderung an Lilith, weiter zu gehen.

Lilith fühlte Francines Bereitschaft, und die Lippen an Francines Hals gepreßt, die Zunge in schneller rhythmischer Bewegung, suchte und fand ihr Finger den *hot spot* mühelos. Sekunden später war Francine stöhnend und wild zuckend an der Schwelle zum

Orgasmus. Lilith fuhr fort sie zu zwicken, zu lecken und zu streicheln.

Als Francine den Höhepunkt erreichte, versenkte Liltih ihre scharfen spitzen Zähne in die zarte Haut an deren Hals. In ihrer Wollust merkte Francine nicht sofort, was geschah, aber der stechende Schmerz beendete abrupt ihren Orgasmus.

Sie wehrte sich, versuchte Lilith wegzustoßen. Der Schmerz nahm zu, wurde schier unerträglich. Mit bloßer Kraft preßte Lilith sie aufs Bett, drückte ihren Kopf zur Seite und begann zu saugen, schwach zuerst, dann heftig, während sie ruckartig ihre Klitoris gegen Francines Hüfte stieß.

Beim Saugen spürte Lilith in ihrer Klitoris ein orgiastisches Vergnügen.

Francines Körper war von Kopf bis Fuß in ungeheurer Pein entflammt, der Schmerz verzehrte sie. Und dann geschah etwas. Hinter dem Schmerz begannen sich Wonne, Befriedigung und Hingabe abzuzeichnen.

Pein wich dem Gefühl von Verschmelzung. Lilith stöhnte, schnurrte, ja knurrte fast. Ihr Körper glühte, Schweiß zischte auf der Haut. Sie verkrallte sich in Francine, riß den Mund von deren Hals fort und stieß einen gutturalen Schrei aus.

Francine schaute auf, benommen und verspannt vom Kämpfen. Lilith stierte vor sich hin, die Augäpfel verdreht, der üppige Mund, das Kinn und die Wangen blutverschmiert.

»Du bist mein!« kreischte sie in höchster Wut. »Mein!«

Ein leises Scharren an der Zimmertür ließ Kay hochschrecken. Ein Schauer durchfuhr sie. Seit Stunden wartete sie auf Francine, fluchte, betete, flennte, lief nervös auf und ab und erkundigte sich immer wieder an der Rezeption. Sie war völlig erschöpft, ausgebrannt.

»Francine?« flüsterte Kay, als sie an die Tür trat.

Keine Reaktion.

»Francine? Bist du das?«

Kay preßte das Ohr an die Tür, die sich angenehm kalt anfühlte.

»Bist du es?« Sie fühlte sich auf einmal sehr verletzlich. Miss Matties Worte schossen ihr durch den Kopf. *Schicken Sie sie fort. Schicken Sie sie fort.*

»Francine?«

»Ja«, antwortete Francine. »Ja, Kay, laß mich rein.«

Kay löste die Verriegelung und öffnete die Tür.

Der intensive Duft nach Orangen und Anis, der Francine umwehte, traf Kay völlig unvorbreitet. Auf einmal fühlte sie sich benommen, einer Ohnmacht nahe. Sie trat zurück und schüttelte den Kopf, als wollte sie die plötzliche Benommenheit vertreiben.

Sie versuchte, sich auf Francine zu konzentrieren, die in dem gedämpften Licht bleich und erschöpft, fast leblos wirkte. Kay riß die Augen auf, als könne sie so mehr erkennen. Francines sonst leuchtend blaue Augen zeigten dunkle Ringe. Ihr Blick war leer. Kay schaute von Francines Gesicht zu ihrem geschwollenen, mißhandelten Hals.

»Was um Himmels willen ...?« Kay zog Francine herein.

»Ich bin hier, um dich zu holen.« Mit glasigem Blick stolperte Francine durchs Zimmer. Sie hatte eine seltsame Aura – kalt und heiß, hell und dunkel.

»Wovon redest du überhaupt?« Kay zwang sich, zu Boden zu blicken, sie wollte Francines Blick nicht begegnen.

»Komm mit mir, liebste Kay. Ich habe das verborgene New Orleans gesehen. Es erwartet dich ... uns.« Francine schien etwas angespannt, fast überdreht. Sie ergriff Kays Hand und sagte flehentlich: »Komm. Komm mit mir. An einen Ort, der so warm ist und so ...«

Der ungewöhnliche Duft, der Francine umgab, war verführerisch. Unfähig zu begreifen, was vor sich ging, trat Kay einen Schritt zurück, und begann Francine genauer anzuschauen. Ihr Blick wanderte zu Francines Hals. Die tiefrote Quetschwunde wies seitlich zwei winzige Einschnitte auf. Auf dem geschwollenen Fleisch ruhte eine Silberkette mit einem antiken Rubinanhänger, der sich direkt in die kleine Vertiefung unterhalb von Francines Kehlkopf schmiegte. Der Stein reflektierte das Licht im Zimmer und sandte schimmernde Reflexe in Kays Augen. Die Wirkung war unwiderstehlich. Sich von dem verzaubernden Funkeln abzuwenden war schwierig.

Francines Griff wurde plötzlich kräftiger, energischer. Sie zog Kay in ihre Arme, drückte sie an die Wand und begann sie zu küssen, mit den Lippen zu zwicken, fast schon zu beißen.

Auf diesen jähen Wechsel bei Francine, von Fragilität zu enormer Kraft, war Kay nicht vorbereitet. Sie war verblüfft, überrumpelt.

Mit aller Macht versuchte Francine, Kays Kopf zur Seite zu drücken und ihr in den Hals zu beißen. Schlagartig löste sich für Kay das Rätsel – die bildschöne, wunderbare Francine war nicht mehr sie selbst, war nicht länger Francine.

»Nein!« schrie sie in Panik. »Nein, Francine. Nein!« Kay boxte, trat, schlug um sich – sie dachte nur noch daran, sich die andere vom Leibe zu halten. Sie kämpfte mit aller Kraft.

Sie rannte zum Bett, griff sich ein Kissen, einen Kleiderbügel, ein Taschenbuch – als könnte irgendeiner dieser Gegenstände sie schützen oder gar Francine aufhalten!

Sie floh in die Zimmerecke, zwischen Bett und Schreibtisch, und in diesem Moment, die Arme voll nutzloser Waffen, fiel ihr das Lederband mit den Perlen ein. Worte schossen ihr durchs Hirn: *Schick sie fort. Schau ihr nicht in die Augen!* Buch, Bügel und Kissen ließ sie fallen, griff nach dem Halsband und zerrte es sich über den Kopf.

»Schau mich an Kay. Bitte.« Francines Stimme klang so sanft, so erfüllt von ihrer beider Liebe und Leidenschaft.

Kay nahm die Perle zischen Daumen und Zeigefinger. Sie war vollkommen verwirrt. Es gab nur eins, sie mußte Francine auf der Stelle fortschicken! Aber ohne es zu wollen, dachte sie an die tiefe Liebe, die sie verband. Ein letztes Mal, bevor sie sie für immer fortschickte, wollte sie ihrer Geliebten in die Augen schauen. Ein letzter Blick, ein letztes Band.

Als läse sie Kays Gedanken, schritt Francine langsam zu ihr hinüber. Mit ihren langen, blassen Fingern umfaßte sie behutsam

Kays Gesicht und begann ganz sacht, fast unmerklich ihr Kinn nach oben zu drehen.

Unsere Augen müssen sich begegnen, dachte Francine und bemühte sich nach Kräften, wie eine Liebende zu scheinen. *Nur ein einziger Blick, und sie ist mein.*

VIRAGO

»Ich sah auf den Urwald hinunter, während wir auf die Landebahn zurasten – und er wirkte auf mich wie ein gigantischer, atmender Smaragd, durch den sich ein blaues Saphirband schlängelte. Ich war damals frisch promoviert, nur wenig älter als du heute, Manilla, und wollte mir in der Wissenschaft einen Namen machen; mit einem Projekt, das eine radikale innere Wandlung versprach und mir die verlockenden Schattenseiten meiner Seele zeigen sollte.«

Mit diesen Worten schaltete Professor Slater den Virtual-Reality-Prozessor ein, der die Studentin Manilla und sie selbst in das kleine Propellerflugzeug von damals versetzen sollte. Professor Slater erzählte so lebendig, daß Manilla förmlich spürte, wie der altersschwache Flugzeugsitz durchsackte, als sie sich vorbeugte.

Der VR-Prozessor würde beide Frauen die Vergangenheit real erleben lassen. Derart extrem hatte Slater das Zeitreise-Experiment noch nie durchgeführt – aber heute mußte es sein. Worte oder Bilder allein konnten die verhängnisvolle Macht, die Darsen verkörperte, nicht deutlich machen ...

»Ich hatte wenig Gepäck – es war mein erster Ausflug in den Dschungel, und ich wollte nur ein paar Dinge klären. Wenn der gesuchte Stamm sich lokalisieren ließ, wenn Einheimische ihn kannten, wollte ich später mit einer besseren Ausrüstung wiederkommen und gründliche Feldforschung betreiben. Wir waren nur zu zweit, der Dschungelführer Johnston und ich, und hatten an

Ausrüstung nur, was in das schmale Gepäcknetz des Fliegers paßte.

Dieser erste Augenblick... Schau... Manilla, schau aus dem Fenster, überzeuge dich selbst ...«

Manilla konnte es riechen – das Flugbenzin, das Leder der Sitze, Johnstons Schweiß, Slaters Parfüm. Sie keuchte plötzlich – die Höhe –, beugte sich vor, berührte den Pilotensitz, spürte seine beruhigende Festigkeit. Dies war kein Traum, keine exotische Story, sie befand sich tatsächlich mit Slater über dem Dschungel; tief unter ihr floß der Amazonas!

»Bitte anschnallen, meine Herrschaften, die Landung wird etwas unsanft«, knurrte der Pilot.

Johnston legte Slater eine Hand auf die Schulter. Sie schüttelte sie zornesfunkelnd ab. Manilla wollte etwas sagen, merkte aber, daß der Mann sie keines Blickes würdigte. Ihr schien alles völlig real – der Geruch, das wütende Knurren – und doch nahmen die anderen sie nicht wahr, konnten sie ja auch nicht wahrnehmen. Sie war nur ein strategisches Element – aber eines mit Gefühlen –, und Manilla fühlte sich sehr verwundbar.

Slater spürte die Angst der jungen Frau und reduzierte leicht die Intensität. Manilla empfand plötzlich Wärme, dann war das ganze Cockpit leicht vernebelt. Ihr war, als träumte sie... Ja, so war es leichter... Wenn es ein Traum war, kam sie zurecht... Als Manillas Hirnströme sich dem veränderten Tempo angepaßt hatten, nahm Slater die Zeitreise wieder auf, führte Manilla zu jenem Moment zurück ...

Die Landung war hart. Die Tragflächen rasierten Blätter ab, als das Flugzeug auf der zerfurchten Piste aufsetzte. Das heißt, »Piste« konnte man dieses ausgewaschene Stück Erde eigentlich nicht nennen. Es war ein Dschungelpfad, mehr nicht. Die Maschine rumpelte über den holperigen Grund, die Passagiere schwankten in den Sitzen, und der Inhalt von Slaters Rucksack ergoß sich in den Gang. Kamera, Filmbüchsen, Objektive, Stifte und ein Buschmesser flogen ihr um die Knöchel. Slater bückte sich nach der Kamera. Schon packte sie Johnstons Pranke blitz-schnell am Handgelenk.

»Wollen Sie sich die Finger brechen? Warten Sie, bis das Flug-zeug steht!« Er versuchte ein Lächeln. Seine Zähne waren sehr lang und weiß, sahen gefährlich aus.

Slater wehrte ihn ab. Sie prallte gegen die Rückenlehne, als die Maschine abrupt stoppte.

»Wir sind da!« grinste der Pilot.

»Wo ist das Dorf?« Slater öffnete den Sicherheitsgurt und griff nach der Kamera.

»Welches Dorf, Lady? Hier gibt's kein Dorf, wer hat Ihnen was von einem Dorf erzählt?« Der Pilot knallte die Mütze auf den kahlen Schädel.

»Johnston, Sie sagten doch . . . « Slater versuchte ruhig zu blei-ben, ihre Wut unter Kontrolle zu halten.

Angst kroch über Manilla hinweg wie eine große Spinne. Das abkühlende Metall der Propeller spritzte kleine »Pling-Plong«-Geräusche in den Soundtrack des Dschungels.

»Jetzt hören sie mal, *Frau Professor*, Sie haben mir geschrieben, daß Sie jemanden brauchen, der ihnen mögliche Standorte der Manteos Indianer zeigt. Näher als hier kommen Sie an die Man-teos nirgendwo heran.« Er bückte sich, um nicht gegen das Kabi-nendach zu stoßen, schnappte sich zwei Khaki-Taschen und ging zur Tür.

»Die nächstgelegene Stadt ist Tefe, Lady, vier- bis fünfhundert Kilometer von hier, immer hübsch den richtigen Amazonas rauf,« sagte der Pilot etwas freundlicher.

»Den richtigen Amazonas rauf – sind wir denn nicht am Ama-zonas?« Slater schlug mit der Faust auf den Sitz.

»In gewisser Weise schon. Der Fluß rechts neben Ihnen ist der Rio Branco, und der mündet ungefähr sieben Meilen von hier in den Rio Negro.« Der Pilot prüfte die Instrumente. »Herrgott, Professor, die sehen doch alle gleich aus. Das ist er, der Amazonas – wie er im Reiseprospekt steht. Naß und gefährlich – so richtig ungebändigt, das wollten Sie doch, oder? Jede Menge Hottentotten, die in Voodoo-Masken herumhüpfen?« Johnston riß die Kabinentür auf und sprang hinaus.

Die Luft schien von Sauerstoff zu bersten. Kreischend flogen Makaos auf. Die Hitze traf Manilla wie eine feuchtheiße Zunge.

»Johnston, ich weiß, wo der Rio Branco ist – das sind doch alles Nebenflüsse. Ich will zum Hauptfluß, zum Amazonas. Wenn ich meine Theorie beweisen will, muß ich . . .« Ihre Stimme klang blechern, verzweifelt.

»Ich weiß, was Sie brauchen, Professörchen. Nun schwingen Sie ihren Hintern raus – oder lassen Sie's bleiben. Bezahlt werd ich sowieso. Keine Rückerstattung – steht im Vertrag. Aber ich riskier doch nicht meine Lizenz, nur weil so'n gottverdammter Yankee 'ne Schnapsidee hat.« Johnston hatte leuchtend blaugrüne Augen wie der Dschungel hinter ihm. Im hellen Tageslicht wirkte er riesig. Die rotgoldenen Haare standen ihm wirr um den Kopf.

Manilla wollte Slater am Gürtel packen, sie auf den Sitz zurückzerren, dem Piloten sofortigen Start befehlen und Johnston, diesen Mistkerl, einfach sitzenlassen; sollte er doch verrecken im rötlichen Schlamm. Sie versuchte zu schreien, aber kein Ton kam aus ihrer Kehle. Sie durfte nur zuschauen, zuhören, gehorchen. Ohne Stimme. Ohne Zugriff. Sie war lediglich Empfänger.

»Der Busch steigt uns leicht zu Kopf, Ma'am. Indianer, Skorpione, Raubkatzen, verdammte Revolutionäre – das ist 'ne Hölle für sich, verstehen Sie? Ihr Wissenschaftler kommt her, wedelt mit den großen Scheinen, weckt die Gier bei den Leuten. Ihr schwebt mit euren Filmteams ein für euer *Superding* à la ›National Geographic‹, und dann haut ihr ab, laßt nichts zurück, also mit Verlaub, Ma'am, zum Teufel mit Ihnen und Ihrer verdammten Universität! Vertrauen Sie dem Dschungelführer, und in drei Tagen hol ich Sie beide wieder ab.«

Slater unterdrückte ein Zittern. Die Luft war kalt. Die Typen steckten unter einer Decke. Die Zusagen der Regierung – alles Makulatur. Diese dummen, armseligen Männer, warum hatte sie nur etwas anderes erwartet? Sie konnte natürlich zurückfahren, Riesenstunk machen und zugeben, daß sie mit den Kerlen hier nicht klarkam. Sie müßte dann jemanden finden, der mitkam und alles neu arrangierte – oder sie biß die Zähne zusammen und blieb.

»Laden Sie den Rest aus, Johnston. Und Sie McGilly, Sie sind in drei Tagen wieder hier, auf exakt dieser Piste, und wenn nicht, kriegt die Botschaft Sie dran oder wer da immer das Sagen hat, das schwör ich Ihnen! Ich mein es ernst! Die Leute wissen, wer ich bin, wo ich bin und mit wem und wie lange, also, schönen Tag noch.« Slater kletterte aus der Maschine.

»Gern, Ma'am, aber jetzt kriegt Johnston Sie erst mal dran, also ebenfalls schönen Tag noch.« Der Pilot spuckte aus und winkte, während der Dschungelführer die Tür zuschlug.

Sie standen noch auf der Piste, als das Flugzeug vorwärtsschoß und gefährlich nahe an ihnen vorbeiraste.

Er kracht in die Bäume, dachte Slater, aber da hob der Flieger ab.

»Das wär's. Wir sind da.« Johnston setzte den Rucksack auf und ergriff ein kleineres Bündel.

»Stimmt.« Slater schulterte ihren eigenen Rucksack.

Mittag war vorbei, als sie die letzten Schlingpflanzen und übergroßen Blattwedel beiseiteschoben. Vor ihnen lag das bräunliche Wasser des Rio Negro. Slater zog die Stiefel aus, wobei sie aufpaßte, daß die Socken fest in den Hosenbeinen staken, zum Schutz vor Skorpionen und Spinnen. Sie hatte die Dschungelhandbücher gründlich gelesen. Johnston brummte und ließ den Rucksack auf die Erde gleiten.

Slater stolperte zum Wasser hinunter. Insektenschwärme sirrten und summten um sie herum bis hoch ins Blätterdach des Regenwaldes. Die Vögel schwiegen, voller Verachtung für die weißen Eindringlinge.

Slaters Füße brannten höllisch. Sie hatte sie wochenlang abgehärtet, war barfuß durch das salzige Marschland hinter dem College gelaufen und täglich acht Kilometer gejoggt – aber die schon jetzt schimmelnden Socken hatten im Verein mit der Feuchtigkeit und der glühenden Hitze ihre Füße aufgeweicht. Scheuerstellen waren zu Blasen geworden, die aufplatzten, zum Glück ohne zu bluten, doch ähnelten ihre Zehen rohem Fleisch. Sie trat an den Ufersaum und beobachtete kritisch die aufsteigenden Luftblasen auf der träge fließenden Brühe. Keine Piranhas, dafür war es zu ruhig. Sie warf einen Stock ins Wasser, nichts geschah. Vorsichtig setzte sie einen Fuß vor den anderen; ein einziger falscher Schritt konnte die Attacke eines Zitteraals bedeuten. 640 Volt zack durch den Schlamm direkt in ihren Fuß. Eine Art umgedrehter Blitzschlag und als Resultat: verschmortes Fleisch. Wenn sie schwimmen wollte, war es das beste, sich abseits der seichten Stellen einfach treiben zu lassen. Alligatoren und Kaimane gab es erst weiter stromabwärts; sie dösten jetzt oder hielten Ausschau nach einem Otter zum Mittagessen. Wenn sie an der Wasseroberfläche bliebe, könnte ihr auch der Riesencatfish nichts anhaben. Das alles war nicht ohne Risiko, aber angenehm – sie fühlte sich jedenfalls lebendig. Ohne den lästigen Johnston wäre alles perfekt. In ihrer Vorstellung sah sie sich schon im Wasser.

»Achten Sie auf kleine Verletzungen.« Johnston stand hinter ihr und pulte mit dem Fingernagel in den Zähnen. »Als erstes kriechen die Dasselfliegen unter die Haut und legen Eier ab – der Nachwuchs futtert sich dann ins Freie. Sie wachen auf, ein Stück vom Arm ist weg und Ihre Haut mit den süßen Biestern bedeckt. Schwarze Mücken sind auch übel, sie übertragen die Onchozerkose, Flußblindheit – aber das wissen Sie wohl? Die Sandmücken sind die schlimmsten, wenn Sie mich fragen, von denen kriegen Sie Leishmaniase, ›ne widerliche Art von Lepra, Ihre edelsten Körperteile trocknen aus und fallen ab...«

»Das macht Ihnen so richtig Spaß, nicht wahr? Ziehen Sie Leine, Johnston, ich bin nicht die Prinzessin auf der Erbse. Tun Sie Ihren Job, und lassen Sie mich in Frieden.« Slater wandte sich ab; die Szenerie war nicht mehr einladend; sie wirkte nur noch bedrohlich und schien von einem bösartigen Summen und Brummen sowie dem schrillen Kreischen aller möglichen feindlichen Kreaturen erfüllt.

»Na, wenn Sie so perfekt vorbereitet sind, schlaf ich 'ne Runde, bis es kühler wird. Wir marschieren bis Anbruch der Dunkelheit und kampieren dann. Können wohl kaum im Dunkeln wandern. Auch wenn der Mond okay ist, endet so'n Nachtmarsch unweigerlich in einem fremden Magen, und wenn wir uns noch so viel auf unser Wissen einbilden.«

Manilla stand im Hintergrund neben einer Kassavapflanze. Sie schaute zu, wie Slater sich die Füße abtrocknete und aus ihrem Rucksack, zwei Meter neben Johnstons Rastplatz, einen Verbandskasten holte. Sie schmierte eine bräunliche Salbe auf die Zehen und verband sie ordentlich mit Gaze und Pflaster. Um sie herum zischte und brutzelte der Urwald.

Dann kämpfte Slater mit ihrem Moskitonetz; sie verheddete und verstrickte sich heillos in dem feinen Gewebe. An den Rändern wurde das Bild allmählich blasser. . . . Im Zeitraffer ging es zur nächsten Szene, zum Biwak – Manilla fand sich am Lagerfeuer wieder, sie saß auf einem mächtigen umgestürzten Baumstamm. Die Hitze brannte ihr im Gesicht. Für zwei Forscher schien das Feuer viel zu groß.

Das nächtliche Dunkel von Leben erfüllt. Johnston saß an einen Baum gelehnt, Pistole, Machete und Bourbon zur Hand, um »Wache zu schieben«.

»Aber Sie haben mir doch gesagt, hier gäbe es im Umkreis von dreihundert Kilometern nichts und niemanden. Mit dem Großfeuer werden Sie uns noch umbringen.« Slater brachte sich mit Schlafsack und Moskitonetz ein Stück weit weg in Sicherheit.

»Den ganzen Tag hab ich komische Geräusche gehört; irgend jemand ist uns auf den Fersen. Ich wollte Ihnen keine Angst einjagen, aber wahrscheinlich ist das 'n verdammter Indianer, der auf den Schnaps oder auf meine Kanone scharf ist – also zeige ich ihm, daß ich's weiß und daß wir keinen Ärger wollen, klar?«

»Jesus, langsam denke ich, ich wäre bei denen besser aufgehoben. Lassen Sie's nicht an mir aus, Johnston! Okay? Ich kenne den Rückweg nicht, jedenfalls nicht hundert Prozent; bitte nehmen Sie sich zusammen.« Slaters Stimme klang freundlicher.

Der Tonfall schien den Mann zu beruhigen. Ihm ging's besser. Er konnte es packen. Er konnte alles packen. Völlig richtig.

Slater fiel in erschöpften Schlaf. Sie waren ohne Unterbrechung viele Stunden marschiert, zum Schluß nur noch durch dichtes Gestrüpp. Die Nacht war heiß, endlos lang, und das Dunkel hinter Johnston und dem Feuer pulsierte von Leben. Manilla wollte mit dem Dschungelführer wachen, aber der Traumnebel hielt sie gefangen, und langsam wurde das Bild unscharf.

Die Stille weckte Slater und scheuchte Manilla aus ihrer Träumerei.

»Johnston?« Kein Fluch, kein Schnarchen antwortete ihr.

»Johnston?« Slaters Flüstern war im nächtlichen Dschungel wie ein Schrei.

Ein dritter Versuch. Wieder nichts.

Slater kämpfte mit dem Moskitonetz; was auch immer Johnston entführt hatte – es würde sie attackieren, bevor sie aus dem Schlafsack raus war. Endlich! Der Reißverschluß offen!

»JOHNSTOOOOONNNNNNNN!«

Ein Affe, aus dunklem Schlaf gescheucht, kreischte zurück. Sie war angekleidet schlafen gegangen und verlor jetzt keine Zeit mit der Suche nach Klamotten. Sie tat einen Schritt und rutschte auf etwas Knirschendem und Glitschigem aus. Im Lichtkegel der Taschenlampe lag zerquetscht eine riesenhafte Spinne. Angeekelt zuckte Slater zusammen.

Sie stocherte in der Asche des heruntergebrannten Lagerfeuers und versuchte, es neu anzufachen. Behutsam fütterte sie ein schwaches Flämmchen, bis es genügend Licht verbreitete.

Fußabdrücke – barfuß und von Stiefeln, wohin sie auch schaute. Kein Anzeichen für einen Kampf, die Rucksäcke unangetastet, nicht einmal eine leere Whiskeyflasche. Johnston wäre nicht so dumm, Slater mitten in der Nacht ohne Rucksack im Stich zu lassen. Und so tief war ihr Schlaf nicht, daß sie einen Kampf überhört hätte. Aber es gab keinerlei Anzeichen für Gewaltanwendung, nicht mal ein Stück Schnur. Sie tat ein paar Schritte tiefer in den Dschungel hinein. Das Geheul eines Affen jagte sie zum Feuer zurück. Sie würde den Tagesanbruch abwarten. Sie würde auf Johnston warten ... Dieser Lump ...

Die Sonne brannte erbarmungslos. Tukane lamentierten über ihr, ob kichernd oder böse, konnte sie nicht sagen, Zweigstücke prasselten auf sie herunter. Sie mußte geschlafen haben. Aber wann? Ihr Körper fühlte sich an, als habe sie die ganze Nacht stumpf und starr Wache gestanden. Ein Eisvogel schoß aus dem Gebüsch zum Wasser. Wasser! Ihr drohte Dehydrierung. Die grauenhaften Kopfschmerzen verdankten sich weniger der Anspannung als vielmehr der fehlenden Feuchtigkeit. Mit Wasserfilter und zerbeulter Feldflasche stapfte sie vorsichtig zum Fluß.

Papageien, Makaos und Großreiher stoben davon, als sie sich dem schlammigen Ufer näherte. Vor ihren Augen ein Grün, so intensiv leuchtend, daß es fast weh tat. Satte Farben, wohin sie schaute, sogar die Luft war bunt. Sie reckte die Arme aus, konnte die wie ein Regenbogen schillernde Luft beinahe greifen. Johnston war verschwunden und sie selbst schlecht ausgerüstet für den Regenwald; dennoch war sie wie trunken von der aberwitzigen Energie dieses Paradieses. Angst verspürte sie nicht ...

Das Wasser war trinkbar, der Filter geprüft – durchschlüpfende Parasiten bekämen eine Empfehlung. Sie fragte sich, ob die »First Alert Company« den Kaufpreis posthum zurückerstatten würde. Mühsam schulterte Slater den Rucksack. Johnston kam nicht zurück. Es hatte keinen Sinn, weiter hier herumzuhocken. Sie kritzelte eine Nachricht und pinnte sie an seinen Schlafsack. Sie würde nach Südosten wandern ... Irgendwann müßte sie auf Manaus stoßen, zumindest auf ein Dorf. Es war ausgeschlossen, daß sie die Landebahn wiederfand. Nach ihrer Rückkehr würde sie Johnston und McGilly den Behörden anzeigen – und verlangen, daß sie für die gescheiterte Expedition Schadenersatz leisteten. Beim nächsten Trip würde sie nur Frauen anheuern und deren Gepäck nach Drogen durchsuchen.

Slater warf einen Blick auf den Kompaß und marschierte los. Es war schon spät. Die Sonne ging wie schlaffer ein Ballon hinter dem Regenwald unter. Bald müßte sie biwakieren. Sie holte den Kompaß raus. Der geborstene Kristall zeigte Spinnenfinger in sämtliche Richtungen. Verdammt – das mußte vorhin beim Einpacken passiert sein; offenbar hatte sie den Kompaß gegen das Messer oder die Kamera geknallt. Slater schleuderte ihn ins Dickicht. Als sie weiterging, trippelte irgendein Lebewesen hastig von dannen. Hoffentlich nur ein Gürteltier. Eine Weile versuchte sie dem Fluß zu folgen. Wespen und Hornissen stürzten sich auf sie, als sie an eine matschige Stelle gelangte. Verzweifelt um sich schlagend, blieb sie stehen – der Dschungel kam ihr an dieser Stelle merkwürdig bekannt vor.

Sie spazierte am Stamm eines umgestürzten Urwaldriesen entlang – und stieß auf Johnstons verlassenen Rucksack. Auch die Fußspuren waren noch zu erkennen, das erloschene Feuer unberührt. Sie war verdammt noch mal im Kreis marschiert! Slater setzte den Rucksack ab, sammelte wütend Holz. Na gut, wenn Johnston jetzt zurückkam, wußte er wenigstens, wo sie war. Inzwischen wäre er wohl auch wieder nüchtern.

Die Nacht war noch heißer als die vorhergehende. Slater konnte nicht schlafen. Der Mond ging auf, es war fast Vollmond, und er strahlte die Bäume so hell an wie das Feuer. Ihr kam der Gedanke, daß in dunkleren Nächten ein Feuer wohl abschreckender wirkte . . .

Der Mond schob sich hinter eine Wolke, und damit verschwand auch das helle Licht, das sie geblendet hatte. Und dann . . . stand da plötzlich jenseits des Feuers eine dunkle Gestalt.

Slater schnappte nach Luft – versuchte Johnstons Namen zu rufen, auch als sie merkte, daß es nicht der verschwundene Dschungelführer war. Sie griff blitzschnell hinter sich nach ihrem Messer, hielt die Luft an; dieses Etwas, das sie da beobachtete, sollte nicht merken, was sie vorhatte.

Der Mond kam hinter der Wolke hervor, und die Gestalt verschwand . . .

Den Rest der Nacht rannte Slater auf und ab, das Messer in der einen, einen brennenden Ast in der anderen Hand, und brüllte dem Unbekannten zu, er solle sich zeigen, so wütend war sie angesichts der heimtückischen Folter.

Als der Mond verblich und die Sonne aufging, war Slater noch von Adrenalin überschwemmt. Sie verschlang etwas Pökelfleisch, trank einen Schluck Wasser, stopfte dann rasch alles, was von Johnstons Proviant noch brauchbar war, in ihren Rucksack. Johnstons Kompaß, sein Messer und die Pistole waren verschwunden. Sie war auf sich gestellt. Er würde sie nicht finden.

Der Dschungel schnappte nach ihr, wollte sie mit jedem Schritt erwürgen. Viermal schlug sie in der verrottenden Vegation längelang hin, und Myriaden von Ameisen und Termiten setzten sich in Bewegung. Sie spürte nichts, weder Stiche noch Kratzer, nicht einmal die Zweige und Lianen, die ihr ins Gesicht peitschten – sie empfand nur Panik, als sie durch den Busch stürmte und in Schnelligkeit Sicherheit suchte.

Mehrmals fühlte sie »es« – irgendwas oder irgend jemand verfolgte sie, hielt Schritt mit ihr, testete ihre Ausdauer. Keinen Gefallen würde sie denen tun, sie füllte nicht mal die leere Feldflasche auf, sondern rannte panisch weiter, von Angst überwältigt.

Was sie früher einmal für Angst gehalten hatte, schien ihr im Rückblick kaum mehr als ein harmloses Problem. Sie hatte nie fürchten müssen, an Hunger oder Kälte zu sterben, ihr Leben war nie ernsthaft in Gefahr gewesen, und niemals war sie auf so entsetzliche Weise bedroht worden wie jetzt. Ein Feind, der sich unsichtbar machte. Sie konnte die Gefahr zwar nicht sehen, aber riechen und schmecken; ein Giftgas, das sie zu ersticken drohte.

Viele Stunden lang war sie so durch den Dschungel gehastet, wobei der Fluß zu ihrer Rechten die einzig verläßliche Koordinate vorstellte. Der Fluß mäandrierte, hatte sich womöglich verzweigt. Aber er war ihr einziger Anhaltspunkt. Schlagartig fiel die Nacht über sie her. Eben war die Sonne noch da, dann nicht mehr.

Die tagaktiven Tiere hatten sich verzogen, die Nachttiere reckten und streckten sich. Von irgendwoher wurde sie beobachtet. Womöglich von allen Seiten. Das Unbekannte hatte mit ihr

Schritt gehalten, und nun brach seine Stunde an. Sie blieb stehen, aber hier gab es keine Lichtung, um Feuer zu machen – außerdem war ihr Rucksack aufgerissen und leer, sie hatte nur das, was sie in den Taschen trug: feuchte Streichhölzer, Federmesser, Ausweis. Dann also Kampf. Sie hatte weder Feuer noch Waffen. Sie würde beißen und kratzen und nicht nachgeben, bis »es« sie umbrachte. Aber »es« würde mit ihr ins Gras beißen! Die eiskalte Wut, die sie bei dem Gedanken packte, daß dieses unbekannte kriechende Monster sie fertigmachen, heimtückisch angreifen und töten könnte, gab ihr neue Kraft und Energie.

Als der Mond, schrecklicher Zeuge ihres Untergangs, rund und voll aufging, tat sie einen wilden Schrei, aber es war nicht der Schrei eines gequälten Opfers. Slater empfand es als pure Ironie, daß sie, die auf der Suche nach den Amazonen war, am Ende selbst zur Amazone wurde. Und wieder schrie sie.

Vor der grünen Blätterwand erschien eine große, schlanke Gestalt, deren Augen rubinrot funkelten. Doch wie durch Zauberhand verlosch das seltsame Glitzern, und eine Stimme ertönte: »Hier bin ich.«

Ich habe den Verstand verloren, dachte Slater, aber da erklang, die Stimme von neuem, beruhigend und fest.

»Hier bin ich. Komm zu mir.« Eine Frau.

Slater ließ das Messer fallen. Tränen rollten ihr über die Wangen. Mitten im Busch stand da ein zivilisiertes Wesen, das englisch sprach, eine Frau – kein Jaguar, kein Kopfjäger, nicht einmal der durchgedrehte Johnston –, schlicht und einfach eine andere Frau.

Slater setzte sich in Bewegung. Mit ausgestreckten Armen trat die Fremde auf sie zu; rote Fingernägel blitzten im Mondlicht.

»Der Göttin sei Dank!« Slater ließ sich in die schlanken Arme der anderen fallen und brach zusammen, überwältigt von Hitze, Erschöpfung, Austrocknung und schockartiger Erleichterung.

Die großgewachsene Frau schwankte nicht unter der erwarteten Last und ließ Slater vorsichtig auf die Erde gleiten. Behutsam, fast zärtlich hielt sie ihr eine Feldflasche an die rissigen Lippen. Mit einem feuchten Tuch wischte sie Slater den Schmutz vom Ge-

sicht. Dann führte sie das Tuch an ihre eigenen Lippen. Wie merkwürdig.

Manilla spürte, wie sich die Atmosphäre plötzlich änderte,
während sie noch die Szene beobachtete. Die Frau wandte sich
um und starrte zu ihr hinüber; sie schien Manillas Anwesenheit zu
spüren, auch wenn sie sie nicht sehen konnte. In dieser Sekunde
erkannte Manilla sie.

Es war Darsen.

DARSEN.

Slater rückte vom Gerät ab, sie fühlte, wie Manilla zurückwich,
sich verkrampfte. Behutsam regelte Slater das Bild, fuhr den
Weichzeichner hoch. Nun waren Manillas eigene Erinnerungen
dran. Slater dachte an das Zusammentreffen zwischen Darsen und
Manilla auf dem Campus und freute sich insgeheim, daß sie das
Risiko der Zeitreise eingegangen war. Sie irrte sich nicht. Es gab
ein finsteres und tödliches Band zwischen Darsen, Manilla und ihr
selbst, das verrieten Slater die eigenen Gefühle, aber auch ihre
Zuneigung für Manilla. Eine dunkle Macht trieb sie alle drei auf
die ultimative Konfrontation zu; das war auch Manilla bewußt,
sogar in diesem Augenblick, bei der Zeitreise.

Slater nahm die Fingerspitzen von Manillas Puls. Das Timing
war entscheidend; zu leicht verfing man sich in einem Übermaß
an Erklärungen. Die nackte Realität würde Manillas Verstand zu-
sammenbrechen lassen. Nein, Manilla würde sich zu schützen
wissen, aber dennoch mußte Slater Darsens heimtückische Macht
offenlegen. Nur noch ein klein wenig zurück... zurück... Die
Zeitmaschine startbereit... Ihrer beider Pulschlag wurde eins...
Ihre Stimme, ihr Verstand... ihr Wille... übernahmen jetzt Manillas Geist... blendeten sich ein... holten Manilla zurück in den
Dschungel... in Darsens Arme...

Da stand ein Haus, zweistöckig, von innen hell erleuchtet; eine
Hollywood-Schaukel dümpelte in der feuchten Nachtluft. Darsen

hielt Slater eng an ihren Körper gepreßt, als sie sie die Treppe hin-
auftrug.

Die Schwingtür öffnete sich. Aufgeregt schnatterte ein Tukan,
der auf einem Ständer aus Eisenholz hockte. Darsen brachte ihn
mit einem Blick zum Schweigen. Der Raum wirkte golden, irreal.
Orchideenduft und Räucheressenzen verstärkten Slaters Benommenheit.

Darsen legte Slater auf eine weiche Couch. Sie brachte eine
Schüssel mit kühlem Wasser und Verbandszeug, das schwach nach
Pfefferminz duftete.

Slater wollte protestieren, als Darsen anfing, ihr das Hemd auf-
zuknöpfen; doch die dunkelblauen Augen der Fremden stoppten
sie. Solchen Augen konnte sie trauen im Land der Smaragde und
des Mardi Gras. Das Eis in diesem Blick kühlte ihr Fieber, ließ sie
erschauern. Ruhig legte sie sich zurück und ließ zu, daß diese intensive Frau sie auszog. Hie und da streifte ein Fingernagel Brustwarzen oder Nabel, berührte zart die Innenseite eines Schenkels;
doch Slater verspürte keine Angst, schreckte nicht vor dieser
fremdartigen Berührung zurück. Sie empfand nur Kühle, Sicherheit, Entspannung. Wie ein Säugling, der nach schwerem Trauma
erneut Geborgenheit und Heimat findet.

Unter der Berührung dieser Frau löste sich aller Schmerz auf:
die monatelange Schufterei, die mühselige Finanzierung ihrer Expedition, für die sie alten und jungen Männern um den Bart gehen
mußte. Typen, die doch einer wie der andere Slater nur in den
Ausschnitt schielen oder ihr unter den Rock fassen wollten und
die ihr insgeheim die akademischen Erfolge neideten. Schließlich
die einsame Scheidung. In der Gewißheit, hier, endlich geschützt,
Schlaf zu finden, nickte Slater allmählich ein.

War es ein paar Tage oder gar Wochen später? Slater war immer
müde und hatte seltsame Träume, in denen sie lachend und sicher
an Darsens Seite durch den Dschungel hüpfte ...

Darsen ... wann immer Slater die Augen aufschlug, war die
großgewachsene Frau an ihrer Seite. Sie brachte ihr Essen, ver-

band ihre Wunden, streichelte sie sanft – eine Berührung wie von einem der gigantischen Schmetterlinge, die draußen durch die Luft schwebten –, eine Berührung, wie sie sie nie zu finden geglaubt hatte. Darsen mit ihren makellosen Zähnen, der vollkommenen Haut, den pechschwarzen Haaren. Sobald Slater aufgestanden war, gingen sie spazieren... häufig nachts, bei Neumond... und die Wege nur hie und da im Licht... Darsen lehrte sie einen anderen, neuen Blick, und Slater schien es, als besäße Darsen eine besondere Fähigkeit zu schauen. Ihre Augen durchdrangen mühelos das Dunkel, den Busch. Hatte Slater dieses Paradies jemals gefürchtet? Wann? Warum?

Als sie eines Nachmittags erwachte, trommelte Regen auf das hölzerne Dach wie tausend winzige Hände, die Beifall klatschten.

Darsen war nicht bei ihr. Slater stand auf, betrachtete lächelnd das weich fließende Kleid, das Darsen ihr angezogen hatte. Seine Farbe glich der der Orchideen, die den Raum schmückten.

»Darsen?« Keine Antwort, nur das Rauschen des Regens.

Slater ging durch die Küche, über einen kleinen Flur, betrat das Schlafzimmer. Die Fensterläden waren zum Schutz gegen den Regen geschlossen. Eine brennende Kerze, von Motten umschwirrt, erfüllte die Luft mit dem Duft von Bienenwachs. Sie sah zu, wie die Insekten sich in die Flamme stürzten, und blies die Kerze aus. Mit verbrannten Flügeln flatterte ihr eine Motte an die Wange. Mit einer Handbewegung wischte Slater sie weg.

»Darsen?« Am Ende des Flurs war eine Tür, die sie vorher nicht bemerkt hatte. Dunkles, schweres Holz, Mahagoni wahrscheinlich und stabiler als alles andere in diesem Haus. Slater zögerte nur kurz und klopfte.

»Ja.« Darsen stand vor ihr.

»Ich hab sie nicht offen gesehen, die Tür meine ich«, stotterte Slater überrascht.

»Ich glaube, es ist die Malaria – du hast eine Menge durchgemacht in den vergangenen Wochen. Du wirst sie nie ganz loswerden, mußt immer auf der Hut sein, Katherine. Komm doch herein, bitte, ich wollte dir... schon lange... meine Arbeit... zeigen. Komm herein.« Darsen streckte ihr die Hand hin.

Slater bemerkte einen schmalen Silberring auf dem linken kleinen Finger. Getriebenes Silber, sanft schimmernd wie das Mondlicht. Geschmückt von einem Blutstropfen, einem Rubin.

Slater ergriff Darsens Hand.

Der Raum war halb so groß wie das ursprüngliche Blockhaus. Als Slaters Augen sich ans Halbdunkel gewöhnt hatten, wich sie entsetzt zurück. An den Wänden waren Dutzende von Käfigen aufgereiht, und in jedem Käfig drängten sich Fledermäuse.

»Wir hatten noch keine Gelegenheit, darüber zu reden, weshalb ich eigentlich hier bin oder auch was du hier suchst. Es ist an der Zeit, denke ich.« Darsen ließ sich auf einem hochlehnigen Stuhl nieder.

Slater setzte sich neben sie. Die Fledermäuse begannen zu erwachen, der trübdunkle Tag belebte ihre Instinkte.

»Weißt du«, sagte Darsen, »die Finnen glauben, jedenfalls die alten Bauern, daß die Seelen nachts unsere Körper fliehen, sich in Fledermäuse verwandeln, umherstreifen und am Morgen zurückkehren. Die Ägypter benutzten verschiedene Teile der Fledermaus für medizinische Zwecke. Seit urewigen Zeiten nimmt man in Indien Fledermaushaut für heiße Umschläge. Aber was mich wirklich fasziniert sind die Geschichten aus Süd- und Zentralamerika. Wußtest du, daß die Mayas vor zweitausend Jahren einen Gott verehrten, Zotzilaha, der den Körper eines Menschen, aber Kopf und Flügel einer Fledermaus hatte? Er verlangte Menschenopfer — bei den Mayas eine bekannte Geschichte —, und man sieht ihn häufig dargestellt mit einem Menschenherz in der einen und einem Messer in der anderen Hand. Noch erstaunlicher ist, daß in Guatemala, in Zotzil, bis zum heutigen Tag ein Indianerstamm lebt, der Fledermäuse verehrt. Lange Zeit war die Fledermaus Objekt von Anbetung; Furcht und Dämonisierung kamen erst viel später, mit der Literatur und den irrationalen Ängsten des zwanzigsten Jahrhunderts — mit deiner und meiner Kultur. Ich erforsche diese Säugetiere. Ich bin Künstlerin, Malerin — arbeite mich gewissermaßen durch das Königreich des Amazonas. Ich liebe Feldforschung, aber mit Fledermäusen ist das etwas schwierig, wie du dir denken kannst. Als du mir vor die Füße stolpertest, unternahm ich gerade eine Nachtbeobachtung.« Darsen lächelte, ihre dunkelroten Lippen öffneten sich leicht, ihre Hand berührte Slaters Haar.

Slater ließ es zu. Die Fledermäuse waren gar nicht so schlimm. Sie vertraute Darsen vollkommen, und die Erklärung schien ihr mehr als plausibel.

»Möchtest du meine Arbeit sehen?« Bevor Slater antworten konnte, war Darsen schon am anderen Endes des Raums. Vielleicht hatte sie ja recht mit der Malaria – Slaters Sehvermögen war wie ihr Zeitgefühl reichlich getrübt...

Darsen enthüllte eine großformatige Leinwand. Es war, als hätte sie den Vorhang vor einem Fenster zum Dschungel aufgezogen. Das Gemälde war so schockierend präzise, daß Slater sich fragte, warum keine Geräusche zu hören waren...

»Es gefällt dir also?« Darsen war wieder an ihrer Seite.

Slater zuckte die Achseln. »Ich weiß nicht, was ich sagen soll; so was habe ich noch nie gesehen.« Slater starrte auf den gemalten Dschungel. Plötzlich schmerzte ihr Herz, als drückte eine mächtige Hand es zusammen und ändere seinen Rhythmus. »Darsen, ich muß mich hinlegen... Ich fühl mich schlecht.« Sie fing an zu weinen, schluchzte heftig und wußte nicht, warum ihr auf einmal so elend war; sie stürzte aus dem Atelier in den Flur, die Wände wankten und schwankten...

Als Slater erwachte, saß Darsen bei ihr. Im Kamin brannte ein ruhiges Feuer. Sie war schweißgebadet.

»Bleib liegen, Katherine. Das war ein neuer Schub. Ich habe Hilfe angefordert, aber die Träger können uns frühestens in einer Woche erreichen, wahrscheinlich noch später. Man kommt nur über den Fluß hierher, und die Regenzeit hat in diesem Jahr früh eingesetzt. Mein Studio und die Tiere waren wohl ein bißchen zu viel für dich. Wie fremd muß dir das alles erscheinen.« Darsen kniete neben ihr, strich ihr übers Haar, die schlanken Finger berührten Slaters Nacken, Hals, Wange. Gelegentlich blitzte der Rubin wie ein stummes Tier zwischen beiden im Feuerschein auf.

»Darsen, was du machst ist phantastisch – ich weiß nicht, was ich sagen soll. Du bist so nett zu mir gewesen, aber ich muß allmählich wieder zurück, zu meiner Arbeit. Ganz gewiß sucht man mich. Und von meinem Dschungelführer, von Johnston gibt es nicht das geringste Lebenszeichen... Ich bin so verwirrt... Das Projekt war von Anfang an so mühsam. Bis die Sache überhaupt in Gang kam, und ich mußte so viele Kämpfe ausfechten, damit sie mir endlich vertrauten... Überall Sackgassen. Keiner glaubt an die Existenz der Amazonen, sie haben nur gelacht, nur gelacht...«

»Ich weiß. In deinen Fieberphantasien hast du von der Expediton erzählt. Über Funk habe ich erfahren, wer du bist, keine Sorge. Wir sind der Wahrheit oft dann besonders nah, meine Liebe, wenn alles schwierig scheint. Wenn du gestattest, kann ich dir vielleicht helfen. Ich habe verschiedene Beobachtungen gemacht. Aber davon später, viel später.« Darsen kam näher.

Slater schloß die Augen. Sie spürte Darsens kühlen, reinen Atem, der entfernt nach Orchideen roch. Darsen... Ihr Herz schlug auf einmal so seltsam – und dann ließ die momentane Angst wieder nach. Darsen... Lippen berührten ihre Lippen, wanderten zum Hals. Slater bog den Hals. Wie seltsam, sie hatte Lust, wollte es. Diese Nähe, dieses Bedürfnis... Es war so lange her... Ja...

Wochen vergingen. Der Regen hielt sie gefangen, denn der Fluß führte wie immer zu dieser Jahreszeit Hochwasser. Slater machte sich genaue Notizen. Darsen war offenbar mit den Manteos in Berührung gekommen, die ihr Schnitzereien und andere kleine Dinge anvertraut hatten.

Eines Abends, als sie vor dem Kamin lagen, streichelte Slater Darsen Rubinring. Er schien ihr zuzuzwinkern, was sie zum Lachen brachte.

»Er fasziniert dich aus gutem Grund.« Darsen stützte sich auf einen Ellenbogen, streichelte mit der anderen Hand Slaters Schenkel.

»Ach wirklich?«

»Es existiert ein Mythos von Amazonen, die Männer in Steine verwandeln und die Steine in den Fluß werfen. Diesen Rubin gab mir ein Medizinmann von den Hekura, als ich das erste Mal in diese Gegend kam. Ich pflegte seine Tochter, die an einer Art Vergiftung litt und schließlich starb. Der Medizinmann hatte noch nie eine weiße Frau gesehen und auch keine so großgewachsene Frau wie mich. Er nannte mich eine Amazone oder etwas in der Art. Bevor ich von den Hekura fortging, bat er mich in seine Hütte. Dort bewahrte er einen Korb auf, der einen festen Lehmboden hatte. Er schüttelte ihn und heraus fiel dieser Rubin, der nach Meinung des Alten einen starken Zauber besaß, weil er die Seele eines Mannes enthielt. Nach einer Legende, die bei den Hekura seit Generationen erzählt wurde, hatte eine Kriegerin einst einen Mann in einen Stein verwandelt und in den Fluß geworfen. Dort fand ihn der Großvater des Medizinmannes, als er mit dem Speer Fische jagte. Er erkannte den Stein sofort. Mich hielt der Medizinmann wahrscheinlich für die Kriegerin, die ihren Stein zurückholen wollte.« Darsen gab Slater einen innigen Zungenkuß.

Ohne im Küssen innezuhalten, tastete Darsen nach Slaters Hand und streifte ihr den Ring über. Er paßte.

»Darsen, Darling, das kann ich wirklich nicht annehmen«, flüsterte Slater und fuhr mit beiden Händen durch Darsens pechschwarze Haare.

»Du hast es bereits getan.« Darsen erstickte ihren schwachen Protest mit einem bedächtigen und intensiven Kuß.

»Schlechte Nachrichten. Steh auf und komm mit mir.« Darsen rüttelte Slater wach.

»Was ist los? Mein Gott, du bist ja ganz naß.«

»Zieh dir Stiefel an und komm mit.« Darsen reichte Slater einen Poncho.

Draußen goß es in Strömen, der Regen rauschte von den Bäumen, als wäre jedes Blatt eine absonderliche Wolke.

Slater schlitterte über rötlichen Matsch und stolperte durch verrottende Lianen, während sie versuchte, mit der behenden Darsen Schritt zu halten. Schließlich erreichte sie die großgewachsene Frau und blieb stehen.

»Meine Göttin – oje.« Slater schaute einmal hin und kotzte neben den Pfad.

Vor ihnen lag eine gewaltige Anakonda mit aufgeschlitztem Leib, aus dem die anverdauten Reste eines menschlichen Körpers quollen; was sie sah, reichte, um den vermißten Johnston zu erkennen.

»Aber es ist doch fast acht Wochen her – wie...« stieß Slater hervor, schaute nicht wieder hin.

»Er muß im Busch gelebt haben – kein großes Problem für jemanden mit Erfahrung. Vielleicht hat er es bis zu einem Dorf geschafft und ist dann zurückgekommen, dich zu holen, als sich Schuldgefühle meldeten. Was auch immer der Grund war – er hat bekommen, was ihm zustand. Heute morgen hab ich die Schlange entdeckt, und erst dachte ich, sie hätte ein Reh oder einen Indianer aus dem nächsten Dorf erwischt. Als ich genauer hinschaute, fiel der Typ raus. Tut mir wirklich leid für dich, Katherine.« Darsen legte den Arm um sie.

»Laß ihn da nicht so liegen, bitte, Darsen.« Slater wandte sich ab.

»Was soll ich denn tun? Du hast ihn identfiziert, und ich gebe das über Funk weiter. Willst du in dem Schmierzeug nach seinem Ausweis suchen? Der Dschungel wird sich seiner annehmen. Es ist viel zu feucht, um ihn zu verbrennen. In einer Woche kommen wir noch mal her, und ich markiere die Stelle. Ein Typ wie Johnston hinterläßt normalerweise keine trauernden Verwandten. Mach dir keine Sorgen, Katherine, vertrau mir.« Darsen marschierte los.

Slater stellte Darsen nie in Frage. Sie befand sich im Herzen des Smaragdwaldes und war durch den Regen von der Welt abgeschottet. Das war ihre Realität. Darsen war ihr Schutzengel. Später einmal, wenn sie wieder zu Hause wäre, würde sie eine genaue Analyse erstellen. Im Augenblick war es leichter, von einem Tag zum nächsten zu leben. Slaters Buchkonzept war mittlerweile so weit gediehen, daß eine weitere Förderung durchaus möglich schien. Darsen könnte das Werk illustrieren, und warum sollten sie nicht alle beide als Autorinnen zeichnen. Sie begann über ihr beider Leben außerhalb des Dschungels nachzudenken, sah Darsen schon hier und da und dort ...

»Liebst du mich?« fragte Darsen vom Kamin herüber. Ihre Silhouette war golden überstrahlt, der Rest des Raums blauschwarz. Draußen tönten die Jagdschreie der Eulen.

»Liebst du mich?« Darsens Stimme klang tief und samten wie die Dunkelheit.

»Ja.« Es gab nur diese Antwort.

»Was wird, wenn wir von hier fortgehen? Was dann?«

»Ich werde dich immer lieben, Darsen – ohne wenn und aber. Komm mit mir nach Weston. Ich kann mir nicht vorstellen, wie ich ohne dich dort leben soll. Das mußt du doch wissen.«

»Es ist also nicht der Dschungel?« Darsen kam nicht näher.

Slater breitete die Arme aus. Ihr Herz hämmerte. Bilder überschwemmten sie, vom Ehemann, von Liebhabern, von Menschen, die ihre Nähe suchten, und verschmolzen miteinander, formten sich neu und formten sich schließlich zu jener ruhigen, wunderbaren Frau vor dem Kamin. Es gab keinen Zweifel, überhaupt keinen Zweifel, daß sie Darsen begehrte ...

Darsen kam heran.

Manillas Unterbewußtsein versuchte abzuschalten; auch wenn der VR-Prozessor auf niedrigster Stufe lief, waren ihr die Eindrücke zu nah. Sie wollte nichts sehen. Doch ihr Herz pochte im Rhythmus der anderen, und sie konnte nicht wegschauen.

Slaters Schutzengel kam mit der Kerze in der Hand näher. Slater schloß die Augen. Sie hatte sich entschieden; es gab keine Alternative.

Das Bett war weich, das weiße, frische Laken glatt gezogen. Das Weiß wirkte beinahe... heilig. Slater lächelte, reckte sich genüßlich unter kühlen Tüchern. Sie spürte die Flamme. Fürchtete sich nicht...

Die Kerze stand jetzt auf dem Nachttisch. Darsen berührte Slaters Stirn so unvermutet, daß es ihr den Atem nahm, und so federleicht wie der Kerzenschein, wie die hereinströmende Nachtluft. Die Frauen waren sanft umfangen vom üppigen Duft der Dschungelblumen, die nur des Nachts aufblühten.

Darsen fuhr mit der Hand über Slaters Stirn, die scharfen Nägel waren sanft und zart. Slater wollte lachen, wollte stöhnen. Das Gefühl von Heiligkeit in diesem Augenblick wirkte entspannend; sie hatte keine Angst.

Die rätselhafte Frau war ihr jetzt ganz nah, das lange pechschwarze Haar floß wie feinste Spitze über ihre Schultern. Ihre Augen – zwei kühle blaue Edelsteine. Die zarten Lippen, bleich und ein wenig zurückgezogen, bleicher, als Slater sie je gesehen.

Darsen kauerte über ihr, wie nektarsuchende Kolibris zuckten ihre Fingerspitzen über Slaters Haut, umkreisten ihre Brustwarzen, die steif wurden. Zwischen Slaters Schenkeln pochte heißes Blut, Echo ihrer Begierde; sie war bereit, sich hinzugeben.

Darsen... Sie rief die Frau zu sich. Brannte vor Begierde. Sie bog den Rücken, wölbte den Bauch. Darsens flinke, heiße Zunge wanderte über ihren Körper. Abwärts. Voller Zärtlichkeit vergruben sich ihre Hände in Darsen Ebenholzhaaren. Das Herz pochte, der Puls raste. Sonst kein Laut. Schweißgebadet, salziges Jucken und Brennen; sie konnte nicht länger warten.

Sie packte Darsens Kopf, schob ihn nach unten. Sie wurde feuchter, die Vulva schmerzte vor unstillbarem Verlangen; es schien, als wäre ihr pochendes Herz an diese Stelle versetzt und sie weit offen vor Begierde.

Mit einer einzigen Bewegung, die Schmerz und Lust vereinte, öffneten Darsen bleiche Lippen die ihren, versenkten sich in ihre geheimsten Tiefen...

Und dann erfuhr sie von Darsens fürchterlichem Geheimnis.

Keuchend lehnte Manilla sich zurück; sie schnappte nach Luft; ihr Puls raste. Slater hielt sie fest und preßte ihr die Finger aufs Handgelenk, bis ihrer beider Pulsschlag synchron war. Es war fast geschafft. Aber die Schlußszene mußte sein.

Am nächsten Morgen blieb Darsen bei ihr und kredenzte ihr den ersten Trunk. Slater weigerte sich, das Blut des jungen Tapirs zu trinken. Der Anblick der Wahrheit ließ sie würgen.

Zwei Wochen lang war sie im Hungerstreik. Darsen erklärte ihr die Transformation, erläuterte die geschichtlichen Hintergründe, lieferte Querverweise, beleuchtete Dinge, die in der Überlieferung nur angedeutet wurden. In ihrer Verzweiflung schleppte Darsen schließlich aus irgendeinem Dorf flußabwärts ein Kind herbei. Halbtot war es von ihrer tödlichen Schlemmerei. Slater konnte das gräßliche Mahl nicht vollenden. Sie riß das Kind aus den Händen der verhaßten Blutsaugerin und warf sich heulend aufs Bett. Von ihrem Menschsein war nur eines geblieben, heftiges Schluchzen.

Darsen tobte vor Wut, saugte vor Slaters Augen dem Opfer das letzte Blut aus. Und dann verschwand sie wie ein schauerlicher Blitz – ohne Menschenmaske. Und sie blieb verschwunden.

Und wieder war Slater allein. Tage und Nächte vergingen . . . bis eines Tages das Knistern von Flammen sie aus ihrem traumlosen Schlaf weckte.

Die Hitze hatte die Bettwäsche in Brand gesetzt. Das ganze Haus stand in Flammen.

Schreiend rannte sie aus dem Zimmer und mußte entdecken, daß Fenster und Türen von außen vernagelt waren. Vom langen Hungern geschwächt, fehlte ihr die Kraft, die Tür aufzubrechen. Sie durfte nicht beten, nicht nach dem, was sie getan. Wer sollte sie auch erhören? Und was würde mit ihr geschehen, wenn sie verbrannte? Darüber hatte Darsen nie gesprochen.

Schmerzen waren ihr vertraut. Ihre Haut rötete sich, warf Blasen. Um sie herum spuckte es und zischte es. Spinnen und Skorpione fielen von der Zimmerdecke auf sie hinunter und krochen aus verborgensten Ritzen. Sie schleuderte sie weg und rannte wie irrsinnig im Kreise. Irgendwann entdeckte sie den Kamin. Hysterisch lachend, stieß sie die brennenden Scheite fort und begann den höllischen Aufstieg.

Der Rauch wollte sie fast ersticken. Die groben Steine schürften ihr die Haut ab, Wimpern und Haare verbrannten, sie schmeckte ihr verschmortes Fleisch. Der Kamin wurde enger. Sie preßte ihre Knochen zusammen, spannte die Sehnen – und merkte auf einmal, daß sie nicht sterben wollte. Die vergangenen Wochen waren voller Schrecken gewesen. Als ihr aufging, welch schauerliche Wahl sie getroffen hatte – die Aussicht auf Macht, auf absolutes Wissen, auf ewige Jugend –, da hatte sie gebetet, sterben zu dürfen. Jetzt, da das Gebet erhört wurde, war eine letzte Tat zu tun. Sie mußte das Böse beseitigen. Um den schlimmsten Dämon zu vernichten, der je die Erde heimgesucht, mußte sie überleben. Darsen zu töten verlieh ihr Lebenskraft.

Manilla beobachtete fasziniert und entsetzt, wie Slater aus dem Schornstein kroch. Schwarzrot war ihre verbrannte, abgeschürfte Haut. Haarlos und gebeugt wie eine Greisin stürzte Slater durch Zweige und Blätter auf die schlammige Erde...

Slater ließ Manillas Handgelenk los. Sie spürte, daß sich in Manillas Unterbewußtsein die Geschichte fest eingebrannt hatte, tiefer noch als Manillas eigene Träume. Manilla würde es als Vertrauen erleben, das auf Verstehen beruhte, ein unklares Gefühl, das aber zur rechten Zeit zum Einsatz käme. Slater konnte sich auf Manilla verlassen.

Manilla war total erschöpft. Seit Jahren hatte sie sich nicht mehr so ausgebrannt gefühlt. Slater rieb sich die Augen, wartete, daß die junge Frau in der Gegenwart andockte, in dem Haus am Seeufer in Weston im Staat New York.

Das Feuer war heruntergebrannt und flüsterte vor sich hin. Manilla öffnete die Augen. Es war dunkel und kalt. Die Professorin knipste das Licht an.

»O Gott, Professor Slater, wie spät ist es? Haben wir die ganze Zeit geredet? Mir ist, als wäre ich eben erst gekommen. Das war sicher der Wein. Bin ich etwa in Ohnmacht gefallen? Jesus, das tut mir wirklich leid, Sie müssen ja denken . . .«

»Sie waren nicht ohnmächtig, Manilla – nur ein bißchen müde. Es ist spät, und der Abend war sehr schön. Wenn Sie Lust haben, gibt es eine Wiederholung.« Slater trat zu Manilla, zog den Stuhl zurück.

Die Studentin lächelte schläfrig zurück. Sie stand auf und einem plötzlichen Impuls folgend, umarmte sie die ältere Frau. Slater preßte Manilla an sich.

Die Nacht war bitterkalt. Gänse kreischten warnend vom Ufer des Sees. Sie hielten Wache, brachten Schutz.

Manilla meinte, ein Geräusch zu hören, und wandte sich um. War das Professor Slater? Aber nein, im Haus brannte kein Licht, und die Tür war fest geschlossen. Manilla kam sich plötzlich etwas albern vor und schlug den Weg zum Studentenwohnheim ein. Sie war überhaupt nicht müde, im Gegenteil, sie fühlte sich fast beschwingt. Eins erkannte sie in dem Chaos: Sie war nicht mehr allein, nicht mehr allein.

O CAPTAIN, MEIN CAPTAIN

An Dock 43 legte Lieutenant T. M. Harper die Fingerspitzen auf den Abdruckleser und ging an Bord der *Scorpio IV*. Im Inneren des Raumschiffs wurde ihre Ankunft mit einem Summen registriert; darüber hinaus blieb ihre Anwesenheit unbeachtet.

Enttäuscht machte sie sich klar, daß Captain Drake die letzten Stunden vor dem Abflug natürlich außerhalb des Schiffs verbrachte. Mondstation 13 war zwar nicht gerade die Erde, aber sie war mit deren Annehmlichkeiten ausgestattet und wurde von gelangweiltem Militärpersonal betrieben, das sich über die erlauchte Gesellschaft eines zivilen Transportcaptains sicher freuen würde. Außerdem lag sie wesentlich näher zur Heimat als jene Sphären, in denen der Captain und sie selbst in den nächsten vier einsamen Monaten verweilen würden. Trotzdem wunderte sie sich. Transportcaptains waren von Natur aus Einsiedler, und Captain Drake hatte den Ruf, extrem zurückgezogen zu leben.

In der hellerleuchteten Kommandokabine flimmerten Daten über einige Monitore, die Harper jedoch ignorierte, denn sie wußte, daß es die orbitalen Standardinformationen für Raumschiffe kurz vor dem Abflug waren. Sie warf einen Blick auf das Chronometer, um herauszufinden, welcher Zeitrechnung die *Scorpio IV* folgen würde: Greenwich Zeit. Harper erinnerte sich, daß der Captain in Europa geboren war. Im Raum befanden sich vier Kommandosessel – gemäß der Vorschrift für Transporte erster Kategorie –, obwohl für die Reisen dieses Raumschiffs lediglich zwei benötigt wurden. Genauso hatte sie sich die *Scorpio IV* vorgestellt, und sie fand ihre Vermutung bestätigt.

Ihren Ausrüstungsballon vor sich hertragend, durchquerte sie den Küchenbereich. Im Computerraum warf sie einen Blick auf das Hauptterminal und die Ersatzgeräte, bevor sie dann weiter zu den Schlafkabinen ging. Sie schüttelte den Kopf über die unnatürliche Helligkeit, die überall herrschte. Daran mußte sie sich erst gewöhnen. Aber es war verständlich, daß Transportcaptains, die monatelang die Wärme des goldenen Sonnenscheins entbehren mußten, nach hellem Licht süchtig waren.

Sie wußte, daß sich das geräumige Quartier des Captains am Ende des Korridors befand; sie würde sich eines der übrigen drei aussuchen. Aber schon vor der ersten Tür blieb sie stehen. Sie war mit LIEUTENANT HARPER beschildert.

Amüsiert blickte Harper den Korridor hinunter. Sie war in größtmöglicher Entfernung zu Captain Drakes Quartier untergebracht. Wenn man jedoch die viele Zeit bedachte, die der Captain in diesem winzigen Schiff in Gesellschaft von Leuten verbrachte, die er sich nicht selbst aussuchen konnte, war ein extremes Bedürfnis nach Privatsphäre durchaus begreiflich.

Harper hatte allen Grund zu der Annahme, daß sie selbst auf die Dauer unter solchen Umständen den Verstand verlieren würde. Sie hatte einmal an einer Überwachungsmission des Orion-Sektors teilgenommen und war dafür zum Offizier befördert worden. Die neunmonatige Reise in einem Schlachtschiff mit zwölfköpfiger Besatzung, die Herausforderung und das Abenteuer hatten sie völlig begeistert, und die Psychotests vor und während der Mission hatte sie problemlos bestanden.

Aber als sie dann wieder auf dem festen Boden der Erde zurück war, hatte sie sich noch monatelang wie abgeschnitten gefühlt. Ihr Verstand – oder vielleicht ihre Seele – schien weiterhin in jenen spektakulären Weiten zu weilen, durch die sie wie ein von fremden Winden getragenes schwereloses Samenkorn getrieben war. Und aus den Andeutungen der anderen Mitglieder ihres Offizierskorps entnahm sie, daß sie nicht die einzige war, die so empfand.

Sie schob den Ausrüstungsballon in die Kabine und programmierte das Türschloß so, daß es sich nach vier rhythmischen Fingerklopfzeichen öffnete. Auch sie würde ihre Privatsphäre haben.

Müde streckte sie sich und wünschte, auf dem großen, einladenden Bett entspannen zu können. Der Sex mit Niklaus letzte Nacht war so ausgiebig und erschöpfend gewesen, als wollten sie beide eine Art Vorrat schaffen für die dürren Zeiten, die vor ihnen lagen. Sie begann, ihre Ausrüstung zu verstauen.

»Lieutenant Harper, willkommen an Bord.« Die leise Stimme erinnerte an den Klang eines Cellos.

Erschrocken drehte Harper sich um.

Die große, blasse Gestalt in der Tür – dunkelhaarig, in schwarzen Hosen und hochgeschlossener grauer Bluse – war von so außergewöhnlich androgyner Schönheit, daß Harper ihr Geschlecht niemals erraten hätte, wäre es ihr nicht schon vorher bekannt gewesen.

»Captain Drake«, stieß sie hervor, fasziniert von den schwerlidrigen, dunklen Augen, die erschöpft schienen von der Last ihrer Intelligenz.

»Ich möchte mich entschuldigen«, sagte Drake. »Ich hatte Sie um diese Uhrzeit erwartet, aber mein Tagesrhythmus ist noch ein anderer.« Das flüchtige Lächeln war auf eine Art gewinnend, die Harper erstaunte. »Als Sie ankamen, hatte ich mich gerade in meinem Quartier ausgeruht.«

Der Captain verschränkte die Arme und musterte Harper interessiert. »Ich nehme an, daß Sie auch bequemere Kleidung dabei haben. Ich akzeptiere die Notwendigkeit Ihrer militärischen Präsenz, aber ich verabscheue Militärkleidung.«

Um ihren Ärger zu verbergen, blickte Harper auf ihre Raumfahrtuniform hinunter. Für das waldgrüne Jackett hatte sie hart arbeiten müssen, und sie war stolz darauf – ebenso stolz wie auf den silbernen Lieutenantsorden. Aber wenn sie bei ihrer Ausbildung und der Mission zum Orion eines gelernt hatte . . . »Ich habe ein paar Overalls dabei«, erwiderte sie kühl.

»Gut. Ich würde Sie gern darin sehen. Abflug ist für einundzwanzig Uhr bestätigt. Ich erwarte Sie um sechzehn Uhr zur abschließenden Überprüfung in der Kommandokabine.«

Im letzten Moment beherrschte sich Harper, als ihre Hand reflexartig zum Salutieren in Richtung Kopf hochschnellen wollte. »Ja, Captain.«

Wieder das kurze, verführerische Lächeln. »Nennen Sie mich Drake,« sagte sie und verschwand lautlos den Korridor hinunter.

Drake. Als ob das viel freundlicher als Captain klänge. Mißmutig zog Harper einen grünen Konfektionsoverall aus ihrem Gepäck. *Wenn sie keinen Vornamen hat, habe ich eben auch keinen.*

Als die *Scorpio IV* den Sprung in den Hyperraum vollzogen hatte, ließ sich Harper in der Kommandokabine erschöpft in den Sessel fallen.

»Trinken Sie einen Kaffee oder auf was Sie sonst Lust haben«, sagte Drake und bedeutete ihr damit, daß sie gehen konnte; bis auf ein Dutzend Monitore war alles ausgeschaltet. »Sie sind gut geschult, Harper; Ihre technische Kenntnis meines Schiffs ist ausgezeichnet.«

Harper nickte. Sie sah zu, wie Drake den Flugkurs überprüfte, mit kräftigen, langfingrigen Händen gewandt über die Konsole glitt, Daten eingab und Standardvorgaben änderte.

Sie selbst war in den letzten drei Stunden von den Datenmonitoren völlig absorbiert worden. Hin und wieder hatte sie Kursprobleme für die einschüchternde Frau im Kommandosessel neben sich verifiziert und erläutert und dabei mit wachsender Ehrfurcht Drakes umfassendes Verständnis und ihre Handhabung der sich ständig verändernden Computeranalysen beobachtet. Zwar waren ihr all die sagenhaften Geschichten über die außergewöhnlichen Fähigkeiten ziviler Transportcaptains wohlbekannt, aber sie hatte sie doch immer für etwas übertrieben gehalten – besonders die Behauptung, daß einige dieser Leute tatsächlich einen Robomech-vier steuern konnten. Jedes Militärraumfahrzeug wurde vor dem Abflug von einem Spezialistenteam einer genauen Überprüfung unterzogen, und Spezialisten waren auch für die abschließende Systemprüfung dieses Zivilraumschiffs herangezogen worden. Aber Drake hatte sie alle ignoriert. Sie war eins mit ihrem Schiff gewesen, hatte die Daten auf sämtlichen Monitoren mit einem Blick gleichzeitig erfaßt und robotergesteuerte Reparaturen und Anpassungen selbst durchgeführt.

Einige Militärraumschiffe waren losgeflogen und nie wieder zurückgekehrt, und ihre letzten Übermittlungen lieferten noch heute Stoff für Legenden und Alpträume im Dienst. Aber Harper war sicher, daß Drake bei Problemen mit der *Scorpio IV* sofort wissen würde, welcher Art sie waren und wie sie gelöst werden konnten.

Dieser Auftrag war für Harper eine Auszeichnung. Andere Offiziere waren gleichermaßen qualifiziert, die militärische Präsenz in diesem Raumschiff zu verkörpern, aber sie hatte man auserwählt. Sobald die *Scorpio IV* mit ihrer unschätzbaren Fracht vom Planetoidengürtel des Antares zurückgekehrt war, würde sie allen materiellen und immateriellen Nutzen aus dieser Reise ziehen können.

Sie rieb sich die Augen, die vom langen Starren auf die Bildschirme in dem viel zu hellen Raum schmerzlich brannten. Sie dachte an ihr Psycho-Training, an all die Übungen, wie man sich auf langen Weltraumreisen über unterschiedliche Bedürfnisse gemeinsam auseinandersetzte, und mußte lächeln. Mit dieser autokratischen Frau würde es keine gemeinsamen Auseinandersetzungen geben. Drake besaß einzigartige Fähigkeiten und die notwendige emotionale Grundlage, um die besten Jahre ihres Lebens im Weltraum zu verbringen, ohne dabei den Verstand zu verlieren. Die *Scorpio IV* war Drakes Zuhause. Harper war diejenige, die sich anpassen mußte.

Aber die Entschädigung war ansehnlich. Für jeden einzelnen Tag in den nächsten vier Monaten konnte sie eine Gutschrift auf ihrem Konto verbuchen, und am Ende dieser Dienstreise bekam sie eine steuerfreie Gefahrenzulage, die dem Gehalt von drei Jahren entsprach. Wenn ihre militärischen Verpflichtungen erfüllt waren, würde sie in den Ruhestand treten, sich auf der Erde niederlassen, einen Beruf wählen und vielleicht mit dem treuen, geduldig wartenden Niklaus seßhaft werden.

Sie öffnete den Sicherheitsgurt und stand auf. »Kann ich Ihnen etwas bringen, Cap – äh – Drake?«

Drake blickte sie an, und Harper schreckte zurück vor den von Kummer gezeichneten Augen, die so leer und trüb waren wie ein toter Stern. »Nein, Harper, danke«, antwortete sie mit gedämpfter, ausdrucksloser Stimme.

Wohl wissend, daß Drake nicht beabsichtigte, gemeinsam mit ihr zu essen, stellte sich Harper ihr Dinner am Autoserv zusammen. Sie maß ihrer Wahl kaum Beachtung bei, da alles Essen an Bord eines Raumschiffs – unabhängig vom Geschmack, der meistens recht gut war – auf einer synthetischen Zusammensetzung der gleichen Nährstoffe basierte. Eine Raumfahrtcrew konnte also ausschließlich von Schokolade leben und sich trotzdem ausgewogen ernähren.

Während Harper pflichtbewußt ihre pochierte Forelle und den Gemüsesalat aß, arbeitete sie daran, ihre Selbstsicherheit zurückzugewinnen. Drake mochte zwar sämtliche technischen Konfigurationen ihres Raumschiffs kennen, dachte sie boshaft, aber das hieß noch lange nicht, daß sie ein höheres Wesen war. Gerüchten zufolge waren Transportcaptains asexuell und extrem introvertiert – Hauptursachen dafür, daß sie ihre Arbeit im Weltraum so diszipliniert und erfolgreich verrichteten.

Außerdem stand die formidable Drake rangmäßig nicht höher als sie – zumal zivile Captains einer sterbenden Rasse angehörten. Immer mehr Transportschiffe flogen unbemannt, wurden im zivilisierten Universum von einem Netz aus Raumstationen gesteuert. Wenn erst einmal eine andere Methode gefunden war, mit der man die Planetoidenkristalle des Antares ernten oder aber vervielfältigen konnte, würde für eine Spezialistin wie Drake kaum noch Arbeit übrigbleiben. Ihre Aufgabe würde darauf beschränkt sein, gewöhnliche Fracht zwischen jenen wenigen Kulturen zu transportieren, die hartnäckig auf traditionell bemannten Schiffen für kommerzielle Transaktionen bestanden.

Drake mochte zwar bei der angesehenen ExxTel Corporation unter Vertrag stehen, aber sie, Harper, war die Repräsentantin des gewichtigen Space Service, des militärischen Zweigs der mächtigsten Koalition unternehmerischer, militärischer und demokratischer Kräfte in der Geschichte der Erde. Sie war der *Scorpio IV* zugeteilt worden, weil sie qualifiziert war, das Militär auf dieser zivilen Reise zum Planetoidengürtel des Antares zu vertreten. Sie allein war verantwortlich, das Einsammeln der Planetoidenkristalle sowie deren Transport in die den Mars umkreisenden ExxTel-Lagerhallen zu überwachen.

Und trotzdem ... stirnrunzelnd schob Harper das Essen beiseite. Sie wußte nur zu gut, daß sie nichts weiter war als ein Passagier. Man hatte diesem Raumschiff nur eine Militärperson zugeteilt, weil es genügte, wenn eine Person untätig herumsaß. Sie würde die Aufgaben, für die sie so sorgfältig ausgebildet worden war, nur dann übernehmen, wenn der Captain der *Scorpio IV* krank wurde oder gar starb.

In einem solchen Fall würde sie das Schiff zur nächsten Raumstation bringen, es sei denn, die Krankheit oder der Tod waren innerhalb des Planetoidengürtels eingetreten. Dann mußte – wenn überhaupt möglich – ein anderer Transportcaptain die Rettung versuchen, denn sie, Harper, wäre dazu nicht fähig. Verdrossen gestand sie sich ein, daß ihre Hauptaufgabe auf dieser Reise vergleichbar war mit der eines schwebenden Aasgeiers, eines Friedhofswächters.

Nur ein Transportcaptain mit Drakes Erfahrung wagte sich in den Planetoidengürtel des Antares, den die Erde unangefochten in Besitz genommen hatte, da alle näher gelegenen Zivilisationen ihn für mysteriöses, gefährliches Ödland aus treibenden Felsbrocken hielten. Vor fast zwei Jahrhunderten waren zwölf Militärraumkreuzer – darunter neun Forschungsschiffe – nahe Antares verschwunden, ohne aufschlußreiche visuelle oder mündliche Aufzeichnungen zu hinterlassen. Daraufhin hatte man den Sektor ganz aufgegeben. Man sah in ihm das Weltraumäquivalent zum Bermuda Dreieck und verbot jegliche Militärpatrouillen und Transportschiffe in diesem Bereich.

Vor zehn Jahren wurde dann eines der verlorenen Schiffe, die *Pisces II*, von dem Radargerät des zivilen Transportcaptains Reba Morton geortet – wahrscheinlich aufgrund einer Sonneneruption des gewaltigen Antares, die bewirkte, daß die *Pisces II* sich aus der geringen Schwerkraft des Planetoidengürtels lösen konnte. Als Morton sich dem Planetoidengürtel und der *Pisces II* näherte, fielen sämtliche Kontroll- und Kommunikationsgeräte ihres Raumschiffs aus. Trotzdem schaffte sie es, das tote Schiff anzudocken und ihr eigenes manuell zur Space-Service-Überwachungsstation zu steuern. Nur ein ziviler Transportcaptain wie Morton hatte den Ausfall ihrer robotergesteuerten Reparaturgeräte verkraften und die Instrumente ihres Raumschiffs so weit wieder in Funktion setzen können, um diese enorme Leistung zu vollbringen.

Anscheinend hatte die Besatzung der *Pisces II*, vom Wahnsinn in den Selbstmord getrieben, die Heckluken geöffnet und war ins Freie geschleudert worden. Die Planetoidenkristalle des Antares waren in das Schiff eingedrungen, und so entdeckte man rein zufällig ein wichtiges Element für das menschliche Leben auf der Erde und anderen Planeten mit gleicher Schwerkraft. Morton und die Crew der Raumstation kamen als erste in den Genuß der wundersamen Eigenschaft dieser Planetoidenkristalle.

In direktem Verhältnis zu ihrer Größe und Menge verliehen die Kristalle Schwerelosigkeit. Ihre Verwendung auf praktisch allen technischen Gebieten zeitigte umgehend sensationelle Erfolge, besonders in den Bereichen Transport und Medizin. Aber den größten Tumult lösten die Gerontologen aus. Nach einem ganzen Jahrhundert gut finanzierter Forschung hatten sie es bislang nicht vermocht, die derzeitige Lebenserwartung von einhundertundzehn Jahren zu erhöhen. Zwar verliehen die Planetoidenkristalle des Antares nicht die ewige Jugend, aber sie verhalfen zu einem fundamentalen Durchbruch, indem sie die Menschen von den

aufreibenden, altmachenden Wirkungen der normalen Erd-
schwerkraft erlösten. Die Kristalle konnten das Körpergewicht
auf ein Zehntel der normalen Schwerkraft reduzieren und somit
die durchschnittliche Lebensdauer der Menschen um bis zu
dreißig Jahre erhöhen.

Die Kehrseite dieser Errungenschaft war Knappheit. Zum ersten Mal seit dem einundzwanzigsten Jahrhundert herrschte wieder eklatante Ungleichheit zwischen Arm und Reich. Diesmal
ging es jedoch nicht um die Güter, die die Lebensqualität beein-
flußten, sondern um das Gut des Lebens selbst. Die Kristalle waren teuer und sehr begehrt – zum einen, weil ihre Einfuhr sehr
aufwendig war, zum anderen, weil sie sich verbrauchten; im Laufe
der Zeit verloren sie ihre Kraft.

Da die Planetoidenkristalle für den militärischen Gebrauch von
größter Wichtigkeit waren, hatte man sie als strategisches Mate-
rial klassifiziert und unter die Jurisdiktion von ExxTel und Space
Service gestellt. Mehr zum Schein und recht planlos bewachten
Patrouillen in der sicheren Entfernung eines halben Lichtjahrs das
Antares-System, denn gleich den Himmelstoren war es so gut wie
unzugänglich.

Jedes große Raumschiff, das in einem Zeitalter der Spezia-
lisierung viele Techniker zur Wiederherstellung ausgefallener
Systeme braucht, würde unweigerlich von der Schwerkraft des
Antares gepackt und zerstört werden. Bislang war es ExxTel-
Wissenschaftlern nicht gelungen, die Bordcomputer und Leitsy-
steme eines Raumschiffs gegen die Wirkung der Kristalle zu
schützen. Ebensowenig hatten sie Fortschritte beim Kopieren der
Molekularstruktur der Kristalle gemacht, die scheinbar allen phy-
sikalischen Gesetzen trotzte. Selbst die Erschaffung eines Umfel-
des, in dem sich die Kristalle – wie innerhalb des heimischen Planetoidengürtels – aus sich selbst heraus erneuern konnten, war
ihnen nicht geglückt.

Nur ein außergewöhnlich intelligenter Transportcaptain wie
Drake konnte sich mit funktionsuntüchtigen Leit- und Kommuni-
kationssystemen in ein Planetoidensystem wagen und sie ohne

Hilfe von Robotern oder Fernanleitung wieder in Funktion setzen.

Plötzlich hatte Harper das Gefühl, beobachtet zu werden, und wirbelte herum. Am Rande ihres Blickfeldes nahm sie ein schwaches, dunkles Flattern wahr. Sie blinzelte kurz, und das Flattern verschwand. Verärgert blinzelte sie noch einmal. Sie war erst ein paar Stunden im Weltall, viel zu kurz, um schon Halluzinationen zu haben . . .

Mit anmutigen Bewegungen ihres langen schlanken Körpers betrat Drake den Raum. Sie schenkte sich einen Becher Tomatensaft aus dem Autoserv ein, nippte im Stehen daran und sah Harper aus dunklen, unergründlichen Augen an.

»Essen Sie jetzt zu Abend?« fragte Harper höflich.

»Später«, antwortete Drake mit ihrer tiefen Cellostimme. Nachdenklich betrachtete sie den Tomatensaft, lächelte, trank ihn aus und warf den Becher fort. Wortlos verließ sie den Raum.

Zu erschöpft, um noch weitere Spekulationen über den rätselhaften Captain Drake anzustellen, begab sich Harper in ihre Kabine. Im Notfall würde die Alarmanlage des Raumschiffs oder Drake selbst sie wecken. Doch dieser Fall würde nicht eintreten.

Früh am nächsten Morgen war Drake nicht in der Kommandokabine. Harper wußte, daß sie sich in ihrem Quartier aufhielt, denn inzwischen war ihr klar geworden, daß der sogenannte ungewöhnliche Rhythmus des Captains — sie schlief tagsüber — unzweifelhaft als Ausrede diente, um Harpers Gesellschaft zu meiden.

Nachdem sie über den Privatkanal eine liebevolle Nachricht von Niklaus empfangen und ihm eine Message zurückgeschickt hatte, ging Harper hoch zum Aussichtsdeck. Als sie von der Rampe trat, sah sie sich erstaunt um. Der Raum war mit den üblichen Bibliothek-Terminals und audio-visuellen Geräten ausgestattet, besaß jedoch auch ein paar sehr unübliche Einrichtungsgegenstände: Ein riesiges, weich gepolstertes, erdfarbenes Sofa und zwei überdimensionale, in einem warmen Goldton bezogene Sessel, die mit dem Rücken zu den entspiegelten Fenstern standen. Harper seufzte glücklich.

Sie verbrachte den ganzen Tag auf dem Aussichtsdeck und verließ es nur, um zu essen und hin und wieder die obligatorischen Statusüberprüfungen der Betriebssysteme des Raumschiffs durchzuführen. Sie machte es sich auf dem Sofa gemütlich, verlor sich im spektakulären Lichtkranz der Sonnen, den schimmernden Schleiern aus Sternenstaub und den glühenden Farben der Sternsysteme, die sich jenseits der Fenster entfalteten.

Gegen sieben Uhr abends, als Harper gerade ihre Bouillabaisse aß, erschien Drake im Speiseraum. Sie trug wieder schwarze Hosen und eine hochgeschlossene, diesmal scharlachrote Bluse. Und wieder erschrak Harper, verwirrt von der Maskulinität, die allein durch ihre feminine Schönheit gemildert wurde. Als sie sich wieder gefangen hatte, sagte sie trocken: »Guten Morgen. Fertig zum Frühstücken?«

Wie letzten Abend, schenkte Drake sich auch jetzt einen Tomatensaft aus dem Autoserv ein. »Mehr brauche ich nicht«, antwortete sie mit ausdrucksloser Stimme. Wie eine Blume ruhte eine Hand blaß auf ihrer Hüfte, während sie an dem Saft nippte. Dabei musterte sie Harper eingehend, bis diese sich unter ihrem durchdringenden Blick erhob und die Eßutensilien wegräumte.

»Ich bin auf dem Aussichtsdeck«, sagte sie knapp. Die Psychotests mochten Drake zwar geistige Gesundheit bescheinigen, aber merkwürdig war sie allemal.

»Ich werde mich in Kürze zu Ihnen gesellen«, antwortete Drake.

Eine freundliche Geste? Unwahrscheinlich. Der distanzierte Tonfall sowie die angenehme Atmosphäre des Aussichtsdecks ließen vielmehr vermuten, daß Drake sich ganz einfach gern dort aufhielt. Abrupt verließ Harper den Raum.

Ein paar Minuten später erschien Drake auf dem Aussichtsdeck und ließ sich im Sessel nieder, die langen Beine übereinandergeschlagen. Als wolle sie sich unterhalten, hatte sie den Sessel vis-à-vis Harpers Platz auf dem Sofa gewählt, drehte sich jedoch um und schaute aus dem Fenster. Harper sah sie mit unverhohlenem Groll an. Drake saß in ihrem Blickfeld und behinderte ihre Sicht auf die spektakulären Weiten jenseits der Fenster; ihre Reserviertheit, ihr Schweigen, störten sie aus weit weniger klaren Gründen. Während sie Drake so anstarrte, wurde sie unfreiwillig immer mehr in ihren Bann gezogen.

Drake mochte um die dreißig oder vierzig, vielleicht sogar in den Fünfzigern sein. Ihre Haut schien alterslos, leuchtend blaß und seidig. Aber die dunklen, von einer fast quälenden Intelligenz gezeichneten Augen ließen vermuten, daß sie schon viel zuviel gesehen hatte. Ihre schönen dunklen Haare waren nach hinten gekämmt und kringelten sich im Nacken sanft über dem Kragen; ein paar widerspenstige Strähnen hingen ihr in die Stirn. Sie hatte eine schmale, gerade Nase, deren Flügel sich leicht blähten. Der Mund war fein geschwungen, die Zähne interessant durch ihre leichte Unregelmäßigkeit. Drake sah aus wie ein bezaubernder junger Mann – oder eine knabenhafte Frau von bestechender Schönheit.

Als Harper, angeregt durch den leicht melancholischen Ausdruck in Drakes Gesicht, den seidigen Glanz des dunklen Haars, diese starken und doch zarten Hände, bei sich selbst eine sexuelle Regung verspürte, machte sie sich sofort bewußt, daß Drakes Körper der Körper einer Frau war. Und sie hatte noch nie den Wunsch verspürt, eine Frau zu berühren oder von ihr berührt zu werden. Wäre Drake ein Mann ...

Sie rief sich den geduldig wartenden Niklaus in Erinnerung und fand es bei näherer Betrachtung nicht verwunderlich, daß Drake sich bei Aufenthalten in den Stationen in ihr Raumschiff zurückzog. Wo immer sie sich hinbegab, würden ihre eindrucksvolle Schönheit und ihre zweideutige sexuelle Ausstrahlung – unabhängig von der sexuellen Neigung des jeweiligen Beobachters – für Gesprächsstoff sorgen und Aufsehen erregen. Ebenso verständlich war es, daß Drake sich Harper auf Distanz hielt: Sie mußte längere Zeit mit einer Frau verbringen, an der sie nicht das geringste emotionale oder sexuelle Interesse hatte.

Harper stöhnte innerlich auf. Diese Reise würde sich endlos dahinziehen. Wenn sie die Mauer um diese Frau nicht irgendwie durchbrechen konnte, wenn es ihr nicht gelang, ihr klarzumachen, daß sie keinerlei Ansprüche an sie stellte, dann konnte sie gleich so tun, als wäre sie ganz allein in der *Scorpio IV*.

Sie räusperte sich. »Ich glaube nicht, daß ich mich jemals daran satt sehen werde.« Sie zeigte auf die Fenster. »Sie haben sich sicher schon daran gewöhnt.«

Drake drehte sich um und sah sie an. »Die Faszination hat niemals nachgelassen.«

Die Intensität der dunklen Augen schien plötzlich gefährlich, als könnte Harper in ihre Tiefen hinabgezogen und nie wieder losgelassen werden. Sie riß sich zusammen, wappnete sich gegen diese beunruhigende Frau und sagte: »Sie haben die Schiffsbibliothek sicher schon oft in Anspruch genommen.«

Ein Lächeln zeigte sich auf Drakes Gesicht. »Ich habe alles gelesen.«

Als Harper dann klar wurde, daß Drake entweder einen Witz gemacht oder aber nur das gelesen hatte, was sie interessierte, fand sie schnell ihre Fassung wieder und lächelte auch; im Bibliothekscomputer des Raumschiffs waren eine halbe Million Bücher gespeichert. Sie fragte: »Wie verbringen Sie Ihre Zeit? Was bereitet Ihnen Freude?«

»Was mir Freude bereitet«, wiederholte Drake. Erneut wandte sie sich ab, aber Harper wußte, daß sie über die Antwort nachdachte.

»Das bereitet mir Freude«, sagte sie schließlich und wies auf die Pracht jenseits der Fenster. »Ich höre gern Musik.« Sie drückte einen Knopf auf der Sessellehne, und augenblicklich fröstelte Harper bei dem Klang einer wehmütig aufspielenden Solovioline. »Und ich nehme gern Nahrung zu mir.«

Erstaunt sah Harper sie an. In ihrem Beisein hatte Drake bis jetzt immer nur Tomatensaft getrunken. Bestimmt war in ihrem Quartier ein Autoserv installiert, aber trotzdem... Drake war gertenschlank, an ihrem Körper befand sich kein überflüssiges

Gramm Fett. Autoserv, dessen Vorräte automatisch wiederaufgefüllt wurden, kontrollierte zwar die Ausgewogenheit der Nährstoffe im Essen, nicht jedoch die Menge, die man zu sich nahm. Eine Gewichtszunahme, die über die individuell festgelegte Norm hinausging, wurde von Psychotests als Anzeichen einer Psychose bewertet.

Drake lächelte – ein aufreizendes, vielsagendes Lächeln. Zu fasziniert, um verärgert zu sein, starrte Harper sie an.

»Es gibt noch etwas, das mir Freude bereitet«, sagte Drake. »Ich lerne gern die Menschen näher kennen, die mich auf diesen Reisen begleiten. Ich freue mich schon auf Ihre Geschichte.«

»Dafür brauche ich zwanzig Minuten«, stellte Harper ohne jede Koketterie fest. Ihr Leben hatte erst seit ihrem Eintritt ins Militär Farbe und Schwung bekommen.

Drake lächelte wieder. »Wir haben einhundertachtzehn Tage, bevor wir zurück in die Erdumlaufbahn kommen. Sie haben ganze siebenundzwanzig Lebensjahre, von denen Sie mir in der Zwischenzeit erzählen können.«

»Die siebenundzwanzig Jahre sind aber schlichtweg uninteressant«, beharrte Harper mürrisch.

»Vielleicht für Sie, aber bestimmt nicht für mich«, sagte Drake mit leiser, ausdrucksvoller Stimme. Wieder heftete sie ihren durchdringenden Blick auf Harper.

Was immer Drake sonst noch sein mochte, sie mußte sehr einsam sein, dachte Harper und blickte sie an. Ihre Schönheit schien ihr noch märchenhafter als zuvor.

In der letzten Stunde hatten sie schweigend einem Streichquartett gelauscht und das abwechslungsreiche Schauspiel hinter den Aussichtsfenstern beobachtet.

Drake brach das Schweigen. »Wo sind Sie geboren?«

Harper hatte die Ruhe genossen und fand die Frage – ganz besonders diese – ausgesprochen störend. »In British Columbia«, erwiderte sie kurz angebunden und hoffte, die knappe Antwort würde Drake zum Themenwechsel veranlassen.

Drake sah sie kurz an. »Und wo in British Columbia?«

Harper stöhnte. »New Alabama.«

Drake zog die schmalen, leicht gebogenen Augenbrauen hoch. »Das ist eine tradionalistische Kolonie, nicht wahr?«

»Ja. Und Schauplatz des Großteils meiner höchst langweiligen Lebensgeschichte.«

»Wohnt Ihre Familie noch dort?«

Harper stöhnte wieder und nickte. »Sie sind glücklich dort. Ich bin froh, nicht dort zu sein. Sie schämen sich meiner. Ich schäme mich ihrer.«

Drake erhob sich aus dem Sessel und setzte sich neben Harper. »Erzählen Sie mir darüber. Erzählen Sie mir von Ihren Eltern. Beschreiben Sie sie.«

Harper nickte wieder, diesmal nicht mehr so zögerlich. Der Blick, der auf ihr ruhte, war aufmerksam und interessiert. Sie konnte Drakes ersten Versuch einer Unterhaltung nicht einfach abschneiden. »Meine Mutter ist eine kleine Frau, mein Vater . . .«

»Nein. Beschreiben Sie sie detaillierter, so daß ich sie sehen kann. Daß ich auch sehen kann, wie Sie dort mit ihnen gelebt haben.«

Unter dem Blick der dunklen Augen fuhr Harper gehorsam fort: » Meine Mutter ist jetzt dreiundfünfzig. Ich habe ihre blauen Augen, aber meine sind etwas heller . . .«

Durch Drakes Interesse an selbst den kleinsten Einzelheiten aus Harpers Kindheit kehrten unzählige Erinnerungen wieder, und ihre gezielten Fragen öffneten Türen zu einem Bereich ihrer Vergangenheit, den Harper verdrängt oder einfach vergessen hatte. In den letzten zehn Jahren war es Harper gelungen, Diskussionen und sogar Gedanken an jene schmerzliche Zeit zu vermeiden, in der sie sich ihren Eltern widersetzt und die traditionalistische Doktrin der militanten Kolonie, die vor über zwei Jahrhunderten entstanden war und bis zum heutigen Tag neue Siedler anzog, verspottet hatte. Es war, als ob durch das ausführliche Erzählen in ihrem Inneren eine schwärende Wunde zu heilen begann, und die Worte kamen ihr immer bereitwilliger über die Lippen.

»Als in Montreal das Freihandels-Raumfahrtzentrum errichtet wurde, verließen meine Urgroßeltern die Stadt. Sie packten alles zusammen und gingen mit Tausenden anderen Quebecer Familien . . . «

Drake nickte ernst. »Und Ihre Eltern erbten all den Fremdenhaß.«

»Ja. Sie hielten den uralten verqueren Schlamassel in der Bibel für heilig – sie hatten Angst vor dem einzig wirklich Heiligen, vor dem lebenden Universum. Meine Eltern – wie alle Traditionalisten – haben das schreckliche Bedürfnis, einen Teil der Welt, die sich um sie herum weiterentwickelt, zu kontrollieren.«

»Wir können zwar von einer unveränderlichen Gegenwart und voraussagbaren Zukunft träumen«, sinnierte Drake, »aber wirkliches Überleben ist nur durch Anpassung möglich. Und das große Geheimnis liegt in dem Wissen, auf welche Weise man sich anpassen muß . . . «

»Schließlich stempelte mich die Kolonie als nonkonformistische Ketzerin ab«, brach es aus Harper heraus, der von den freigesetzten Gefühlen ganz schwindlig wurde. »Aber ich hatte mich schon als Kind danach gesehnt zu entkommen . . . «

Vom berauschenden Schauspiel der Nordlichter inspiriert, begann sie, ihre Kindheitsträume vom Weltall und von der Freiheit zu beschreiben, wurde jedoch von Drake unterbrochen. »Das reicht für heute abend. Morgen können Sie weitererzählen.«

Harper blickte erstaunt auf ihr Chronometer. Sie hatte fast vier Stunden lang von sich erzählt. Plötzlich fühlte sie sich müde und ausgelaugt.

Sie erhob sich vom Sofa und fragte Drake neugierig: »Wann gehen Sie denn gewöhnlich zu Bett?«

»Ich ziehe mich immer vor sechs Uhr morgens zurück.«

Am nächsten Morgen zog Harper in ihrer Kabine mehr als eine Stunde lang ihr gesamtes Fitneßprogramm durch und ging dann zum Aussichtsdeck, wo sie den Rest des Tages verbrachte. Sie war so gefesselt vom glänzenden Schauspiel jenseits der Fenster, daß sie weder die Schiffsbibliothek benutzte noch andere Arten der Zerstreuung brauchte.

Gegen sieben Uhr abends erschien Drake wieder im Speiseraum, diesmal in einer mitternachtsblauen Bluse und schwarzen Hose. Wenn sie sich tatsächlich vor sechs Uhr morgens in ihr Quartier »zurückgezogen« hatte, war sie über die Hälfte des Tages dort geblieben, überlegte Harper.

Als Drake sich aus dem Autoserv ihr übliches Getränk einschenkte, hieß Harper sie lächelnd willkommen. »Sie nehmen doch sicher noch andere Dinge zu sich außer Tomatensaft?« sagte sie scherzhaft.

Drake sah sie kühl an. Ihre Stimme war eisig: »Meine persönlichen Gewohnheiten dürften unwichtig sein.«

Setze nie etwas voraus, dachte Harper wütend auf sich selbst und zuckte entschuldigend mit den Schultern. Daß sie sich für dein Leben interessiert, hat darüber hinaus überhaupt nichts zu bedeuten. »Vielleicht sehen wir uns auf dem Aussichtsdeck«, sagte sie unverbindlich und verließ den Raum.

Augenblicke später erschien Drake und nahm neben ihr Platz. Und nur wenige Minuten später war Harper wieder ins Erzählen vertieft über ihre traditionalistische Schulzeit.

»Bibelvoodoo«, erklärte sie abschließend, »absurde Anschauungen über die Erschaffung der Welt und anderes irrationales Zeug, das Sie sich nicht einmal im Traum vorstellen können.«

»O doch, das kann ich«, stellte Drake mit klangvoller Stimme fest. »Wie kam es, daß Sie Ihre Indoktrinierung hinterfragt haben? Die meisten Menschen tun das niemals.«

Drakes Blick verriet mehr als nur Interesse – war es Bewunderung? Harper antwortete selbstbewußt: »In den Computern der Kolonie waren natürlich Datensperren eingebaut. Aber mit einem bißchen Verstand kann jeder sie knacken und sich Zugriff auf die wichtigsten Bibliotheken der Erde verschaffen. Ich hatte ein bißchen Verstand.«

»Dann haben Sie es also per Selbststudium geschafft, sich für den Space Service zu qualifizieren. Erstaunlich.«

Es lag fraglos Bewunderung in Drakes Augen. Beglückt zuckte Harper mit den Schultern. »Nicht ganz. Ich habe viel zuviel Zeit mit der Lektüre von Romanen verbracht, besonders den berühmten aus dem neunzehnten und zwanzigsten Jahrhundert. Ich mußte mich Tests zur Beurteilung meiner Entwicklungsmöglichkeiten unterziehen und hatte Glück, daß meine wissenschaftliche Begabung festgestellt wurde. Meine servicespezifische Ausbildung habe ich dann in raumfahrteigenen Institutionen erhalten.«

»Erzählen Sie mir mehr darüber«, sagte Drake, »erzählen Sie mir von den Tests, mit denen solche Entwicklungsmöglichkeiten beurteilt werden.«

Warum interessiert sie das alles nur, fragte sich Harper. Bisher hatte dafür noch nie jemand Interesse gezeigt. Sie sagte: »Wir haben die ganze Zeit nur von mir gesprochen. Ich würde auch gern etwas über Sie erfahren.«

Drake schüttelte den Kopf; ihr Gesicht wirkte plötzlich verschlossen.

Harper machte mit den Händen eine versöhnliche Geste. »Nur ein paar allgemeine Fragen. Wie zum Beispiel, wo Sie geboren sind.«

»In einem Dorf nahe Bukarest. Ich möchte die Antwort auf meine Frage mit den Tests hören.«

»Wie alt sind Sie?« beharrte Harper.

Das leise Heben und Senken ihrer Schultern verriet, daß Drake unhörbar seufzte. Sie wandte sich ab und blickte aus dem Fenster. »Achthundertzweiundzwanzig«, antwortete sie. »Wenn ich von mir sprechen will, tue ich das. Ich will es nicht.«

Dann will ich es auch nicht, wollte Harper erwidern. Aber der Wunsch nach einer Wiederholung dessen, was diese Frau ihr letzte Nacht vermittelt hatte – das neue und beglückende Gefühl, daß jemand sich wirklich für sie interessierte –, war zu stark.

Sie beantwortete Drakes Frage und noch viele andere über ihre Ausbildung, bis sie dann tief in der Nacht von Drake zu Bett geschickt wurde. Und wieder fühlte sie sich körperlich und emotional erschöpft von der Anstrengung, deren es bedurfte, die vielen Einzelheiten ihres Lebens wiederaufleben zu lassen.

In den nächsten Wochen entwickelte Harper eine tägliche Routine: Sie erledigte die geforderten Systemkontrollen und sandte Standardberichte zum Space Service Trade Liaison-Hauptquartier; sie nahm ihre Mahlzeiten ein und machte ihre Fitneßübungen; sie tauschte Nachrichten mit Niklaus aus und verweilte auf dem Aussichtsdeck. Und die ganze Zeit über wartete sie ungeduldig auf den Moment, in dem Drake im Speiseraum erscheinen und wieder einen Abend lang intensive Gespräche folgen würden.

Harper gestand sich ein, daß diese Abende mit Drake für sie zu einer Sucht geworden waren. Ja schlimmer, mit jedem Abend wurde sie tiefer in den Bann von Drakes körperlicher Anziehungskraft gezogen, was, so vermutete Harper, in ihrer androgynen Schönheit begründet lag. Aber war der Grund letztendlich nicht unwichtig? Sie war betört von der blassen, harmonischen Schönheit dieses Gesichts, von der Intelligenz jener Augen, die jedes einzelne Wort von ihr aufzusaugen schienen.

Es war absurd. Hoffnungslos. Und erniedrigend. Ganz zu schweigen vom Widersinn der Situation. Drake hatte stundenlang Harpers Erzählungen gelauscht und doch nicht ein Quentchen von sich selbst preisgegeben. Die boshaften Spekulationen über Drakes nicht vorhandene Sexualität, denen Harper sich noch vor einem Monat hingegeben hatte, schienen nur allzu berechtigt: Allein Musik und die Schönheit der Galaxie entlockten Drake eine sinnliche Reaktion. Harper sehnte sich danach, Drakes ernstes Gesicht zu berühren und die Mauer des Schweigens zu durchbrechen, die ihre eigene Person umgab. Aber sie kam Drake nicht näher als den Sternen jenseits der Panoramafenster. Und gleich jenen Sternen zog Drakes strenge Schönheit alles an, um es beim Näherkommen unweigerlich zu verbrennen ...

Es waren kaum ein paar Wochen vergangen, und nur selten dachte sie noch an Niklaus, die täglichen Botschaften waren bloß noch Ausdruck des Pflichtgefühls. Sie tröstete sich damit, daß er am Ende dieser Reise treu und liebevoll für sie da sein würde, während Drake für immer verschwunden wäre, ein Teil des kalt-leuchtenden Sternenhimmels ...

Die romantischen Klänge eines Flötenkonzerts erfüllten das Aus-sichtsdeck. Harper saß wartend auf dem Sofa. Sie starrte Drake an, die sich im Sessel niedergelassen hatte und, die Hand aufs Knie gestützt, fasziniert die spektakulären Farben der spiegelnden Ne-belflecken betrachtete, die über einem weiten, offenen Sternhau-fen leuchteten – jenes Sternsystem, das Harper den ganzen ein-samen Nachmittag über beobachtet hatte. Schließlich wandte Drake ihren Blick von dem Fenster ab, und Harpers Hochgefühl bezeugte, daß der Abend nun begann.

»Erzählen Sie mir von Ihren Freunden«, sagte Drake, stand auf und machte ein paar Schritte auf sie zu. »Wie sind sie?«

»Ich bin eine ziemliche Einzelgängerin«, gestand Harper, von dem schönen Körper in der weißen Bluse und schwarzen Hose erregt. »Einige Leute würde ich als gute Kumpel bezeichnen, die anderen sind einfach nur Bekannte.«

»Ihre sexuelle Bewußtwerdung«, sagte Drake und setzte sich neben sie. »Wann trat die ein?«

Es war das erste Mal, daß sie sich auf dieses Gebiet wagte. Har-per war ein wenig überrascht, sagte sich dann aber, daß Drake einfach nur ein paar Wissenslücken füllen wollte.

»Meine sexuelle Bewußtwerdung«, wiederholte sie grinsend. »Wohl so mit sieben. Als mir zum erstenmal klar wurde, daß die Bewahrung meiner Jungfräulichkeit meine größte Verantwortung ist. Mit zwölf bin ich das Ding dann losgeworden.«

Harper war zufrieden; zwar hatte sie Drake auch schon früher zum Lachen gebracht, aber es passierte selten genug.

Drake sagte lächelnd. »Als Jugendliche hatten Sie viele Träume – welcher Art waren Ihre sexuellen?«

Plötzlich fühlte sich Harper auf unerklärliche Weise unbehag-lich. Sie flüchtete sich in Allgemeinplätze. »Meistens träumte ich von sexueller Freiheit. Ich wollte niemals eine so lähmende Be-ziehung wie die meiner Eltern haben. Und ich wollte all den sexuellen Maßregelungen entkommen, die von den Trads aufgestellt worden waren ...«

»Gut, aber was für eine Beziehung wollten Sie, was für einen Menschen hatten Sie zu finden gehofft?«

Harper hatte keine Lust, von den Männern zu erzählen, mit denen sie zusammen gewesen war, von den emotional toten Beziehungen. »Ich habe jeden verlassen, der mich daran hinderte, mein Leben zu leben, wie ich es wollte.«

»Alles andere«, murmelte Drake, »hätte mich auch sehr überrascht. Als Sie heranwuchsen, haben Sie doch sicher von einem idealen Sexualpartner geträumt. Wie sah dieser Partner aus?«

Drake blickte sie mit ihren dunklen Augen durchdringend an. Wäre sie jemals zuvor jemandem begegnet, der wie Drake aussah ...

»Ich ...« Harper versuchte, einen zusammenhängenden Gedanken zu fassen. Ihre Brustwarzen kribbelten und verhärteten sich beinahe schmerzlich, und zwischen ihren Schenkeln wurde es ganz heiß. »Sanft und sehr zärtlich.«

»Aber wie sah er aus?«

»Dunkles Haar«, stieß sie hervor und fühlte, wie Hitze in ihr Gesicht stieg. »Dunkle Augen.« Sie versuchte, ihren Blick von Drake abzuwenden, aber es gelang ihr nicht. Sie wußte, daß das Begehren, das ihr die Kehle zuschnürte, unverblümt auf ihrem Gesicht zu lesen war.

Als Drake ihre Hand nahm – die erste Berührung zwischen ihnen –, fühlte sie umgehend Erleichterung.

»Was sonst noch?« Die Augen waren unwiderstehlich, die Stimme hypnotisierend.

Wie von Geisterhand gelenkt, rückte Harper näher an sie heran. »Ein Gesicht wie ... deines.«

Drake ließ Harpers Hand los, umfaßte ihre Schultern und zog sie an sich.

Wie benommen und mit wild pochendem Herzen legte Harper ihre ungläubigen Arme um den schlanken Körper. Sie wurde sanft aufs Sofa niedergedrückt. Drakes Lippen strichen wie Federn über ihr Gesicht, und als sie dann ihre Kehle berührten und die samtene Zunge darauf zu kreisen begann, zitterte sie am ganzen Körper. Sie nahm Drakes Kopf zwischen beide Hände und bedeckte das seidige, feingemeißelte Gesicht, das auf so wunderbare Weise in ihrem Besitz war, mit hungrigen Küssen.

Drakes Mund suchte und fand den ihren. Harper glitt mit der Hand unter Drakes Bluse und stöhnte kurz auf, als Drakes Zunge in ihren Mund eindrang. Einen Moment lang umfaßten Drakes Hände ihr Gesicht, dann fuhren sie streichelnd über ihren Hals und streiften ihr schließlich den Overall von den Schultern.

Während Drakes Küsse ihr fast den Atem raubten, bebte ihr Körper unter den Händen, die von ihren nackten Schultern langsam zu den Brüsten glitten, sie umschlossen und rhythmisch zu streicheln begannen, bis sie sich wie überreife Früchte anfühlten. Als die Hände weiter hinunter zu ihren Hüften wanderten, gab auch der Mund ihren frei, strich über ihre Kehle hinab zu ihren Brustwarzen und saugte so heftig daran, daß sie auf süße Weise schmerzten.

Dann erhob sich Drake, spreizte Harpers Oberschenkel und kniete dazwischen. Harper, die schon ganz feucht war, wand sich unter der Hand, die sie zu streicheln begann. Als sie dann plötzlich innehielt, stöhnte Harper, von der eigenen Begierde überwältigt, auf und beobachtete erregt, wie Drake die Finger zu ihrem Mund führte und genüßlich ableckte.

»Oh, so süß und feucht.« Drakes Stimme klang rauh, die Augen unter ihren schweren Lidern verschwammen in dunkler Begierde.

Drake beugte sich über sie und schob die Finger tief in sie hinein, füllte sie, bis Harpers Hüften wollüstig zuckten. Dann glitt sie leise stöhnend an ihr hinab, und Harper keuchte ekstatisch, als die Finger sie streichelten und die samtene Zunge sie leckte, sie streichelten und leckte, bis sie zum rauschhaften Orgasmus kam.

Drake zog vorsichtig ihre Finger zurück. Schwach zupfte Harper an Drakes Haaren, damit sie auch ihren Mund von ihr nahm. Doch Drake ergriff ihre Hand und hielt sie fest.

»Ich kann nicht ... gleich wieder«, flüsterte Harper, »nicht ... für eine Weile.«

Drake hob leicht den Kopf. Mit leiser, kehliger Stimme murmelte sie: »Die nächste Reise wird so lange dauern, wie du dir das nur wünschen kannst.« Ihr Mund kam zurück, ihre Zunge glitt in sie hinein und begann sich langsam kreisend zu bewegen.

Harper warf die Arme über dem Kopf nach hinten, ihr Körper ein einziges wogendes Meer der Begierde. Sie wollte die samtene Zunge spüren, überall und unaufhörlich.

Unendlich viel Zeit später merkte Harper, wie sie hochgehoben, getragen und an einen Ort behaglicher Dunkelheit gebracht wurde. Das flatternde Geräusch und die leichte Brise entgingen ihr dabei nicht. Dann tauchte sie in die Finsternis ein.

Als Harper in ihrer Kabine erwachte, räkelte sie sich in wohliger Erschöpfung, bis sie sich ihrer Nacktheit und der Quelle ihrer Zufriedenheit bewußt wurde.

Es war schon spät am Morgen, und ihr Statusreport fürs Hauptquartier war bald fällig. Sie hatte also keine Zeit, wie sonst in aller Ruhe aufzuwachen und eine Stunde lang Fitneßübungen zu machen. Und die brauchte sie auch gar nicht, dachte sie verschmitzt. Wo doch ihr Körper von sexueller Erregung so andauernd und vorzüglich gequält worden war, wie sie das noch nie erlebt hatte ...

Zögernd stieg sie aus dem Bett. Sie hatte das Bedürfnis, ihr Gedankenwirrwarr eine Zeitlang ungestört zu ordnen.

Sie strich das zerzauste Haar zurück und lächelte spöttisch ihr Antlitz in der Spiegelwand an. Drake war also asexuell, nicht wahr? Wäre Drake noch ein bißchen weniger asexuell gewesen, hätte sie, Harper, die letzte Nacht nicht überlebt.

Sie bestaunte die euphorische Leichtigkeit ihrer Glieder, begutachtete sich von Kopf bis Fuß – sie sah unverändert aus. Ihr Körper besaß seine gewohnte durchtrainierte Form, und auch sonst konnte sie keine Anzeichen einer Veränderung feststellen. Und doch fühlte sie sich wie verwandelt.

Die Brüste mit beiden Händen umfassend, trat sie näher an ihr Spiegelbild. Die Brustwarzen hatten eine intensivere Farbe und verhärteten sich augenblicklich, als sie sich erinnerte, wie Drakes Mund sie genossen hatte. Sie untersuchte sich weiter: Ihre Vulva war noch rosiger als gewöhnlich. Mit der Erinnerung wallte Hitze in ihr auf, tönte ihre Haut von Kopf bis Fuß.

Als sie hastig in den Overall schlüpfte, wurden noch andere Erinnerungen wach. Drake hatte sich nicht ausgezogen; Harper war es lediglich geglückt, ihr die Bluse zu öffnen. Die kleinen Brüste darunter hatten sich weich und seidig angefühlt, und die großen Brustwarzen waren ganz hart, wann immer Drakes Körper den ihren berührt hatte. Es war ihr nicht gelungen, diese Brüste zu küssen. Ebensowenig hatte sie andere intime Stellen von Drake küssen oder berühren können. Drake hatte sie völlig überwältigt. Das würde sich heute nacht alles ändern.

Der Morgen war verstrichen, und der Nachmittag schleppte sich dahin, ohne daß Drake erschienen war. Harpers anfängliche Hochstimmung kehrte sich in Depression und schließlich in Wut. Drake hatte das leidenschaftliche Zusammentreffen von letzter Nacht initiiert, war durchweg die Aktive gewesen. Also mußte es ihr doch auch etwas bedeutet haben. Und deshalb hätte sie eine Ausnahme machen können – oder müssen – und entgegen ihrer strikten Routine das Quartier verlassen sollen, um mit Harper zusammen zu sein. Harper hatte sich ihr völlig hingegeben, und Drake mußte doch wissen, wie verletzlich sie in der Zeit danach war und die Sicherheit ihrer Gegenwart brauchte ...

Zum Teufel mit ihr, beschloß Harper und ging zurück in ihre Kabine. Aber als es dann fast sieben Uhr war, hielt sie es nicht länger dort aus. Sie schloß innerlich einen Kompromiß und ging hoch zum Aussichtsdeck anstatt in den Speiseraum.

Kurz darauf kam Drake und ging zu ihrem Sessel. Harper ignorierte sie, so gut sie konnte. Drake setzte sich schweigend, ohne Harper anzusehen. Sie hatte einen verschleierten, distanzierten Blick, als wäre ihre Aufmerksamkeit völlig nach innen gerichtet.

Harper blickte sie wütend und frustriert an. Was ging in dem unergründbaren Kopf dieser Frau nur vor? Was war der Grund für ihr unverständliches Verhalten? Aber weder ihre eigene Lebenserfahrung noch die vielen gelesenen Romane konnten ihr helfen, diese einzigartige, rätselhafte und rasend machende Frau zu erklären.

Plötzlich kam ihr der Gedanke, daß vielleicht auch Drake sich verletzlich fühlte. Sie konnte es sich nicht aussuchen, wer sie auf ihren Reisen begleitete, und die erbarmungslosen Bedingungen ihres einsamen Berufs zwangen sie, sich – ungeachtet ihrer eigenen Libido – einer zukunftslosen emotionalen Beziehung mit einem Passagier zu widersetzen. Wenn Drake sich jetzt hinter einer sorgfältig errichteten Mauer aus Selbstschutz zurückzog, würde das ihre unersättliche Leidenschaft von gestern nacht erklären und auch ihre jetzige Zurückhaltung... Genaugenommen würde es Drakes gesamtes Verhalten erklären.

Durch diese Möglichkeit ermutigt, brachte Harper ein Lächeln und einen neutralen Tonfall zustande. »Als du vor einem Monat deine Lieblingsbeschäftigungen aufgezählt hast, hast du Lieben nicht erwähnt.«

Drake schien nur mühsam aus ihrer eigenen Welt herauszukommen. Mit einem zögerlichen Lächeln sagte sie: »Habe ich das nicht?«

Harper, von Drakes umwerfender Schönheit erneut entwaffnet, machte einen Schritt nach vorn: »Letzte Nacht ...«

Ein schriller Alarm ließ sie zusammenzucken.

»Code zwei.« Drake war aufgesprungen.

Harper verließ hinter Drake das Deck und war froh, daß nur das Zweier-Intervall ertönte und nicht das anhaltende Heulen von Code eins, das höchste Alarmstufe signalisierte. Trotzdem unterschied sich dieser Alarm von den anderen kodierten Signalen, die regelmäßig im Raumschiff ertönten und auf Schwerkraftfluktuationen hinwiesen oder Sicherheitsbestätigungen bei Kursänderungen anzeigten, also Routineangelegenheiten, die Drake von ihrem Quartier aus überwachen konnte. Dieser Alarm war merkwürdig.

In der Kommandokabine warf Drake einen kurzen Blick auf die Bildschirme und verkündete knapp: »Ein Leck im hinteren Schutzschild. Es breitet sich aus.«

Der Code-zwei-Alarm ging in das ununterbrochene Heulen des Code eins über. Harper spürte, wie sich ihre Nackenhaare hochstellten. Die Schilde bildeten das notwendige Kraftfeld, um die Oberfläche des Raumschiffs zu schützen. Ein Ausfall würde die *Scorpio IV* einer Bombardierung durch Weltraumtrümmer aussetzen, die tödlich enden konnte ...

Drake sagte: »Ruf die Robomechs AZ-neun-zwei und drei auf. Robomech-vier in Bereitschaft.«

Harper eilte auf ihren Platz und setzte das Startprogramm zur Aktivierung der Roboter in Gang. Inzwischen hatte Drake schon drei Bildschirme überprüft und lehnte tippend über der Konsole. Dann richtete sie sich auf, stützte eine Hand in die Hüfte, hielt die andere tippbereit über der Konsole und beobachtete die Schaltbilder, die nur Bruchteile von Sekunden über den Bildschirm flimmerten.

Sie drückte eine Taste. »Da, genau da«, sagte Drake befriedigt. Sie tippte weiter auf die Taste und vergrößerte dadurch das Diagramm, das sie schließlich auf dem Hauptbildschirm fixierte. »Das sieht schlecht aus. Der gesamte Schutzmechanismus bricht langsam zusammen.«

»Kann der Schild repariert werden?« Harper staunte, wie ruhig ihre Stimme war.

»Ja. Ich brauche den Robomech-vier.«

»Okay.«

Falls ihr das Ausmaß der Krise bislang nicht bewußt gewesen sein sollte, hatte die Forderung nach dem Robomech-vier das zweifellos geändert.

Harper, deren Kopf vom ununterbrochenen Alarmgeheul schwirrte, gab die Codes ein, die alle anderen vorübergehend überschrieben und sämtliche Computerfunktionen – bis auf das Life-Support-System – in den Robomech-vier kanalisierten. Dann lehnte sie sich zurück. Bei einem Laborversuch hatte sie einmal gesehen, wie der Roboter in einem Militärraumschiff den radioaktiven Kern der Antriebswerke auseinandernahm. Dabei hatten drei hochqualifizierte Techniker in perfekter Gleichzeitigkeit zusammengearbeitet, um seine ehrfurchtgebietenden Operationen zu korrelieren und zu lenken. Aber sie konnte jetzt nichts mehr tun, um Drake zu helfen.

In der nächsten Stunde beobachtete Harper mit gespannter Faszination, wie Drake im Stehen – den grazilen Körper angespannt und die zusammengekniffenen Augen auf die Farbveränderungen konzentriert, die die Transformation des Diagramms auf dem Hauptbildschirm anzeigten – den Robomech-vier mit der seelenruhigen Präzision eines Chirurgen steuerte.

Dann erstarb endlich auch der Alarm. Erleichtert sagte Drake: »Robomech-zwei zum Routineabschluß aufrufen.«

Ein paar Minuten später nickte Drake ihr zu, und Harper terminierte sämtliche Programmsequenzen zur Aktivierung der Roboter. Die Computer übernahmen wieder ihre normale Funktion.

Sie wandte sich Drake zu, wollte ihre Erleichterung und Bewunderung bekunden. Aber als die Worte über ihre Lippen kamen, war sie sich ihrer kaum mehr bewußt. Sie starrte vielmehr in Drakes Gesicht, das zum erstenmal einen klaren Gefühlsausdruck erkennen ließ: Freude.

»Auf der Liste deiner Lieblingsbeschäftigungen fehlt noch etwas«, sagte Harper. »Du liebst es, dein Können einzusetzen.«

Drake erwiderte ernst: »Es ist die einzige akzeptable Macht, die ich besitze.«

Harper sah, wie die Heiterkeit aus Drakes Gesicht wich. Sie starrte in die tiefgründigen dunklen Augen und erschauerte, als sie die Leere und den quälenden Kummer darin bemerkte, die ihr vor Wochen zum erstenmal aufgefallen waren.

Drake wandte ihren Blick von ihr ab. »Komm mit zurück aufs Aussichtsdeck«, sagte sie leise.

Von einer undefinierbaren Erwartung erfüllt, wartete Harper, bis Drake sich neben sie auf das Sofa setzte.

Drake sagte: »Letzte Nacht steht jetzt zwischen uns. Aber ich möchte, daß wir unsere gemeinsame Zeit wie vorher verbringen. Ich möchte, daß du mir wie zuvor von dir erzählst.«

Aus lauter Frustration über diese rätselhafte Frau den Tränen nahe, flüsterte Harper: »Das kann ich nicht.«

Drake seufzte. »Blumen akzeptieren den Regen, ohne dessen Quelle oder Bedeutung zu hinterfragen. Ist es so schwer, bis zum Ende unserer Reise einfach zu akzeptieren, was zwischen uns passiert?«

Harper sagte bitter: »Dann warst du letzte Nacht also der vom Himmel geschickte Regen, der auf mich gefallen ist.«

»Nicht vom Himmel geschickt«, antwortete Drake ruhig.

»Letzte Nacht bedeutet dir gar nichts?«

»Es bedeutet, daß jetzt mehr zwischen uns ist.«

Leidenschaftlich sagte Harper: »Ich brauche etwas von dir. Irgend etwas.«

»Ich kann dir nur das geben, wozu ich fähig bin.«

»Wozu du bereit bist.«

»Das ist für mich dasselbe.«

Harper schloß die Augen und wandte sich von ihr ab.

»Sprich mit mir, wenn du kannst«, sagte Drake sanft. »Nur für eine Weile, ja?«

Verzweifelt dachte Harper, daß sie entweder weitermachen konnte wie bisher oder aber die nächsten drei Monate versuchen mußte, ihr völlig aus dem Weg zu gehen. »In Ordnung«, seufzte sie. »Worüber soll ich heute abend erzählen?«

»Vielleicht... von den Orten, in denen du nach deiner Abkehr von den Trads gelebt hast – den Städten und Häusern.«

Später konnte sich Harper nicht erinnern, worüber sie gerade gesprochen hatte, als das blasse, schöne Gesicht sich ihr näherte. Nur noch daran, daß ein heißes Begehren sie verstummen ließ.

Drake hatte ihr Gesicht mit Küssen bedeckt, aber sie hatte sie mit aller Kraft von sich gehalten und die graue Bluse geöffnet. »Ich will dich sehen.«

Nur kurz hatte Drake ihr einen Blick auf die langen, geschwungenen Linien ihres Körpers gewährt, die schlanken Schenkel und das feine schwarze Dreieck dazwischen. Dann suchten ihre Lippen Harpers Mund, und ihre Hände streiften ihr den Overall ab. Ein seidenweicher und warmer Körper legte sich auf Harper, und es raubte ihr fast den Atem. Fühlte auch sie sich für Drake so an? War es möglich, daß auch andere Frauen sich so anfühlten wie Drake?

Drakes streichelnde, forschende Hände eröffneten ihr neue Dimensionen der Lust. Sie hielt Harpers Gesicht umfaßt, küßte es, zog ihre Zunge in ihren Mund und spielte damit. Mit aller Macht kehrten die Erinnerungen an die vergangene Nacht zurück, und Harper wurde von einer Woge erfaßt, die ihr Begehren in Leidenschaft verwandelte. Sie stöhnte vor Verlangen, aber Drakes weicher Körper preßte sich gegen sie, und ihre Zunge beschrieb prickelnde Kreise auf ihrem Hals, die noch andere Erinnerungen weckten, frisch und lähmend. Harper schlang Beine und Arme um Drake und verschmolz mit dem Nirwana ihres Körpers, überließ sich vollkommen Drakes Willen und einer Erotik, die sie fast zum Höhepunkt brachte.

Irgendwann später glitt Drake hinab zwischen ihre Beine und vollendete ihr Werk.

Und abermals wurde Harper hochgehoben, getragen und wieder niedergelegt.

Sie klammerte sich an Drake. »Bleib bei mir«, murmelte sie.

»Das kann ich nicht.«

»Bis ich eingeschlafen bin ...«

Und dann schlief sie auch schon.

In den nächsten zwei Wochen folgte Harpers Leben einem zusammenhanglosen Muster. Das Service Headquarter forderte umfassende Ablaufprotokolle, um den Ausfall des Schutzschildes und die Aktivierung des Robomech-vier gründlich analysieren zu können. Und da ihr Raumschiff bereits einen Punkt erreicht hatte, an dem es kein Zurück mehr gab – sie waren nur dreizehn Tage von ihrem Ziel entfernt –, warteten sie jetzt auf rotes Licht vom Hauptquartier, um ihre Unternehmung fortsetzen zu können.

»Unersättlichkeit, Falschheit, Dummheit ...« Jeden Morgen, wenn sie ihren widerstrebenden Körper aus dem Bett zwang, um die Übermittlung weiterer Unmengen von Daten über die *Scorpio IV* zu überwachen, betete Harper dieselbe Litanei von Verwünschungen herunter. Natürlich würden sie und Drake die Reise letztendlich fortsetzen und ihre wertvolle Ladung – die Planetoidenkristalle des Antares – aufnehmen, und das wußten auch diese übereifrigen Dummköpfe im Hauptquartier. Aber das Versagen des Schutzschildes berechtigte sie, unzählige Detailangaben von Harper zu verlangen und somit Abwechslung in den eigenen langweiligen, an die Schwerkraft gebundenen Alltag zu bringen.

Aber so überflüssig und stupide ihre Mehrarbeit auch sein mochte, war Harper doch dankbar für die Ablenkung, denn die vielen freien Stunden ohne Drake zogen sich endlos dahin. Gleichgültig verzehrte sie ihre Mahlzeiten, denn sie mußte essen. Die übrige Zeit verbrachte sie damit, sich sorgfältig zu pflegen oder das glitzernde Universum jenseits der Aussichtsfenster zu bewundern. Aber ihr ganzer Sinn war von glühenden Bildern erfüllt, ihre Gedanken von Erinnerungen an Drake.

Mit jedem Abend, an dem Drake auf dem Aussichtsdeck erschien, wurde sie schöner, lebendiger und attraktiver. Und mit jedem Abend gab Harper Drakes Marotten und Befehlen williger nach, enthüllte jede Einzelheit aus ihrem Leben, die Drakes Interesse wecken würde – und alles in Erwartung des einen Moments, in dem Drake sie berührte, ihr die Kleidung von den Schultern streifte und der kostbarste Teil des Abends begann.

Einmal hatte sie versucht, etwas von der maßlosen Wonne an Drake zurückzugeben, bevor jene sie mit ihren Händen und dem Mund aufs neue zum Brennen brachte. »Dies«, hatte Drake mit glühenden Augen gesagt und Harper an sich gezogen, »ist alles, was ich brauche.«

Mit dem kleinen Rest ihres Bewußtseins, der noch zu objektivem Denken fähig war, wußte Harper genau, daß sie mit ihrem

Körper auch ihren Willen aufgab, ihre Identität und vielleicht sogar ihren Verstand. Sie war eine wollüstige Sklavin der allnächtlichen Erfüllungen geworden. Gedanken an die Vergangenheit endeten in der Wonne der letzten Nacht, Gedanken an die Zukunft gingen nicht über die kommende Nacht hinaus. Es war nur ein kleiner Trost, daß Drakes Leidenschaft nie endete, bevor Harpers Hunger völlig gestillt war. Sie war Drakes Schachfigur.

Auf einer früheren Reise zum Orion hatte die fremdartige Weite des Alls sie auf subtile, aber grundlegende Weise beeinträchtigt. War dies etwa ein weiteres Symptom derselben Neurose? Vielleicht konnte sie nach dem Eintritt in den Planetoidengürtel des Antares, wenn Drake damit beschäftigt war, die funktionsuntüchtige *Scorpio IV* instandzusetzen — vielleicht konnte sie dann auch wieder der Stimme der Vernunft Gehör schenken...

Als die *Scorpio IV* nur noch ein Lichtjahr vom Planetoidengürtel des Antares entfernt war, erhielten sie vom Service Headquarter grünes Licht, genau wie Harper es vorausgesehen hatte. Das Rendezvous würde um zwanzig Uhr stattfinden.

Harper zog den enganliegenden weißen Overall an, der speziell für den Aufenthalt in der Schwerelosigkeit vorgesehen war und an allen Oberflächen des Schiffs haften konnte, damit sie nicht wie eine hilflose Staubwolke umherflog. Wie alle Neulinge in der Raumfahrt, hatte auch sie sich langen Perioden sensorischer Deprivation unterziehen müssen. Das Verhalten in der Schwerelosigkeit hatte zu ihrem Weltraumtraining gehört, eine kuriose und durchaus vergnügliche Erfahrung, wenn man ihr nur kurzzeitig ausgesetzt war. Auf den ersten interplanetarischen Reisen der Pioniere des Weltraumzeitalters hatte sie jedoch schwere physische und psychische Traumata ausgelöst.

Sie bewegte sich ungelenk in Richtung Kommandokabine, ärgerte sich irrationalerweise über die Schwere ihrer Füße, die sie nur schleppend vorwärtskommen ließ. Sie war sich der Ursache ihrer schlechten Laune wohl bewußt: Heute nacht würden sie sich nicht lieben können – und die kommenden Nächte ebenfalls nicht. Die schwierige Navigation des Raumschiffs würde Drake vollkommen in Anspruch nehmen.

Drake saß im Kommandosessel. Sie heftete den Blick auf die schmalen Navigationsfenster, durch die der Planetoidengürtel zu sehen war, eine glühende Kette, von ihrem weit entfernten, unermeßlich feurigen Mutterstern zum Leuchten gebracht.

»Es bleiben nur noch wenige Minuten für eine weitere Übermittlung«, stellte Drake fest, ohne sie dabei anzusehen.

»Ich weiß«, antwortete Harper und vergab ihr stillschweigend den offiziellen Ton; Drake war in die Berechnung der letzten Flugetappe vertieft. Bevor die Kräfte des Planetoidengürtels am Steuerungssystem des Raumschiffs verheerenden Schaden anrichten konnten, würde Drake es ausschalten und die verbleibende Schubkraft dazu nutzen, es in einen dichten, kristallreichen Teil des Gürtels zu manövrieren. Alles war schon vorbereitet für die Zeit, in der sie und Drake sich im Zustand der teilweisen sensorischen Deprivation befinden würden und vom Sauerstoffvorrat des Raumschiffs abhingen – wenn die *Scorpio IV* einer toten, dahintreibenden Kapsel glich.

Da sie schon vor einiger Zeit sämtliche Nachrichten übermittelt hatte, einschließlich einer an Niklaus, verharrte Harper jetzt in stillschweigender Anspannung auf ihrem Sitz und verspürte einen Anflug von Furcht. Auf dem Bildschirm verfolgte sie, wie sich die Ladeluken langsam öffneten, um die Planetoidenkristalle aufnehmen zu können, deren Herannahen – ein wahrlich spektakuläres Schauspiel – sie durch die Navigationsfenster beobachtete.

Drakes ruhige Stimme durchdrang die Stille. »Zehn Sekunden bis zum Abschalten.« Sie legte einen leichten Maschengurt an, und Harper tat es ihr gleich.

Dann tauchte die helle Kabine in die Schwärze ein, und obwohl Harper es erwartet hatte und in der Ausbildung darauf vorbereitet worden war, war sie doch völlig überwältigt. Es folgte totale Stille – eine Stille, dachte sie, wie in einem Grab. Allmählich gewöhnten sich ihre angestrengten Augen an die Dunkelheit, und der orangerote, von fluoreszierendem Licht durchdrungene Raum gewann langsam an Kontur, wirkte jetzt düster und unheimlich. Drakes Körper im schwarzen Overall war Teil dieser Dunkelheit, aber ihr Gesicht glich einem blassen Oval im geisterhaft weißen Licht des Antares. Die Stille schmerzte in Harpers Ohren, und sie atmete tief ein, um ihren Klang zu hören.

Ein befriedigter Seufzer kam aus Drakes Richtung. »Kein bißchen vom Kurs abgekommen.«

»Das freut mich«, sagte Harper inbrünstig. Ihr schauerte bei dem Gedanken, daß die *Scorpio IV* während der unzähligen Stunden des freien Falls sonst ständig hin und her geschwankt wäre.

»Das sollte es auch«, sagte Drake trocken. »Du würdest dich nämlich schon längst übergeben.«

Und du wahrscheinlich nicht, dachte Harper, mehr belustigt als verärgert über Drakes Arroganz. Ihr weißer Arm schwebte vor ihr; sie führte ihn zur Konsole und versuchte lächelnd, mit ihren Fingern darauf zu trommeln, aber die Hand schwebte immer wieder nach oben. Allein die haftende Kleidung und der Maschengurt, der sie auf dem Sitz festhielt, ließen sie ihren Körper spüren.

Als die *Scorpio IV* sich immer schneller dem leuchtenden Planetoidengürtel näherte, starrte sie durch die Navigationsfenster. Ihr blindes und stummes Raumschiff hätte ebensogut eines jener aerodynamischen Papierflugzeuge sein können, die sie als Kind gebaut und in die Luft geworfen hatte. In sprachloser Ehrfurcht beobachtete sie, wie der mysteriöse Planetoidengürtel sie und Drake langsam in seinem Leuchtkranz aufnahm, wie sie Teil einer dichter werdenden Welt aus wirbelnden blauweißen Kristallen wurden, jenen hell glitzernden Juwelen, die geräuschlos und harmlos gegen die Schiffsoberfläche prallten.

»Drake ...« stieß Harper hervor.

»Ja. Es ist wunderschön.«

Die Stimme kam von über ihr. Drake war in der gespenstischen Dunkelheit aufgestanden und hatte sich neben Harper gestellt.

Jetzt beugte sie sich hinab und öffnete den Gurt, wobei ihr Gesicht neben Harper zu schweben schien. »Im Moment können wir nichts mehr für mein Schiff tun. Komm mit mir«, sagte sie leise und nahm Harpers Hand.

Mit trockenem Mund ließ Harper es geschehen, daß Drake sie trotz der Schwerelosigkeit ihres Körpers aus dem Sessel und in ihre Arme zog. »Es müssen ja nicht alle unsere Sinne unter Deprivation leiden«, murmelte Drake und küßte Harper.

Vom flinken Spiel der Zunge wie benommen, wurde Harper in Drakes Armen immer hilfloser. Drake öffnete den Overall, streifte ihn ihr vom Körper. Mit pochendem Herzen starrte Harper in das ernste, bildschöne Gesicht und wußte sogleich, daß sie im Begriff war, sich der absoluten Hilflosigkeit auszuliefern.

Nackt, die Hand von Drake fest umklammert, schwebte sie wie eine Luftblase und sah, wie ihre weiße Kleidung in die Dunkelheit driftete und verschwand.

Drake, die noch immer ihren Overall trug, ihn jedoch geöffnet hatte, zog Harper an sich heran und umschlang sie. Harper spürte ihren eigenen Körper nur im Kontakt mit Drakes seidiger Haut, spürte ihre eigenen Brüste nur, als Drakes weiche, warme Haut sie berührten und Drakes Hände sie sanft streichelten; sie spürte ihre Lippen nur durch Drakes Küsse, ihren Mund nur durch Drakes Zunge. Als Drakes Hand langsam über ihre Schenkel strich und sie dann zwischen den Beinen berührte, spürte sie durch Drakes Finger, wie feucht sie war, spürte ihren schwerelosen Körper anschwellen von wachsendem Begehren, das in ein seltsames, unbekanntes und heftig pochendes Verlangen überging.

Dunkle, unverständliche Laute murmelnd, schob Drake Harper von sich weg, so daß sie erneut frei umherschwebte. Dann ergriff sie Harpers Hüften und zog sie an ihren Mund.

All ihre Körperempfindungen trafen zwischen ihren Beinen zusammen, verschmolzen mit der langsam kreisenden Zunge und lösten ein nicht endendes Feuerwerk an Empfindungen in Harper aus. Unkontrolliert wand sie sich in der dunklen, rot ausgekleideten Kommandokabine, hilflos wie eine Flamme im Wind.

»Bitte«, keuchte sie, »o bitte . . . «

Aber die Zunge bewegte sich nur allmählich schneller. Mit Drakes erbarmungslosem Mund verankert, stieg ihr sich windender Körper über Drakes Kopf hinaus und fiel wieder nach unten, rotierte von einer Seite zur anderen. Als Drakes Mund gieriger wurde, spürte sie ihre eigene Feuchtigkeit an den Beinen hinunterlaufen. Wie von einem leuchtenden Stern angezogen, näherte sie sich einem grandiosen Höhepunkt – und erreichte ihn schließlich.

Drake zog Harper zu sich herab und hielt sie in den Armen. »So herrlich feucht . . . « flüsterte Drake freudetrunken.

Bald darauf hielt Drake sie an die Wand gedrückt fest, so daß ihre Füße über dem Boden schwebten. »Der menschliche Körper ist ein Wunderwerk«, murmelte Drake, das warme Gesicht in Harpers Brüsten vergraben. »In einer neuen Umgebung suchen seine Nervenbahnen einfach neue Verbindungen . . . « Einige Zeit später ließ sie Harper von der Wand los, hob sie wieder hoch, drang mit der Zunge erneut in sie ein und stöhnte genießerisch.

Desorientiert wachte Harper auf, merkte aber bald, daß sie noch immer in der Kommandokabine war. Sie erinnerte sich, daß Drake sie nackt in einen Stuhl gesetzt und dessen Rückenlehne flach nach hinten gestellt hatte. Ihre Kleidung lag neben ihr, und der Sicherheitsgurt war um sie gelegt. Obwohl sie nicht sehen konnte, ob Drake gegangen war, war sie sicher, daß sie sich in ihrem Quartier aufhielt.

Sie streifte den Overall über und ging in dem gespenstisch fluoreszierenden Licht unbeholfen zu ihrer Kabine, die sie wenig später wieder verließ. Sie machte kurz halt im Speiseraum und ging zurück zur Kommandokabine. Dort nahm sie in dem Sessel Platz, in dem Drake sie zurückgelassen hatte.

Von der Dunkelheit eingehüllt und besänftigt, zog sie ihren Overall wieder aus und legte den Maschengurt wieder um. Sie streckte sich genüßlich. Das war also sensorische Deprivation. Wenn die Bürokraten vom Space Service sie so sehen könnten . . .

Zufrieden und sehnsüchtig blickte sie in die juwelenbeladene Welt jenseits der Fenster, hatte jedes Zeitgefühl verloren. Und während sie so dasaß, schwebte der kristallene Schatz widerstandslos in die Lagerkontainer des Schiffs. Sie fragte sich, ob sie jene unglaublichen Gefühle der vergangenen Nacht vielleicht nur geträumt hatte.

Am anderen Ende des Raumes hörte sie Drake ihren Namen sagen. »Wie wunderschön du doch aussiehst.« Die Stimme klang sanft und leicht amüsiert.

Wie kann sie mich von dort aus nur sehen, wunderte sich Harper und versuchte, sie in der Dunkelheit auszumachen. Doch die Frage war vergessen, als Drake plötzlich neben ihr stand, sich zu ihr hinabbeugte und ihren Gurt löste. Harper schwebte nach oben und in ihre Arme.

Drake murmelte: »Wir haben nur noch wenige Stunden... Dann muß ich mich um mein Schiff kümmern...«

Und Harper fand Gewißheit, daß sie das Erlebnis der letzten Nacht nicht geträumt hatte.

Unter geringstem Stromverbrauch begann Drake, deren Hände über der schwach beleuchteten, blinkenden Konsole durchsichtig schienen, ihre Arbeit. Sie baute Daten auf, setzte Datenblöcke und integrierte immer größere Segmente in das exponentiell anwachsende Programm, das die *Scorpio IV* am Ende wieder zum Leben erwecken sollte. Verwirrt und ohne etwas zu verstehen, saß Harper daneben und führte die hin und wieder knapp vorgebrachten Anweisungen aus, wie eine Handlangerin, die der Architektin die Werkzeuge reichte.

Je mehr Stunden verstrichen und je weiter sich Drake in die Komplexität ihrer Arbeit vertiefte, desto seltener kamen die Anweisungen. Als Harper schließlich gar nichts mehr von ihr hörte, verfiel sie in einen unruhigen, dann aber festen Schlaf.

Vom bleiernen Gewicht ihres Körpers und dem grellen Licht der Kommandokabine wurde sie wieder geweckt. Tief in den Sessel versunken, kniff sie die brennenden Augen zusammen. Als sie wieder richtig sehen konnte, sagte ihr ein Blick auf das Chronometer, daß es fast Mittag war. Drake arbeitete noch immer, scheinbar unbeeinflußt von der neuerlichen Schwerkraft und Helle; aber ihr Gesicht wirkte abgespannt, gezeichnet von Konzentration und Erschöpfung.

Besorgt fragte Harper: »Kann ich irgend etwas . . .«

»Ja. Entweder ich setze alle wichtigen Systeme auf einmal in Funktion, oder ich muß wieder ganz von vorne anfangen. Verlaß sofort die Kabine. Komm nicht zurück, es sei denn, ich erbitte deine Hilfe.«

Als Harper in ihrer Kabine ankam, kochte sie innerlich vor Wut über die Demütigung. Sie zog ihre gewöhnliche Kleidung an und ging zornig hoch zum Aussichtsdeck, wo sie stehend und mit verschränkten Armen die vorbeischwärmenden Kristalle beobachtete. Als ihre Augen vom Anblick der vielen hellen Formen brannten und der Schmerz ihrer verletzten Gefühle keine Linderung fand, ließ sie sich in Drakes Sessel fallen. Sie holte sich den Roman *Jane Eyre* aus der Schiffsbibliothek und versuchte, sich damit abzulenken.

Es war bereits spät am Nachmittag, als das leichte Vibrieren unter ihren Füßen zu einem Brummen anwuchs; das Antriebssystem des Schiffs gewann langsam seine volle Kapazität zurück. Unwillig und nur, weil sie es für ihre militärische Pflicht hielt, ging sie die Rampe hinunter und blickte – unbemerkt – zu Drake in die Kommandokabine. Was sie dort sah, ließ sie mit offenem Mund staunen.

Mit todbleichem Gesicht und klauenhaften, sich nur langsam bewegenden Händen hing Drake über der Konsole. Verschwunden waren ihre Anziehungskraft, ihre Stärke, ihre berauschende Schönheit. Sie sah ausgezehrt und entkräftet aus, als wäre sie um Jahrzehnte gealtert.

Geschockt platzte Harper heraus: »Drake . . .«

»Geh weg!« Die Worte zischten aus ihrem Mund. »Unser Leben hängt davon ab.«

Wie betäubt ging Harper zum Aussichtsdeck zurück. Verwirrt

und voller Angst, als ihr klar wurde, daß sie ihre eigentliche Mission auf dieser Reise jetzt vielleicht wirklich erfüllen mußte, überflog sie die Status-Monitore.

Erleichtert stellte sie fest, daß fast alle Systeme nahezu funktionstüchtig waren. Zwar gab es weiterhin keine Kommunikationsmöglichkeiten, aber der Kontakt mit dem Hauptquartier war nicht notwendig, sollte sie wirklich mit der Aufgabe konfrontiert werden, die *Scorpio IV* aus dem Planetoidengürtel heraus und in Sicherheit zu bringen. Wenn sie die Gefahrenzone erst einmal verlassen hatten, konnte sie einfach ein Signal aussenden, das ihre Position kennzeichnete und gleichzeitig die Rettung einleiten würde.

Sie tröstete sich mit der Möglichkeit, daß Drakes Zustand – so ernst er auch schien – der Ausdruck völliger Erschöpfung war. Er würde sich umgehend bessern, sobald sie sich von der ungeheuren geistigen und körperlichen Anstrengung, deren es zur Wiedereinsetzung der *Scorpio IV* bedurfte, erholt hätte. Und da Drakes normaler Tagesablauf vermuten ließ, daß sie zum Regenerieren länger brauchte als die meisten anderen Menschen, konnte es gut sein, daß dieser körperliche Gewaltakt ihr doppelt zu schaffen gemacht hatte.

Während Harper dasaß und in aller Ruhe über das nachdachte, was sie gerade beobachtet hatte, schärften sich plötzlich ihre Sinne, und sie war hellwach. Langsam erhob sie sich vom Sofa. Später konnte sie sich nicht mehr daran erinnern, ob ein Geräusch, das das Brummen der Antriebssysteme übertönte, oder aber ihr Unterbewußtsein sie veranlaßt hatte, zur Rampe des Aussichtsdecks zu gehen.

Drake hatte Harper den Rücken zugekehrt und taumelte an der Korridorwand entlang zu ihrem Quartier. Ihr schwarzgekleideter Körper war vor Anstrengung gekrümmt, und die kraftlose Hand war haltsuchend an die Wand gestützt.

Automatisch ging Harper ein paar Schritte nach unten. Aber die unbeugsame Haltung Drakes, ihre verzweifelte, eiserne Entschlossenheit sagten ihr, daß jede Hilfe noch schroffer zurückgewiesen würde als beim ersten Mal. Drake hatte sie weggeschickt und wollte sie notfalls rufen. Dazu mußte sie nur auf ihren Chronometer am Handgelenk drücken. Und dennoch, so wie Drake aussah... Verunsichert wartete Harper oben auf der Rampe. Besorgt beobachtete sie Drake, jederzeit bereit loszulaufen.

Kurz vor der offenen Tür von Harpers Kabine hielt Drake inne, richtete sich mühevoll auf und reckte den Hals, um hineinzusehen.

Sie glaubt, ich sei da drin. Sie will nicht, daß ich sie sehe.

Dann beobachtete Harper, wie Drakes schwarzgekleideter Körper sich niederkauerte und in eine nebelhafte, jäh schrumpfende schwarze Gestalt verwandelte. Sie sah eine kleine Kreatur mit spitz zulaufenden Flügeln aus feinen Häutchen, die sich erst sammelte und dann angeschlagen und unstet den Korridor hinunterflatterte.

An der Pforte zu Drakes Quartier schlug die Kreatur ihre Flügel zur vollen Größe aus, flatterte ein, zwei Mal und verwandelte sich wieder in die kauernde, erschöpfte Drake. Die Tür ging auf und gewährte Einblick in eine Finsternis, so schwarz wie Pech. Drake verschwand in dieser Finsternis, und die Tür fiel zu.

Harpers Beine verweigerten den Dienst, und sie sank auf die Rampe.

Falls sie einen Beweis brauchte, wirklich jeden Realitätssinn verloren zu haben, hier war er. Ihr Körper mochte diese Reise überleben, aber ihr Verstand war verloren.

Zitternd stand Harper auf und schaffte es mit Müh und Not zum Sofa, wo sie wieder zusammenbrach. Sie starrte hinaus auf die blauweißen Kristalle, die umherwirbelten wie der Strudel in ihrem Innern. Sie versuchte, ihren Atem unter Kontrolle zu bringen und das heftige Herzklopfen zu dämpfen, und konzentrierte sich darauf, einen klaren Gedanken zu fassen.

Woher kamen solche bizarren Halluzinationen? War es möglich, daß sie ihre Kindheit, die geprägt war von Geschichten über höllengezeugte Dämonen, die von den Trads für alles Unheil der Welt verantwortlich gemacht wurden, nie verarbeitet hatte?

Oder waren sie vielleicht inspiriert von den Gestalten aus den Lieblingsbüchern ihrer Kindheit, von den furchteinflößenden Kobolden und Drachen und vielgestaltigen Dämonen?

Sie warf einen Blick auf den Bildschirm des Bibliothekcomputers, der noch seit der Zeit eingeschaltet war, als sie das letzte Mal hier gelesen und Trost gefunden hatte. Eine Form der Vernunft gab es auf dem Schiff immerhin: das klare, unveränderliche gedruckte Wort.

Eine extrem kontrollierte und rationale Frau wie Drake würde unter der halben Million Bücher sicherlich keine dulden, die sich mit den Sagen der Erdbevölkerung befaßten. Aber vielleicht gab es ein paar allgemeine Nachschlagewerke, vielleicht konnte sie mit deren Hilfe einen Hinweis auf die Ursache ihrer Psychose finden...

Harper tippte:
Sagen der Erdbevölkerung
Werwölfe, Dämonen
Nicht fähig, das eine Wort einzugeben, das in ihrem Kopf herumgeisterte, fügte sie hinzu:
Und alle verwandten Schlagworte
Die Bibliothek antwortete:
Alle Schlagworte zu diesem Gebiet verweisen auf Hauptkategorie:
Vampire
Harper sträubten sich die Nackenhaare. Zitternd gab sie ein:
Hauptkategorie auflisten
Die Bibliothek antwortete:
Hauptkategorie: Vampire
14729 Eintragungen
Gewünschte Kriterien bestimmen
Wieder ließ Harper sich aufs Sofa fallen. Es dauerte einige Zeit, bis sie die aufsteigende Panik durch langsames Atmen unter Kontrolle gebracht hatte. Dann tippte sie:
Vampire, klassische Charakteristiken

Anschließend brauchte sie eine geraume Weile, während sie auf dem Sofa lag und langsam atmete, um all ihre Geisteskräfte zu mobilisieren. Dann setzte sie sich auf, überlegte, was sie gerade erfahren und welche Beobachtungen sie bei Drake und ihrem Schiff gemacht hatte.

In Vampir-Sagen hieß es, daß die Kreaturen sich in bestimmte Tiere verwandeln konnten, vorzugsweise in Fledermäuse. Sie hatte, abgesehen von dem heutigen unfaßbaren Geschehen, schon in der ersten Nacht an Bord etwas flattern sehen. Und nach den Liebesspielen mit Drake hatte sie ein Flattern gehört und sogar eine leichte Brise verspürt, was in einem Raumschiff einfach unmöglich war.

Drake hatte sie selbst dann noch sehen können, als das Schiff in die Dunkelheit eingetaucht war. Das Dunkel war die natürliche Umgebung für Vampire, und Drake verbrachte über die Hälfte jedes Vierundzwanzigstundentages eingeschlossen in ihrem Quartier, in dem es pechschwarz war.

Die unnatürliche Helligkeit in der *Scorpio IV* bewirkte, daß es keine Schatten gab, weder von Objekten noch von Menschen. Ein hervorragendes Versteck für Vampire – denn Vampire warfen keine Schatten.

Vampire mußten Tageslicht meiden, da es ernsthaft an ihren Kräften zehrte, und im direkten Sonnenlicht starben sie. Drakes Forderung, allein gelassen zu werden, als ihre Kräfte nachließen, und ihr verzweifeltes Bemühen, sich in den Schutz ihres Quartiers zu retten – all das war gemäß Erdzeitrechnung am späten Nachmittag geschehen und in unmittelbarer Nähe eines großen Sterns, dem Antares.

Vampire hatten kein Spiegelbild. Außer in Harpers eigener Kabine gab es auf dem ganzen Schiff keinerlei spiegelnde Oberflächen. Nirgends.

Vampire konnten ausgesprochen erotische Kreaturen sein, aber herkömmlichen Sex brauchten sie nicht. Sie aßen nicht die herkömmlichen Lebensmittel; die Blutlust der Nahrungsaufnahme befriedigte alle körperlichen und erotischen Bedürfnisse …

Harper saß bewegungslos da. *Was bereitet Ihnen Freude?* hatte sie Drake gefragt. Und Drake hatte geantwortet: *Ich... nehme gern Nahrung zu mir.*

Harper rannte in ihre Kabine, riß sich schon auf dem Weg die Kleider vom Leib. Sie stellte sich vor die Spiegelwand und suchte jeden Zentimeter ihres Körper immer wieder nach Malen ab. Aber sie fand nichts.

Ihre Erleichterung währte nicht lange. Wenn Drake andere klassische Kriterien erfüllte, warum ließ sie sich dann auf ausgedehnte sexuelle Körperkontakte ein, ohne dabei ihr Bedürfnis nach Blut zu befriedigen? Es machte einfach keinen Sinn. Vielleicht hatte sie sich das alles nur zusammenphantasiert – einschließlich der körperlichen Erlebnisse und all der Stunden in Drakes Armen, dachte Harper entsetzt. Nein! Ganz bestimmt nicht. Halluzinationen waren eine Sache, aber sie konnte sich unmöglich all die Ekstasen eingebildet haben, die ihr Drakes leidenschaftlicher Mund beschert hatte, jene ganz besonderen Erinnerungen.

Moment mal! Sie hatte Drake doch bei der Nahrungsaufnahme gesehen ...

Noch immer nackt, lief sie aus ihrer Kabine in den Speiseraum. Mit zitternder Hand schenkte sie sich einen Becher Tomatensaft ein und roch daran. Erleichtert atmete sie auf. Sie dippte einen Finger in den Saft, hielt aber inne, als sie ihn tröpfelnd zum Mund führte. Bestimmte Bestandteile konnten von Autoserv so zusammengestellt werden, daß es wie ein beliebiges Nahrungsmittel schmeckte und roch. Dieser Tomatensaft konnte trotzdem ...

Harper schleuderte den Saft in den Müll und flüchtete zurück in ihre Kabine.

Vielleicht trank Drake diesen sogenannten Tomatensaft, befriedigte ihre sexuelle Lust mit Harper und sättigte so beide Arten von Hunger – getrennt, aber vollständig. Oder sie hatte ihre sexuelle Anziehungskraft kaltblütig dazu benutzt, Harpers Wahrnehmung abzustumpfen und jedes Mißtrauen im Keim zu ersticken. Das würde erklären, warum Drake die Rolle der nimmermüden Aktiven übernommen hatte und Harper die blinde, genußsüchtige Empfangende war. Oder Drake hatte bis jetzt gewartet, bis sie sich im Planetoidengürtel befanden und jede Kommunikation abgeschnitten war. Vielleicht war jetzt die Zeit gekommen, in der Drake sie zum letzten Mal lieben würde, um sich danach fürstlich an dem frisch fließenden Blut des glückselig komatösen Lieutenant T.M. Harper zu laben ...

Harper sprang auf. Sie programmierte einen neuen Türkode ein, ließ sich dann aber entmutigt aufs Bett sinken.

Es gab kein Entkommen. Drake brauchte nur im Computer nachsehen, um den richtigen Türkode zu finden. Und selbst wenn das Kommunikationssystem des Raumschiffs funktionieren würde, konnte sie dem Hauptquartier doch schlecht die Nachricht zukommen lassen, sie sei im All einem Vampir in die Hände gefallen. Wenn sich dann alle genug über sie lustig gemacht hätten und wenn auch Drake genug gelacht hätte, würde sie sich ein letztes Mal an ihr befriedigen, ihren blutleeren Körper durch eine Luke werfen und sie als verloren melden – ein Opfer von Selbstmord im All. Und im Hauptquartier würde man ihr das fraglos abnehmen, denn trotz Psychotests waren Wahnsinn und Selbstmord im Service nichts Außergewöhnliches ...

Harper sah auf das Chronometer. Es war fast neunzehn Uhr, die Zeit, in der Drake gewöhnlich auftauchte. Aber in ihrem erschöpften Zustand würde sie ihr Quartier heute abend bestimmt nicht verlassen – solange nicht, bis sie imstande war, die *Scorpio IV* aus dem Planetoidengürtel zu manövrieren.

Auf der Konsole neben ihrem Bett wählte sie wieder die Schiffsbibliothek an. Erneut rief sie *Vampire, Charakteristiken* auf und las den Text noch einmal genau durch. Seufzend stellte sie den Computer wieder ab und legte sich, die Hände hinter dem Kopf verschränkt, aufs Bett.

Es gab sicher Möglichkeiten, sich zu verteidigen. Sie mußte bloß einen Holzpfahl in Drakes Herz stoßen oder ihren Kopf abhauen. Aber leider war ein Raumschiff weder mit Holzpfählen noch mit Werkzeugen zum Enthaupten ausgerüstet. Allerdings würde Drake in große Bedrängnis geraten, wenn Harper herausfand, wo ihr Sarg war und wie sie ihn zerstören konnte. Und da gab es auch noch das religiöse Ritual der Trads: Sie konnte die vor Angst zitternde Drake so lange mit dem Kruzifix in der Hand verfolgen, bis sie schließlich aus einer Luke springen würde, dankbar, dem entsetzlichen Objekt entkommen zu sein. Vielleicht konnte sie Drake ja auch mit einer Knoblauchkette um den Hals in Schach halten. Allerdings war Knoblauch in Raumschiffen aufgrund bestimmter Schicklichkeitsregeln nur beschränkt erlaubt.

Mittlerweile hatte Harper sich durch herzhaftes Lachen Luft gemacht, das aber immer mehr in wilde Hysterie ausartete.

Sie war bestimmt verrückt. Oder etwa nicht? Sie mußte es wissen. Weil sie etwas unternehmen mußte.

Da ihr klar war, daß sie weder schlafen noch die Enge ihrer Kabine ertragen konnte, ging Harper hoch zum Aussichtsdeck. Sie wählte wieder die Schiffsbibliothek an und rief das Thema auf, das ihr so viel Kopfzerbrechen bereitete. Nach einer Weile begann sie hin und her zu laufen.

»Guten Abend, Harper.«

Ungläubig dreinblickend wirbelte sie herum. Sie mußte halluzinieren. Die noch vor vier Stunden vollkommen geschwächte und ausgezehrte Drake sah wieder aus wie zuvor. Vor ihr stand eine wunderschöne, vitale, hoheitsvolle Drake, deren Kräfte und Attraktivität vollkommen wiederhergestellt waren.

Drake hielt einen Becher Tomatensaft in der Hand. Sie nippte daran, dann sagte sie ruhig: »Sobald meine Arbeit beendet ist, benötige ich nur ein paar Stunden zum Ausruhen. Ich erhole mich sehr schnell.«

Ihren Blick auf den Becher in Drakes Hand geheftet, dachte Harper: *Oder ist es vielmehr so, daß es jetzt Nacht ist und somit deine Zeit . . .*

»Etwas Arbeit ist noch zu tun«, fuhr Drake fort, »dann sind wir bereit zum Abflug.«

Dieser leichte Akzent in ihrer Stimme... Drake ist Europäerin, sie stammt aus einem Ort nahe Bukarest...

»Bist du in Ordnung?« fragte Drake, die dunklen Augen leicht zusammengekniffen.

»Ob ich in Ordnung bin?« wiederholte Harper. Sie beobachtete Drake, die leichtfüßig und würdevoll zu ihrem Sessel schritt.

Entweder bin ich verrückt oder nicht — was letztendlich egal ist, denn ich habe nichts mehr zu verlieren...

Sie atmete tief durch: »Ist dir der Name Bram Stoker ein Begriff?«

Drakes Gesichtsausdruck blieb unverändert. »Ein Historiker des neunzehnten Jahrhunderts.«

»Ein Schriftsteller des neunzehnten Jahrhunderts«, verbesserte Harper. »Er ist Autor eines Romans, der bis weit ins einundzwanzigste Jahrhundert gelesen wurde.«

»Ein Historiker«, entgegnete Drake mit Nachdruck. »Und zudem ein recht beschränkter. Er schrieb in Form eines Romans die vagen Vorstellungen nieder, die er von einer ganzen Spezies hatte.« Sie fügte hinzu: »Ich bin sehr bewandert auf diesem Gebiet.«

»Ich weiß.« Harper zeigte auf den hellen Computerbildschirm. Dann verschränkte sie ihre Hände fest ineinander, damit sie nicht zitterten. »Ich habe Tausende Nachschlagwerke in der Schiffsbibliothek gefunden.«

Aus dunklen, unergründlichen Augen sah Drake sie eindringlich an.

Harper mußte an eine berühmte Kurzgeschichte aus dem neunzehnten Jahrhundert denken, in der ein Mann zwischen zwei verhängnisvollen Türen wählen mußte. Aber hier ging es jetzt nicht um die Dame oder den Tiger; hier ging es um beide gleichzeitig...

»Ich bin zu der Überzeugung gelangt«, sagte Harper mit leiser, von der verzweifelten Wahrheit ihrer Worte gezeichneter Stimme, »daß entweder du eine... eine Angehörige jener Gattung bist, über die Bram Stoker geschrieben hat, oder daß ich verrückt bin.«

»Ich verstehe.« Drakes Stimme war sanft. »Worauf gründest du deine... Überzeugung?«

»Auf viele kleine Dinge«, flüsterte Harper. »Wie zum Beispiel gewisse Verhaltensweisen von dir und Besonderheiten auf diesem Schiff. Aber hauptsächlich ...« Einen Moment lang schloß sie die Augen. »Ich habe gesehen – oder glaube es jedenfalls –, wie du dich in eine... eine Fledermaus verwandelt hast.«

Die Beine versagten ihr den Dienst, und unter Drakes durchdringendem Blick sank sie aufs Sofa.

Dann sagte Drake: »Aus purem Selbstschutz heraus müßte ich deiner Vermutung, du seiest wahnsinnig geworden, beipflichten. Aber ich kann nicht zulassen, daß du glaubst, verrückt zu sein.«

Nur ganz langsam erfaßte Harper die ungeheure Bedeutung von Drakes Worten. Sie wandte den Blick von dem blassen Gesicht mit den stechenden Augen ab und versuchte zu sprechen, konnte es aber nicht. Sie versuchte es erneut: »Du kannst doch unmöglich ein... ein ...«

»Vampir«, half Drake nach.

Harper konzentrierte sich auf die smaragdgrüne Farbe von Drakes Bluse, die sich deutlich von den blauweißen Kristallen jenseits der Aussichtsfenster abhob. Beinahe flehend sagte sie: »Ich muß wahnsinnig sein. Wie kannst du Captain eines Raumschiffs sein und ein... Vampir?«

»Ich wurde mit einer außergewöhnlichen Intelligenz geboren, die ich in den achthundertundzweiundzwanzig Jahren meines Daseins hin und wieder verwerten konnte.«

Harper hatte das Gefühl, als treibe ihr Verstand losgelöst umher, weit weg von jedem zusammenhängenden Gedanken. »Das heißt, daß du im Jahr... in ...« Ihre Rechenkünste verließen sie.

»Siebzehnhundertsiebenundsechzig«, sagte Drake. »Über ein Jahrhundert früher, als Bram Stoker *Drakula* schrieb.«

»Wie... wie konntest ...«

»Wie ich zu dem wurde, was ich bin?«

Sprachlos nickte Harper.

Drake wendete den Blick von ihr ab und dem Computerbildschirm zu. Ihre Gesichtszüge verhärteten sich. »Stoker hat meine Artgenossen in düsteren Farben gemalt, aber kein Schreiber von Fiktion oder Wahrheit hätte jemals die Gemeinheit jener Kreatur beschreiben können, die . . . «

Sie sah Harper wieder an. »Ich lebte mit meinem Mann und seiner Nichte in einem Dorf. Ich war damals siebenundzwanzig, mein Mann schon alt und gebrechlich. Seine Nichte und ich waren ein Liebespaar, was zu jener Zeit nichts Ungewöhnliches war.

Eines späten Abends waren Nadja und ich im Garten. Hätten wir uns nicht so innig umarmt, hätten wir den Eindringling gehört und wären ihm entkommen. Er schlug mich mit einem Knüppel bewußtlos.« Ihre Stimme war ausdruckslos. »Nadjas Blut trank er gleich im Garten. Später erfuhr ich, daß die Schläge sie schon vorher getötet hatten und sie so einer Ansteckung entgangen war. Sie ruht friedlich und für immer und ewig in ihrem Grab.

Mich nahm er mit sich. Er fesselte mich, und als er in der folgenden Nacht sein irdenes Versteck verließ, befriedigte er seine Bedürfnisse auf eine so widerliche Weise, die alle deine Vorstellungen weit übersteigt.«

Harper, von Drakes Anblick wie gebannt, konnte nichts sagen, selbst wenn sie es gewollt hätte.

»Er ließ mich gefesselt und halbtot zurück. Die nächste Nacht kam er wieder, und diesmal war sein Appetit so groß, daß es mich das Leben kostete. Aber natürlich wachte ich später in einem Erdhügel neben ihm auf – eine Kreatur wie er selbst. Er hatte erwartet, daß ich mich über sein Geschenk einer anderen Existenz nach dem Tod freuen würde. Und wie die meisten Männer – besonders die jener Zeit – hatte er angenommen, daß ich seine Brutalität trotz aller Schreie und Gegenwehr genossen hätte.«

Drake zog ein Bein an, umklammerte das Knie mit der Hand. »Es war nur eine Frage der sorgfältigen Planung, bevor ich ihm eines Morgens einen Pfahl in den Leib stieß, und zwar ganz langsam. Ich hatte ihn festgebunden, damit er seine großen Kräfte nicht gebrauchen konnte, und er war so hilflos wie ich zuvor.

Dann habe ich seinen widerlichen Körper ins Freie gezerrt und auf die reinigenden Strahlen der Sonne gewartet.«

Eine Weile herrschte Schweigen; Drake schien in diese letzte Erinnerung vertieft zu sein. Dann sagte sie: »Jene Zeiten waren sehr schwer für meine Gattung. Ganze Vampirhorden belagerten nachts die Dörfer. Die Bewohner, die so dumm waren und ihre verriegelten Häuser verließen oder die sich meinen Artgenossen unabsichtlich auslieferten, ereilte ein grausames Schicksal, und unsere Reihen wurden mit immer mehr Untoten gefüllt. Die Kirche tat unsere Existenz als ketzerischen Aberglauben stupider Bauern ab, und die Regierungsvertreter – der Kirche treu ergeben – weigerten sich, Soldaten zu schicken. Tagsüber plünderten die verzweifelten Dorfbewohner die ganze Gegend auf der Suche nach uns und töteten uns in unseren Schlafplätzen. Nachts kamen sie in Scharen mit brennenden Fackeln und Äxten und Pfählen, um uns direkt gegenüberzutreten, ungeachtet unserer nächtlichen Kräfte. In jenen Kämpfen verzeichneten sie große Verluste, aber sie schwächten auch unsere eigenen Reihen. Ich habe mich am Leben erhalten, indem ich mir das, was ich brauchte, von den frisch verstorbenen Dorfbewohnern holte.«

Sie hielt inne, um Harper genau anzusehen. »Dich schaudert nicht bei diesen Einzelheiten.«

Harper, die innerlich schauderte, sagte mit einiger Mühe: »Es scheint eine qualvolle... Es scheint, als hättest du... gelebt so gut es ging.«

Augenblicklich erlosch Drakes schwaches Lächeln. »Ich habe immer nur gelebt so gut es ging. Nachdem die Kämpfe vorbei und die Vampirhorden ausgerottet waren, verließ ich meine Höhle, in der ich mich tagsüber versteckt hielt. Dank meiner Androgynität konnte ich mein wahres Geschlecht verheimlichen, was in jenen Tagen zum sicheren Reisen unerläßlich war. Und schon bald lernte ich, den unsagbaren Schmerz zu ertragen, den es mir bereitet, meinen menschlichen Körper notfalls in den eines Säugetiers zu verwandeln. Mir war nämlich sehr bald klar geworden, wie ich mich verhalten mußte, wollte ich weiter am Leben bleiben.«

Sie blickte auf einen Punkt irgendwo über Harpers Schulter. »Ich war auf praktisch allen Schlachtfeldern, auf denen Menschen sich bekämpft haben. Es gab nicht einen Krieg, dessen unmenschliche Leiden ich nicht gesehen habe.«

Harper, die allmählich zu verstehen begann, flüsterte: »Du meinst, seit dem achtzehnten Jahrhundert hast du ...«

»Auf dem Boden aller Länder habe ich Blutbäder gesehen, die deine schlimmsten Alpträume weit übertreffen. Ich war bei dem inhumanen Gemetzel des amerikanischen Bürgerkriegs anwesend; ich war mit amerikanischen Soldaten bei all euren Auslandskriegen – in Verdun, Dünkirchen, Hiroshima, Kuwait, Moskau ... In all den Jahrhunderten gab es nicht einen Moment, in dem nicht irgendwo auf der Welt eine Schlacht stattgefunden hat, an deren Opfern ich mich sättigen konnte.«

Wie betäubt fragte Harper: »Und du bist nie entdeckt worden? Oder verdächtigt?«

»Die Dunkelheit hat mich geschützt. Und bei Opfern auf Schlachtfeldern werden immer nur die tödlichen Wunden untersucht.«

»Gab es ... noch andere wie dich?« brachte Harper hervor.

»Ja. Es gab mehr als genug Futter für uns alle.«

Harper schloß die Augen. »Wieviel gibt es denn jetzt noch von ... deiner Art?«

»Das weiß ich nicht.« Drake zuckte die Schultern. »Aber aus guten Gründen glaube ich, daß nur die Fittesten von uns überleben können. Wir haben gelernt, daß Zahlen uns Sicherheit bieten. Kleine Zahlen. Und wir haben auch gelernt, uns überaus gut zu tarnen – so gut, daß wir uns oft nicht einmal untereinander erkennen.«

Harper starrte sie an. »Dann bist du all die Jahre, all die Jahrzehnte und Jahrhunderte ... ganz allein gewesen?«

»Nein, nicht immer.« Drake seufzte. »Ich habe auch Frauen kennengelernt. Einige habe ich sehr gemocht. Ich glaube, einige haben mich geliebt.« Sie dachte nach, wählte sorgfältig ihre Worte. »Unendlich lange Jahre hatte ich keine von ihnen berührt und mich von keiner berühren lassen. Ich konnte den Anblick meiner Artgenossen nicht vergessen, die sich leidenschaftlich an den Lebenden genährt hatten, und ich fürchtete die Wirkung, die die Berührung von lebendigem Fleisch auf mich haben würde.«

Harper atmete langsam ein. Welche Wirkung hatte die Berührung ihres lebendigen Fleisches bei Drake gehabt?

»Dann kehrte ich zurück in mein Land. Ich war nicht dort gewesen seit . . .« Einen Moment später fuhr sie fort: »Aber im Jahr zweitausendeinundzwanzig mußte ich wieder dorthin. Und wie du weißt, kam ich als Trauernde zurück.«

Harper nickte düster bei Drakes Anspielung auf den »begrenzten« Ost-West Krieg, der gegen die unseligen, unschuldigen Pufferstaaten Osteuropas geführt worden war. Eine erschütternde Katastrophe, deren Wunden erst seit einem Jahrhundert zu heilen begannen.

»Da die Grenzen dicht waren, kam ich als freiwillige Krankenhelferin übers Schwarze Meer ins Land. Hunderte Millionen waren tot, aber Zehntausende lebten noch, warteten auf den Tod durch irreversible Chemikalien in ihren Körpern . . .

In meinem Dorf traf ich Eva. Sie war erst einundzwanzig Jahre alt und hatte das Gift schon im Körper, aber sie war erfüllt von der Lebenslust und der Unschuld und dem Optimismus eines Kindes. Für mich war sie das Ebenbild meiner geliebten Nadja, und inmitten all der Zerstörung wuchs unsere Liebe wie eine wundersame Blume . . .

In den Dörfern meines Landes hatten die Vampirsagen fortgelebt. Eva war mit ihnen aufgewachsen. Ihr klarer, unverbildeter Scharfsinn durchdrang meine Schutzmechanismen . . . instinktiv wußte sie, was ich war. Sie wollte meine Liebe und nichts hören von meinen Ängsten und den vielen Gefahren. Später, als die Krankheit ausbrach, gab ich ihr so viel Kraft wie möglich, um ihren fürchterlichen, ungläubigen Schmerz über ihre Sterblichkeit zu lindern. Und als die Zeit gekommen war, erleichterte ich ihr das Sterben mit dem Versprechen, ihr den Vampirkuß zu geben, damit sie hinterher mit mir weiterleben konnte.«

Der Vampirkuß... Unwillkürlich legte Harper eine Hand auf ihr Herz.

Drake blickte hinab auf ihre eigenen Hände, drehte sie um und betrachtete sie eingehend. »Wie ich dir schon sagte, Harper – von meiner Art können nur die allerstärksten überleben. Eva konnte unsere Art zu leben nicht ertragen: Das auf die Nacht beschränkte Leben, die Heimlichtuerei, das Verstecken, der permanente Ortswechsel, um uns zu schützen, unser Bedarf an jenem bestimmten Nahrungsmittel, die vollkommen dunkle Unterwelt, in der wir leben. Einmal wurde sie von den Behörden in Chile in Verwahrung genommen; sie war in einem Zustand geistiger Verwirrung nachts durch die Straßen geirrt. Es war nicht leicht, ihre Freilassung zu erwirken, bevor sie in den Händen von Unwissenden zugrunde gegangen wäre. Aber schon bald darauf wanderte sie eines Morgens hinaus ins Sonnenlicht. Ich wußte, daß sie mich vor ihrer zunehmend gefährlichen Labilität schützen wollte, aber ich glaube auch, daß sie inzwischen den Frieden des Todes weit mehr brauchte als meine Liebe. Wir waren seit neun Jahren zusammen.«

»Das tut mir leid«, murmelte Harper, »das tut mir wirklich leid.«

Drake nickte dankbar. »Ihr Tod hat meinen Gefühlshaushalt sehr geschwächt, und schließlich habe ich mein einsames Nomadenleben wieder aufgenommen. Seitdem gebe ich einer Frau, die mich begehrenswert findet, nichts. Absolut nichts. Nach einer Weile distanziert sie sich von mir, wie ich das erwartet habe, und ich bin wieder mir selbst überlassen.«

Harper war tief bewegt von der Schmerzlichkeit dieser Enthüllungen, die auch Drakes Verhalten ihr gegenüber erklärten. Niemals würde sie auch nur ein Jahr ihrer natürlichen Lebensdauer gegen ein paar Jahre von Drakes Halbleben tauschen... Sie murmelte: »Auch ich bin eine Einzelgängerin, aber deine Einsamkeit könnte ich niemals ertragen.«

Drake sah sie mit einem melancholischen, warmen Lächeln an. »Ich halte dich für selbstbewußt und mutig. Eines Tages wird jemand diese Stärken lieben und respektieren... Du bist sehr jung, Harper, und stehst mit beiden Beinen fest im Leben. Zähigkeit hat anfangs auch mich am Leben erhalten. Aber in jenen furchtbaren ersten Jahren war ich überzeugt davon, daß ich eines Morgens einfach hinaus ins Sonnenlicht gehen und allem ein Ende setzen würde.

Dann entdeckte ich plötzlich etwas, das Frauen in jener Zeit praktisch unbekannt war: die Kunst. Und mit der Kunst reifte auch mein Verstand. In den vielen Jahrhunderten war ich zu verschiedenen Zeiten Musikerin, Philosophin, Historikerin, Bildhauerin, Schriftstellerin, Künstlerin. Und ich bin verschwunden und habe meinen Beruf gewechselt, sobald mich mein Ruhm oder der Argwohn der Menschen dazu zwangen. Und Ende des einundzwanzigsten Jahrhunderts entdeckte ich dann die Herausforderungen der modernen Raumfahrttechnologie...« Drakes Stimme verlor sich in Gedanken.

Harper schüttelte den pochenden Kopf. Die Behauptung, sie sei geistig gesund, schien wieder ins Schwanken zu geraten. Sie mußte wissen, was es mit dem Vampirkuß auf sich hatte. Und sie hatte noch andere Fragen. »Hast du damals die Grundlagen geschaffen, um Raumschiffcaptain zu werden?«

»Ja, das war der Anfang.«

Wieder schüttelte Harper den Kopf. »Ich kann mir nicht vorstellen, wie du das hier alles schaffen konntest.« Mit beiden Händen zeigte sie um sich. »Du stehst bei ExxTel unter Vertrag; jedermann weiß, wie gründlich ihr Informationsnetz funktioniert. Es ist unvorstellbar, daß jemand durch so ein Netz schlüpfen kann.«

Drake lächelte. »Was würdest du sagen, wenn ich dir erzähle, daß ich Zugriff auf meine Daten habe und reinschreiben oder löschen kann, was immer ich will?«

»Ich würde dir nicht glauben«, erwiderte Harper kategorisch. Drakes Andeutung war absurd. »Seit langem bieten sie jedem eine Milliarde Kreditpunkte, der sich in ihrem Labyrinth von Sicherheitsprogrammen durchfinden kann.«

»Was soll ich mit einer Milliarde Kreditpunkten anfangen? Für mich zählt nur mein Selbstschutz. Ihre Systeme waren tatsächlich interessant und erfinderisch – ich habe fünfundsechzig Jahre gebraucht, um sie zu knacken.« Beim Anblick von Harpers offenem Mund zuckte Drake die Schultern. »Ich hatte mehr als genug Zeit, mich der Lösung des Rätsels zu widmen.«

Das war alles viel zu unglaublich. Zu viele unglaubliche Fakten kamen da zusammen. Sie war verrückt; Drake war verrückt; alles war verrückt. Boshaft sagte Harper: »Dann bist du also mit Hilfe gefälschter Unterlagen Raumschiffcaptain geworden?«

»Zum Teil schon. Mein theoretisches Wissen und die spezielle Ausbildung habe ich auf unkonventionelle Weise erhalten, aber meine Karriere folgte dem traditionellen Werdegang. Ein uralter Instinkt veranlaßt die Menschen, die Nachtstunden zu meiden. Dadurch stehen all denen genügend Möglichkeiten offen, die gewillt sind, im Dunkeln zu leben und zu arbeiten. Ich verschaffe mir regelmäßig Zugang zu meinen Daten bei ExxTel, um meinen Namen, Geburtsdatum und andere Informationen anzupassen, die sich auf mich beziehen. In einem monolithischen Unternehmen wie ExxTel wechseln die Mitarbeiter, mit denen ich zu tun habe, ständig. Dadurch herrscht zu wenig Kontinuität, um irgendeinen Verdacht schöpfen zu können.«

Harper verspürte den eiskalten Hauch von Angst. »Bin ich dann die einzige, die ... hierüber Bescheid weiß?«

Drake sah sie eindringlich an. »In all der Zeit haben wenige auch nur annähernd Verdacht geschöpft. Seit dem zwanzigsten Jahrhundert war mein bester Schutz die Weigerung, Vampirgeschichten zu glauben – besonders vor Leuten, die wie du einen wissenschaftlichen Hintergrund haben. Soviel ich weiß, hat keine der Frauen, die mich zum Planetoidengürtel des Antares begleitet hat, die Teile des Puzzles, die ich notgedrungen preisgebe, jemals zu einem Ganzen zusammengefügt.«

Und es war purer Zufall, gestand Harper sich reuevoll ein, daß sie es getan hatte. »Haben dich denn niemals Männer auf den Reisen begleitet?«

»Ich ersuche immer nur um weibliche Militärbegleiter, und das Space Service ist meinem Wunsch immer nachgekommen.«

Harper platzte heraus: »Vermutlich hast du mit allen so geschlafen wie mit mir.«

»Ja«, sagte Drake.

Harper zwang ihren paralysierten Verstand zum Denken. Wenn das wirklich alles stimmte, dann waren all die anderen Frauen, die Drake begleitet hatten ... aber sie konnte doch unmöglich alle infiziert haben? Doch, beantwortete sie selbst die Frage, möglich war es. Und wenn das zutraf, konnte es durchaus sein, daß es über Jahrzehnte keine von ihnen merkte, bis sie dann schließlich starb – und versuchte, die Gurte zu öffnen, die sie auf das Förderband fesselten, das sie direkt ins Krematorium transportierte ...

»Was hast du mit mir gemacht?« fragte sie mit erstickter Stimme. Sie befand sich inmitten eines Horrortrips. »Wenn du wirklich ein Vampir bist, wirst du nur über den Akt des Trinkens sexuell befriedigt. Was hast du mit mir gemacht?«

»Ich habe dich vollständig genossen.«

Harpers Nackenhaare stellten sich auf; wie wild rieb sie mit der Hand darüber. »Im Namen von allem, was heilig ist«, zischte sie, »wie hast du mir den Vampirkuß gegeben?«

»Seit Eva habe ich ihn weder dir noch jemand anderem gegeben.«

Harper atmete auf. Sie zitterte am ganzen Leib.

»Als meine sterbende Eva wollte, daß ich mit ihr schlafe, konnte ich ihr das nicht abschlagen. Und mit ihr erlebte ich die größte Ekstase meines Lebens, die sogar die mit Nadja übertraf. Denn ich fand heraus, daß es noch eine andere Flüssigkeit gibt, die mich nährte. Auch sie ist lebenswichtig – sie kommt von dem Ort in einer Frau, in dem Leben entsteht. Du spendest sie sehr großzügig. Du gibst sie in all der Zeit, in der ich dich vollkommen genieße, und sogar noch reichlicher, wenn du dich dem Höhepunkt näherst und ihn schließlich erreichst.«

Mit einem ernsten Blick auf Harper fügte sie hinzu: »Du wirst ja ganz rot.«

»Meine Trad-Erziehung«, murmelte Harper und rieb sich das rote Gesicht.

Drake fuhr fort: »Ich habe nur mit dir geschlafen, weil du es wolltest. Ich komme nur zu einer Frau, die mich will.«

Verwirrt schüttelte Harper den Kopf. Zu der ersten Annäherung hatte sie Drake bestimmt nicht ermutigt...

»Ich besitze die Fähigkeit, die Form eines Säugetiers anzunehmen. Als Folge davon habe ich einen hochentwickelten Geruchssinn. Ich wußte von deinem Begehren und deiner Erregung, denn ich konnte die Flüssigkeit riechen, die ich so leidenschaftlich genieße.«

Wieder fühlte Harper die Röte in ihr Gesicht steigen. Gedemütigt und aller Verteidigungsmöglichkeiten beraubt, sagte sie anklagend: »Wie konntest du mich nur so ausnutzen? Und all die anderen Frauen. Hast du kein Verantwortungsgefühl?«

»Harper, hast du unsere gemeinsamen Stunden denn nicht genossen? Wie habe ich dich denn ausgenutzt?«

»Du hast mich ausgebeutet. Hast uns alle ausgebeutet. Hast mit unseren Gefühlen gespielt. Du...«

»Harper.« Drake schob sich eine Strähne aus der Stirn. Dann richtete sie sich im Sessel auf und umschlang beide Knie mit den Armen. »Harper, hat es einen Moment gegeben, in dem du Liebe für mich empfunden hast?«

Harper sah sie an, sah die sanfte Glätte ihres blassen Gesichts, die edlen, feingeschnittenen Züge, den eleganten, schlanken Körper. Wütend auf ihr innerlich aufsteigendes Begehren, stieß sie die ungeschminkte, taktlose Wahrheit hervor: »Nein.«

Drake nickte und lächelte, als wäre Harper eine gescheite Schülerin, die die einzige logische Antwort auf eine unlogische Frage gefunden hatte. »Ich habe dir keinen Grund gegeben, mich zu lieben. Seit Jahrzehnten habe ich nichts gegeben, das man lieben könnte.«

»Glaubst du vielleicht, daß das irgendeine Art von Edelmut beweist? Du wolltest mich, du hast jede Nacht mit mir geschlafen. Bin ich dir denn wirklich vollkommen gleichgültig?«

Drakes Gesicht verschloß sich; sie antwortete nicht.

Harper wurde bewußt, daß sie sich Drake gegenüber vollkommen geöffnet hatte, während Drake selbst nichts von sich preisgab. Vorsichtig sagte sie: »Hast du dich irgendeiner der weiblichen Begleiterinnen, mit denen du monatelang allein im All warst, zugetan gefühlt?«

Drake wendete den Blick von ihr ab.

»Bitte. Du mußt es mir sagen.«

Mit ausdrucksloser Stimme antwortete Drake: »Du bist eine bezaubernde und großartige Gefährtin; meine körperlichen Bedürfnisse sind außerordentlich gut befriedigt worden; dies ist in jeder Beziehung meine schönste Reise. Ich habe soviel sinnliches Vergnügen bereitet, wie ich geben kann, und habe dafür das Nebenprodukt deiner Lust empfangen. Da es für uns keine Zukunft gibt, habe ich darüber hinaus nichts mehr zu sagen.« Abrupt wandte sie sich von Harper ab.

Während sie Drakes schönes Profil betrachtete, dachte Harper über ihre Worte nach. Dann fiel ihr Blick auf den Drink, den Drake auf den Terminal neben sich abgestellt hatte. »Erzähl mir«, sagte sie und wich von dem Thema ab, das die Luft zwischen ihnen knistern ließ, »wenn es keine Frau gibt, mit der du schlafen kannst, wo kriegst du dann das Blut her, das du brauchst?«

Rasch wandte Drake sich wieder ihr zu. »Ich stelle es anhand eines technischen Verfahrens synthetisch her.« Sie schien erleichtert, daß Harpers Frage in eine neue Richtung ging. »Aber synthetisch hergestelltes Blut ist nicht...« Sie suchte nach einem passenden Wort, sagte dann mit einem freundlichen Schulterzucken: »Es ist nicht vollkommen. Es ist etwa so, als wenn du von leckeren Nahrungsmitteln umgeben wärest und doch immer nur Haferschleim essen dürftest. Aber es ernährt mich auf eine Weise, die ethisch vertretbar ist.«

Harper zeigte auf den Tomatensaft. »Ist das deine... Nahrung?«

»Nein.« Drake lächelte. »Ich mag den erdigen, warmen Geruch und die Farbe, die...« Drakes Stimme verlor sich.

»Wie oft mußt du Nahrung zu dir nehmen?«

»Das ist unterschiedlich. Ich kann wochenlang hungern, was ich auch regelmäßig tue. Nach einer Zeit wie dieser mit dir, in der ich mich hervorragend verköstigt habe, ziehe ich es vor, längere Zeit nichts zu essen, anstatt zu meinem... Haferschleim zurückzukehren.«

»Zwischen zwei Frauen legst du also immer eine Diät ein.« Sie konnte sich ihr Gefühl des Verrats, der Eifersucht und des Grolls nicht erklären. »Bis dann wieder eine andere an Bord kommt.«

Drake antwortete nicht.

Harpers Wut richtete sich nun gegen sich selbst. Warum sollte sie auch einer Frau zusetzen, deren Moral einzig und allein von den zwingenden Bedürfnissen ihrer speziellen Wesensart bestimmt wurde? Harper sagte: »Und du hast auf diesen Reisen keiner anderen Frau davon erzählt?«

»Nur dir. Weil du die einzige bist, die der Wahrheit jemals so nahe gekommen ist.«

Eine neue Befürchtung überkam Harper: »Warum verrätst du mir das alles? Hast du denn keine Angst, daß ich dich enttarne, deine ganze Fassade einreiße?«

Drake sah sie aus müden Augen an. »Meine Fassade langweilt mich zunehmend. Meine Geduld gegenüber meiner eingeschränkten Existenz läßt merklich nach.«

Harper nickte. Sie hätte an Drakes Stelle ihre Geduld schon vor Jahrhunderten verloren. Sie sagte: »Ich habe dein Quartier gesehen, wie finster es darin ist. Hast du wirklich einen Sarg da drin?«

Drake lachte belustigt. »Dieser Teil der Sage ist etwas übertrieben. Es stimmt, daß wir tagsüber Dunkelheit brauchen, und völlige Finsternis bekommt uns am besten. Mein kleines Quartier, dieses winzige Schiff im riesigen All – das kommt einem Sarg schon sehr nahe. In meinem Quartier habe ich Erde von unzähligen Orten auf der Welt gesammelt, und ganz besonders viel von meinem Land. Wenn ich schlafe, häufe ich sie um mich herum. Sie scheint mir inneren Frieden zu geben.«

Drake lächelte sie an. »Dir selbst zuliebe möchte ich dich eindringlich davor warnen, mich zu verraten. Ich bezweifle deine geistige Gesundheit nicht, aber andere werden es tun.«

»Das stimmt«, sagte Harper und grinste bei dem Gedanken, was passieren würde, wenn sie jemandem von diesen erstaunlichen Ereignissen erzählte – besonders, da sie selbst nie ganz sicher war, nicht zu halluzinieren.

»Wie dem auch sei, ganz sicher bin ich sowieso nie«, sinnierte Drake. »Ich weiß, wenn ich weiter am Leben bleibe, werden sie eines Tages kommen. Mit ihren Pfählen und Äxten, wie in meinem Dorf vor so vielen Jahrhunderten. Die Menschen glauben seit jeher, ihre eigene Epoche sei aufgeklärter als alle anderen zuvor. Aber noch immer vermeiden sie es, sich den Ursprung ihrer eigenen Nahrung vor Augen zu halten, ihre eigenen blutgetränkten Lebensmittel. Es gibt unzählige Tabus, aber Kannibalismus zählt noch immer zu den perversesten Auswüchsen menschlichen Daseins. Selbst jene, die nicht xenophob sind, würden zögern, einen Vampir zu tolerieren.«

Sie blickte hinaus zu den wirbelnden Kristallen. »Eva hatte erfahren, daß Unsterblichkeit nicht gleichzeitig auch den Willen und Wunsch zum Leben mit sich bringt. Seit Jahrhunderten habe ich die Kraft zum Leben. Aber ich träume immer öfter vom Sterben, Harper. Ich träume von einer Reise zu einem ganz besonders schönen Sternsystem – vielleicht die Plejaden –, wo ich mein Schiff dann einfach auf einen der hübschen Sterne fallen lasse. Aber am meisten träume ich von einer Rückkehr auf die Erde.«

Drake sah sie an; Harper war wie gebannt beim Anblick der gepeinigten Augen. »Ich träume von der Sonne, Harper. Ich sehne mich nach ihr. Oft frage ich mich, was passiert, wenn ich in die Sonne hinaustrete – ob ich einen Moment lang ihre Wärme spüren kann, so wie ich sie erinnere, wie ich sie kannte... bevor sie die Zerstörung meines Fleisches beginnt...«

»Du hast zu viel zu geben...« Harpers Stimme stockte; es gab keine tröstenden Worte für das maßlose Unglück von Drakes Existenz.

»Ja«, sagte Drake mit leicht ironischem Unterton. »Wenn unsere Reise vorüber ist, Harper, wirst du auf Nimmerwiedersehen verschwinden und alles vergessen. Du hast keine Wahl.«

»Weggehen muß ich«, sagte Harper langsam. »Aber vergessen werde ich dich nie.«

Drakes Lächeln umhüllte sie zärtlich. »Diese Art von Unsterblichkeit erhoffen wir uns alle.«

Harper blickte sie wehmütig an. »Wenn ich das alles doch nur schon früher erfahren hätte. Jetzt verbleiben mir zwei Monate — nur zwei Monate —, um von einem Augenzeugen die Weltgeschichte von acht Jahrhunderten zu erfahren.«

»Ja«, sagte Drake mit plötzlichem Eifer in der Stimme.

Auf einmal schien ihre Schönheit von einer jugendlichen Kraft und einem Glanz durchdrängt, und Harper sah sie liebevoll an. »Ich muß erst noch verdauen, was du mir alles gesagt hast«, sagte sie grinsend, »besonders die Tatsache, daß mein Körper deine Nahrung ist.«

»Dein Körper ist nicht meine Nahrung«, korrigierte Drake sie sanft. »Deine Lust ist meine Nahrung.«

»Ich weiß, ich schmecke nicht wie Haferschleim«, sagte Harper noch immer lächelnd. »Schmecke ich nach irgendeinem anderen Nahrungsmittel?«

»Deine Lust ist unendlich süß«, sagte Drake leise. »Jede Nacht, und während des Liebesaktes in jeder Nacht, ändert sie sich, schmeckt überall anders. Dein Mund ist manchmal wie süßes Quellwasser, manchmal wie Sahne. Dein Körper schmeckt an jeder Stelle verschieden, riecht manchmal nach Gras und Regen, manchmal nach einem Pfirsich oder Apfel oder nach Beeren. Deine Brüste schmecken wie Honigbutter; deine Schenkel besitzen die berauschende Würze von . . .« Ihre Stimme verlor sich, als sie Harper eindringlich ansah.

Harper spürte, wie ihr die Hitze ihres Körpers ins Gesicht stieg, wußte, daß sie vollkommen schutzlos war, und sagte unbekümmert: »Und die Stelle, die du ausgelassen hast?«

Drake erhob sich aus dem Sessel, kam zu ihr. »Süßer Wein, der einen so intensiven Geschmack besitzt, daß ich nicht einmal versuchen werde, ihn zu beschreiben.«

Harper nahm Drakes Hand, murmelte: »Ist es möglich ... das Schiff wieder in den Zustand der Schwerelosigkeit zu bringen?«

»Natürlich. Während des ganzen Rückflugs, jede Nacht. Aber das muß jetzt warten«, flüstere sie und griff nach Harper. »Im Moment rieche ich süßen Wein ...«

Auf Mondstation 13 ging Harper die Rampe hinunter direkt zur Abteilung für Einsatzbesprechungen. Sie blickte nicht zurück.

Sergeant Stewart salutierte forsch und nahm ihren Ausrüstungsballon an sich. »Willkommen zu Hause, Lieutenant.« Er war Brite und sprach ihren Dienstgrad wie Leftenant aus. »Sie sehen hervorragend aus. Hab gehört, daß es ein paar Probleme dort oben gab.«

Sie sah ihn durchdringend an.

»Der Schutzschild«, sagte er verwirrt.

»Ach so«, sagte Harper gewollt gleichgültig, um den Schreck zu überspielen.

»Ja, das machte Captain Drake vorübergehend zu schaffen.«

»Eine erstklassige Arbeit. Ich kenne Captain Drake nicht besonders gut, es wird kaum etwas über sie erzählt. Wie waren denn die vier Monate mit ihr zusammen?«

Harper drehte sich um und sah zurück zur *Scorpio IV*, bei der die Roboter schon versammelt waren, um die Kristalle zu entladen. Es war sieben Uhr, und Drake würde in ihrem Quartier sein, jenem Quartier so schwarz wie ein Grab ...

»Routine«, antwortete Harper dem Sergeant. »Die Mission war reine Routine.«

Er zuckte mit den Schultern. »Die Flugdaten scheinen ziemlich eindeutig zu sein. Das Abschlußbriefing dauert vermutlich nicht länger als eine halbe Stunde.«

Als sie später allein in ihrem Quartier war, verstaute sie als erstes ihren Ausrüstungsballon. Dann überflog sie die Nachrichten von Niklaus und ein paar anderen Bekannten, die sie hier auf

Mondstation 13 kennengelernt hatte. Die letzte Nachricht war mit einem Vetraulichkeitssiegel versehen. Neugierig gab sie ihren persönlichen Code ein und drückte beide Handflächen auf das Identifikationsgerät.

Die eindrucksvolle Frau, die ihr kurz darauf entgegenblickte, hatte kurzgeschnittenes schwarzes Haar, das in Kringeln ihr Gesicht umrahmte. Ihr Space Service-Jackett zierten unter dem silbernen Lieutenantsorden mehrere Ordensbänder für Weltraummissionen.

»Willkommen zu Hause, Lieutenant Harper. Mein Name ist Westra, ich arbeite in der wissenschaftlichen Abteilung. Über das Stützpunkt-Interkom habe ich von dem Alarm wegen der Schutzschildprobleme erfahren. Aber als ich herausfand, wer Ihr Captain ist, wußte ich, daß Sie beide unbeschadet zurückkommen werden.«

Die Frau auf dem Bildschirm lächelte. *»Vor zwei Jahren habe ich mit Captain Drake an einer ähnlichen Mission zum Antares teilgenommen. Sie ließ mich wissen, daß sie keine Gefühlsbindungen zu ihren militärischen Begleiterinnen eingehen könne und auch keinen Besuch wünsche, sollten unsere Wege sich noch einmal kreuzen — eine Entscheidung, die ich notgedrungen akzeptieren muß.«*

Gespannt starrte Harper die lächelnde Frau auf dem Bildschirm an; es war ein bedächtiges, vielsagendes Lächeln.

»Ich habe mir Repros von Ihnen angesehen, und Sie erscheinen mir ausgesprochen... interessant. Sollten Sie von mir auch diesen Eindruck haben, könnten wir uns vielleicht einmal treffen und etwas zusammen trinken... und ein paar Erinnerungen an Captain Drake austauschen...«

Die Nachricht endete mit dem Ausdruck ihrer Telecode-Nummer.

Verwirrt spielte Harper die Message noch einmal ab. Dann noch ein drittes Mal, wobei sie den Ton abstellte und den Vorlauf in dem Moment stoppte, als die Frau so vielsagend zu lächeln begann.

Lieutenant Westra sah tatsächlich interessant aus, dachte Harper. Das dunkle Haar, die dunklen, intelligenten Augen, der schön geschwungene Mund... Lächelnd überlegte Harper, daß sie zweierlei entdeckt hatte: einmal die Sinnenfreuden, die man mit einer Frau erleben konnte, und außerdem, daß sie den dunkleren Typ eindeutig bevorzugte...

Wie es wohl wäre, fragte sie sich, die Lust ganz und gar mit einer Frau zu teilen, all das selbst zu erforschen und zu erleben, was Drake bei ihr so genossen hatte?

Während sie die verführerisch lächelnde Frau auf dem Bildschirm anstarrte, löschte sie gedankenverloren die anderen Messages, einschließlich der von Niklaus. Dann öffnete sie ihren privaten Kommunikationskanal und gab die Telecode-Nummer von Lieutenant Westra ein.

MINIMAX

Auf einen Fanbrief an Natalie Barney, ihre Lieblingsautorin, erhält Minnie folgende Antwort: »Komm. Ich muß dich kennenlernen.« Auf dem Brief befinden sich jedoch weder Poststempel noch Absender oder sonstige Hinweise, wie sie zu finden ist. Minnies Suche nach Natalie Barney beginnt in Australien, wo sie ihre Mutter, Beryl, besucht, die zufällig für Natalie Barney und Renée Vivien arbeitet. Im folgenden Auszug erzählt Minnie, die gerade den ersten Abend mit Natalie verbracht hat, ihrem Alter ego Milly und dem Familienpapagei die Einzelheiten ihres ersten Besuchs bei Natalie... während Natalie sich Minnies Mutter Beryl anvertraut. (Anm. der Lektorin)

IM BLUT

Während der nächsten Stunden setzte sie sich und stand wieder auf, legte sich aufs Bett, ließ die Füße im Swimmingpool baumeln, machte Tee, goß kochendes Wasser in den Mülleimer, versuchte die Kesselpfeife auf dem Topf mit Stachelbeerkompott anzubringen und fütterte das Telefon mit Blumenkohlauflauf. Der Papagei beobachtete ihr Tun mit väterlichem Wohlwollen.

»Natalie Clifford Barney«, verkündete sie, »ich liebe dich.«

Es gelang ihr, den Tee und das Stachelbeerkompott größtenteils in den Mund und nicht die Zuckerdose zu befördern, ein Vorgang,

der unterbrochen wurde von kleinen Ausrufen: »Auf einer Park-
bank, Natalie, mit Siebenundsiebzig! Du Herrliche.«

Der Papagei hörte sich den Donnerschlag an und wartete auf
den Blitz, um die Entfernung zwischen Minnies Instinkt und Verstand zu messen.

»Oh!« stieß Minnie hervor. »Oh, oh, oh.«

Denn es hieß in dem Buch, daß Natalie Barney im glorreichen
Jahr 1954 die Avenue des Anglais in Nizza entlangspazierte, als sie
eine gutaussehende Frau erspähte und auf einer nahen Bank Platz
nahm, um sie in Ruhe beobachten zu können. Woraufhin das Objekt ihres Interesses sich neben unsere Heldin setzte und ein Gespräch anfing, das den Beginn von dreiundzwanzig Jahren Bettge-
flüster einleitete.

»O Natalie«, jammerte Minnie, »du mußt schon die ganze Zeit
dagewesen sein.«

»Wenn sie 1954 siebenundsiebzig war«, krächzte der Papagei,
»stell dir nur vor, wie alt sie heute ist.« Der Papagei war selbst ein
langlebiger alter Vogel, dessen geschätzter Meinung nach man
mit den Jahren lediglich seine Hemmungen verlor. Schallendes
Gelächter schreckte ihn aus seinen Träumereien über die eigene
Kunstfertigkeit auf diesem Gebiet (die diese undankbare prüde
Wasserschlange niemals zu spüren bekommen hatte; der Papagei
hatte von Reptilien die Nase gestrichen voll).

»Stell dir vor«, stieß Minnie lachend aus, »stell dir nur vor,
Gertrude Stein hat Alice Toklas gefragt, wo Natalie all die Frauen
kennenlernt. Sie stehen vor einem Café voller Leute, die an ihren
Lippen hängen, und Alice sagt: ›In der Toilette des Louvre-Kauf-
hauses‹, wo es in Wirklichkeit immer Parkbänke waren.«

»Parkbänke und Pferdekutschen und Opernlogen und Korn-
felder und die Betten ihrer männlichen Freunde...«, sagte
der Papagei und fragte sich, wer seine nächste Eroberung sein
würde.

»Natürlich sann Natalie auf Rache. Wenn jemand wissen wollte,
was zwischen Gertrude und Alice lief, sagte sie: ›Nichts. Sie sind
einfach nur gute Freunde.‹ Ein bedeutungsschwangeres, ver-

schmitztes Nichts, das klang, als hätten die beiden keine Beine –
und somit auch nichts dazwischen. Meine Mutter hätte Natalie
zugestimmt. Sie sagt, um Leute zu respektieren, muß man ihnen
ein aktives und überreiches Sexleben zutrauen können.«

Der Papagei konnte ein Seufzen nicht unterdrücken. Er war eifrig dabei, sich solchen Respekt zu verschaffen; aber wessen
Schuld war es, wenn Erfolg sich nicht einstellen wollte?

»Hm«, murmelte Minnie, den Seelennöten des Papageis keine
Beachtung schenkend. »Als Renée sich weigerte, sie zu sehen,
pflanzte Natalie sich zusammen mit einem berühmten Opernsän-
ger unter ihrem Balkon auf und brachte ihr ein schwungvolles,
wenn nicht gar leidenschaftliches Ständchen ...«

»Huh«, krächzte der Papagei. Immer nur Leidenschaft und kein
Schwung, das war die Geschichte seines Lebens.

»Als sie fertig waren, warf Natalie Renée einen Blumenstrauß
zu, in dem ein selbstkomponiertes Sonett steckte.«

Der Papagei neigte den Kopf zur Seite, begann seinen kleinen
wankenden Schlurftanz und ließ dabei eine überzeugende Wie-
dergabe von »*Viens poupoule*« verlauten. Er hatte nichts gegen Lesben und war ein Bewunderer Natalie Barneys, seit er von einem
umherziehenden Kuckuck die Geschichte gehört hatte, wie sich
Natalie – nur mit einem weißen Nachthemd bekleidet – in einem
Sarg voll riesiger Lilien zu Renée hatte bringen lassen. In seiner
dekadenten Phase, in der er darauf bestand, die Federn schwarz
zu färben und Hundemarken aus dem Zweiten Weltkrieg um den
Hals zu tragen, hatte der Papagei sogar mit dem Gedanken gespielt, Natalies ornithologisches Pendant zu werden. Aber Johns
neuer Rechenschieber, den er zu jener Zeit umwarb, weigerte
sich, Renée Vivien zu mimen. Dieses sauertöpfische, phantasie-
lose Gerät hatte erklärt, absolut nichts mit der jungen blonden
Poetin gemein zu haben und daß jeder, der irgendwelche Ähn-
lichkeiten zwischen einem mathematischen Gerät und einer blonden Poetin feststellen könnte, bestimmt ein Surrealist oder gar
Schlimmeres sei. Als John dann eines Tages von der Universität
nach Hause kam und verkündete: ›Die Massenproduktion des

Taschenrechners ist der Tod des Rechenschiebers‹, hatte der Papagei eine ungeheure Befriedigung empfunden.

Natalie Barney hatte viel von dem erreicht, was einen geilen Papagei mit Stolz erfüllen würde. Im Alter von siebzehn Jahren erblickte sie in einer Kutsche im Bois de Boulogne die Luxusnutte Liane de Pougy und näherte sich ihr, als Page gekleidet, auf den Knien. Es heißt, daß sie in einer Pariser Opernloge diese Position unter Lianes voluminösen Röcken während der ganzen Vorstellung beibehielt. Was sie wohl darunter getan hatte? Der Papagei kicherte wie ein Schulmädchen. Als Renée Natalie verließ und sich einer tyrannischen Baroneß zuwandte – der Papagei war nicht hundertprozent sicher, was eine Baroneß war; er nahm an, es wäre eine Art Bulldogge –, ersann Natalie den brillanten Plan, in der Oper im letzten Moment den Platz mit einem Freund zu tauschen, damit sie neben Renée sitzen und sie umarmen konnte. Sowohl Konzept als auch Verwirklichung waren hervorragend. Aber der Papagei hatte ein sehr feines Gespür für Maßlosigkeit, und als Natalie ihre Platztausch-Masche bei der Bayreuther Sieben-Uhr-Vorstellung von *Die Götterdämmerung* wiederholte, fand er seine Heldin nicht mehr auf herrliche Weise unmäßig, sondern hart an der Grenze zum Vulgären. Angesichts solcher Wichtigtuerei konnte der Papagei nur noch »*Viens poupoule*« summen und das Thema wechseln. Der Papagei haßte Wagner. Niemand würde den je für eine Lesbe halten.

»Sie schienen sich alle einig zu sein, daß Natalie kein Ohr für Musik hatte«, sinnierte Minnie laut. Der Papagei schlug mit den Flügeln und protestierte lautstark: Wagner ist keine Musik, sondern frühes Heavy metal. »Aber warum dann ›*Voi che sapete*‹ auf dem Titelblatt?«

»Ein Akrostichon für Kenner«, sagte Milly selbstgefällig, obwohl man der Wahrheit zuliebe sagen muß, daß die berauschenden Stoffe der Mohnfelder von Flandern ihr gräßliche Kopfschmerzen beschert hatten. Es ist schwer, ›Akrostichon für Kenner‹ anders als selbstgefällig zu sagen. Versuchen Sie es. Sagen Sie es ehrfürchtig, und es klingt sarkastisch; sagen Sie es ängstlich, und es klingt sarkastisch; sagen Sie es vergnügt – Sie wissen schon, wie das klingt.

»Das ist alles furchtbar offensichtlich«, fuhr Milly fort. Das Wort ›furchtbar‹ war im letzten Moment ungeplant dazugestoßen. Es beschrieb die Kopfschmerzen sehr gut.

»Erzähl`s mir«, sagte Minnie und klang sarkastisch. Das Buch war auf einer Seite mit einem umwerfenden Foto der fünfundneunzigjährigen Natalie aufgeschlagen.

»Liebste, ›*Voi che sapete*‹ bedeutet, wie du wahrscheinlich weißt . . . «

»Du, die weiß«, sagte Minnie, »du weißt, daß ich weiß.«

»Ich weiß, daß du weißt«, stimmte Milly unbeeindruckt zu.

»Du, die weiß, daß ich weiß, daß du weißt«, plapperte der Papagei nach.

»Die unmusikalische Natalie«, fuhr Milly rücksichtslos fort, »interessierte sich hauptsächlich für Worte. Mozarts Musik war lediglich ein angenehmes Nebenprodukt.«

Der Papagei verschluckte sich am Tintenfisch.

»Sie benutzte die Arie auf dem Titelblatt ihres Buches als geheime Nachricht, die nur von den *Wissenden* entschlüsselt werden konnte. Das Lied von einem Mädchen, das als Junge gekleidet ist und sich in alles, was einen Rock trägt, verliebt und möchte, daß die in der Liebe erfahrenen Damen ihr ins Herz sehen und sagen, ob es das eine Gefühl ist, das dort brennt. Nun, Minnie, um was geht es dabei wohl? Wessen Liebe wird ständig in Frage gestellt, ständig bezweifelt? Renée starb 1909, Natalie 1972, aber du hast vor kurzem von beiden Nachrichten erhalten. Wie ist das möglich?«

»Die Post hat lange gebraucht«, schlug der Papagei vor, wurde aber wie immer ignoriert.

»Renée wußte bestimmt, daß sie ewig leben würde«, spann Milly ihren Gedanken weiter, zwang ihre Kopfschmerzen in einen hinteren Winkel. Wenn jemand ›bestimmt‹ sagte, bedeutete das meistens, daß er gleich zum Vortrag ausholen würde. Minnie beschloß, den Ansatz im Keim zu ersticken.

»Für mich ist dieser Nostalgiekult reiner Eskapismus. Ein ver-

zweifelter Versuch, vom gegenwärtigen politischen Trübsinn abzulenken.«

»Ich spreche hier nicht von der Vergangenheit«, explodierte
Milly, »ich spreche von Vampiren.«

IM EINTOPF DES LEBENS

Beryl hatte gerade die letzten Spuren der Riesenschildkröte be-
seitigt und die Überreste in den Leichensack geworfen, als das
Telefon klingelte.

»Es war furchtbar und ganz allein meine Schuld. Ich war einfach boshaft, unsensibel und ungehobelt. Sie ist meine vollkom-
mene, wunderschöne Allerliebste, und ich habe sie schändlich behandelt.« Das war Beryls Stichwort, sich in Mr. Viviens Büro im
geflügelten Ledersessel niederzulassen, nach einer Tasse Tee zu
sehnen und zu sagen: »Nun gut, Natalie, boshaft, unsensibel und
ungehobelt magst du ja sein, meine Liebe, aber gewöhnlich
kannst du gut damit leben.«

»Sie wird mich nie mehr sehen wollen.«

»Warum? Was hast du denn getan?«

»Das kann ich dir nicht sagen. Ich rufe nur an, um dir mitzuteilen, daß ich das einzig Ehrbare zu tun gedenke. Ich werde die Fensterläden öffnen, und das harte Sonnenlicht wird mich entlarven
und zusammenschrumpfen lassen, wie es einem Monster wie mir
gebührt.«

»Das würde ich an deiner Stelle nicht tun.«

»Warum nicht?« Eine Spur Hoffnung streifte Natalies Herz.

»Wenn du erst einmal tot und ein Häufchen Staub auf dem
Deck bist, wirst du nie mehr mit ihr sprechen können, es nie wie-
dergutmachen.« Beryl war von ihrem Dreißig-Yard-Sprint durch
die Oktagon-Galerie, über die Marmortreppe und die Vanadium-
Spirale hinauf noch immer etwas außer Atem. Bislang war es ihr
nicht gelungen, Mr. Vivien zu überzeugen, daß ein Telefonapparat
im Konservatorium vor dem Raum »Neunzehntes Jahrhundert«

kein Anachronismus war, solange sie vorsichtig waren und ihn nicht mit »Telefon« abkürzten. Sie argumentierte, daß es Telefonapparate schon mindestens seit 1837 gab. Woraufhin Mr. Vivien einen heftigen Wutausbruch bekam und die Angelegenheit erst wieder in vierzehn Tagen angesprochen werden konnte.

»Ich würde mir das Herz aus dem Leib reißen. Ich würde das Blut daraus ausdrücken und ihr auf einem Silberteller servieren. Ich würde es mit Messer und Gabel zerteilen und runterschlucken.«

Allein ihr extravaganter Sprachgebrauch tat schon wohl. Die opernhafte Trostlosigkeit eine Erinnerung an vergangene Pracht.

»Ich glaube nicht, daß ihr das besonders gefallen würde. Geh von den Fensterläden weg und setz dich auf dein altes gemütliches Sofa. Nicht auf den Sarg, Natalie. Das würde dich nur schwächen. Schenk dir ein großes Glas kühlen Rhesus on the rocks ein. Und jetzt erzähl es mir.«

»*Era per me un`angela, una creatura di sogno. Era la mia tesora.* (Sie war mein Engel, mein Traum, mein Schatz.)«

»Das wird sie vermutlich noch immer sein.«

»Du bist sehr ruhig.«

»Das ist doch meine Rolle, nicht wahr? Deshalb hast du mich doch angerufen.«

Sogar Vampire wenden sich an Mütter für emotionale Unterstützung. Da ihre eigenen aber fast immer schon vor ihnen starben, und da Zuchttiere keine Vampire werden konnten – das hatte Natalie Minnie erklärt –, traf man oft auf achtbare verheiratete Frauen, die sich um einen kleinen, erlesenen Kreis Untoter kümmerten.

»Sie schrieb mir, sie kam aus dem Nichts, sie bewundert meine Arbeit. Ich sagte ihr: ›Komm. Ich muß dich kennenlernen.‹ Ich bat sie, sich zu beeilen. Sie reiste um die halbe Welt, um mit mir zusammen zu sein. Auf hoher See schwamm sie hinaus zu meiner Yacht. Sie war müde, ja sogar erschöpft. Ich ließ ihr ein warmes Bad ein, ich deckte den Tisch für sie. Sie aß und trank und dann . . .«

»Ja?«

»Oh, mir ist schwindlig, mir fehlen die Worte.«

»Mach schon. Du hast mir bestimmt schon Schlimmeres aus deiner Vergangenheit erzählt.«

»Sie saß auf dem Sofa, genau da, wo ich jetzt sitze. Ich kann noch immer den Kamelienduft ihres Badeöls riechen. Da war sie also, saß neben mir, ihr praller weicher Arm berührte fast meinen. Und ich ...«

»Ja?«

»Ich redete nur. Ich weiß nicht, was in mich gefahren war. Stundenlang redete ich nur. Ich benutzte sie als Zuhörerin für alles, was mir gerade durch den Kopf ging. Ich wollte mit ihr schlafen, das mußt du mir glauben. Ich wollte die beste, aufmerksamste und sportlichste Liebhaberin sein, die sie jemals gehabt hatte. Aber ich war so in meine eigenen Gedanken vertieft, daß ich irgendwie den Grund ihres Besuchs vergaß.«

»Natalie, du kannst die Situation retten. Echtes Gefühl wird über Taktlosigkeit immer siegen, oder die Weltliteratur ist in Gefahr. Tu also folgendes ...«

»Ja?«

»Ruf die arme junge Frau an und vereinbare ein richtiges traditionelles Rendezvous mit ihr.«

»Ein Rendezvous?«

»Ja. Heute schickst du ihr fünf Pfund Pralinen und ein paar Rosen.«

»Ein Strauß Lilien und Orchideen, ein Gebinde aus Veilchen, ein süß duftendes Sträußchen Maiglöckchen, einen Sopran, um ihr ein Ständchen zu bringen.«

Bevor Natalie sich in eine Wiederholung ihrer berühmten romantischen Triumphe hineinsteigern konnte, schnitt Beryl ihr das Wort ab.

»Nein. Heute Pralinen und Rosen. Heute abend eine Einladung zum Tanzen. Morgen eine Ansteckblume in der Farbe ihres Kleides. Das klassische Rendezvous hatte um 1955 seine Blütezeit. Du brauchst einen Smoking.«

Beryl begann, die Kristalle des Kronleuchters wiederaufzufädeln. Glücklicherweise war keiner zerbrochen, aber es war eine knifflige Arbeit. Sie befürchtete, die scharfen Kanten würden ihre Finger aufritzen, aber wenn sie Handschuhe trug, war es unmöglich, den Faden durch die kleinen Löcher zu bekommen. Sie stellte das Radio an, um ihre Arbeit etwas angenehmer zu gestalten.

»Wir unterbrechen unsere Sendung mit der Bekanntgabe eines Beschlusses, den der staatliche Gesetzgeber in Einklang mit den anderen Staaten Australiens in einer geheimen Nachtsitzung gefaßt hat. Darin ist es örtlichen Behörden nicht länger gestattet, V*****ismus vorsätzlich zu unterstützen oder die Veröffentlichung jeder Art von Literatur zu fördern, die dazu geeignet scheint, den Lebensstil von V******* als attraktive Alternative zur Kernfamilie darzustellen. Der Premierminister des Staates erklärte: ›Wir im Westen Australiens waren immer stolz darauf, von der schlimmsten Korruption und den Übeln, die die östlichen Staaten überschwemmen, geographisch isoliert zu sein. Bis heute hatten wir keine V*****-Gesetze, weil wir, wie Königin Elizabeth vor uns, nicht an die Existenz von V****** glaubten. Was diese neue Gesetzgebung im einzelnen bedeutet, wird vielen Menschen Kopfzerbrechen bereiten. Deshalb möchte ich Ihnen als Richtlinie für die betroffenen Bereiche ein paar markante Beispiele nennen, um Sie zu beruhigen. Bestimmte Filme, die momentan in den Kinos zu sehen sind, werden umgehend zurückgezogen: *Dr***** und seine Braut,* mit Christopher Lee, *Begierde*, mit Catherine Deneuve und David Bowie, *Blut an den Lippen*, mit Delphine Seyrig, und *Velvet V*******. Sämtliche Bücher des Schriftstellers Bram Stoker werden aus den Regalen der staatlichen Bibliotheken entfernt.‹

»Schön, daß Sie zu uns kommen konnten, Herr Premierminister. Gerade haben wir einen Bericht aus London erhalten, in dem es heißt, daß eine Gruppe Anti-V*****-Protestierer die blaue Gedenktafel an Bram Stokers Haus in Chelsea heruntergerissen hat. Wir wurden gebeten, alle Zuhörer, die den Verdacht haben,

neben einem V***** zu wohnen, zu allergrößter Vorsicht zu ge-
mahnen. Nähern Sie sich keinesfalls Verdächtigen; akzeptieren sie
keine Einladungen von Verdächtigen, sei es zum Essen oder Kaffee; locken Sie Verdächtige nicht auf verlassene Lichtungen. Selbst
heutzutage glauben noch viele Menschen, daß man V******
durch laufendes Wasser töten kann, den Geruch von Knoblauch
oder den Anblick des Heiligen Kreuzes. Das ist abergläubischer
Quatsch und Nonsens.

V****** müssen aus ihren Särgen geholt und ans Tageslicht gezerrt werden, aber – und das möchten wir ausdrücklich betonen
– nur von entsprechend autorisiertem Personal mit Gummihand-
schuhen, Mundschutz und einer Zahnsperre, sollte es zu einer zu-
fälligen Berührung kommen. Wenn Sie irgendwelche Unregel-
mäßigkeiten sehen oder hören, wenden Sie sich sofort an die zu-
ständige Behörde. Vergessen Sie aber nie: Wenn jemand den
ganzen Tag schläft, kann es sich dabei sowohl um einen Kranken
als auch einen V***** handeln; eine auffallend große Lücke zwischen den oberen mittleren Schneidezähnen oder die im Vergleich
zu Eckzähnen übertrieben ausgeprägten Schneidezähne sowie
Haarwuchs am Nacken können ganz normale Anzeichen von
Männlichkeit sein; beim geheiligten, ehelichen Geschlechtsver-
kehr kann es zu Liebesbissen kommen. Wenn Sie also Ihre Nachbarin von nebenan plötzlich mit einem langen Seidenschal um den
Hals sehen, der jene verräterischen Flecken verdecken soll, ist es
ebensogut möglich, daß sie mit ihrem Mann im Bett war.«

Den Rest der Sendung über wurde im einzelnen beschrieben,
welche neuen Maßnahmen zur Inbesitznahme des Eigentums er-
wiesener V****** geplant waren. Beryl schüttelte den Kopf. Ihre
Träume hatten allzu oft prophetische Qualitäten.

ANHANG

ELAINE BERGSTROM

Ihre erste Horrorgeschichte verfaßte Elaine Bergstrom im Alter von neun Jahren. Später studierte sie an der Marquette University in Milwaukee Journalistik und arbeitete nach dem Studium als Texterin für Werbeagenturen sowie als Privatdetektivin und Reporterin. Ihre ›Austra‹-Serie umfaßt bislang vier Romane: ›Shattered Glass‹, ›Blood Alone‹, ›Blood Rites‹ und ›Daughter of the Night‹.

Ein Kind der Finsternis (Daughter of the Night) – Auszug aus dem Roman ›Daughter of the Night‹. Jove Publications, Inc., New York 1992.

KATHERINE V. FORREST

Die Autorin stammt aus Kanada und hat mehrere Romane geschrieben: ›Curious Wine‹ (1983), ›Daughters of a Coral Dawn‹ (1984), ›Amateur City‹ (1984), ›An Emergence of Green‹ (1986), ›Murder at the Nightwood Bar‹ (1987); ›Dreams and Swords‹ (1987), eine Sammlung von Kurzgeschichten. Für ›The Beverly Malibu‹ (1989) und ›Murder by Tradition‹ (1991) wurde Forrest mit dem »Lambda Literary Award for Mystery« ausgezeichnet. Sie schreibt Artikel und Rezensionen für Zeitschriften und Zeitungen wie die Los Angeles Times. Ihre Romane und Kurzgeschichten erscheinen im Verlag Naiad Press, in dem Forrest zugleich als Lektorin den Bereich Science-fiction betreut. Sie ist PEN-Mitglied und Jurorin für den »Southern Californian PEN fiction Award«.

O Captain, mein Captain (O Captain, My Captain) – Aus: ›Dreams and Swords‹. Naiad Press, Tallahassee 1987.

JEWELLE GOMEZ

Gomez ist politische Aktivistin, gibt Unterricht, engagiert sich im Kunstbereich und schreibt Literaturkritiken. Aus Boston gebürtig, lebt sie seit zwanzig Jahren in New York, seit neuestem in Brooklyn. Für ihre ›Gilda Stories‹ bekam sie den »Lamda Literary Award« sowohl in der Kategorie lesbische Literatur als auch Science-fiction / Fantasy. 1993 erschien bei Firebrand Books eine Sammlung von Essays, ›Forty-Three Septembers‹.

Louisiana: 1850 (Louisiana: 1850) – Aus: ›The Gilda Stories‹. Firebrand Books, Ithaca. N. Y. © Jewelle Gomez 1991

JOSEPH SHERIDAN LEFANU

LeFanu (1814–1873) wurde in Dublin als Kind einer wohlhabenden Familie geboren, deren hugenottische Vorfahren 1730 nach Irland eingewandert waren. LeFanu besuchte das Trinity College in Dublin und begann ein Jurastudium, das er jedoch bald zugunsten des Journalismus aufgab. Er betätigte sich als Herausgeber und Verleger diverser Zeitschriften und Periodika im Raum Dublin. LeFanu schrieb 30 übersinnliche Geschichten, die in Sammelbänden erschienen, darunter (heutige Raritäten wie) ›Ghost Stories and Tales of Mystery‹ (Dublin / London 1851), ›Chronicles of Golden Friars‹ (London 1871), ›Purcell Papers‹ (London 1880, herausgegeben von Alfred P. Graves), ›Madam Crowls Ghost and Other Stories‹ (London 1923, herausgegeben von M. R. James) und ›In a Glass Darkly‹ (London 1872), der Band, in dem ›Carmilla‹ erstmals veröffentlicht wurde.

ANNA LIVIA

Vier Romane und zwei Bände mit Kurzgeschichten stammen aus Anna Livias Feder, hinzu kommt die bearbeitete Übersetzung des Werks von Nathalie Clifford Barney. Anna Livia hat kürzlich ›Bruised Fruit‹ abgeschlossen, einen Roman über Sex, Geheimnisse und plötzlich aufflammende Sympathien mit den Schauplätzen London und San Francisco. Für die New York University Press übersetzt sie den Roman ›L'Ange et les pervers‹, der im Paris der dreißiger Jahre spielt. Es geht um einen Hermaphroditen, der die eine Hälfte seines Lebens als »Marion« in lesbischen literarischen Salons und die andere Hälfte als »Mario« im schwulen Opium-Milieu verbringt.

Minimax (Minimax) – Auszug aus dem Roman ›Minimax‹. Eighth Mountain Press, Portland, Oregon 1992.

KAREN MARIE CHRISTA MINNS

Die Autorin, 1956 unter dem Sternzeichen der Zwillinge geboren, betrachtet Helden als absolute Notwendigkeit. Außerdem beantwortet sie jeden Brief. Bei Naiad Press sind von ihr unter anderem erschienen: die lesbische Vampir-Allegorie ›Virago‹ (1990), die in zwei Kategorien – Nachwuchs und Science fiction / Fantasy – für den »Lamda Literary Award« nominiert wurde, sowie ›Calling Rain‹ (1991), ein öko-feministischer Abenteuerroman.

Virago (Virago) – Auszug aus dem Roman ›Virago‹. Naiad Press, Tallahassee 1990.

JODY SCOTT

Scott war eine Weile Redakteurin bei der angesehenen Zeitschrift ›Circle‹, in der auch Henry Miller, Anaïs Nin und Tennessee Williams ein Forum fanden. Ihre Geschichten ›Passing for Human‹ und ›I, Vampire‹ erschienen in den USA bei DAW und in Großbritannien bei The Women's Press. Für ›Cure it With Honey‹, eine Kriminalgeschichte um Lucy Harper, wurde sie mit dem »Mystery Women of America Special Award« ausgezeichnet.

Ich bin ein Vampir (I, Vampire) – Auszug aus dem Roman ›I, Vampire‹. Ace, New York 1984 © Jody Scott 1984

ROBBI SOMMERS

Sommers kam 1950 in Cincinnati / Ohio auf die Welt. Sie lebt in Nordkalifornien, wo sie sich der Zahnpflege, der Mutterschaft und dem Schreiben widmet. Sie hat bei Naiad Press drei Bände mit lesbischen erotischen Geschichten veröffentlicht: ›Pleasures‹ (1989), ›Players‹ (1990) und ›Uncertain Companions‹ (1992). Den Rest ihrer Freizeit widmet sie unerbittlich der Recherche.

Lilith (Lilith) – Aus: ›Pleasures‹, Naiad Press, Tallahassee 1989.

ZANA

Der Lesben-Virus (nicht Dracula!) erwischte zana vor dreizehn Jahren, und seitdem gehört sie *dazu*. Von kleinbürgerlicher Herkunft, 46, jüdisch und behindert, bemüht sie sich, die Regeln des Patriarchats Schritt für Schritt zu verlernen. Arbeit im Gemüsengarten trägt sie durch die Höhen und Tiefen der Wechseljahre.

Miss Dracula (Dracula Retold) – Aus: ›Lesbian Bedtime Stories‹. Hg. von Terry Woodrow. Tough Dove Press 1989.

Aufgeführt sind zuerst die Originaltitel, in Klammern folgen die deutschen Verleihtitel, sofern die Filme hier ins Kino kamen.

L'Amante del Vampiro

Italien 1962. R: Renato Polselli. B: Renato Polselli, Ernesto Gastaldi, Giuseppe Pellegrini. D: Hélène Rémy (Luisa), Maria Luisa Rolando (Die Gräfin), Tina Gloriani (Francesca).

Eine Gruppe von Tänzerinnen kommt in ein abgelegenes Schloß, das einer schönen Gräfin und Vampirin gehört, die sich bei ihren nächtlichen blutsaugerischen Eskapaden von einem zwergwüchsigen Assistenten begleiten läßt. Eine der attackierten Tänzerinnen hält die Vampirin mit einem goldenen Kreuz bis Sonnenaufgang in Schach.

Because the Dawn

USA 1988. R: Amy Goldstein.
Eine Vampirin wird von einer aggressiven Modefotografin verfolgt.

Der Biss

BRD 1984. R, B: Marianne Enzensberger. D: Marianne Enzensberger, Marianne Rosenberg, Ulrike Buschbauer.

Sylvana wird in New York von einem Vampir gebissen und zieht, zur Vampirin geworden, nach Berlin, wo sie ihre spießigen Freunde beiderlei Geschlechts durch lustvolles Beißen zu ändern sucht.

Blood of Dracula

USA 1957. R: Herbert Strock. B: Ralph Thornton. D: Sandra Harrison (Nancy Perkins), Louise Lewis (Miss Branding), Gail Ganley (Myra), Heather Ames (Nola).

Eine im Kreise ihrer Kommilitonen wenig beliebte Studentin wird von

---

* Für die deutsche Ausgabe ergänzt von Bettina Thienhaus.

einer Dozentin, die sich um ihr Wohlergehen sorgt, mittels Hypnose zur Vampirin gemacht. Der Film ist eine Folge der Serie ›I Was a Teenage...‹ (Vampire, Werewolf, Zombie usw.)

CARMILLA

USA 1990. R: Gabrielle Beaumont.

Fernsehfilm nach der Erzählung ›Carmilla‹, der aber auch Elemente aus Coleridges Poem ›Christabel‹ enthält. Die Handlung spielt nach dem amerikanischen Bürgerkrieg auf einer Südstaaten-Plantage.

CEREMONIA SANGRIENTA

Spanien / Italien 1972. R: Jorge Grau. D: Ewa Aulin, Lucia Bose, Anna Farra, Franca Grey.

Die Handlung ist im Ungarn des siebzehnten Jahrhunderts angesiedelt. Die Gräfin Bathory badet im Blut junger Frauen, das ihr vampirischer Ehemann heranschafft.

LA COMTESSE AUX SEINS NUS

Belgien / Frankreich 1975. R, B: Jesús Franco. D: Lina Romay (Irina, Gräfin Karlstein), Alice Arno (Maria), Jack Taylor (Baron von Rathony), Monica Swin (Prinzessin de Rochefort).

Beschreibung der sexuellen Abenteuer Gräfin Irina Karnsteins, die von einer langen Reihe von Vampirinnen abstammt.

COUNTESS DRACULA (COMTESSE DES GRAUENS)

Großbritannien 1970. R: Peter Sasdy. B: Jeremy Paul, nach einer Geschichte von Alexander Paal, Peter Sasdy. D: Ingrid Pitt (Gräfin Elisabeth Nadasdy), Nigel Green (Hauptmann Dobi), Patience Collier (Julia), Lesley-Anne Down (Ilona).

Ein Psycho-Horror-Thriller, in dem Gräfin Elisabeth Bathory, gespielt von Ingrid Pitt, zufällig feststellt, daß ein Bad im Blut von Jungfrauen ihr die Jugend bewahrt.

LA CRIPTA E L'INCUBO

Spanien / Italien 1964. R: Camillo Mastrocinque. B: Robert Bohr, Ernesto Gastaldi. D: Christopher Lee (Graf Ludwig Karnstein), Audry Amber (Laura), Ursula Davis (Lyuba), José Campos.

Graf Karnstein entdeckt, daß seine Tochter vom vampirischen Geist einer Ahnfrau besessen ist, die einst auf dem Scheiterhaufen verbrannt wurde.

LA DANZA MACABRA/TERRORE

Italien / Frankreich 1964. R: Anthony M. Dawson (= Antonio Margheriti). B: Gianni Grimaldi, Sergio Corbucci nach Edgar Allan Poe. D: Barbara Steele (Elizabeth Blackwood), Margaret Robsahm (Julia), Sylvia Sorente (Eli), Georges Rivière (Alan Foster).

Angeblich auf Poe basierend und bemerkenswert als einer der ersten lesbischen Vampirfilme.

DRACULA'S DAUGHTER

USA 1936. R: Lambert Hillyer. B: Garrett Fort, nach dem Roman ›Dracula's Guest‹ von Bram Stoker, bearbeitet von John L. Balderston, Oliver Jeffries. D: Gloria Holden (Gräfin Marya Zaleska), Otto Kruger (Dr. Jeffrey Garth), Marguerite Churchill (Janet Blake), Irving Pichel (Sandor).

Graf Draculas Tochter, die Gräfin Marya Zaleska hat zu ihrem Leidwesen die Neigung ihres Vampir-Vaters geerbt. Es gibt eine Szene mit deutlichen erotischen Untertönen, in der die Vampirin mit einem ihrer Opfer, einem Fotomodell, flirtet.

... ET MOURIR DE PLAISIR
(... UND VOR LUST ZU STERBEN)

Frankreich / Italien 1960. R: Roger Vadim. B: Roger Vadim nach der Novelle ›Carmilla‹ von J. Sheridan LeFanu. D: Mel Ferrer (Leopoldo de Karnstein), Elsa Martinelli (Georgia Monteverdi), Annette Vadim (Carmilla von Karnstein), Marc Allegret (Richter Monteverdi).

Die junge Grafentochter Carmilla ist vom Geist des Familienvampirs besessen und stellt Männern wie Frauen, vor allem aber der Verlobten ihres verehrten Cousins nach. In der amerikanischen Kinofassung sind mehr als zehn Minuten lesbischer Szenen durch Zensurschnitte entfernt worden.

LA FILHA DE DRACULA

Portugal 1972. R: Jesús Franco.

Auf dem Sterbebett enthüllt die Mutter ihrer Tochter, Maria Karnstein, daß sie vom Grafen Dracula abstammt.

LE FRISSON DES VAMPIRES
(SEXUALTERROR DER ENTFESSELTEN VAMPIRE)

Frankreich 1970. R, B: Jean Rollin. D: Sandra Julien (Ise), Dominique (Isolde), Nicole Nancel (Isabelle), Michel Delahaye (Vampir).

Ein Pärchen in den Flitterwochen landet in einem mittelalterlichen

Schloß, das von zwei bejahrten Hippies und ihrer vampirischen Geliebten, einer bisexuellen »butch« im Leder- und Ketten-Outfit bewohnt wird.

THE HUNGER (BEGIERDE)

USA 1983. R: Tony Scott. B: Ivan Davis, Michael Thomas nach dem Roman von Whitley Strieber. D: David Bowie (John), Catherine Deneuve (Miriam), Susan Sarandon (Sarah Roberts), Beth Ehlers (Alice Cavender).

Catherine Deneuve spielt eine Vampirin, deren Geliebter und Lebensgefährte (David Bowie) allmählich dahinsiecht. Deneuve macht sich an die Ärztin (Susan Sarandon) heran, die Bowies Alterungsprozeß aufhalten wollte.

THE LADY DRACULA

USA 1974. R: Richard Blackburn. B: Richard Blackburn, Robert Fern. D: Lesley Gilb (Lemura), Rainbeaux Smith (Lila), William Whitton (Alvin).

Lila, Sängerin im Kirchenchor, wird von Lemura in die Einöde gelockt und verführt. Sie entdeckt, daß Lemura eine lesbische Vampirin ist, die mit einem Haufen Kinder im Schlepptau umherzieht.

LUST FOR A VAMPIRE
(NUR VAMPIRE KÜSSEN BLUTIG)

Großbritannien 1970. R: Jimmy Sangster. B: Tudor Gates nach Sheridan LeFanu. D: Ralph Bates (Giles Barton), Barbara Jefford (Gräfin), Suzanna Leigh (Janet), Yutte Stensgaard (Carmilla / Mircalla).

Die Geschichte spielt 1830 in Österreich, in einem Pensionat für höhere Töchter, das direkt neben Schloß Karnstein liegt. Die Vampirin Mircalla Karnstein schleicht sich als Schülerin Carmilla in die Schule ein und verführt nächtens die Schülerinnen und saugt ihr Blut. Der zweite Film in der ›Karnstein-Trilogie‹ des legendären britischen Hammer-Studios.

THE MARK OF LILITH

Großbritannien 1986. R: Isiling Mack-Nataf.

Lilia, eine bisexuelle Vampirin weißer Hautfarbe, begegnet einer schwarzen lesbischen Wissenschaftlerin, deren radikale Ansichten Lilia von ihrer vom Patriarchat verursachten Lebensblindheit befreien.

MARY, MARY, BLOODY MARY

USA / Mexiko 1975. R: Juan Lopez Moctezuma. B: Malcolm Marmorstein. D: Cristina Ferrare (Mary), Helena Rojo (Greta), David Young (Ben Ryder).

Die bisexuelle Vampirin Mary ist tagsüber Künstlerin und nachts Blutsaugerin, die Männer wie Frauen beißt. Am Ende wird sie von ihrem eigenen Vater »erlöst«.

LA NIPOTE DEL VAMPIRO

Italien / Spanien 1972. R: Armando de Ossorio. D: Anita Ekberg (Malenka), Rossana Yanni, Diana Lorys, Fernando Bilbao.

Anita Ekberg in der ungewöhnlichen Rolle einer Vampirin.

LA NOCHE DE WALPURGIS
(DIE NACHT DER VAMPIRE)

Spanien / BRD 1970. R: Léon Klimovsky. B: Jacinto Molina [i. e. Paul Naschy], Hans Munkell. D: Paul Naschy (Waldemar Daninsky), Gaby Fuchs (Elvire), Barbara Kapell (Geneviève), Patty Shephard (Waldessa Darvula de Nadasdy).

Gräfin Waldessa wird von zwei jungen Frauen wiederbelebt, muß dann aber sogleich mit einem Werwolf in Gestalt Graf Waldemars kämpfen. Die Figur der Waldessa ist nach der historischen Gräfin Bathory gestaltet.

LA NOVIA ENSANGRENTADA

Spanien 1972. R: Vicente Aranda. D: Maribel Martin, Alexandra Bastedo, Simón Andreu, Dean Selmier.

Ein jung verheiratetes Paar wird in einem abgelegenen Landhaus von einer rätselhaften Frau gequält, einer Vampirin, die sich als Wiedergängerin einer vor zweihundert Jahren hingerichteten Mörderin entpuppt. Nach Le-Fanus ›Carmilla‹.

LE ROUGE AUX LEVRES (BLUT AN DEN LIPPEN)

Belgien / Frankreich / Italien / BRD 1970. R: Harry Kümel. B: Pierre Drouot, Harry Kümel, J. Amiel. D: Delphine Seyrig (Gräfin Elisabeth Bathory), Danielle Ouimet (Valérie Tardieu), Andrea Rau (Ilona Harczy), John Karlen (Stefan Chiltern).

Auf ihrer Hochzeitsreise machen Valérie und Stefan in Ostende in einem riesigen alten Hotel Station, wo sie auf die Gräfin Bathory und deren Gesellschafterin treffen. Als der junge Ehemann sich als Sado-Masochist entpuppt, steht die Gräfin der jungen Frau bei. Diese schließt sich am Ende der Gräfin an.

Santo en la Venganza de las Mujeres Vampiro

Mexiko 1969. R: Federico Curiel. B: Garcia Besne, Fernando Oses. D: Gina Romand (Marya), Victor Junco (Dr. Brancor), Patricia Ferrer, Fernando Oses.

Blutdürstige Vampirinnen stellen unter der Ägide ihrer Anführerin Marya Männern wie Frauen nach.

Satan's Princess

USA 1991. R: Bert I. Gordon. B: Stephen Katz. D: Robert Forster (Lou Cherney), Lydie Denier (Nicole St. James), Caren Kaye (Leah), Ellen Geer (Mary).

Ein verkrüppelter Polizist sucht nach einer vermißten jungen Frau und spürt sie in einer Modell-Agentur auf, wo sie der bisexuellen Inhaberin, Nicole St. James, als lesbische Sex-Sklavin zu Diensten ist. Nicole St. James treibt seit vierhundert Jahren ihr Vampirunwesen.

Twins of Evil (Draculas Hexenjagd)

Großbritannien 1971. R: John Hough. B: Tudor Gates nach Sheridan Le-Fanu. D: Madeleine Collinson (Frieda Gellhorn), Mary Collinson (Maria Gellhorn), Peter Cushing (Gustav Weil), Katya Wyeth (Gräfin Mircalla).

Der letzte Teil der Karnstein-Trilogie aus dem Hause Hammer. Gräfin Mircalla wird wiederbelebt und lehrt den Grafen Karnstein die Kunst des Beißens. Der Graf macht die Tochter des Vampirjägers Weil zur Vampirin. Deren nichtvampirische Zwillingsschwester landet beinahe auf dem Scheiterhaufen.

The Vampire Lovers (Gruft der Vampire)

Großbritannien 1970. R: Roy Ward Baker. B: Tudor Gates nach Sheridan LeFanu. D: Ingrid Pitt (Mircalla / Carmilla), Pippa Steele (Laura), Madeleine Smith (Emma), Peter Cushing (General Spielsdorf).

Der erste Teil der ›Karnstein-Trilogie‹. Carmilla erscheint als Mircalla wie als Carmilla. Während erstere ihre Opfer am liebsten in den Hals beißt, bevorzugt letztere die Brust.

La Vampire Nue

Frankreich 1969. R: Jean Rollin. B: Jean Rollin, S.H. Mosti. D: Caroline Cartier (Der nackte Vampir), Olivier Martin (Pierre Radamante), Ursula Pauly (Solange).

Eine Vampirin soll drei Wissenschaftlern zur Unsterblichkeit verhelfen.

I Vampiri (Der Vampir von Notre Dame)

Italien 1956. R: George Lincoln (= Riccardo Freda). B: Piero Regnoli, Rik Sjöström. D: Gianna Maria Canale (Gisèle), Antoine Balpetré (Dr. du Grand), Paul Müller (Joseph), Wandisa Guida (Loretta Robert).

Ein geisteskranker Arzt mordet junge Frauen und nimmt ihnen das Blut ab, um seiner Geliebten, einer steinalten Herzogin die ewige Jugend zu erhalten. Die Gestalt basiert auf der Gräfin Bathory.

Il Vampiro dell'opera

Italien 1961. R: Renato Polselli. D: Vittoria Prada, Mark Marianne, Barbara Harward.

Eine Gruppe von Schauspielern betritt ein verwaistes Opernhaus. eine geheimnisvolle Frau geht mit einem Fremden in den Keller und kehrt als Vampirin zurück. Sie verführt erst die Frauen und danach die Männer der Schauspielertruppe.

Vampiros Lesbos (Vampyros Lesbos – Erbin des Dracula)

BRD / Spanien 1970. R: Franco Manera (= Jesús Franco).

Eine Nachfahrin Graf Draculas, die als Tänzerin in einem Nachtclub arbeitet, lockt junge Frauen, darunter eine Anwältin, auf eine einsame Insel, um sie zu Vampirinnen zu machen.

Vampyr, ou L'Etrange Aventure de David Gray/Vampyr

Frankreich/Deutschland 1932. R: Carl Theodor Dreyer. B: Carl Theodor Dreyer, Jul Christen nach Geschichten aus ›In a Glass Darkly‹ von Joseph Sheridan LeFanu. D: Julian West (David Gray), Henriette Gérard (Marguerite Chopin), Renée Mandel (Gisèle), Sybille Schmitz (Léone).

Von ›Carmilla‹ inspiriert, weist Dreyers Film gleichwohl keine einzige lesbische Szene auf. Der Vampir ist eine böse Alte, die eine junge Frau in ihrem Dorf zur Vampirin macht. In drei unterschiedlichen Sprachfassungen – deutsch, französisch, englisch – gedreht.

Vampyres, Daughters of Dracula

Großbritannien 1977. R: Joseph Larraz. B: D. Daubeney. D: Marianne Morris (Fran), Anulka (Miriam), Murray Brown (Ted), Sally Faulkner (Harriett).

Ein lesbisches Vampirpärchen lockt gutgläubige Männer in die Falle.

THE VELVET VAMPIRE

USA 1971. R: Stephanie Rothman. B: Maurice Jules, Charles S. Swartz, Stephanie Rothman. D: Michael Blodgett (Lee Ritter), Sherry Miles (Susan Ritter), Celeste Yarnall (Diane).

Eine bisexuelle Vampirin lockt ein junges Pärchen in ihr Haus und verführt die Frau und den Mann.

VIERGES ET VAMPIRES

Frankreich 1972. R, B: Jean Rollin. D: Marie-Pierre Casel, Mirielle D'Argent, Dominique, Louise Dhour.

LE VIOL DU VAMPIRE

Frankreich 1968. R, B: Jean Rollin. D: Solange Pradel, Ursula Pauly, Nicole Romain, Catherine Deville.

Zwei junge Frauen sollen vom Fluch des Vampirismus befreit werden.

Fischer Frauenkrimi

Helga Anderle
**Sag beim Abschied
leise Servus**
Wiener Mord-
geschichten
Band 12859

Pat Barker
Die Lockvögel
Band 12309

P. Biermann (Hg.)
**Wilde Weiber
GmbH**
Band 11586

Eleanor
Taylor Bland
Hotel Cramer
Band 12310

Ina Bouman
Nebenwirkung
Band 12311

Elisabeth Bowers
Ladies' Night
Band 8383
**Unbekannt
verzogen**
Band 11591

Fiorella Cagnoni
Eine Frage der Zeit
Band 13250

Anthea Cohen
**Engel tötet
man nicht**
Band 8209

Sabine Deitmer
Bye-bye, Bruno
MännerMord-
Geschichten
Band 4714
**Auch brave
Mädchen tun's**
Mordgeschichten
Band 10507

Sabine Deitmer
Dominante Damen
Band 12094
Kalte Küsse
Band 11449
NeonNächte
Band 12761

Sarah Dreher
Jenseits
Ein Stoner-
McTavish-Roman
Band 12825
Stoner Goes West
Band 11556

Sarah Dunant
Der Baby-Pakt
Band 11574
Fette Weide
Band 12343
**Mit Haut
und Haaren**
Band 12935

Fischer Taschenbuch Verlag

Fischer Frauenkrimi

Maud Farrell
Violet taucht auf
Band 11555

Leona Gom
**Unverhoffte
Ankunft**
Band 11558

Sue Grafton
**Detektivin,
Anfang 30,
sucht Aufträge**
Band 10208
**Sie kannte
ihn flüchtig**
Band 8386
H wie Haß
Band 12197
I wie Intrige
Band 12743

Ingrid Hahnfeld
Blaue Katzen
Band 11872

Ingrid Hahnfeld
Schwarze Narren
Band 11076

Christa Hein
Quicksand
Band 11938

Janet LaPierre
Eiskalte Lippen
Band 11371
Grausame Mutter
Band 11032
**Großmutters
Haus**
Band 11372

Astrid Louven
**Gefährliche
Wanderung**
Band 12313

Barbara Machin
**Ein Fall für
Pearl und Finn**
Band 11557

Val McDermid
Clean Break
Band 13154
Crackdown
Band 12747
Kickback
Band 11712
**Mörderbeat in
Manchester**
Band 11711

Diana McRae
**Eliza Pirex,
California**
Band 12314

Miriam Grace
Monfredo
**Das Erbe von
Seneca Falls**
Band 12830

Fischer Taschenbuch Verlag

fi 23 / 6 b

Fischer Frauenkrimi

Mary Morell
Letzte Sitzung
Band 12315

Marcia Muller
**Ein wilder und
einsamer Ort**
Band 13308
**Feinde kann
man sich nicht
aussuchen**
Band 12754
Letzte Instanz
Band 11649
Mord ohne Leiche
Band 10890
Niemandsland
Band 10912
Tote Pracht
Band 10913
Wölfe und Kojoten
Band 11722

Barbara Neely
Night Girl
Band 12316

Meg O'Brien
**Heute hier,
morgen tot**
Band 11784

Lillian O'Donnell
Tanz der Gefühle
Band 12194

Maria A. Oliver
Drei Männer
Band 10402
Miese Kerle
Band 10868

Elisabet Peterzén
**Bis daß der Tod
sie scheidet**
Thriller
Band 11293

Annette Roome
**Karriere
mit Schuß**
Band 10875
Liebe mit Schuß
Band 12132

Viola Schatten
**Schweinereien
passieren montags**
Band 10282
**Dienstag war die
Nacht zu kurz**
Band 10681
**Mittwoch war
der Spaß vorbei**
Band 11297
**Donnerstag war's
beinah aus**
Band 11592
**Kluge Kinder
sterben freitags**
Band 11620

Fischer Taschenbuch Verlag

Fischer Frauenkrimi

Ora Schem-Ur
**Mord in
der Knesset**
Band 12583
**Mord am
Toten Meer**
Band 12871

Shirley Shea
Jagdtrieb
Band 12824
Katzensprung
Band 11021

Katrin &
Erik Skafte
**Lauter ganz
normale Männer**
Ein Krimi –
Nur für Frauen
Band 4732

Julie Smith
**Blues in
New Orleans**
Band 10853

Julie Smith
Hellseher & Co.
Band 12867
**Huckleberry
kehrt zurück**
Band 10264
**Die Jazzband spielt
das Requiem**
Band 12431
New Orleans Beat
Band 12873
Die Sauerteigmafia
Band 10475
**Ein Solo für den
Sensenmann**
Band 11615
**Stumm wie
ein Fisch**
Band 11720

Jean Warmbold
**Der arabische
Freund**
Band 12024
Totschweigen
Band 12936

Mary Wings
Himmlische Rache
Band 12153

Gabriele Wolff
Armer Ritter
Band 12069
Himmel und Erde
Band 11394
Kölscher Kaviar
Band 11393
**Liebhaber und
andere Opfer**
Band 12070
Rote Grütze
Band 12530
**Von toten Ratten
& zahmen Tauben**
Band 13413

Gabriele Wolff (Hg.)
**Still und starr
ruht der See**
Band 12071

Fischer Taschenbuch Verlag